ALS DIE Bücher FLÜSTERN LERNTEN

FELICITAS BRANDT

im.press

Im.press
Tauch ein in romantische Geschichten

Im.press
Ein Imprint der CARLSEN Verlag GmbH
August 2017

Lektorat: Elisabeth Mahler
Umschlagbild: shutterstock.com / © shooarts / © Fona / © eva_mask / © Samiran Sarkar / © Alexaz
Umschlaggestaltung: formlabor
Satz und Umsetzung: readbox publishing, Dortmund
Druck und Bindung: CPI, Birkach
ISBN 978-3-551-30087-4
Printed in Germany
www.carlsen.de/impress

Alle Bücher im Internet: www.carlsen.de

Für Traumtänzer, Zeilenspringer und Feenstaubjunkies,
Buchliebhaber und Regentänzer, Tintenträumer, Regenbogenschatzsucher und Wortfinder.
Für dich ^-^

Prolog

Zerbrochene Flügel

Es gibt diese Tage, an denen man spürt, dass sie etwas Besonderes werden. Dass sie anders sind und sich für immer ins Gedächtnis brennen werden. Wie die Tage, an denen Harry Potter aufwachte und wusste, dass er wieder nach Hogwarts durfte. Wie der Tag, als Frodo beschloss den Ring zu nehmen und auf Reise zu gehen.

Dieser Tag war kein solcher. Es lag nicht in der Luft, noch war es irgendwie durch ein Datum vorherbestimmt. Der Geruch des Leders aus seinem Wagen, den ihm seine Großeltern letzte Woche zum achtzehnten Geburtstag geschenkt hatten, hatte sich während der Fahrt vom Hotel bis hierher in seine Kleidung gefressen. Selbst der leichte Wind, der Wolkenfetzten über einen strahlend blauen Himmel trieb, konnte den Geruch nicht aus seiner Nase vertreiben.

Volljährig.

Ein seltsames Wort.

Irgendwie hatte er erwartet, er würde sich anders fühlen. Aber da war nichts – außer dem Bedauern, als seine Eltern und er von dem zehntägigen Urlaub in St. Ives wieder in Richtung Heimat aufbrachen. Mit einem Zwischenstopp hier in einer kleinen Ortschaft vor Bristol, wo ihm die Mittagssonne auf den Kopf schien.

Das Haus am Ende der Straße sah irgendwie trostlos aus, obwohl es eigentlich vom Bau her wunderschön war. Vielleicht wegen des ganzen Krams, der davorstand und irgendwie nach Plünderung schrie. Das Flatterband machte das Bild auch nicht besser. *Warum überhaupt Flatterband,* fragte er sich. Die alte Dame, der das Haus gehört hatte, war eines natürlichen

Todes gestorben, soweit er wusste. Sie hatte einen Stiefsohn, der jedoch am anderen Ende des Planeten wohnte und mit dem Haus und seinem Inhalt anscheinend nichts anfangen konnte und daher alles verkaufte.

Und genau darum war er hier. Naja, eigentlich nicht direkt er, Sam, sondern seine Eltern. Juliet und Leo Winterbuttom, verheiratet seit zwanzig Jahren. Er war Architekt, sie Professorin für Geschichte und eine leidenschaftliche Sammlerin. Angeblich hatte die alte Dame einige wertvolle Gemälde besessen, was Juliet sich nicht hatte entgehen lassen wollen.

Sam sah zu, wie seine Mutter mit einem Typen im Anzug feilschte, während sein Vater irgendwohin verschwunden war, vermutlich um die Architektur des Hauses zu bewundern. Arbeiter in schmuddeligen Uniformen trugen immer mehr Gegenstände aus dem Haus. Zwei Laster warteten an der Straße und trotz der frühen Stunde stöberten schon ein paar Leute durch die aufgereihten Überbleibsel eines langen Lebens. Sam fand, dass das Ganze den faden Geschmack von Leichenfledderei mit sich brachte.

Er saß auf den Stufen, die zu einer verwitterten Gartenlaube führten, und beobachtete das Geschehen, während über ihm die Sonne erbarmungslos auf den Garten herunterbrannte und das Weingummi in seiner Hand immer klebriger wurde. Die lange Autofahrt saß ihm in den Knochen und bei dem Gedanken, nächste Woche wieder zur Schule zu müssen, hätte er sich am liebsten ans andere Ende der Welt verkrochen. Nicht dass er da nicht schon wäre, jedenfalls sah es hier beinahe so aus, mit den breiten Straßen und der wilden Landschaft, die sich bis zum Horizont und noch weiter zu erstrecken schien.

Im nächsten Moment ertönte ein Schrei, der Sam aus seiner Starre und auf die Füße riss. »Nein!« Zwei der Möbelpacker zehrten ein wild strampelndes Mädchen aus dem Haus. »Lasst mich los!«

Sämtliche Köpfe drehten sich, aber niemand machte Anstalten, dem Mädchen zu Hilfe zu kommen. Der Anzugträger ließ Sams Mutter stehen und eilte mit großen Schritten auf das Gemenge zu. Ehe Sam wirklich kapierte, was er tat, war er selbst schon auf dem Weg zu der kleinen Truppe hinüber.

»Du schon wieder!«, zischte der Anzugträger. »Habe ich dir nicht gesagt, was passiert, wenn du dich hier noch einmal blicken lässt?«

»Muss ich vergessen haben.« Das Mädchen sah aus, als würde sie ihm am liebsten ins Gesicht springen. Sie schien ein paar Jahre jünger als er selber zu sein, vielleicht fünfzehn. Die Haut unter ihrem linken Augen war blau und lila verfärbt, als habe sie jemand geschlagen, und ein Streifen Dreck zierte ihre Wange. Darunter war sie bleich wie Schneewittchen, lediglich ein paar dunkle Sommersprossen waren hier und da in ihr Gesicht getupft, als hätte ein Maler einen Pinsel mit schwarzer Farbe in ihre Richtung geschwungen. Sie wirkte, als habe sie geweint. Ihr Haar war tintenschwarz und zerzaust und hätte dringend eine Dusche gebraucht. Ihre Kleidung war zerknittert und abgetragen und am linken Knie war die Hose aufgerissen; darunter schimmerte eine blutige Schramme. Und ihre Augen ... ihre Augen waren dunkelgrau wie Sturmwolken und voller Zorn und Schmerz. Sam spürte wie sein Herz einen Ruck machte, als würde irgendein Teil von ihm unweigerlich zu diesem seltsamen Mädchen hingezogen.

»Nun«, ätzte der Anzugträger. »Dann darf ich dich höflich daran erinnern: Ich sagte, ich würde die Polizei rufen – und meinen herzlichen Glückwunsch: Genau das hat meine Assistentin soeben getan.«

»Ich will nur, was mir gehört!« Das Mädchen fauchte wie eine verletzte Wildkatze.

»Gar nichts hier gehört dir. Meine Mutter hat dich versorgt, weil sie ... Himmel, ich weiß nicht, was sie in dir gesehen hat, außer einer wilden Göre, die keine Manieren und keinen Anstand hat, um ...« Der Anzugträger wich erschrocken zurück, als der Kopf des Mädchens vorschoss und ihre Zähne lautstark vor seiner Nase aufeinanderschlugen.

»Vorsicht, Ronnyboy«, zischte sie. »Keine Schimpfwörter auf dem Grund und Boden Ihrer alten Lady. Sie wollen doch nicht von Gespenstern heimgesucht werden.«

»Das einzige Gespenst hier bist du!«

»Angst, dass ich Ihnen Ihren Auftritt hier vermiese? Sie haben versucht, Eleonor in ein Heim abzuschieben. Und als sie sich weigerte, haben Sie sie schikaniert, bis sie krank wurde!«

»Sie hätte sich kein Straßenkind ins Haus holen sollen, wer weiß, mit was du sie angesteckt hast!«, brüllte Ronny zurück und rang sichtlich um Fassung.

»Entschuldigung?« Sam zuckte zusammen, als die Stimme seiner Mutter dicht neben seinem Ohr erklang. »Mr Normann, was geht hier vor?«

»Gar nichts, Mrs Winterbuttom, seien Sie unbesorgt. Ich werde Ihre Gemälde gleich verpacken und auch die Bücher, die Sie wollten.«

»Nein!« Das Mädchen wehrte sich noch mehr gegen die Hände, die sie hielten. »Das dürfen Sie nicht tun! Das sind meine ...«

»Schaffen Sie sie mir aus den Augen«, fuhr Ronny die Möbelpacker an. »Wenn du schnell bist, Mädchen, bist du vielleicht weg, ehe die Polizei eintrifft.«

»Bitte, ich will nur meine Kiste, bitte!«

»Hau ab!«

Das Mädchen kämpfte und keuchte. Sam griff nach dem Arm seiner Mutter, ohne wirklich zu wissen, was er sagen sollte. Empörung und Fassungslosigkeit schnürten ihm die Kehle zu. Das Mädchen kam ihm zuvor. Mit einem wütenden Schrei riss sie sich los und stürmte über den Platz. Ziellos sprang sie zwischen den Sachen umher. »Wo ist sie, Ronny?!«, brüllte sie. »Wo?«

»Du bist ja krank!«, schrie Ronny zurück. »Total durchgeknallt!«

In der Ferne näherten sich Polizeisirenen. Sams Mutter begann auf den Anzugträger alias Ronny einzureden, während Sam hilflos dastand und den Blick nicht von dem Mädchen lösen konnte, das von den Möbelpackern durch die Verkaufsstücke gejagt wurde. Ihre Bewegungen wurden immer fahriger. Sie riss ein Buch hoch und drückte es an ihre Brust. Diese Bewegung kostete sie ihren Vorsprung. Einer der Männer packte sie an den Haaren und riss sie zurück. Sam rannte los, setzte über einen Schreibtisch und rammte den Mann wie ein Rugbyspieler. Hart kam er auf dem Boden auf, rappelte sich hoch und schubste einen zweiten Mann von dem Mädchen weg. Leider war der Typ doppelt so breit wie er selber und schon bald lag Sam auf dem Boden und kämpfte gegen einen stählernen Griff an.

Ein schriller Pfiff ertönte. »Genug!«, brüllte eine unbekannte Stimme, dann verschwand das Gewicht von seiner Brust. Sams Mutter zog ihn auf die Füße, ihr Gesicht war kreidebleich. Das Mädchen zappelte im Griff zweier Polizisten, von denen ihr einer gerade die Hände auf den Rücken drehte.

»Hey!« Sam schüttelte seine Mutter ab und stürmte auf die drei zu. »Hey, lassen Sie sie in Ruhe, sie hat nichts gemacht!«

Einer der Männer wehrte ihn ab. »Sie ist eine Ausreißerin, junger Mann.«

»Eine ... was?«

»Sie haben schon richtig gehört. Die Kleine ist uns nicht unbekannt, also glauben Sie mir, wir wissen was wir tun.« Der Mann warf ihm einen mitleidigen Blick zu. *Armer Junge,* sagten seine Augen. *Verliebt in ein Straßenkind.* »Gehen Sie aus dem Weg.«

»Aber ...« Hilflos sah Sam zu, wie der zweite Polizist die Wagentür öffnete. Das Mädchen blickte ihn mit einer Mischung aus Verwirrung und Staunen an. »... aber wo bringen Sie sie denn hin?«

»Erst mal auf die Wache und dann wird sich das Jugendamt um sie kümmern.«

Das Mädchen knickte ein, als wären die Worte des blasierten Typen giftige Pfeile, die sie trafen und ihr jegliche Kraft raubten. »Nein, NEIN!« Ihr Schrei gellte über den Rasen, ihr Blick flog über die Anwesenden auf der Suche nach Hilfe, glitt über Sam hinweg und verlor sich, mitsamt ihren Schreien, als die Autotür hinter ihr zuschlug. Eine unheimliche Stille legte sich über die Anwesenden. Blicke senkten sich. Juliet, die aussah, als würde sie gleich weinen, trat neben ihren Sohn. Sie hielt ein Buch in den Armen. Sam riss es ihr weg und stürmte auf das Auto zu. Ehe die Polizisten reagieren konnten, zog er die Tür auf und legte dem Mädchen das Buch in den Schoß.

»Es tut mir leid«, keuchte er. »Kann ich dir ...«

»Hey, junger Mann, was denken Sie sich eigentlich?« Eine schwere Hand legte sich auf seine Schulter.

Sam zerrte die Weingummitüte aus seiner Tasche und warf sie auf das Buch, ehe man ihn wegschob. Das Mädchen saß da wie erstarrt und schaute ihn aus tränennassen Augen an. Jeglicher Fluchtgedanke schien in ihr erloschen. Juliet zog ihren Sohn an sich, fort von den wütenden Polizisten. Sam zitterte vor Wut und Hilflosigkeit. Die Polizisten stiegen ein, Türen schlugen und der Motor sprang mit einem endgültigen Schnurren an. Das Mädchen saß zusammengekauert auf der Rückbank. Alles an ihr schrie nach Hilfe. Sam machte einen Schritt nach vorne, als der Wagen sich in Bewegung setzte. Etwas knackte. Er hob den Fuß und darunter kam ein geflochtenes Lederband zum Vorschein mit einem hölzernen Vogel als Anhänger.

Ein Vogel mit einem zerbrochenen Flügel.

Zwei Jahre später

Kapitel 1

Frühstücksjagd

Geschickt wich ich dem heranrasenden Fahrradkurier aus und schaffte es, gleichzeitig um die riesigen Schneepfützen auf Gehweg und Straße herumzubalancieren. Ein eisiger Novemberwind wehte durch Grinsby Town und zupfte an meinen Haaren. Seit gestern schien die Sonne und verwandelte den Graupelschnee, der uns davor beglückt hatte, in graue Matsche, die nur auf meine Füße zu lauern schien.

Das streitende Pärchen hörte man wahrscheinlich noch einen Block weiter. Sie sah aus, als käme sie gerade von einer Model-Agentur, und sein Anzug war mit Sicherheit nicht Second Hand. Eigentlich war der Typ ziemlich süß – mit den Blumen und dem Kaffee und der weißen Tüte, in der hundertprozentig etwas Essbares steckte, vermutlich noch warm und mit zart schmelzender Schokoladenglasur, oder vielleicht sogar eine nach Zimt duftende Köstlichkeit, die man nur in dieser Jahreszeit wirklich genießen konnte. Mein Magen zog sich in schmerzhafter Hoffnung zusammen, aber sie ließ sich nicht beirren und brüllte ihn vor versammelter Mannschaft an, während sie gleichzeitig versuchte, ihm auf ihren Mount-Everest-hohen High Heels möglichst elegant davonzulaufen. Ich folgte ihnen in sicherem Abstand. *Vielleicht … vielleicht … ja!*

Mit einem »Dann geh doch, wenn du unbedingt willst!« pfefferte der Anzugträger seine Mitbringsel in den nächsten Mülleimer und stürmte davon. Das war mein Stichwort. Ich verließ den gegenüberliegenden Bürgersteig und schlüpfte zwischen zwei Wagen hindurch. Niemand beachtete mich, die wenigen Passanten starrten noch immer der High-Heel-Dame nach oder waren bereits wieder in ihren eigenen Alltagstrott versunken. Der

Kaffee war futsch, aber die Tüte konnte ich fast unbeschadet aus dem Müll bergen und auch die Blumen sahen nur ein bisschen ramponiert aus. *Jackpot!*

Mit einem zufriedenen Grinsen drehte ich mich um und blickte geradewegs in das Gesicht einer Dame mittleren Alters mit Kinderwagen. Ihre Miene war eine Mischung aus Mitleid und Abscheu. Die Halskette an ihrem Hals fing einen der wenigen Lichtstrahlen, die es durch die Wolkendecke schafften, auf und verwandelte ihn in ein teures Funkeln.

Ich versuchte mich für einen Moment mit ihren Augen zu sehen. Da stand ein Mädchen, das gerade Essen aus dem Müll gefischt hatte; nicht auffallend groß oder klein und durch die hagere Gestalt auch nicht gerade hübsch. Außerdem war ich mir ziemlich sicher, dass ich einen kleinen Streifen Erde an der Wange hatte, weil ich heute Morgen auf dem Weg von Camelot hierher nicht aufgepasst hatte. Die Jeans waren mehr als mitgenommen, und auch wenn Löcher an den Knien im Sommer trendy gewesen waren, bei dieser hier war alle Hoffnung verloren. Mein Pulli war schlicht und schwarz und hatte mal einem Jungen gehört, weswegen er ziemlich formlos an mir herunterhing. Wenigstens hatte er erst *ein* Loch, das nämlich, weswegen er ausgemustert worden war: ein Riss am Kragen. Damit konnte ich leben.

Das Einzige, was noch in ebenso gutem Zustand wie mein Humor war, waren die Schuhe. Sie waren das Geschenk eines Ladenbesitzers an der Waterloo Road gewesen. Ein paar Kids hatten sich einen Streich daraus gemacht, seine Schuhe anzuprobieren und damit immer wieder nach draußen zu laufen. Als der alte Mr White sie dann zur Ordnung gerufen und um Bezahlung gebeten hatte, hatten sie ihn ausgelacht. Ich war gerade zufällig in der Nähe gewesen, hatte das Ganze mitbekommen und einen Polizisten zur Hilfe geholt, der sich beim Bäcker gegenüber hinter seiner Zeitung gelangweilt hatte. Zum Dank durfte ich mir in Mr Whites Laden ein Paar Schuhe aussuchen. Ich hatte mich für Chucks entschieden, was angesichts des Wetters vermutlich dumm gewesen war, aber ich hatte wirklich nicht wiederstehen können. Also steckten meine Füße jetzt mit dicken Socken in blauen Chucks mit weißen Schäfchen darauf, von denen je eins an den Füßen schwarz war. Ich hatte mich im ersten Moment in sie verliebt.

Die Chucks waren also okay und meine Haare, die waren es auch. Naja gut, eine Wäsche könnten sie wohl vertragen, aber das stand ja für heute Abend auf dem Plan.

Hinter der Dame bewegte sich etwas: Ein kleines Mädchen mit süßen blonden Zöpfen schob sich in mein Blickfeld. Sie hatte eine Puppe unter den Arm geklemmt, die das gleiche dunkelblaue Kleid mit weißen Tupfen trug wie sie selbst, nur ohne den farblich passenden Wintermantel, den sie in einem Akt der Rebellion offen trug. In der Hand hielt sie einen leuchtend roten Schneewittchen-Apfel. Ihre großen Augen waren neugierig auf mich gerichtet und ließen keinen Zweifel daran, dass sie mein Mülleimermanöver gesehen hatte.

»Warum hast du das gemacht?«, fragte sie mit einer hellen Kinderstimme. »Hast du Hunger?«

»Jap«, erwiderte ich ziemlich perplex. »Habe ich.«

Sie sah einen Moment zwischen mir und dem Apfel in ihrer Hand hin und her, dann kam sie auf mich zu und streckte mir das Obst mutig entgegen.

Ihre Mutter schnappte entsetzt nach Luft. »Marie!«

»Hier«, sagte die kleine Marie. »Ich habe auch noch nicht abgebissen, ehrlich.«

»Marie, das ist wirklich lieb von dir«, sagte ich und hockte mich vor das Kind, meine Beute nach wie vor in den Händen. »Aber das ist gar nicht nötig. Iss du den Apfel mal ruhig selber.«

»Wir haben noch welche im Kinderwagen«, erwiderte die Kleine treuherzig. »Ich kann davon einen essen. Aber du hast keinen Kinderwagen.«

»Das ist richtig.«

»Marie Antionette, wie kannst du nur?!«, trompetete die Mutter, die es geschafft hatte, sich aus ihrer Schockstarre zu lösen, und die Kleine jetzt am Arm packte. »Warte, bis ich das deinem Vater erzähle!«

»Aber Mama!«, protestierte die Kleine. »Das nette Mädchen hat Hunger!« Sie wand sich im Griff ihrer Mutter und warf mir blitzschnell den Apfel zu.

Ich konnte gerade noch nach vorne hechten und ihn in der Luft schnappen. Die Blumen streiften unsanft über den Asphalt und ließen ein paar Blütenblätter zurück. Mrs Kinderwagen warf mir einen wütenden Blick zu. Ich reckte ihr den Apfel entschuldigend entgegen, aber sie wich vor mir zurück, als hätte ich Pestbeulen.

»Halten Sie sich gefälligst von meinen Kindern fern, Sie ... Sie ... Straßen...«

»...kind«, half ich ihr höflich aus, da ihr wohl die Worte fehlten. »Straßenkind ist wohl das Wort, das Sie suchten. Oder war es Ratte?«

Sie starrte mich schockiert an und ergriff die Flucht. Marie winkte mir über die Schulter zu und rief »Bis dann mal«, was ihrer Mutter fast einen Herzinfarkt bescherte.

Ein leises Grinsen stahl sich auf meine Lippen. Ich warf den Apfel einmal in die Luft, fing ihn auf und biss hinein. Süße explodierte auf meiner Zunge und ich unterdrückte ein glückseliges Seufzen. *Na, wenigstens die Henkersmahlzeit hatte es in sich, dann kann ich ja jetzt losziehen, um meinen Hals zu riskieren.*

Kapitel 2

Meine Karriere als Königin der Einbrecher

Die Villa war ganz in Weiß gehalten, mit dicken Säulen und einem angrenzenden Turm. Bodentiefe Fenster, elegante Vorhänge, Kieswege durch gepflegte Grünflächen … Und sie war riesig. Ziemlich riesig. Das ganze Grundstück war einfach irrsinnig groß. Ich beobachtete es schon seit gestern, seit ich *ihn* gesehen hatte. Ich war gerade bei Miss Ming gewesen, einer sehr netten älteren Dame, der ich hin und wieder aushalf, weil sie so Probleme mit ihrem Rheuma hatte. Ich wusste ihr genaues Alter nicht, aber ihr Haar war schneeweiß und ihr Gesicht voller kleiner Falten, die zu tanzen begannen, wenn sie lächelte. Sie lächelte oft. Ihr gehörte das Cháguan, ein kleines Teehaus, in dem es unbeschreiblich gut roch.

Ich war gerade dabei gewesen, das Fenster neu zu dekorieren, als der Junge aus dem Geschäft auf der anderen Straßenseite gekommen war. Er hatte kurz innegehalten und in den wolkenverhangenen Himmel geblinzelt wie ein Vampir, der das erste Mal ans Tageslicht geht. Sein Haar war völlig zerzaust, als wäre er eben erst aufgestanden, und dunkelbraun, wie der Stamm meines Lieblingsbaumes, und sein Gesicht kantig, wie aus Stein gehauen. Er hatte diese stolze »Also ich werde dem Typen, der da auf sein Smartphone starrend auf mich zuläuft, sicher nicht ausweichen«-Haltung, die mich direkt genervt hatte. Er war recht groß, sah aber nicht gerade stark oder durchtrainiert aus. Allerdings auch nicht, als würde er den ganzen Tag auf der Couch liegen und Fish and Chips futtern. Er trug Jeans und Winterstiefel und einen Kapuzenpulli auf dem in großen Buchstaben stand »I did the kessel run in under 12 parsecs«.

Sein Gesicht hatte ich sofort wiedererkannt. Ein Gesicht, das ich niemals vergessen würde. Er hatte sich in den letzten Jahren verändert, war gewachsen und auch seine Haare waren anders. Außerdem hatte er abgenommen. Aber selbst in tausend Jahren würde ich ihn wiedererkennen. Bei seinem Anblick hatte ich direkt den Geschmack des klebrigen Weingummis wieder auf der Zunge gehabt. Ich kannte seinen Namen nicht, aber im Stillen hatte ich ihn Ernie getauft. Eine Stunde hatte ich ihn verfolgt bis hierher, an den Rand von Grinsby Town, wo der Wald begann, den ich mein Zuhause nannte.

Ich machte es mir auf meinem Beobachtungsposten bequem und fischte die Papiertüte aus meiner Jackentasche. Zimtsterne! Jackpot! Die High-Heel-Frau hatte sich definitiv etwas entgehen lassen. Was der Typ wohl angestellt hatte? Ich vergrub die Zähne in meiner Lieblingsköstlichkeit und seufzte leise. Etwas Gutes hatte der Winter: Schneeflockengeruch und Zimtsterne.

Als die Sonne schläfrig blinzelte und der Himmel ein dickes Wolkenkleid übergeworfen hatte, das mich vor Blicken schützen würde, schlich ich mich auf das Gelände. Ich war völlig durchgefroren, und wenn ich nicht aufpasste, würden mir alle meine Finger erfroren von der Hand abfallen. Vorsichtig sah ich mich um. Es gab hier zwei Hunde. Einen Beagle mit unfassbar süßen Schlappohren und etwas Größeres, Dunkleres, dessen Rasse ich nicht bestimmen konnte. Aber er sah aus, als könne er gut zubeißen. Der Beagle hieß Frodo, das wusste ich mittlerweile, weil Ernie seinen Namen ziemlich oft hatte brüllen müssen. Gut erzogen schien der Knirps nicht gerade. Ich hatte Leckerlis eingepackt und hoffte darauf, dass die beiden bestechlich waren.

Zum Glück hatte es nicht geschneit, sodass ich mir keine Sorgen um Fußspuren machten musste. Stille lag über der Nachbarschaft. Nur der Wald sang leise um mich herum sein Lied. Geduckt schlüpfte ich unter den Ästen hindurch auf den Zaun der Pferdeweide zu. Ich nutzte die Schatten, obwohl im Haus längst alles dunkel war, und vermied den knirschenden Kies. Lautlos schlich ich um das Haus herum und zu der unscheinbaren Hintertür. Vielleicht war sie ja offen ... nein. *Schade*. Ich griff nach dem kleinen Schlüssel, den ich an einem Lederband um den Hals trug. Mein Herz klopfte wie verrückt. Der Schlüssel war warm und ließ sich mühelos in das Schloss schieben. Ich zögerte eine winzige Sekunde, erwartete, dass es nicht klappen würde, dann drehte ich den Schlüssel im Schloss. Mit einem Klicken sprang die Tür auf.

Ich stieß die Luft aus, von der ich gar nicht bemerkt hatte, dass ich sie angehalten hatte, während eine Gänsehaut mir über den Rücken huschte. Hastig stopfte ich den Schlüssel wieder unter meinen Pullover und versuchte zu vergessen, dass er da war. Das Ding war mir unheimlich. Nicht nur, dass er einfach so auf meinem Kopfkissen gelegen hatte, als ich eines Nachts nach Hause gekommen war. Viel unheimlicher war das, was er tat. Ich hatte noch keine Tür gefunden, die dieser Schlüssel nicht öffnen konnte, und ich hatte es an vielen probiert. An sehr vielen. Es machte mir Angst, größere Angst, als ich zugeben wollte, aber irgendwie war es auch so ziemlich das Coolste, was mir je passiert war.

Ich zwängte mich durch die nur einen Spalt breit geöffnete Tür in die dämmerige Dunkelheit und tapste durch das Haus. Dem Wenigen zufolge, was ich erkennen konnte, wohnten hier nicht gerade arme Leute, aber protzig war es auch nicht. Große schwere Möbel, ein wunderschöner steinerner Kamin, in dem noch ein bisschen Glut leuchtete, und ein Fernseher so groß wie mein Bett. Doch was ich eigentlich suchte, fand ich nicht. Seufzend verharrte ich am Fuß der Treppe und lauschte. Ein wortloses Flüstern schwebte zu mir herab und umwehte mich wie ein Atemzug. Ich kannte das schon, hatte es oft gehört in Räumen voll mit Büchern und doch nie verstanden. Es war, wie das Wispern der Bäume, eine Sprache, aber ohne Worte. Ich fühlte, wie etwas in mir, das ich selber nicht benennen konnte, darauf antwortete. Ich setzte gerade den Fuß auf die erste Treppenstufe, da erschien oben am Geländer ein Kopf.

Ich erstarrte.

Der Beagle sah mich, bellte und stürzte mit fliegenden Ohren zu mir herunter. Ein frustriertes Zischen stolperte über meine Lippen, dann war das Tier schon da und sprang an mir hoch. »Scchhh«, flüsterte ich. »Ganz ruhig, Frodo. Sei leise okay?« Gut, dass er nur einmal gebellt hatte und sich jetzt auf ein überdrehtes Hecheln beschränkte. Ich streichelte das süße Tier ausgiebig, das sich prompt auf den Rücken fallen ließ und mir seinen Bauch entgegenreckte. *Na, das ist ja mal ein Wachhund.* Im Haus regte sich immer noch nichts. Sollte ich umkehren? Ich biss auf meiner Unterlippe herum. Noch war ja nichts geschehen. Außerdem traute ich mir durchaus zu, aus diesem Haus auch wieder abzuhauen, ohne geschnappt zu werden. Das wortlose Flüstern kroch über meine Haut und lockte mich die Stufen hinauf. Die Entscheidung fiel recht schnell.

Ich gab dem Hund ein Leckerli, das er laut krachend zerbiss, und schlich die Treppe hoch. Frodo folgte mir schwanzwedelnd. Sein Hecheln war so laut, dass ich Angst hatte alles andere zu überhören, aber er ließ sich nicht verscheuchen. Ich folgte dem Flüstern einen langen Flur entlang und war dankbar für die strukturierte Architektur des Gebäudes. Fehlte noch, dass hier so ein verrückter Architekt ein Labyrinth aus Gängen gezimmert hätte!

Die Tür, hinter der das Wispern immer lauter wurde, war nur angelehnt. Silbernes Mondlicht hatte ein Loch in die Wolkendecke gerissen und fiel durch bodentiefe Fenster. Den Raum zu betreten fühlte sich ein bisschen an wie nach Hause kommen, obwohl ich noch nie zuvor hier gewesen war. Der Geruch der Bücher war allgegenwärtig. Schweres altes Papier und dicke Bände. Die Regale zogen sich durch den ganzen Raum, bildeten Gänge und Winkel. Unter einem der Fenster standen zwei gemütliche Sessel, an einer anderen Wand eine Couch, über und über bedeckt mit Kissen und von einem handgezimmerten Regal eingefasst. Ich spürte, wie meine Mundwinkel nach oben zuckten und ein Lächeln bildeten. Meine Finger glitten über die Buchrücken und das Wispern kroch über meine Nägel bis in meine Arme hinein, wanderte zu meinem Herzen. Bilder tauchten vor meinem inneren Auge auf. Grüne Wälder und weite Ebenen. Felsen, die kristallklare Teiche umschlossen, und Schlösser unter einem ewigen Himmel. Ein Regenbogen, der …

Das Geräusch einer Tür ließ mich zusammenzucken, augenblicklich erstarben die Bilder und das Flüstern verstummte. Ich huschte hinter eins der Regale, spähte aus den Fenstern und suchte einen Fluchtweg für den Notfall. Frodo, der bis eben noch treu an meiner Seite gewesen war, gab ein freudiges Bellen von sich. Im nächsten Moment öffnete sich die Tür zu der Bücherei, die ich nach meinem Eintreten wieder angelehnt hatte, und Frodo rannte kläffend auf eine dunkle Gestalt im Türrahmen zu.

»Scchhh, Frodo, sei leise!«

Mein Herz machte einen Satz. Der Schatten war niemand anderes als Ernie, ich erkannte seine Stimme und in dem silbernen Licht auch seine blonden Haare. Ich spähte hinter dem Regal hervor.

Er ging eben in die Hocke und beruhigte den Hund. »Anni schläft doch. Und wir wollen sie nicht wecken, hm? Ihr geht's doch heute nicht so gut. Also müssen wir ganz leise sein.«

So, Ernie hat also eine Freundin. Warum genau berührt mich das noch gleich? Schön zu wissen, dass es ihm gut geht. Bestens versorgt mit all dem, was ich nicht habe. Ich scheuchte meine fiesen Vampirmottengedanken fort, ehe sie mich aussaugen und zu einer Dummheit treiben konnten. Am Fenster links von mir klopften zart die Äste eines Baumes. Wenn ich den erst mal erreichte, war ich so gut wie weg. Naja, es sei denn, ich brach mir den Hals, das wäre dann ein sehr unrühmliches Ende meiner Kariere als Königin der Einbrecher. *Warum bin ich nur hergekommen, das ist doch Irrsinn!* Aber dieser winzige Funke Hoffnung, der in mir aufgeglommen war, als ich ihn gesehen hatte, hatte sich unerbittlich in mein Tun gebrannt und mich hergetrieben. Alles, was ich wollte, war, die kleinen Teile meiner Vergangenheit wiederzufinden und in Sicherheit zu bringen.

»Na, komm schon, Kleiner. Was hast du denn?« Ernie versuchte Frodo zur Tür zu locken, aber der kleine Verräter zögerte und sah genau in meine Richtung. Ich biss die Zähne zusammen und versuchte irgendwie mit den Schatten zu verschmelzen, aber leider war das hier kein Wolfgang-Hohlbein-Roman und ich keine Elfenprinzessin. *Schade aber auch.*

Ernie trat ein paar Schritte in den Raum hinein. »Hallo?« Im nächsten Moment lachte er los. »Oh man, wie bescheuert.« Er gluckste in sich hinein und ich musste die Lippen fest zusammenkneifen, um nicht ebenfalls loszulachen. *Wenn der wüsste.*

Unwillkürlich fragte ich mich, ob er mich erkennen würde, schob den Gedanken aber sofort beiseite. Er hatte mit Sicherheit keine Sekunde mehr an mich verschwendet. Ich hörte, wie er noch einen Schritt in den Raum machte. Blitzschnell huschte ich zur Seite und zum nächsten Regal. Mein Herz klopfte wie verrückt. Ernies Schritte stockten. Sein Misstrauen war plötzlich fast greifbar. *Mist! Mist! MIST!*

»Lieber Herr Einbrecher, wenn Sie sich in die Bücherei verlaufen haben, spricht das nicht gerade für ihren Orientierungssinn. Das Silbergeschirr ist unten im Salon.« Ernies Stimme entfernte sich und kam dann wieder näher. Er befand sich irgendwo links, zwischen mir und dem Fenster. *Mist! Mist! MIST!*

Ich tastete mich an dem Regal entlang Richtung Tür. Vielleicht konnte ich schnell rausschlüpfen, während er … Meine Finger streiften einen Buchrücken. Plötzlich sah ich einen dichten Wald aus grünen Bäumen, die rings um ein verfallenes Schloss wuchsen. Moos besetzte die Türme, Efeu rankte daran empor bis zu den sterbenden steinernen Spitzen. Bunte Blumen zierten die Reste der Mauern und eine Gestalt im langen Mantel schlich vorsichtig durch die Trümmer.

»Gefahr«, zischte eine Stimme. »Sie kommen!«

Ich riss meine Hand zurück und holte tief Luft. Augenblicklich erstarben Ernies Schritte. Er hatte mich gehört. Mein Herzschlag dröhnte in meinen Ohren. Die Tür war viel zu weit weg, das Fenster unerreichbar. Sollte ich einfach losrennen? Im nächsten Moment knurrte etwas leise hinter mir. Ich fuhr so hastig herum, dass ich beinahe gestolpert wäre. Der zweite Hund stand vor mir, sein Kopf war auf Höhe meines Bauchnabels. Ohne wirklich nachzudenken, hielt ich ihm kurz die Hand vor die Schnauze und streichelte dann seinen Kopf. Einen Moment glaubte ich, er würde mir die Hand abbeißen, doch er ließ sich die Berührung gefallen.

»Argos? Bist du das?«

Ernies Stimme war so nahe, dass ich einen erschrockenen Satz bis fast an die Zimmerdecke machte. Frodo kam freudig um die Ecke gesaust, prallte gegen meine Beine und sprang an seinem Freund hoch. Schritte näherten sich. Ich huschte weiter, brachte Regal für Regal zwischen mich und diesen Jungen, ehe ich mit zitternden Beinen innehielt.

»Du hast mir ja einen Schrecken eingejagt«, lachte Ernie. »Na, kommt, ihr zwei. Genug Abenteuer für heute Nacht.«

Die Schritte entfernten sich, dann fiel die Tür ins Schloss. Im selben Moment floss jede Konsistenz aus meinen Beinen zu einem See der Erleichterung zusammen. Ich rutschte an dem Regal hinab und lehnte mich aufseufzend dagegen. *Nein, Meisterdiebin war definitiv nicht meine Berufung!*

Kapitel 3

Mein geheimes Camelot

Ich blieb die ganze Nacht in der Bibliothek und verschwand mit den ersten Farben der Dämmerung im Wald. Es dauerte eine Weile, bis ich mein Zuhause erreichte, und wie fast immer tauchte es urplötzlich zwischen den Bäumen auf, als hätte eine gute Fee gerade jetzt beschlossen, es dort hinzusetzen. Das Baumhaus schwebte in den Ästen hoch über dem Boden, nur erreichbar durch zwei Strickleitern. Oder die Fähigkeiten eines Eichhörnchens. Da ich die in mir bisher noch nicht entdeckt hatte, nahm ich die Strickleiter.

Als ich das Haus das erste Mal gesehen hatte, war es mir wie ein Traum vorgekommen. Misstrauisch war ich hinaufgeklettert und hatte mich in der hölzernen Oase umgesehen. *Wer hat es gebaut? Warum nutzt es niemand? Warum steht es mitten im Wald? Wie alt ist es?*

Fragen, auf die ich nie eine Antwort gefunden hatte. Das Haus wirkte beinahe, als wäre es aus dem Baum herausgewachsen. Äste saßen in den Wänden, die trotzdem eindeutig Bretterformen aufwiesen – Handwerk und Natur miteinander verschmolzen. Es sah wunderschön aus und war außerdem recht praktisch, weil sich so kleine Regale bildeten. Und doch waren die Fragezeichen in meinem Kopf recht gewaltig.

Und noch etwas war seltsam: Die Temperatur innerhalb der hölzernen Wände veränderte sich nicht. Als ich das Baumhaus vor etwa einem Jahr, im tiefsten Winter entdeckt hatte, war der Wald fast im Schnee erstickt und ich halb erfroren. Doch oben im Baumhaus war es angenehm warm gewesen. Und dort befand sich definitiv nirgendwo eine versteckte Fußbodenheizung. Eigentlich befand sich dort gar nichts, außer zwei hölzernen Kisten und einem kleinen Schrank, alles leer, nicht einmal eine Spinne hatte ich dort gefunden *(Gut so, ich hasse Spinnen!)*.

Ich trat meinen üblichen Erkundungsgang an, überprüfte kurz, ob jemand hier gewesen war, und zog dann an dem versteckten Seil, mit dem ich die Strickleiter zu mir herunterholte. Oben angekommen atmete ich erleichtert auf, schlüpfte aus meinen Schuhen, um keinen Schneematsch zu verteilen, und nahm den altersschwachen Rucksack ab, in dem ich die gestohlenen Bücher transportiert hatte. Sie waren nicht wirklich *gestohlen*, immerhin hatten sie schon einmal mir gehört. Ich war unheimlich froh, sie zurückzuhaben, eine Erinnerung an Eleonore, an ihre Stimme und an eine Zeit vor dieser hier. Behutsam holte ich meine Schätze aus dem Rucksack und betrachtete die Umschläge. Eigentlich hatte ich irgendwie gehofft, sie nicht in der Villa zu finden; gehofft, dass die Winterbuttoms sich vielleicht doch nicht an fremdem Eigentum vergriffen hätten. Andererseits ... sie wussten es ja nicht, ahnten nicht, dass Eleonore sie mir versprochen hatte. Ein Versprechen, das ihr ätzender Sohn für sie gebrochen hatte. Ich blinzelte die Tränen fort. »Jetzt reiß dich zusammen, Hope«, brummte ich. »Sei froh, dass du sie wiederhast, und gut.«

Goldsommer und *Peter Pan* schob ich in eine Nische in der Wand, aber *Robin Hood* nahm ich mit auf mein Bett. Es bestand aus einem Dutzend Decken und einer löcherigen Matratze, bei deren Transport hier hoch ich mir fast den Rücken gebrochen hatte. Sie hatte vor einem Hochhaus gelegen, zusammen mit einer alten Couch und anderem Zeug, das für mich unmöglich zu transportieren gewesen war. Aber ich mochte meinen Rücken und mein Rücken schätzte nun mal etwas Weicheres als den Fußboden zum Übernachten. Ich besaß jetzt sogar so etwas wie Vorhänge, eigentlich waren es T-Shirts, die mir zu klein waren und die ich grob mit etwas Garn, von Miss Ming, zusammengenäht hatte; und einen schrecklich hässlichen Teppich in einer Farbe, die ich nicht definieren konnte. Vermutlich ein Unfall des Projekts Ich-färbe-jetzt-meinen-Teppich um. Naja, aber er war dick und weich und somit toll.

Das Baumhaus selbst bestand aus einem großen Raum, in dem ich mühelos stehen konnte. Eine Art Galerie lief einmal außen herum und unter dem spitzen Dach war eine Nische eingebaut, wo man sitzen und in den Himmel blicken konnte. In jedem Vorsprung, jeder Ritze in den Wänden, hatte ich Bücher untergebracht und weitere stapelten sich auf dem Boden und in einer Kiste. Bücher waren heutzutage beinahe leichter zu bekommen als etwas Warmes zu essen. Sie standen in Telefonzellen und an Bahnhöfen. Ich nahm sie mit, wo immer ich konnte.

Das Baumhaus war mein Geheimversteck, mein Zuhause, meine Burg, mein Camelot. Seufzend betrachtete ich die *Robin Hood*-Ausgabe in meiner Hand. Die Seiten waren leicht gewellt, weil ... Hastig verdrängte ich den Gedanken, bis er an der hintersten Wand meines Gehirns in tausend Scherben zersplitterte. Aber der Schmerz war schneller, wand sich schlangengleich durch mich hindurch und biss mich mit giftigen Fangzähnen ins Herz. »Verraten«, flüsterte es in meinem Kopf und nichts konnte diese Stimme zum Verstummen bringen. Ernies Gesicht tauchte vor meinem inneren Auge auf. Er war dort gewesen. Urplötzlich. Und er hatte mich mit diesem Blick angesehen, der mich noch monatelang verfolgt hatte. Ich hatte darauf gewartet, dass er kam und mich aus diesem schrecklichen Haus holte, in das mich diese ätzende Schnepfe vom Jugendamt gesteckt hatte. Aber er war nicht gekommen. Und irgendwann hatte ich das Warten sattgehabt und war abgehauen. Ich war quer durch England gezogen, von einem Schlafplatz zum anderen. Einen ganzen Winter hatte ich in einer Blockhütte an einem wunderschönen See gelebt, bis die Besitzer plötzlich aufgetaucht waren. Hin und wieder hatte ich einen Job gefunden und hatte eine Weile bleiben können, bis doch wieder irgendetwas geschah, was mich zum Weiterziehen zwang. Bis ich schließlich Camelot gefunden hatte.

Ich rollte mich auf meinem Bett zusammen. Tränen tropften auf die rauen Decken. Ich umklammerte das Buch mit beiden Armen und lauschte dem Flüstern, bis der Schlaf mich fand.

***

In meinem Traum lief ich über eine grüne hügelige Landschaft, auf der Schmetterlinge tanzten. Der Himmel war so leuchtend blau, wie ich es noch nie gesehen hatte. Meine Füße, die in ledernen Stiefel steckten, ganz ähnlich denen aus den Waldläufer-Romanen, sanken tief im Gras ein. Neben mir rannte jemand, doch ich konnte ihn nicht genau erkennen, ich wusste nur, dass er dort hingehörte. An meine Seite. Im Traum tat dieser Gedanke nicht weh. Dann veränderte sich die Landschaft: Hecken tauchten vor uns auf, formten ein riesiges Labyrinth, an dessen Eingang eine Statue stand, die irgendwie ... seltsam undeutlich war.

Plötzlich schlug mein Herz wie verrückt. Ich wusste, dass es wichtig war, dort hineinzugehen, aber der Eingang zu dem Labyrinth wirkte bedrohlich und erzählte von den Gefahren, die darin lauerten. Der Himmel verdunkelte sich über den Hecken und ein Blitz zuckte durch die Wolken. »Tu es nicht«, flüsterte eine Stimme. »Lauf, kleines Mädchen, lauf!«

Die Stimme fraß sich wie eiskalter Hagel durch meine Haut, brannte und zehrte an meinen Nerven. Zögernd machte ich einen Schritt nach vorne und ein tiefes Knurren drang aus dem Inneren des Labyrinths. Jemand legte mir eine schwere Hand auf die Schulter und ich fuhr mit einem Schrei herum. Das Wesen vor mir war in einen zerfledderten Mantel gekleidet, Dunkelheit waberte um die Formen, die irgendwie asymmetrisch wirkten, und statt des Gesichts war da ein unendliches schwarzes Nichts mit glühenden Augen voller Boshaftigkeit.

Schweißgebadet schreckte ich aus dem Schlaf hoch. Mein Herz raste wie wild und eine tiefe, bitterböse Angst saß mir in den Knochen. Es dauerte einen Moment, bis ich die Decken beiseite schlagen und aufstehen konnte. Mein Körper fühlte sich an, als wäre ich ewigw lange gerannt. Ich trat auf die Galerie und schöpfte eisiges Wasser aus dem Eimer, der dort stand. Mein Atem bildete feinen Dampf in der Luft. Es hatte geschneit. Eine dünne weiche Decke lag auf den Ästen und ließ sie wunderschön aussehen. Dem Stand der Sonne nach zu urteilen, hatte ich den halben Tag verschlafen, mein Magen knurrte heftig und erinnerte mich daran, dass ich seit dem Croissant nichts zu mir genommen hatte. Fröstelnd trat ich zurück ins Innere des Baumhauses und hielt nach meiner Jacke Ausschau.

Doch irgendetwas stimmte nicht. Ein Blick nach unten ließ mir das Blut in den Adern gefrieren.

Auf dem Boden glitzerten Fußspuren aus purem Eis.

Kapitel 4

Auf zur Weltherrschaft

Die nächsten Tage waren kalt und glitzernd grau und weiß. Eine Woche war seit der seltsamen Nacht vergangen. Ich war fast jede Nacht in die Villa eingestiegen und hatte noch ein paar meiner Bücher mitgenommen. Aber das, welches ich wirklich suchte, hatte ich nicht finden können, und der Gedanke, dass es für immer verloren sein könnte, zerriss mich beinahe.

Der Traum war nicht wiedergekommen, aber es hatte zwei Tage gedauert, bis ich das Herzrasen losgeworden war, und auch jetzt auf dem Weg in die Stadt blickte ich immer wieder über die Schulter. Ein seltsames Gefühl klebte an meiner Haut und ich konnte es nicht abschütteln.

Kurz vor meinem Ziel begann es leicht zu schneien, feine Flocken verfingen sich in meiner Haarmähne, die schon wieder nach einer Dusche rief. Das Cháguan lag zwischen einer Modeboutique und einem Bioladen, wirkte irgendwie klein und schief, aber trotzdem wunderschön. Miss Ming sah auf, als ich den Laden betrat, und verzog das Gesicht zu einem faltigen Lächeln. Die Blumen, die ich ihr gestern noch gebrachte hatte, bevor ich zur Villa aufgebrochen war, standen in einer filigranen Vase neben der Kasse und der Anblick rührte mich.

»Hallo, Hope.« Ihre Stimme war leise und sanft. Ich hatte sie noch nie schreien gehört. Sie trippelte auf mich zu und streckte die Hand nach mir aus. Ihr Lächeln wich Besorgnis. »Was ist denn passiert?«

Erschrocken tastete ich über mein Gesicht, als würden die Emotionen dann an meinen Fingern kleben bleiben. »Nichts, nur ein Albtraum …« *Okay, wahrscheinlich war es mehr, aber wie soll ich das denn erklären?* Das Eis war innerhalb von Sekunden geschmolzen und jeder Spuk so schnell verschwunden, dass ich schon fast fürchtete/hoffte/wünschte, mich getäuscht zu haben.

»In China sagt man: ›Wende dich stets der Sonne zu, dann fallen die Schatten hinter dich‹«, zitierte Miss Ming. »Hier, trink diesen Tee und erzähl mir von deinem Traum oder sag mir, warum du neulich einfach davongestürmt bist.«

»Ich würde eigentlich lieber arbeiten statt reden. Am besten irgendetwas Hochkompliziertes, wo ich meinen Kopf ausschalten kann. Die Weltherrschaft oder so.«

»Ich fürchte, so etwas kann ich dir hier nicht bieten. Aber ich habe eine neue Teelieferung bekommen, kümmerst du dich darum?« Mein Bauch meldete sich, ehe ich antworten konnte, und Miss Ming zog die Brauen zusammen. »Wann hast du zuletzt gegessen, hm?« Ich wollte sie nicht anlügen, also schwieg ich, während mir das Blut langsam in die Wangen kroch und meinen Blick zu Boden zwang. »Wirst du mich wieder anschreien, dass du keine Almosen willst, wenn ich dir ein Brot mache?«

»Ich ... Tut mir leid.«

»Und danach kannst du mir bei der Abrechnung helfen, ich glaube, ich übersehe da irgendetwas.«

»Zahlen sind nicht gerade mein Ding.«

Miss Ming zwinkerte mir zu. »Die kommen aber vor der Weltherrschaft.«

Kapitel 5

Der Tag, an dem ein Nerd Kamikaze Jane vom Dach fing

Noch in derselben Nacht stieg ich wieder in die Villa ein. Ich eilte die Treppe hinauf, übersprang die knarrende Stufe, die ich mittlerweile kannte, und schlüpfte in das Bücherzimmer. Es war stockfinster, die Vorhänge waren zugezogen. *Seltsam, das war in den letzten Nächten nicht so.* Etwas knarrte. Die feinen Härchen in meinem Nacken richteten sich auf. *Hier stimmt etwas nicht.* Ich wollte zurück, doch es war schon zu spät.

Die Tür flog zu, etwas stürzte auf mich zu und warf mich zu Boden. Heißer Hundeatem traf mein Gesicht und im nächsten Moment schnappte etwas um mein Handgelenk. Ich trat um mich und traf. Jemand stöhnte auf, doch schon zog sich die Schlinge auch um mein zweites Handgelenk und riss meine Arme nach oben. Ich zog, so fest ich konnte, aber nichts rührte sich. Panik wallte in mir hoch, die Dunkelheit kroch aus allen Ecken und hüllte mich ein. Ich hörte, wie sich links etwas bewegte, trat zu und traf erneut. Aber im nächsten Moment schnürte sich auch etwas um meine Beine. Jemand erhob sich mit einem tiefen Atemzug, als ob er Schmerzen hätte, dann flackerte Licht auf und brannte sich in meine Netzhaut.

Vor mir stand Ernie, der sich gerade eine seltsame Brille vom Kopf zog und in eins der Regale legte. Seine Haare standen in alle Richtungen ab, er war ganz in Schwarz gekleidet und hatte einen Kratzer auf der Wange, der vermutlich von mir stammte. Seine Augen hatten die Farbe von geschmolzener Schokolade und in ihnen lag ein Funken Lebensfreude, den man bei nicht vielen Leuten fand. Und da war kein Mitleid. Nur Neugier. Trotzdem ... es tat weh.

Und dann passierte etwas Seltsames. Es war fast, als würde ich durch seine Augen sehen. Ich sah ein Mädchen in abgewetzten Jeans, durchnässten

Chucks und einem Pulli, der kaum verbergen konnte, wie dünn sie darunter war. Keine Jacke, keine Mütze, ihre Haut war von der Kälte gerötet oder vielleicht auch von ihrem Gerangel gerade eben. Die langen schwarzen Haare umrahmten ihr Gesicht und fingen die Farbe ihrer grauen Augen auf, die ihn riesengroß und mit trotzigem Schrecken musterten.

Ich sah mich.

Erschrocken sog ich die Luft ein und wich, so weit es ging, vor ihm zurück. Das Bild verschwand.

Ernie legte den Kopf schief. »Alles klar?«

»Lass mich sofort los!«

»Erst, wenn du mir ein paar Fragen beantwortest.« Behutsam ging er vor mir in die Hocke und hielt sich die Rippen. »Du hast einen ganz schönen Rums.«

Ich sah nach oben. Meine Hände waren mit Plastikhandschellen gefesselt und hingen an einem einfachen Seil, das er oben an einem der Regale befestigt hatte. Das Ganze war eine miese, fiese Falle und ich war genau hineingetappt, ich dumme, unvorsichtige …

»Du kannst noch so fest ziehen, das hält, glaub mir.« Ernie streckte die Hand aus und kraulte den großen Hund neben sich hinter den Ohren. »Du bist ziemlich gut. Eigentlich schlägt Argos bei jedem Fremden direkt an. Wie hast du ihn ausgetrickst?«

»Einehmende Persönlichkeit?«, schlug ich vor. Was sollte das? Was wollte er von mir? Die Polizei rufen? Mir einen moralischen Vortrag über die Verwerflichkeit meiner Taten halten? Oder machte es ihm einfach Spaß, Mädchen mitten in der Nacht aufzulauern?

»Ich werde dir nichts tun«, sagte er in meine Gedanken hinein. »Ehrlich nicht.«

»Kannst du Gedanken lesen?«

»Klar, ich bin ein Vampir, sieht man das nicht?« Er zog die Oberlippe hoch und entblößte ebenmäßige Zähne.

»Tschuldige, Edward, ohne dein Glitzerpulver habe ich dich doch tatsächlich nicht erkannt«, spottete ich und versuchte mir mein Herzklopfen nicht anmerken zu lassen. Seine Mundwinkel hoben sich zu einem ehrlichen Lächeln, das seine Augen aufleuchten ließ. Ich stellte fest, dass ich das Lächeln erwidern wollte und verpasste mir eine innerliche Ohrfeige. *Was soll das? Reiß dich gefälligst zusammen, Hope, du sitzt in der Patsche! Keine Zeit für Schmetterlinge im Bauch!* »Wie hast du mich erwischt?«, fragte ich stattdessen.

»Das war Zufall. Du warst vorher schon hier, oder? In der Nacht, in der ich die Hunde gesucht habe? Ich hatte gleich so ein komisches Gefühl, dachte aber, das wäre nur Einbildung. Und dann hab ich dich morgens vom Haus in den Wald rennen sehen. Oder besser gesagt: Ich habe eine Gestalt rennen sehen. Erkannt hab ich dich nicht. Die Nächte darauf habe ich mich auf die Lauter gelegt.«

»Das heißt, du wusstest, dass ich hier war? Und hast nichts gesagt?« Fassungslos starrte ich ihn an. »Warum?«

Ernie zuckte mit den Schultern. »Schätze, ich war neugierig.«

»Worauf?«

»Auf dich.« Sein Blick wurde so intensiv, dass ich am liebsten davongerannt wäre. Ich rüttelte ein weiteres Mal an meinen Fesseln, allerdings eher halbherzig. Langsam begannen meine Fingerspitzen zu kribbeln. Ernie ließ mich nicht aus den Augen. »Ich mach dich los, wenn du mir versprichst nicht abzuhauen.«

»Warum sollte ich das tun?«

»Weil ich höflich frage?«, antwortete er.

»Ich könnte schreien.«

»Und meine Eltern auf den Plan rufen, die womöglich die Polizei rufen würden? Ich glaube nicht.«

Verdammt! Dieser blöde eingebildete Schnösel! »Was immer du für Spielchen spielst, ich bin keine gute Spielgefährtin«, gab ich zurück.

»Keine Spiele. Nur reden, versprochen. Ich werde dich nicht anfassen, wenn es das ist, was dir Angst macht. Auch wenn es mir schwerfallen wird.« Er schenkte mir ein Machogrinsen, das ich ihm nicht abkaufte.

»Schön«, knurrte ich. »Mach mich los.«

»Versprichst du es?«, beharrte er.

»Was?«

»Dass du nicht weglaufen wirst.«

»Eine halbe Stunde lang«, bot ich an.

»Das reicht nicht.«

»Hör zu, Ernie«, zischte ich. »Ich weiß nicht, wer du bist und was das soll, aber ich bin keine Showeinlage! Wenn du dich langweilst, geh ins Kino!«

Ernie legte den Kopf schief und betrachtete mich eine ganze Weile, so als könne er geradewegs durch meinen kaputten Pulli und die ungewaschene Haut hindurch in mein Herz sehen. Doch wenn er da etwas zu finden hoffte, täuschte er sich. Es war nicht viel übrig geblieben seit den vergangenen Jahren. Nur ein Haufen Scherben. Eine weitere war eben hinzugekommen.

Er erkannte mich wirklich nicht.

Naja, warum auch. Sein Leben war damals ja nicht grundlegend auf den Kopf gestellt worden. Trotzdem ... er hatte mich so angesehen, dass ich dachte ... Aber anscheinend hatte ich keinen bleibenden Eindruck hinterlassen. Wütend biss ich mir auf die Unterlippe.

Schweigend stand er auf, ignorierte, dass ich vor ihm zurückzuckte, und öffnete die Handschellen. *Blöder Idiot!* Blut schoss kribbelnd zurück in meine Finger, als würde es sich freuen wieder zirkulieren zu dürfen. Behutsam ließ er sich mir gegenüber im Schneidersitz nieder. Ich musterte ihn aus zusammengekniffenen Augen, rieb mir die Handgelenke und befreite meine Beine von dem bunten Springseil, das als Fessel gedient hatte. Am liebsten wäre ich aufgesprungen und davongerannt, doch irgendetwas ... hielt mich hier.

»Mein Name ist Robinson Alexandre Isaac Leonardo.«

»Wie bitte?«, fragte ich verdutzt und vergaß für einen Moment meine Misere.

»Meine Mum ist Malerin, daher der Leonardo. Isaac, weil ich am selben Tag wie Isaac Newton geboren bin. Alexandre von Alexandre Dumas – dem französischen Schriftsteller, der unter anderem *Die drei Musketiere* geschrieben hat – und naja, Robinson ist klar, oder?«

»Das sind ziemlich viele große Namen.«

»Du kannst mich Sam nennen«, meinte er.

»Sam?«

»Ja.«

»Warum ausgerechnet Sam?«, wollte ich wissen.

»Ich mag den Namen. Und er wiegt nicht so schwer wie die anderen. Außerdem ist es eine Abkürzung«, erklärte er.

»Wofür?«

»Das verrate ich dir nicht«, sagte er.

»Du lügst.«

»Das zu behaupten, ist nicht gerade nett von dir.« Er legte die Handgelenke locker auf die Knie wie bei einem entspannten Kaffeekränzchen. »Sagst du mir jetzt, wie du heißt?«

»Hope.« Ich wusste selber nicht, warum ich es ihm sagte, aber er nickte, als hätte er es schon immer gewusst, während seine Augen sich weiteten.

»Also bist du es tatsächlich. Das Mädchen aus dem Haus in diesem Kaff vor Bristol. Ich war mir nicht sicher, weil du …«

»Ja.« Mehr sagte ich nicht. Nur zwei Buchstaben, die zusammen ein furchtbar schweres Wort ergaben. *Er erinnert sich also doch.*

»Du siehst anders aus«, murmelte er. »Warum hast du denn nichts gesagt?«

»Was denn?«, fauchte ich. »Hallo, ich bin s, das Waisenmädchen?«

Wieder sah Ernie, ähm, Sam mich eine ganze Weile einfach nur an. In seinen Augen glaubte ich verschiedene Gefühle zu lesen, doch gerade als er etwas sagen wollte, ertönte vor der Tür ein Geräusch. Sam zuckte zusammen und sprang auf, im nächsten Moment war das Licht erloschen und wir befanden uns im Dunkeln. Erschrocken fuhr ich hoch und stieß mir den Kopf an etwas Hartem. »Autsch«, keuchte Ernie, ich glaubte zu erkennen, dass er sich den Kopf hielt. Ganz sicher war ich nicht, denn vor meinen Augen tanzten ungefähr sieben Millionen Sterne.

»Sam?«, erklang es vor der Tür. »Bist du das?«

Schleicht denn hier nachts immer jemand durchs Haus? Sam packte meinen Arm und zog mich hinter das nächste Regal. Ich wollte protestieren, aber er drückte mir kurzentschlossen eine Hand auf den Mund und erstickte jeden Laut. Wut kochte in mir hoch. Am liebsten hätte ich ihm die Finger abgebissen, doch ich war wie gelähmt. Sam stand hinter mir, seine Brust drückte warm gegen meinen Rücken, seine freie Hand ruhte auf meiner Schulter. Ich konnte ihn atmen hören, glaubte sogar über das Rasen meines eigenen Herzschlages hinweg den seinen zu spüren. So nah war mir seit Jahren kein Mensch mehr gekommen, jedenfalls nicht, wenn er etwas anderes wollte, als mich zu beklauen. Aber das Verrückteste war: Sein Herz schlug in genau demselben Rhythmus wie meins. Das war irrsinnig, das konnte gar nicht sein, vielleicht ...

Jeder Gedanke erstarb abrupt, als sich die Tür zur Bücherei öffnete und Sam mich noch dichter an sich zog, während er gleichzeitig einen Befehl zischte, den ich nicht verstand. Seine Wärme sickerte durch meinen Pulli und glühte auf meiner Haut.

»Argos!«, seufzte eine Frauenstimme. »Hast du dich einsperren lassen? Na, komm mein Guter, es ist schon spät.« Stundenlang, so schien es, dauerte das Klicken der Krallen des Hundes an, ehe sich die Tür endlich wieder schloss. Die Spannung glitt synchron aus unseren Körpern, entlud sich in zwei tiefen Seufzern.

»Das war knapp«, ächzte Sam und öffnete die Vorhänge. Silbernes Mondlicht strömte herein und erhellte den Raum.

»Nachdem das überstanden wäre«, ätzte ich mit wackeliger Stimme, »darf ich dann jetzt gehen?«

»Noch nicht.« Sam streckte die Hand nach mir aus, aber ich schrak zurück und prallte gegen ein Regal. Bedauern zeichnete sich auf seinen Zügen ab. »Ich will dir nichts Böses, Hope. Ich glaube, ich weiß, warum du hier bist.«

»Ach, wirklich?«

»Ja.« Er griff an den Kragen seines Sweatshirts und zog ein geflochtenes Band hervor, an dem ein aus Holz geschnitzter Anhänger baumelte. Ein Vogel mit ausgebreiteten Schwingen, der mir furchtbar bekannt vorkam. »Ich glaube, das gehört dir.«

Sämtliche Luft wich aus dem Raum, zusammen mit der Schwerkraft. Die Wände wirbelten um mich herum und verwandelten sich in die eines gemütlichen kleinen Häuschens. Ein tonnenschweres Gewicht drückte auf meine

Brust und presste allen Sauerstoff aus meinen Lungen. Sams Gesicht verschwamm und formte sich neu, älter und von der Sonne gegerbt. Ein Gesicht mit strahlend blauen Augen.

»Sieh mal, Hope«, sagte eine Stimme, eine Frauenstimme, die nicht zu dem Gesicht gehörte, denn dessen Lippen bewegten sich nicht. »Das gehört jetzt dir.«

In mir zerbrach etwas, zerplatzte wie ein Schneeball, der auf den Boden trifft. Und plötzlich war sie wieder da, die ganze Wut und das Gefühl, im Stich gelassen zu werden. Der Schutzpanzer riss und der Schmerz raste ungebremst in meine Seele. Tränen verschleierten mir für einen Moment die Sicht.

»Hope.«

Seine Stimme zog mich zurück in die Wirklichkeit. Ich starrte ihn an. Klappte den Mund auf und wieder zu und fand doch keine Worte. Sam zog sich die Kette über den Kopf und reichte sie mir langsam, beinahe zögerlich, als fürchte er, ich würde jeden Moment in tausend winzige Teile zerbrechen. Hastig rammte ich die Tür zur Vergangenheit zu und nahm ihm mit zitternden Fingern den Vogel aus der Hand. Das Holz war warm, war es schon immer gewesen, als würde tief darin etwas Lebendiges wohnen.

»Wo hast du das her?«, fragte ich ihn.

»Gefunden, als sie dich ... weggebracht haben. Ich hab es aufgehoben.«

»Aufgehoben?« Langsam fand ich wieder zu mir selbst und rettete mein verletztes Ich hinter eine Maske aus Verachtung. »Du meinst wohl gestohlen.«

»Nein, das ist nicht wahr! Meine Mum hat damals versucht dich zu finden!«

»Das ist doch Quatsch«, erwiderte ich.

»Ist es nicht. Ich würde dich nicht anlügen.«

»Du weißt gar nichts von mir! Nicht das Geringste.« Ihn anzuschreien fühlte sich gut und falsch zugleich an. Ein Teil von mir wollte glauben, was er sagte, wollte die Vergangenheit vergessen und Vertrauen fassen. Doch dieser Teil machte mir Angst, also biss und kratzte ich mit Worten, um ihn fortzustoßen. »Du bist nur irgendein verzogener Bengel, der mit seinen Eltern rumreist und Leute beklaut, weil es ihm Spaß macht.«

»Das ist nicht wahr.«

»Ihr habt zugesehen, einfach nur zugesehen, während sie mich weggebracht haben«, rief ich.

Langsam wurde auch er lauter, seine Stimme energischer: »Was hätten wir denn tun sollen?«

Der Satz zerschlug all die bösen Worte auf meiner Zunge und meine Wut wie eine übermächtige Waffe und ließ nichts als hilflose, rauchende Trümmer zurück. Sam stand dicht vor mir. Ich konnte sehen, wie sich seine Brust unter dem dunklen Shirt aufgeregt hob und senkte. Der Schriftzug darauf leuchtete in dem wenigen Mondlicht. *Winter is coming.*

»Du. Weißt. Gar. Nichts!« Mit jedem Wort machte ich einen Schritt nach hinten, am Regal entlang. Ein Wispern schlich durch das Tosen in meinem Kopf und lenkte meine Hand, schon schlossen sich meine Finger um den Einband eines Buches, ohne dass mein Kopf wirklich wusste, was passierte.

»Hope, bitte.« Sam rührte sich nicht vom Fleck, aber sein Blick folgte mir. »Ich möchte dir helfen. Bitte.«

»Helfen?«, wiederholte ich heftig und das Wort verbrannte mir beinahe die Zunge. »Wie könntest du ...« Im nächsten Moment entglitt das Buch meinen Fingern und fiel zwischen uns zu Boden. Gleißendes Licht strömte zwischen den aufgeschlagenen Seiten hervor und brandete urgewaltig gegen meine Netzhaut. Das Flüstern schwoll an, wehte um mich herum und zog mich zu dem Licht hin. Ich hörte Sam aufstöhnen, hörte, wie jemand nach Luft schnappte und der Hund aufgeregt zu bellen begann. Im einen Moment streiften meine Finger noch über das Holz des Regals, im nächsten stürzte ich kopfüber in das helle Licht.

Und verschwand.

Kapitel 6

In fremden Gefilden

Das Erste, was ich wahrnahm, war die Kälte. Sie strich wispernd über mich hinweg, um mich hier und da immer wieder in die Haut zu kneifen. Das Nächste waren die Geräusche: Da war ein Rauschen, wie im dichtesten Wald. Ein Vogel pfiff irgendwo eine seltsam schwermütige Melodie. Ich schlug die Augen auf und entdeckte über mir tiefgrüne Baumwipfel, die sich zu einer unhörbaren Musik bewegten.

Wo bin ich? Und wie zum Geier bin ich hierhergekommen?

Steif und wackelig kam ich auf die Füße und drehte mich einmal um die eigene Achse. Ich befand mich auf einer Lichtung, mitten im Wald. Und ich wagte zu behaupten, dass es nicht *mein* Wald war, durch den war ich schließlich oft genug gestreift. Nicht weit von mir lag eine reglose Gestalt.

Sam.

Der Schreck, der mir in alle Glieder fuhr, war wie eiskaltes Wasser, das mir für einen Moment den Atem nahm. Schon rannte ich zu ihm hinüber und tastete nach seinem Herzschlag.

Bumm.

Bumm.

Bumm.

Stetig und kräftig und noch immer war ich mir sicher, wenn ich nur die Hand auf meine eigene Brust legen würde, würde ich keinen Unterschied im Rhythmus spüren. Seine Augen waren geschlossen und ich ertappte mich dabei, wie ich ihm behutsam das Haar zurückstrich. Er schien unverletzt, ebenso wie ich. Was immer mit mir passiert war, als sich das Buch geöffnet hatte, ihm war es nicht besser ergangen.

Im nächsten Moment schlug er die Augen auf und blinzelte verwirrt zu mir hoch. »Hope?«

Erleichtert griff ich nach seiner Hand. »Ja, ich bin hier.«

»Verdammt.« Er rieb sich die Stirn. »Hab ich mich jetzt etwa von dir k.o. schlagen lassen?«

»Ich bin mir keiner Schuld bewusst, aber ich kann es gerne trotzdem tun.« *Spott ist so viel leichter zu beherrschen als nackte beißende Angst. Warum mache ich mir überhaupt Sorgen um ihn? »Weil du kein Monster bist«*, flüsterte die Stimme in meinem Kopf.

Sam lachte mit verzerrtem Gesicht. »Verzichte dankend. Wo sind wir?«

»Keine Ahnung. Kannst du aufstehen?« Ich rutschte von ihm weg, um ihm Platz zu machen.

»Warte.« Er griff meine Finger fester, ehe ich sie ihm entziehen konnte, und ein Prickeln schoss durch meine Finger, den Arm hinauf und bis ins Herz. »Sag erst, dass du nicht mehr sauer auf mich bist, okay? Ich wollte mich nicht mit dir streiten.«

Ist das jetzt echt seine einzige Sorge? »Meinst du das gerade im Ernst?«

Seine Lippen verzogen sich zu etwas, das beinahe als arrogantes Grinsen bezeichnet werden könnte, wäre da nicht die Reue in seinen Augen gewesen. »Ich bin ein Fan von Happy Ends.«

»Und das hier ist eins?«, fragte ich schnippisch.

»Man kann nie wissen.«

»Du spinnst.« Ich entwand ihm meine Hand, stand auf und zog die Schultern hoch. »Mir ist kalt.« Ich legte die Finger um die Vogelkette, die unter meiner Berührung vor Wärme zu strahlen begann. *Was würde ich jetzt für einen warmen Mantel geben …* Im nächsten Moment legte sich ein schweres Gewicht auf meine Schultern und Sam stieß ein erschrockenes Keuchen aus.

»Wie … hast du … das gemacht?«, stotterte er und starrte mich aus großen Augen an.

»Was?« Verwirrt folgte ich seinem Blick und sah an mir herab. Anstelle meiner löchrigen Jeans und des fadenscheinigen Pullovers trug ich jetzt einen bodenlangen Umhang im Grün der Bäume, unter dessen Saum die Spitzen meiner Chucks herausragten. Vor meinem inneren Auge tauchte ein Bild von festen ledernen Stiefeln auf und im nächsten Moment schon begannen meine Chucks zu flimmern und verwandelten sich in dunkle Lederstiefel. Erschrocken sprang ich zurück, doch die Stiefel folgten. Logisch, immerhin steckten meine Füße darin. *Was genau passiert hier?* Hatte ich jetzt Wahnvorstellungen? Ich öffnete den Mantel, blickte an mir herunter und schloss die Augen. In meinem Kopf entstand ein Bild.

Sams Pfiff verriet mir, dass es geklappt hatte. Was auch immer *es* war. »Du siehst aus wie Link«, sagte er.

»Wie wer?«

»Link, von Zelda«, erklärte er. »Das Computerspiel?«

»Ich habe keine Ahnung, wovon du redest«, murmelte ich und berührte den Stoff meines dunkelgrünen Wamses, das ich jetzt statt des Pullovers über hellbraunen Stoffhosen trug. Angst nagte an mir, aber auch eine wilde Faszination. Probehalber streckte ich die Hand aus und starrte auf meinen Ringfinger. Schon im nächsten Moment funkelte daran plötzlich in silberner Reif mit einem grünen Stein. Mein Herz machte einen Satz. Das war ja cool, richtig cool! Und total unheimlich. »Was passiert hier?«

»Keine Ahnung, aber könntest du das bei mir auch nochmal hinkriegen?« Sam war mittlerweile auf den Beinen und bot einen ebenso verfrorenen Anblick wie ich vermutlich noch vor wenigen Augenblicken selbst.

Zögernd sah ich ihn an und schluckte angesichts der hoffnungsvollen Erwartung, die in seinen Augen schimmerte. »Und wie soll ich das anstellen?«, fragte ich hilflos.

»Keine Ahnung.« Er schenkte mir ein schmales Lächeln. »Genauso wie bei dir vielleicht? Du kannst auch auf mich deuten und ›Expecto patronum‹ rufen oder so.«

»So, du hast also Harry Potter gelesen.«

»Zweimal.« Er schenkte mir ein gewinnendes Lächeln, das allerdings sein Zähneklappern zerstörte.

Ich richtete mich auf, holte tief Luft und konzentrierte mich auf seine Kleidung, stellte mir vor, wie sie sich veränderte. *Ein Clownskostüm vielleicht … okay, nein, das war gemein.* Ich kniff die Augen zusammen und blinzelte.

Nichts passierte.

Außer dass ich mir total lächerlich vorkam. Sam sah an sich herunter und wirkte enttäuscht, sagte aber nichts. Ich schloss die Augen und versuchte ihn mir in einer ähnlichen Kleidung vorzustellen, wie ich sie trug, doch als ich ihn wieder ansah, war immer noch alles wie zuvor.

Sam seufzte. »Bist du dir sicher, dass du mich nicht k.o. geschlagen hast und ich das hier gerade halluziniere?«

»Solltest du das dann nicht kontrollieren und selber deine Klamotten bestimmten können?«, entgegnete ich.

»Stimmt, warum solltest nur du Superkräfte haben?« Er legte den Kopf schief, tippte sich mit den Fingern gegen das Kinn und starrte mich an. Ich starrte unruhig zurück und wartete, dass irgendetwas passierte, doch nichts rührte sich. Schließlich ließ Sam die Arme sinken. »Es klappt nicht, also doch nicht mein Traum.«

»Woher weißt du das?«

»Weil du immer noch diese Robin Hood Version einer Nonnenkluft trägst und nicht das sexy Outfit, was ich mir vorgestellt habe«, erklärte er grinsend.

Mein Unterkiefer klappte runter. *Will der mich auf den Arm nehmen?* »Spinnst du?«, fauchte ich. »Nimmst du das hier überhaupt ernst?«

»Ernst nehmen? Was denn? Dass uns ein Buch von meinem Zuhause in einen komischen Wald gezaubert hat? Und dass dabei offensichtlich auch was mit der Zeit passiert ist, weil es hier nämlich nicht mehr Nacht ist? Und dass du auf einmal Zauberkräfte hast? Ja, doch, dass nehme ich schon irgendwie ernst.«

»Das Buch? Du denkst, wir sind wegen des Buches hier?« Auf die Idee war ich in all dem Chaos noch gar nicht gekommen.

»Wegen was denn sonst? Da war dieses Licht und du, du bist ganz steif geworden und irgendwie nach vorne gefallen, ganz seltsam. Ich bin zu dir hin und wollte dich festhalten, aber *es* war stärker. Da bin ich dir nachgesprungen.«

»Nachgesprungen?«, echote ich. »Warum das denn?«

»Ich konnte dich doch nicht alleine lassen.«

Meine Wut auf ihn erlosch, wie eine Kerzenflamme im Sturm. *Verdammt.* Irgendwo hinter uns knackte etwas. Ich fuhr auf dem Absatz herum und starrte ins Dickicht.

»Was?«, flüsterte Sam, der plötzlich neben mir stand. »Was ist?«

»Ich glaube, so allein sind wir hier gar nicht«, gab ich zurück und fühlte mich plötzlich mehr als unwohl hier so mitten auf der Lichtung. Geduckt eilte ich in die Richtung, aus der das Knacken gekommen war, ohne direkt darauf zuzulaufen. *Hoffentlich kein Bär, hoffentlich kein Bär …*

Das Wiehern eines Pferdes und der empörte Ausruf eines Mannes hallten zu mir herüber. Geduckt schlich ich zwischen den Bäumen hindurch, dicht gefolgt von Sam. Mein Herz schlug so heftig, dass man es bestimmt hören konnte. Jenseits der Bäume, nur durch ein paar dicke Stämme von der Lichtung getrennt, führte eine Straße durch den Wald. Darauf befand sich ein Karren, vor den ein Pferd gespannt war. Ein untersetzter Mann in grober Kleidung saß auf dem Kutschbock und starrte auf die drei Gestalten, die ihn umringt hatten. Selbst ohne eigene kriminelle Erfahrung erkannte ich, dass der Kutscher in einen Hinterhalt geraten war. *Vielleicht wäre mir der Bär doch lieber gewesen.*

»Oh, oh«, murmelte Sam neben mir. »Ich glaube, das ist nicht gut.«

»Glaub ich auch. Wir müssen ihm helfen.«

»Hast du die Hoffnung noch nicht aufgegeben, dass das hier nur Cosplay ist?«

Ich runzelte die Stirn. »Hießen die nicht Coldplay?«

Das Lachen, das aus Sams Mund hervorbrach, ließ die Männer zusammenschrecken. Im nächsten Moment richtete einer von ihnen, dessen Gesicht größtenteils von einem struppigen Bart verdeckt wurde, schon seine Armbrust auf das Unterholz.

»Wer ist da?«, brüllte er. »Kommt heraus!«

Na, wenigstens sprechen sie englisch. Ich warf Sam einen bitterbösen Blick zu und bedeutete ihm stehen zu bleiben, während ich selbst auf die Straße trat. Die Männer tauschten einen verwunderten Blick.

»Wer seid ihr?«, rief der Bärtige und kam auf mich zu.

»Reisende«, erwiderte Sam, der urplötzlich hinter mir stand. Ich biss mir auf die Zunge. *Dieser Idiot!*

»Reisende«, spottete der Sprecher. Sein Blick huschte über Sam hinweg, der für ein Stirnrunzeln sorgte, und blieb dann bedeutend länger an mir hängen. *Nicht gut!* »Sehe ich aus wie ein Tölpel? Ihr seid Gaukler. Aber reichlich weit weg der befahrenen Wege.«

»Wir haben eine Abkürzung gesucht.« Auf Sams Worte folgte schallendes Gelächter.

»Durch den Wisperwald?«, lachte einer der Männer. Sein Gesicht war mit kleinen Narben übersäht. »Dann seid ihr entweder verdammt gutgläubig oder sehr, sehr dumm.«

»Ihr Geisteszustand ist mir egal«, schnauzte jetzt der Dritte. »Wie kann es sein, dass er wie ein Narr aussieht und sie wie eine Dame, die sich als Kerl verkleidet hat? Wen habt ihr bestohlen?«

»Niemanden«, erwiderte ich. Ich hätte jedoch alles sagen können, denn ihr Entschluss stand schon fest, das konnte ich in ihren Augen sehen. Dem Fahrer des Karrens stand der Schweiß auf der Stirn. Seine Finger tasteten langsam nach hinten. Ich wusste nicht, was für eine Waffe er dort verborgen hatte, aber er sah nicht wirklich so aus, als könne er damit umgehen. Die anderen dafür schon.

»Wie schnell kannst du laufen?«, flüsterte Sam. »Wir rennen ihnen davon.«

»Wir können den armen Mann nicht im Stich lassen«, entgegnete ich.

»Vielleicht gehen sie zur Seite, dann kann er das Pferd antreiben und abhauen.«

»Vielleicht reicht mir nicht!«, zischte ich, während mein Kopf fieberhaft nach einer Lösung suchte. Da regte sich plötzlich etwas auf dem Karren und ein scheußliches Heulen erklang, bei dem sich mir die Nackenhaare sträubten. Fluchend wichen die Angreifer zurück, nur um im nächsten Moment wieder vorzurücken. Einer näherte sich dem Wagen mit hoch erhobenem Schwert.

»Nein!«, schrie der Fahrer, riss eine wuchtige Axt hervor und schwang sie in Richtung des sich nähernden Angreifers. Gleichzeitig kam der Bärtige auf Sam und mich zu, das blanke Schwert in der Hand.

Ich überlegte nicht lang, handelte rein instinktiv. Der Umhang glitt zu Boden. »Sam, lauf!«, rief ich und rannte los, nutzte meinen Schwung, sprang hoch und dem Mann mit beiden Füßen gegen den Bauch. Er wurde zurückgeworfen, das Schwert flog aus seiner Hand und ins Gras. Schon war ich da, meine Finger schlossen sich um den Griff. Tief atmend hob ich die Waffe auf, die grob und schwer in meiner Hand lag. Im selben Moment kroch ein seltsames heiseres Knurren meinen Arm hinauf. Beinahe hätte ich die Waffe wieder fortgeworfen. *Was geht hier nur vor?*

Das Narbengesicht schenkte mir ein grausames Lächeln und zog sein eigenes Schwert. Sein Gefährte kam mit einem gurgelnden Stöhnen auf die Beine, eine Hand auf den Magen gepresst. Seine Augen glühten vor Hass, während er einen langen Dolch hervorzog, in dessen Klinge sich die Sonnenstrahlen brachen. Auch der Dritte ließ von dem Wagen ab, Blut tropfte von seiner Hand zu Boden.

Sam stieß irgendwo hinter mir ein angstvolles Seufzen aus. *Und jetzt?* Mein Puls raste. Das Schwert in meiner Hand zitterte, als würde es sich gegen meine Führung wehren wollen. Irgendwie ... fühlte es sich böse an.

»Und jetzt, Mylady?« Das Narbengesicht lächelte noch immer. »Was wollt ihr jetzt tun, hm?« Er schwang das Schwert vor und zurück, seine ganze Haltung machte deutlich, dass er mit mir zu spielen gedachte.

Angst grub sich mit scharfen Krallen in meine Brust. Ich würde sterben. Jetzt und hier, irgendwo im Nirgendwo, durch das dreckige Schwer eines ungewaschenen Straßenräubers.

Verdammt!

So wollte ich nicht enden!

Plötzlich schoss mein Arm nach oben, parierte das Schwert des Narbigen mit einem scharfen Laut. Der Stoß drang durch mich hindurch, als würde ich von einem Lastwagen überfahren werden, aber schon wirbelte ich herum und trat dem Kerl gegen das Knie, nutzte sein Taumeln und traf erneut auf die Klinge. Die prallte ihm aus der Hand, aber auch mein Schwert entglitt mir beinahe. Zitternd wich ich zurück, während die zwei Straßenräuber zu ihrem Gefährten aufschlossen und eine Wand aus Schmerz und Tod bildeten. Ich zitterte noch immer, aber da war auch etwas anderes in mir. Etwas Starkes. Fremdes.

Von der Seite stieß Sam ein durchdringendes Indianergeheul aus und hob einen dicken Ast hoch. »Nicht!«, schrie ich, versuchte ihn mit einer Handbewegung am Boden zu halten. Einer der Männer zog etwas hinter seinem Rücken hervor und warf es in Sams Richtung. Mein Gefährte stürzte zu Boden wie ein gefällter Baum und in mir riss etwas schmerzhaft auf, erfüllte mich mit brennender Angst.

»Mylady!«

Ein Gegenstand wirbelte durch die Luft auf mich zu. Ohne Schwierigkeiten fing ich die Axt des Händlers auf, ihr Griff schmiegte sich perfekt in meine Hand. Ein warmes Säuseln lief meinen Arm hinauf. *»Feenwaffe«,* flüsterte es in meinem Kopf. Ich wirbelte sie einmal um mein Handgelenk und ein Lächeln machte sich in meinem Gesicht breit.

Mit einem Schrei stürzten die drei nach vorne.

Es war, als handelte nicht ich, sondern die Waffe, die schon tausend Kämpfe bestritten hatte. In einer raschen Abfolge parierte ich die Angriffe, schlug und trat, bis nichts mehr da war, was sich wehrte. Keuchend hielt ich inne. Die Männer lagen reglos oder stöhnend am Boden, Blut tropfte von der Klinge der Axt.

Schwer atmend ließ ich die Waffe fallen und sank in die Knie, als hätte mich all das, was mich die letzten Minuten am Leben gehalten hatte, plötzlich verlassen. Übelkeit rumorte in meinem Magen und kroch mir die Kehle hinauf. Sam taumelte herbei, ein rotes Mal war von der seltsamen Waffe um seinen Hals gezeichnet worden. Er fiel neben mir auf die Knie und zog mich in die Arme. Diesmal ließ ich es geschehen, war einfach nicht fähig mich zur rühren.

Sam streichelte meine Schultern und meinen Rücken, während er beruhigend vor sich hinmurmelte. »Alles gut«, sagte er immer wieder. »Es geht dir gut.«

Ja, das tut es. Aber irgendwie auch nicht.

Eine unendliche Sekunde verstrich, dann räusperte sich jemand neben uns. »Verzeiht, Mylady. Hier.«

Dankbar nahm ich den hölzernen Becher entgegen, den der Händler mir reichte, und trank das Wasser in einem Zug aus. Die Übelkeit wich nur schleichend. Was hätte ich jetzt für einen Tee von Miss Ming gegeben! Der Händler nahm mir den Becher ab und füllte ihn erneut. Ich nutzte den Moment, um ihn genauer zu betrachten. Er trug einfache, aber saubere Kleidung und an seiner Hand funkelte ein schwerer Ring. Sein Gesicht war glattrasiert. Ich schätzte ihn auf etwa vierzig Jahre.

»Mein Name ist Thomas O'Delle von den Sonnenhändlern.« Er verbeugte sich. »Ich stehe tief in Eurer Schuld.«

»Eher in ihrer, als in meiner«, witzelte Sam. »Der Typ hätte mich fast erwürgt.«

»Die Bola ist eine gefährliche Waffe für den, der sie zu nutzen weiß«, nickte Thomas. »Darf ich fragen, wer Ihr seid?«

»Sie ist Lady Arwen«, erklärte Sam mit der Gelassenheit eines Diplomaten. »Und mich nennt man … Legolas.«

»Es ist mir eine Freude.« Thomas neigte leicht den Kopf, während ich nicht sicher war, ob ich Sam erwürgen oder mich totlachen sollte. Ich entschied mich dafür, erstmal vorsichtig aufzustehen. Sam half mir behutsam und Thomas musterte mich besorgt. »Geht es, Mylady Arwen?«

»Ich glaube schon, vielen Dank.«

»Verzeiht, wenn ich unhöflich bin, aber ich habe noch nie eine Frau so kämpfen sehen. Geschweige denn in solcher Kleidung. Ihr kommt von weit her, nicht wahr?«

»Weiter, als Ihr ahnt«, murmelte ich. »Sieht man uns das so leicht an?«

»Wenn ich ehrlich sein darf – Ihr bietet einen wahrlich seltsamen Anblick.«

»Das mag sein, aber seht Euch dieses Gesicht an.« Sam deutete mit einem breiten Lächeln auf sich selbst. »Sehe ich aus wie ein Räuber und Mörder?«

»Nein, wie ein Weiberheld, der Pech hatte und auf die Straße gesetzt wurde«, antwortete Thomas.

Das Lachen platzte aus mir heraus, ehe ich mich zusammenreißen konnte, und hallte laut zwischen den Bäumen wider. Sam warf mir einen säuerlichen Blick zu und ich presste die Lippen aufeinander, aber ein Kichern schlüpfte trotzdem hindurch.

Thomas wirkte belustigt. »Immerhin ist Euch noch eine hübsche Begleitung geblieben. Auch wenn sie aussieht wie eine der barbarischen Kriegerinnen aus dem Norden.«

Jetzt war es an Sam zu lachen, während ich entsetzt an mir heruntersah. Ich hatte eigentlich eher ein Waldläufermotiv im Kopf gehabt. Vielleicht wäre ein Kleid doch besser? Rasch verdrängte ich die Gedanken, ehe meine Kleidung auf die Idee kommen konnte, sich spontan in etwas anderes zu verwandeln. Das hätte unseren neuen Freund sicher ziemlich verstört.

»Sagt, Herr Thomas«, begann Sam. »Ihr seid nicht zufällig die Art von Händler, die mir hierbei helfen könnte?« Er zupfte an seinem Pullover.

»Zufällig, mein junger Freund, bin ich genau das.« Thomas wandte sich zu seinem Wagen um.

Erst jetzt rieselte die Frage in meinen Verstand, was aus unseren Angreifern geworden war: Sie lagen gefesselt und geknebelt am Boden. Thomas war ziemlich schnell gewesen. Das Narbengesicht starrte mich voller Wut an.

»Was werden wir mit ihnen tun?«, fragte ich Thomas, der sich an seinem Wagen zu schaffen machte. Vorsichtshalber nahm ich die Axt wieder an mich.

»Ich nehme sie mit ins nächste Dorf, dort ist wenigstens auf einen von ihnen ein Kopfgeld ausgesetzt.« Er drehte sich zu uns um. »Nicht erschrecken, bitte.«

»Erschrecken«, sagte eine fremde Stimme und ich machte einen erschrockenen Satz zurück. Sam war ganz bleich geworden und ebenfalls zurückgewichen.

Thomas hob die Hände. »Beruhigt euch. Das ist Kurt, mein Diener. Er ist ...« Er hob hilflos die Schultern. »Nicht ganz bei sich.«

Vorsichtig trat ich näher und spähte in den Wagen. Da lag ein Mensch auf einem einfachen Deckenlager und starrte aus großen blauen Augen in die Baumwipfel hinauf, die über uns sacht ihre Köpfe wiegten, als würden sie jedem Wort lauschen. Der Mann war sehr kräftig und so groß, dass seine Füße aus dem Wagen herausragten. Langes blondes Haar hing ihm in verschwitzten Wellen ins Gesicht.

»Was ist mit ihm?«, fragte ich.

»Ich weiß es nicht. Eines Nachts irrte er um meinen Wagen herum und redete wirres Zeug. Ich holte ihn zu mir ans Feuer, den armen Kerl, ehe er sich noch den Tod holte. Nach etwas heißer Suppe wurde er ganz friedlich und ich fragte ihn, ob er nicht für mich arbeiten wolle. Auf meinen Reisen habe ich es öfter mal mit Banditen zu tun und mit so einem starken Kerl an meiner Seite ...« Thomas hob vielsagend die Schultern. »Er hat ja gesagt und begleitet mich seitdem. Er hat gute und schlechte Tage.«

»Und heute ist ein schlechter?« Sam war neben mich getreten und beäugte den Mann, der uns gar nicht wahrzunehmen schien. Etwas an seinen Augen war seltsam. Als liege ein Schleier darüber.

»Wo ist er hergekommen?« Ein seltsames Kribbeln saß mir im Nacken. »Hat er denn keine Familie?«

»Ich habe keine Ahnung, er redet nicht sehr viel. Ich glaube beinahe, dass er ... dass er gar nicht weiß, wer er ist, der Ärmste. Nicht mal seinen Namen konnte er mir sagen, jedenfalls verstehe ich es nicht – Ihurt oder so ähnlich. Darum rufe ich ihn Kurt. Nur ein Thema hat er, von dem er immer redet, er ...«

»Drachen!« Der Mann schoss so abrupt hoch, dass ich mich fast zu Tode erschrak. Sein Blick bohrte sich in den meinen. »Ich muss den Drachen töten!«

»Da seht ihr's.« Thomas seufzte und legte seinem Schützling eine Hand auf die Schulter. »Kurt, es gibt keine Drachen.«

Der Mann sank wieder zurück, der Schleier auf seinen Augen verdichtete sich, während seine Lippen sich bewegten wie im Fieber. »Es wuchs im Burgundenland eine Prinzessin auf, so schön, dass man auf der ganzen Welt nichts Schöneres hätte finden können, Kriemhild genannt ...«

Mich schauderte bei diesem Gesang. Ich konnte das Gefühl nicht erklären, und als ich Sam ansah, las ich nur Mitleid in seinen Augen, nicht aber, was ich spürte.

Thomas drückte seinem Gefährten die Hand und begann in einer Kiste zu kramen, bis er Sam schließlich ein Bündel hinhielt. »Hier, das sollte gehen.«

Wenig später trug Sam ein weißes Leinenhemd über Hosen aus hellem Rehleder und eine farblich passende Weste. Thomas zauberte noch einen warmen schweren Mantel hervor und glänzende Stiefel.

»Jetzt seht Ihr beinahe wie ein Edelmann aus, Sir Legolas.« Thomas lächelte zufrieden. Sein Blick glitt zu der Axt, die ich noch immer in der Hand hielt. Ertappt hielt ich sie ihm hin, aber er schüttelte den Kopf. »Ich bin kein Freund von Waffen, ich habe sie eher durch Zufall erhalten und Euch hat sie gute Dienste geleistet. Nehmt sie. Auf dass Euer Weg sicher sei.«

»Das kann ich nicht annehmen«, stotterte ich. Selbst ich konnte sehen, dass es sich um eine wertvolle Waffe handelte, der Griff war mit feinen Schnitzereien versehen. »Was bedeuten die Zeichen?«

Thomas sah mich verwirrt an. »Welche Zeichen?«

»Die Schnitzereien auf dem Griff, die ...« Ich brach ab und eine Gänsehaut lief mir über den Rücken, als ich begriff, dass er nicht sah, was ich sah. Sam trat näher und berührte den Griff der Axt. Seine Miene drückte pure Verwirrung aus. Augenblicklich war mir wieder schlecht. »Ihr seht es nicht?«, flüsterte ich. »Wie kann das sein?« Ich rieb mit dem Daumen über das Holz. »Wie ... wie geht denn das alles?«

»Hey, ganz ruhig.« Sam legte einen Arm um mich. Eine deutliche Warnung, nicht gerade jetzt den Verstand zu verlieren. »Das finden wir schon raus, okay?«

»Könnt Ihr mir die Zeichen beschreiben?« Thomas Blick flackerte unruhig, und als ich ihm beschrieb, was ich sah, und eins der Symbole in den Waldboden kratzte, wurde er blass. »Feenzeichen. Was Ihr da seht, Lady Arwen, das sind die Zeichen der Feen.«

»Feen?«, echote Sam verblüfft. »So wie in Tinker Bell?«

»Ich weiß nicht, was das ist.« Thomas sah mich seltsam an. »Wer seid Ihr?« Ehe ich mir eine Lüge ausdenken konnte, schüttelte er schon den Kopf. »Vergesst es, Ihr werdet es mir ohnehin nicht sagen. Ihr habt mir das Leben gerettet, dafür bin ich Euch dankbar. Aber Ihr müsst vorsichtig sein. Tragt diese Sache nicht offen mit Euch herum, sprecht mit keinem Fremden über die Zeichen.«

»Aber …« Hilflos sah ich von ihm zu Sam und zurück. »Wir brauchen Hilfe. An wen können wir uns wenden?«

»Es gibt einen, der in diesen Dingen Rat weiß«, antwortete Thomas. »Man sagt, er sei ein Zauberer. Wenn ihr ein paar Stunden diesem Weg folgt, dann erreicht ihr Camelot, dort werdet …«

»Warte mal kurz!« Sam fuchtelte wild mit der Hand in der Luft herum. »Hast du gerade Camelot gesagt?«

»Ja.«

»*Das* Camelot?«

»Gibt es denn noch ein zweites?«, fragte Thomas.

»Wir reden von Camelot, dem Schloss von Artus. Mit der Tafelrunde und Excalibur und Lancelot und dem heiligen Gral und allem? Wer bist du, Robert Wace? Was ist das hier für ein Trick?«, fragte Sam ungläubig.

Ich zupfte an Sams Ärmel, um ihn zu beruhigen, obwohl mir selber recht mulmig zu Mute war. »Thomas?« Meine Stimme klang seltsam. »Wo sind wir hier?«

»Mylady Arwen, Ihr befindet Euch auf einem der Pfade durch den Wisperwald. An seinem Anfang werdet ihr die Burg von Artus Pendragon sehen, unserem geschätzten König, Englands Thronfolger, und seinen Rittern der Tafelrunde«, erklärte Thomas.

Sam drehte sich zu mir um, seine Augen waren riesengroß und rund, seine Wangen ganz blass. »Ach du Schande.«

Kapitel 7

In Gesellschaft einer Kriegerprinzessin und das ganz ohne Weingummi

Wir halfen Thomas, die drei Gauner zusammen mit ihren mörderischen Blicken auf den Wagen zu hieven, und verabschiedeten uns. Ich spürte seinen Blick noch eine ganze Weile im Rücken. Kein Wunder. Vermutlich war er mindestens halb so verwirrt wie wir. Er hatte uns gesagt, dass es auf der Burg einen Zwischenfall gegeben habe, weswegen er es vorzog weiterzuziehen. Um was genau es sich handelte, hatte er uns aber nicht sagen können.

Ich trug die Axt in einer Art Gurt auf dem Rücken und fühlte mich damit ein bisschen wie Gimli Glóins Sohn aus *Herr der Ringe*. Sam hatte eins der Schwerter von den Dieben nehmen wollen, aber ich hatte ihn davon abgehalten. Zu böse war das Gefühl gewesen, das die Klinge in mir hervorgerufen hatte. Stattdessen hatten wir in einem ihrer Bündel einen Dolch gefunden, der vermutlich gestohlen war. Sam hatte ihn an sich genommen, auch wenn ich mich fragte, was er damit anstellen wollte. Aber vielleicht hatte er ja neben dem Fach »Wie schwimme ich am besten in meinem Geld« auch noch »Fechten« oder etwas Ähnliches belegt.

Er sah nervös aus. Beinahe so, als hätte er Lust, hysterisch schreiend im Kreis zu rennen. Womit wir schon zwei wären. Was passierte hier? Wo war *hier* überhaupt? Und was war mit mir geschehen? Nicht nur, dass ich meine Kleidung verwandeln konnte – eine Fähigkeit, für die jedes Mädchen wahrscheinlich töten würde – nein, jetzt sah ich auch noch geheimnisvolle Schriften, die sonst niemand sah. Was vielleicht auch einfach bedeutete, dass ich nicht alle Tassen im Schrank hatte. Und wenn jemand mit einem Schwert auf mich losging, dann konnte ich ihn besiegen. Aber nicht mit jeder Waffe. Ach, und anscheinend waren wir wie auch immer in der Zeit gereist und befanden uns jetzt irgendwo im Mittelalter, in einer Legende, deren Wahrhaftigkeit nie wirklich bestätigt worden war. Na, herzlichen Glückwunsch!

»Hey!« Sam packte meinen Arm und schüttelte mich so heftig, dass meine Zähne hart aufeinanderklapperten.

Mit einem Ruck riss ich mich los und funkelte ihn wütend an. »Was soll das?«

»Du kannst jetzt nicht in Schockstarrte verfallen! Ich versuche schon seit dem Baum dahinten mit dir zu reden.«

»Tut mir leid, dass ich nicht sofort beim Klang deiner Stimme in eine selige Ohnmacht falle.«.

»Das wäre äußerst unpraktisch«, gluckste Sam. »Aber irgendwie witzig.«

»Ich lache später!« Damit wandte ich mich ab und stürmte weiter. Dieser blöde eingebildete Arsc... Mit zwei schnellen Schritten holte er zu mir auf.

»Meine Güte, soviel bin ich das letzte Mal beim Geocashing Hype gelaufen. Zu Hause werde ich aufhören den ganzen Tag Serien zu schauen und lieber mal ins Fitnessstudio gehen. *Wenn* wir wieder nach Hause kommen jedenfalls. Wenn nicht, ist das mit den Serien eh vorbei und ich werde jämmerlich irgendwo im Irgendwo enden, ehe ich weiß, ob John Schnee überlebt und ob die Welt in *Walking Dead* noch gerettet werden kann. Jedenfalls, wenn ich deine Reaktion richtig deute, würde ich sagen, du hast in deinem ganzen Leben noch nie ein Schwert oder eine Axt gehalten, was mich beruhigt, denn sonst wären Englands Straßen wirklich noch gefährlicher, als ich gedacht habe. Was uns jedoch zu der Frage bringt, was da eben passiert ist. Bist du ein Ninja oder so?«

»Nicht, dass ich wüsste«, antwortete ich knapp.

»Und sonst so?«

»Wie sonst so?«

»Na, was kannst du noch so? Ist dir danach, an Häusern raufzukrabbeln?«, wollte er wissen.

Verdutzt sah ich ihn an. »Wir sind in einem Wald.«

»Was hältst du von Fledermäusen und dunklen Capes?«

»Was?« *O Mann, hat der was auf den Kopf bekommen?*

»Mach mal so.« Sam formte seine Finger zu einer seltsamen Pose, kleiner Finger und Zeigefinger ausgestreckt, während die zwei mittleren Finger Richtung Handballen zeigten. »Kribbelt da was? Hat dich kürzlich eine Spinne besucht?«

»Sag mal, was redest du denn da?«

»Kryptonit! Was hältst du von Kryptonit?«

Ich blieb stehen und stemmte die Hände in die Hüften. »Alles klar bei dir, Legolas? Du machst mir Angst.«

»Ich dir? Du bist die, die gerade einen auf Samurai gemacht hat. Du hast den Typen einfach ausgeknockt, indem du ihm auf die Brust gesprungen bist, und den anderen hast du mit einer Axt entwaffnet. Und du zauberst dir neue Klamotten, was mittlerweile nicht mehr das Verrückteste hier ist, denn anscheinend treffen wir gleich auf König Artus. Sag mir nicht, dass dich das völlig kaltlässt.«

»Dich lässt es doch auch ganz cool.«

»Glaub mir, das ist mein ›Ich flippe gleich aus‹-Gesicht.« Er zog eine Fratze und unwillkürlich musste ich lachen. Sam lächelte. »Na also. So siehst du viel besser aus als mit deinem mörderischen Blick.«

»Halt die Klappe.«

»Halt du die Klappe.«

Seufzend lehnte ich mich gegen einen Baum und hob die Schultern. »Okay, ich weiß ja auch nicht, was hier los ist, und es ist ziemlich verrückt, aber ich kann jetzt nicht ausflippen. Wer weiß, was dann passiert.«

»Dir ist sowas also auch noch nie passiert? Ich bin nicht sicher, ob mich das beruhigt«, meinte Sam.

»Dass ich urplötzlich mit einem nervigen Adeligen in einem fremden Wald herumspaziere? Nein, passe.«

Er bleckte die Zähne zu einem Grinsen. »Adelig? Tut mir leid, ein Prinz bin ich nicht. Nur unermesslich reich.«

Und schon war der seltsame Moment der Vertrautheit dahin und ich wollte ihm wieder ins Gesicht springen. »Du bist ganz schön arrogant.«

»Und du biestig. Ich bin nicht der Böse hier, okay? Wir sitzen zusammen hier fest.« Er legte den Kopf schief und plötzlich schien sein Blick bis in mein Innerstes zu dringen. »Du hast Angst. Und das ist okay. Aber ich bin ja da, ich helfe dir. In Ordnung?«

Da war dieser Teil in mir, der ihm glauben wollte. Der Teil, der auf ihn zugehen, einen Arm um ihn legen und sagen wollte, dass er Recht hatte. Ein Teil, der Hand in Hand mit ihm weiterziehen wollte. Aber dieser Teil war gefährlich und verwundet. »Tu das nicht«, sagte ich leise.

»Was denn?«

»Du ... dass ... wir ... Wir sind keine Freunde.«

»Autsch.« Er verzog das Gesicht. »Das hat gesessen.«

Ich konnte sehen, dass ich ihn verletzt hatte und einem kleinen Teil von mir tat es leid um das winzige Stück Verbundenheit, die wir eben noch geteilt hatten.

»Ich meine ... Du kennst mich nicht. Du weißt gar nichts von mir. Und ich will nichts mit dir zu tun haben, also ... lass uns nicht so tun, als wäre da etwas«, sagte ich.

Statt zu protestieren, wich er hinter die Maske des coolen Typen zurück. »Irgendwas stimmt mit dir ganz gewaltig nicht, Süße. Aber du hast uns definitiv gerade das Leben gerettet.«

»Du denkst also, ich bin ein Freak?«, präzisierte ich.

»Nein«, sagte er sanft. »Ich denke, dass du tierisch verwirrt sein musst beziehungsweise tierisch hoch zwei, denn tierisch verwirrt bin ich ja schon.«

Ich schaffte es nicht seinem Blick standzuhalten. Stattdessen umklammerte ich den Vogelanhänger mit beiden Händen und starrte in den Wald. Ich wollte ihn hassen. Aber das war gar nicht mehr so leicht. »Wir sollten weitergehen. Ich habe keine Ahnung, wie spät es ist, und irgendwann wird es dunkel werden.«

»Du willst also nach Camelot?«

»Du nicht?«, fragte ich ihn.

»Sieht nicht so aus, als hätten wir eine Wahl«, stellte er fest.

»Ich will sie sehen.«

»Wen *sie*?«

»Sie alle.« Ich wandte den Blick von den Bäumen weg und sah ihn an. »Den König, Guinevere, die Ritter, Merlin! Sam, wenn wir … wenn wir wirklich in England zur Zeit Artus sind, dann muss ich sie sehen. Ganz egal, wie verrückt das alles ist und wie wenig ich verstehe, wie das überhaupt möglich ist. Aber Sam, das …« Ich hob die Schultern. Ich wusste nicht, wie ich ausdrücken sollte, was in mir vorging, diese Aufregung, die mein Innerstes fest umklammert hielt. Diese unerklärliche Sehnsucht, die in jeder einzelnen meiner Zellen brannte. »Ich muss unbedingt nach Camelot«, endete ich schließlich hilflos.

»Kannst du mir nochmal eine kurze Zusammenfassung der Story geben? Ich hab nur den Film gesehen und meine Mum schimpft immer, dass der ja so gar nicht der klassischen Sage entspricht.«

»Dein Ernst?«

Er verdrehte die Augen. »Mach keinen stundenlangen Vortrag draus, du Nerd, okay?«

»Artus wuchs nicht bei seinem Vater, dem König, auf, sondern als Knappe. Durch einen Zufall gelangte er zu dem Stein, in dem Excalibur steckte – ein Schwert, das Merlin, der Zauberer, geschmiedet und verzaubert hatte – und zog es heraus. Daraufhin tauchte Merlin auf und sagte ihm, dass er Englands rechtmäßiger König sei. Er wurde gekrönt, heiratete, gründete die berühmte Tafelrunde und bekämpfte die bösen Sachsen in blutigen Schlachten, in denen er von Excalibur beschützt wurde.« Ich holte Luft. »Kurz genug?«

»Läuft. Ein bisschen was kennt man ja, aber ich wollte sichergehen, dass ich da nichts verwechsle. Dann mal nichts wie los.«

»Du kommst also mit?«

»Ich werde mich hüten, hier ohne deine magischen Ninja-Fähigkeiten herumzulaufen.«

Kapitel 8

Lebendiges Holz

Eine halbe Ewigkeit später (meine Beine waren mittlerweile tonnenschwer) endete der Wald.

Und da lag es.

Camelot.

Wie eine Königin thronte es jenseits des Waldes neben einem gewaltigen schimmernden See. Die weißen Mauern leuchteten in der Sonne. Ein gewundener Pfad führte zu einer Brücke, der einzige Weg, um von dieser Seite in das Schloss zu gelangen. Dunkle Gestalten patrouillierten auf der Brüstung. Wie festgefroren stand ich am Waldrand und sog den Anblick der Burg in mich auf.

»Das ist wunderschön«, flüsterte jemand – ich. Schließlich war hier sonst niemand und Sam war es nicht. Auch wenn ich schon die ganze Zeit ein seltsames Kribbeln im Nacken hatte. Der Wald lebte, aber nicht so wie mein Wald. Hier war ... irgendetwas anders. Magisch? Ich schnaubte. *Was weiß ich schon von Magie? Und doch fühlt es sich beinahe so an, als würde im nächsten Moment ein Einhorn aus dem Dickicht treten. Hoffentlich ein nettes.*

Sam stand schräg neben mir, er sah nicht gerade glücklich aus. Der Wald machte ihn offenbar nervös. *Oder vielleicht ich?* »Und nun? Wir können da nicht einfach reinspazieren.«

»Es gibt noch einen anderen Weg hinein«, murmelte ich und erschrak über meine eigenen Worte. Woher kam dieser Gedanke? Ich warf einen Blick zurück. Wald. Nichts als stummer, riesiger Wald. Und doch ... bewegte sich da nicht etwas? Hatte dort vorn nicht eben eine Hand die Blätter in Bewegung gebracht? Blickte dort nicht ein winziges Augenpaar hinter einem

Zweig hervor? Meine Finger tasteten nach der Axt, die andere Hand kroch zur meiner Brust hinauf, suchte nach dem geschnitzten Anhänger. Wie fremdgesteuert, fast ohne mein Zutun. Irgendetwas geschah hier mit mir, ich kapierte es jedoch nicht.

Sam bemerkte von all dem gar nichts, er stand nur da und kratzte sich verwirrt an seinen frisch gewaschenen Schönlingshaaren. Wenn wir hier nicht wegkamen, war ich wenigstens nicht mehr die Einzige von uns beiden, die nicht roch, als wohne sie in einer Parfümerie.

»Du meinst einen geheimen Zugang aus einem der Bücher?«, fragte er. »Verwechsle das hier nicht mit Troja, ich bin ein mieser Holzpferdbauer und hab auch gerade nicht so Lust das ganze Schloss einzunehmen.«

»Es ist ein Fluchtweg des Königs.« Wieder eine Handvoll Wörter, von denen ich keine Ahnung hatte, wer sie mir in den Mund legte.

»Du willst mich doch verarschen, oder?«

Ich schüttelte den Kopf. Mit dem Zeigefinger streichelte ich über den geschnitzten Vogelkopf und ... unterdrückte einen Schrei, als dieser sich plötzlich bewegte.

»Hope?«

Aha, jetzt hat der Herr also endlich etwas mitbekommen.

»Hope, ist alles okay?«

Ich konnte nicht antworten, starrte wie gebannt auf den hölzernen Vogel zwischen meinen Fingern, der den Kopf zu mir gedreht hatte und mich aus kleinen schwarzen Augen ansah, in denen mit einem Mal unfassbar viel Leben lag. Die feinen Federn auf seinem Kopf, wirkten ganz weich und seine Flügel zitterten. Einen Moment hielt mich sein Blick fest, dann drehte er den Kopf zum Wald und schien beinahe auf etwas zu deuten. Wie ein Zombie setzte ich mich in Bewegung, wagte nicht den Vogel loszulassen und folgte diesem ... Sog, der plötzlich von ihm auszugehen schien.

»Hope?« Sam klang inzwischen panisch. Zweige brachen knackend unter seinen Füßen. *Er bewegt sich so anders als ...*

Der Gedanke war fort, ehe ich ihn richtig fassen konnte. Der Vogel zappelte zwischen meinen Fingern, bis ich ihm Platz machte und er die Schwingen ausbreiten konnte. Doch statt fortzufliegen, schüttelte er sich nur einer mal kurz und wies dann mit der Flügelspitze auf einen alten Brunnen, der zwischen Moos und Bäumen beinahe unsichtbar war. Feiner Staub schien unter meinen Füßen aufzuwirbeln. *»Elfenglanz«*, wisperte eine Stimme in meinem Kopf und ich schrak erneut zusammen.

Der Brunnen schien ein Überbleibsel aus einer verlorenen Zeit zu sein. Unter dem Moos waren Zeichen und Symbole in den Stein gehauen. *Warum ist so etwas in Vergessenheit geraten? Oder ist er mit Absicht der Einsamkeit des Waldes überlassen worden?* Erneut drehte der Vogel den Kopf zu mir und es sah so aus, als würde er mir zunicken. Behutsam näherte ich mich dem Gebilde, sah die gehauene Klappe am Fuße des Brunnens, die doch nicht mehr als Dekoration zu sein schien, und dennoch ... Als ich mit den Fingern darüber strich fand ich den Mechanismus, alt und lange nicht mehr benutzt, aber immer noch funktionsfähig. Mit einem Scharren glitt der Stein beiseite und enthüllte einen schmalen Einstieg in völlige Dunkelheit.

»Duvdagun«, wisperte die Stimme in meinem Kopf. *»Der geheime Pfad zum Herzen Camelots.«*

»Hope!« Sams Finger gruben sich schmerzhaft in meine Schulter. Mit einem Zischen schlug ich seine Hand beiseite und wirbelte herum. Sam prallte zurück und stieß gegen einen Baum, an dem er langsam hinunterrutschte, wie in Zeitlupe. Jegliche Selbstsicherheit war aus seinem Gesicht gewischt worden, wie Kreide von einer Tafel. Sein Blick klebte an dem Dolch zwischen meinen Fingern, von dem ich nicht wusste, wann ich ihn aus seinem Gürtel gezogen hatte. »Hope, bitte!«

Erschrocken ließ ich den Dolch sinken und rieb mir über die Augen. Der Vogel war meinen Fingern entglitten. »Tut mir leid, du ... du hast mich erschreckt.« Die Hand auszustrecken und ihn hochzuziehen war plötzlich ganz leicht, doch als ein Prickeln von seiner Haut auf meine übersprang, riss ich meine Hand zurück. *Wir sind keine Freunde, nur zufällig im selben Mysterium gelandet. Ich empfinde nicht das Geringste für diesen reichen Schnösel, der mich damals einfach hat abführen lassen. Obwohl ...* Da war wieder dieser Teil in mir, der ihm glauben wollte, der einen Arm um ihn legen und Hand in Hand mit ihm weiterziehen wollte. *»Was hätte er denn tun sollen?«*, fragte die leise Stimme in meinem Kopf. *»Hätte er sich gegen die Polizei zur Wehr setzen sollen? Er hat es doch versucht. Er hat deine Sachen aufbewahrt. Ist das denn nichts?«*

»Nicht genug«, knurrte ich und die Worte schlüpften über meine Lippen, ehe ich sie aufhalten konnte. Sam sah mich seltsam an. Ein feiner Angstschimmer glomm in seinen Augen und ganz, ganz tief in mir drin erfüllte mich das mit Genugtuung. Aber ich gestand es mir nicht ein, denn das würde mir eine Heidenangst machen. Vorsichtig tastete ich nach dem Vogel, doch jetzt war er wieder nicht mehr als ein Anhänger.

»Also?« Sam räusperte sich. »Ein Geheimweg nach Camelot, richtig?«

»Ja.«

Er seufzte. »Ich kann dich nicht aufhalten, oder?«

»Du musst nicht mit. Ich gehe nur eben hinein und ... und sehe mir alles an. Dann komme ich zurück und wir folgen deinem Plan.« Ein wahnwitziges Grinsen legte sich auf meine Lippen. »Wenn du einen hast.«

»Du bist ganz schön frech. Hast du gar keine Angst?«

Ich rollte die Schultern und spähte in die samtige Dunkelheit. Da unten konnte sonst was lauern – aber ich wusste, ich würde trotzdem dort hineingehen. Und irgendwie wurde ich das kranke Gefühl nicht los, dass es auch nicht das erste Mal war. »Ich ... bin nicht ganz sicher.«

Wieder schenkte Sam mir so einen seltsamen Blick, den ich nicht deuten konnte, dann nickte er ergeben. »Geh einfach vor.«

»Du willst mit?«

»Klar. Ich will wissen, ob Merlin wie Gandalf aussieht.«

»Das ... dieser Gedanke ist mir noch gar nicht gekommen.«

»Dafür hast du mich ja.« Eine Spur seines alten Egolächelns war zurück. Sein Blick huschte über die Dunkelheit, versuchte etwas zu erkennen.

Ich war überrascht, wie gut es sich anfühlte, ihn nicht hier zurückzulassen. Abneigung hin oder her, ich war auch nicht unglaublich scharf darauf alleine in einen dunklen Gang zu kriechen. Aber tun würde ich es trotzdem. Ich reichte Sam den Dolch, aber er schüttelte den Kopf.

»Behalte den mal, ich bring mich damit nur selber um«, meinte er.

Ich band meine Haare zurück, damit sie mir nicht im Weg waren, und nahm die Axt. Der Vogel ruhte still und hölzern auf meiner Brust. Ich machte zwei Schritte nach vorne, aber Sam hielt mich auf.

»Hope?« Er hatte meinen Arm gepackt, ließ mich aber direkt los, als ich zusammenzuckte. »Ich will nur eins wissen, okay? Verabscheust du mich genug, um mich im Stich zu lassen und an Was-auch-immer-da-unten-haust zu verfüttern?«

»Hast du Angst, Ernie?«, fragte ich spöttisch, aber Sam verzog keine Miene.

»Ein wenig.«

Ich sollte ihn auslachen. Sollte schnauben, an ihm vorbeigehen und ihn wie einen Deppen stehenlassen. Der große blonde Held, der sich vor dem Straßenmädchen fürchtet. Aber ich lache nicht und ich spotte auch nicht weiter. Weil es irgendwie nicht lustig ist. Etwas in seinem Tonfall sorgt dafür, dass auf einmal bitterer Ernst über uns schwebt. Ich stelle mir seine Frage noch einmal und bin froh, als ich sie aufrichtig verneinen kann. So bin ich nicht. Ich lasse nicht einfach irgendwen zurück, nur weil er irgendwann mal gemein zu mir war. Nicht, wenn es darauf ankommt. Nicht dass ich wirklich viel Erfahrung mit Menschen und Verbündeten hätte, aber … so sollte ich sein. »Wir stecken zusammen hier drin«, sagte ich leise. »Lass uns einen Weg zurück nach Hause finden. Da können wir uns dann wieder an die Kehle gehen.«

»Klingt nach einem guten Plan.« Sam nickte mir zu. »Dann mal los.« Er machte den ersten Schritt in den Gang hinein und ich folgte ihm dicht auf den Fersen, mit erhobener Axt. Dunkelheit verschluckte uns. Etwas ratschte, dann flammte ein Streichholz ins Sams Hand auf.

»Wusste doch, dass es zu was nütze ist, die immer aus den Bars zu klauen«, murmelte er und hob einen länglichen Gegenstand vom Boden auf. Er brauche einen Moment, schließlich brannte jedoch die improvisierte Fackel.

Die Luft war stickig, aber nicht so sehr, dass ich Probleme beim Atmen gehabt hätte. Staub und Spinnwegeben säumten unseren Weg. Hier und da ragte die Wurzel eines Baumes durch die teilweise gemauerte Wand des Tunnels. Der Boden war aus festem Lehm. Irgendjemand hatte eine ganze Menge Arbeit in dieses Werk gesteckt. Der Weg schien endlos – bald schon sehnte ich mich nach dem Licht des Waldes zurück. Die Enge legte sich um mich, mit jedem Schritt schien sie schlimmer zu werden. An manchen Stellen war der Tunnel erschüttert worden, durch was auch immer. Steine waren aus der Wand gebrochen, einmal versperrte uns eine so dicke Wurzel den Weg, dass ich sie mit dem Dolch bearbeiten musste, um durchzukommen.

Sam kämpfte sich mit schweigsamer Verbissenheit vor. Sorgsam achtete er auf die Fackel und leuchtete uns den Weg aus. Irgendwann wurde der Lehm durch dunklen Stein ersetzt. Sam hielt inne und legte eine Hand gegen die Wand.

»Wenn ich mich nicht täusche, dann sind wir jetzt unter dem See.«

Bei dem Gedanken wurde mir schlecht. »Na, vielen Dank auch für diese Auskunft.«

Mein Tonfall brachte ihn zum Schmunzeln. »Keine Sorge. Wer immer das hier gebaut hat, wusste, was er tat. Und schwimmen kannst du doch, oder?«

»Das sehen wir dann«, gab ich zurück. »Na los, weit kann es dann ja nicht mehr sein.«

»Ich wette, wir kommen hinter einem verstaubten Vorhang in der Kapelle raus.«

»Solange es nicht die Kerker sind«, meinte ich.

»Ich habe eher Angst, dass wir gleich über Lancelot und Guinevere stolpern«, entgegnete Sam.

»Ich dachte, du kennst die Geschichte nicht?«

»Ich sagte, ich bin nicht sicher. Aber das mit dem verknallten besten Freund kam sogar im Film durch.«

Ich verzog das Gesicht. »Ich bin gegen diese Theorie.«

»Welche?«

»Die, dass Lancelot seinen besten Freund betrügt«, erklärte ich.

»Ah, eine kleine Romantikerin.«

»O nein, absolut nicht. Aber warum gönnt man es den beiden denn nicht einfach, dass sie zusammen glücklich werden? Warum den falschen besten Freund einbauen?«

»Guck mich nicht an, ich bin kein Schriftsteller«, entgegnete er.

»Was bist du dann?« Die Frage rutschte mir einfach so heraus und prallte gegen Sams Rücken, der abrupt stehen geblieben war.

»Scchhh.« Er drehte den Kopf zu mir und legte einen Finger an die Lippen.

Zu hören war nichts, dafür roch ich den frischen Rauch, der nicht von unserer Fackel stammte und den auch er bemerkt haben musste. Behutsam gingen wir weiter und erreichten ein paar Stufen. Um uns herum war jetzt nur noch Stein – Camelot. Sam erstickte die Flamme am Boden. Vor uns zeichnete sich ein Flackern in der Dunkelheit ab. Mein Herz klopfte schwer in meiner Brust, während wir die Stufen erklommen. Die Burg von König Artus, dem sagenumwobenen König, dessen Name schon reichte, um in meinem Kopf Bilder heraufzubeschwören! Um uns wurde es heller. Es war ziemlich offensichtlich, dass wir uns nun innerhalb der Schlossmauern befanden. Hoffentlich entpuppte Artus sich nicht als totaler Vollidiot. Ob wir ihn überhaupt zu sehen bekämen? Und selbst wenn, was sollte schon groß passieren, ich konnte ja schlecht einfach auf ihn zu gehen und sagen H…

»Hab ich dich!« Ein Luftzug war die einzige Warnung, schon packten grobe Hände nach meinen Armen, drehten sie auf den Rücken und rissen mich aus der steinernen Düsternis in einen hellen Raum.

Kapitel 9

Gandalf 2.0

Ich schluckte den Schrei runter, trat auf den Fuß hinter mir und riss mich mit einem Ruck los. Mein Angreifer mochte vielleicht zwanzig Jahre alt sein, das Gesicht seines Gefährten, der mit Sam rang, war unter dem schwarzen Bart schwer einzuschätzen. Ich erhaschte einen Blick auf ihre teure Kleidung, dann griff der eine erneut nach mir. Hastig wich ich zurück, stolperte über eine Teppichfalte und segelte rücklings zu Boden. Die Axt glitt mir aus der Hand und war fort. Über mir erhob sich die Decke eines Turmzimmers, ein Feuer prasselte in einem Kamin. Ich robbte von dem Soldaten fort und sah zu Sam, aber der war mit seinem eigenen Angreifer beschäftigt.

Meiner setzte mir mit der Gelassenheit eines Löwen nach. Seine Augen waren dunkel vor Argwohn. »Wer bist du? Eine Attentäterin?«

»Und was ist dann er? Ein größerer Schwierigkeitsgrad?« Sein Freund lachte auf und drehte Sam den Arm auf den Rücken. »Schnapp dir die Göre, Gawain. Na los.«

Gawain! Ehe der Name ganz in mein Bewusstsein sickern konnte, war ich schon auf den Beinen. Ich wollte ihn nicht verletzen, also ließ ich die Axt, wo sie war, und verließ mich auf meine neuen Jedi-Fähigkeiten. Versuchsweise sprang ich auf ihn zu und mein Körper reagierte wie auf Autopilot. Gawain, der sich noch unter meinem Schlag hinwegduckte, sah den Tritt in die Seite nicht kommen. Mein Glück, dass er keine Rüstung trug, trotzdem tat es weh. Ich kam falsch auf dem Boden auf und konnte mich gerade noch zur Seite wegducken. Statt meiner Schulter bekam Gawain meine Haare zu fassen und zog fest daran.

Dieses Mal konnte ich den Schrei nicht unterdrücken. Ich hörte, wie Sam meinen Namen rief, während mir Tränen in die Augen schossen. Blind tastete ich um mich, bis ich irgendein Körperteil von Gawain erreichte, und kniff total mädchenhaft zu. Der Ritter sog die Luft ein und schnappte sich meine Hand, aber wenigstens bekam ich meine Haare wieder frei. Die freie Hand zog ich ihm durchs Gesicht – Nägel schabten über Haut. Wut brach sich in einem Schrei Bahn. Gawain verpasste mir eine saftige Ohrfeige, bei der ich Sterne sah. Schwer sackte ich zu Boden, mein Knöchel protestierte mit schrillem Schmerz.

»Hast du's bald?«, fragte sein Freund.

»Halt's Maul, Agravain. Die Kleine ist eine richtige Katze.«

»Hope?« In Sams Stimme schwang Angst mit. »Verdammt, lasst sie in Ruhe, okay?«

»Immer sachte, mein Freund.« Es klang, als drücke der andere Sam gegen die Wand.

Schritte näherten sich mir. Ich blieb still liegen und versuchte meine Atmung zu kontrollieren. Der Griff des Dolches drückte gegen meinen Bauch. Als Gawain sich zu mir herunterbeugte, fuhr ich herum wie eine Schlange und setzte ihm die Klinge an den Hals. Es ging leichter, als ich gedacht hätte.

»Und jetzt ganz langsam«, zischte ich und kam ungelenk auf die Füße. Gawain knirschte ekelhaft mit den Zähnen vor Wut. »Lass meinen Freund los«, forderte ich den anderen auf. »Und dann ...«

Weiter kam ich nicht. Hinter uns ertönten Schritte, dann rief jemand etwas und im nächsten Moment stürmten fünf weitere Männer in den Raum. Sam packte mich, zog mich an die Wand, um uns rückseitig zu decken. Ich schnappte die Axt vom Boden und ihr Wispern kribbelte über meine Haut, schien von den steinernen Wänden widerzuhallen.

Einer der Männer stürzte von der Seite auf mich zu, hielt mich offenbar für das leichtere Ziel. *Falsch.* Ich duckte mich unter seinem Hieb weg mit einer Schnelligkeit, die nicht die meine war, wirbelte mit fremder Eleganz herum und donnerte ihm den Stiel der Axt mit gestohlener Kraft gegen die Kehle. Der Mann brach zusammen wie vom Blitz getroffen, sein Schwert landete klappernd auf dem Stein. Keuchend wich ich zurück und starrte auf meine Hände, als hätten sie sich plötzlich in Klauen verwandelt. »Das ... ich wollte das nicht!«

Meine Worte ertranken im wütenden Gebrüll der Männer. Schwerter wurden gezogen, Blicke getauscht.

Das war's. Die werden uns einfach niedermetzeln und das ist ganz allein meine Schuld. Ich griff nach Sams Hand. »Es tut mir l...«

»Das reicht!«

Die Stimme war von einer solchen Macht erfüllt, dass die Wände zu erzittern schienen. Ein kalter Hauch schwappte wie eine Welle über mich hinweg, fühlte sich an wie ein Schlag in den Magen. Die Angreifer hatten innegehalten und wandten sich dem Mann zu, der aus den Schatten trat, als wäre er ein Teil von ihnen. Er trug einen tiefschwarzen Mantel, der bis zum Boden reichte. Als er die Kapuze zurückstreifte, zeigte sich das Gesicht eines Mannes in den Zwanzigern, doch seine Augen waren älter als die Bäume dieser Welt und von einem eisigen Grau. Dichte braune Locken und der Schatten eines Bartes konnten seinem Gesicht nicht die Ernsthaftigkeit nehmen. Er hielt einen geschnitzten Stock umklammert, allerdings glaubte ich nicht wirklich, dass er den zum Laufen braucht. Ich hatte diesen Mann noch nie zuvor gesehen und wusste trotzdem, wen ich vor mir hatte.

»Merlin«, keuchte ich.

Sam stieß neben mir eine Mischung aus Stöhnen und Keuchen aus. Ich hielt seine Hand noch immer umklammert. Mut floss von seinen Fingern in mich hinein, sammelte sich in meinem heftig schlagenden Herzen.

»Merlin, kennt Ihr die beiden?« Gawain sah zwischen dem Zauberer und uns hin und her.

»Nein.« Merlins Stimme war jetzt ganz ruhig, beinahe nachdenklich. »Ich habe sie noch nie zuvor gesehen.«

»Sie hat den Jungen niedergestreckt.« Ein Kerl mit schwarzen Locken kochte regelrecht vor Wut.

Der Besagte lag noch immer reglos am Boden. Bei seinem Anblick wurde mir schlecht. Erst jetzt sah ich die schmalen Schultern und seine weichen Gesichtszüge. Er konnte nicht viel älter sein als ich.

»Sie hat ihn getötet!« Der schwarz Gelockte riss das Schwert nach oben und wollte auf mich zustürzen, aber eine Frau warf sich ihm in den Weg.

»Lancelot nicht!« Sie klammerte sich an seinen Arm und blickte hilfesuchend zu dem Zauberer. »Merlin, sieh doch! Ihre Halskette!«

»Es werden sich jetzt alle beruhigen!«

Merlins Stimme donnerte über uns hinweg und ich war nicht die Einzige, die sich unwillkürlich duckte. Sam murmelte irgendetwas, das ich nicht verstand, als Merlin mit großen Schritten auf uns zukam. Um den Zauberer herum begann die Luft seltsam zu flimmern. Schmerz pochte gegen meine Schläfen, suchte mit scharfen Klauen nach meinen Gedanken. Sam schob sich beschützend vor mich, doch Merlin war schneller. Wie eine Kobra schnappte sein Stock nach vorne und zerrte an etwas an meinem Hals.

»Ah«, stieß der Zauberer aus.

Im nächsten Moment ließ das Flirren nach und der Druck auf meinen Kopf verschwand.

»Sieh an, sieh an«, murmelte er, ohne den geschnitzten Vogel aus den Augen zu lassen. »Ich wusste doch, dass Ihr mir bekannt vorkommt.«

Seine Worte zerschlugen meine Welt in tausend Scherben, in deren Facetten sich Dinge widerspiegelten, die ich verloren geglaubt hatte. Ich wollte ihn anschreien und schütteln, bis er mir die Antworten gab, die ich schon mein Leben lang suchte, aber ich konnte mich nicht rühren.

»Sie ist es!« Die Frau, in der ich Lady Gunievere vermutete, schlug die Hände vor den Mund und lehnte sich in plötzlicher Schwäche gegen Lancelot, der einen Arm um sie legte. »Sie wird ihn retten, Merlin!«

»Das hoffe ich sehr, meine Königin.«

Aha.

»Ist das wahr?« Jede Wut war aus Lancelots Miene gewichen, auch die anderen Männer starrten mich plötzlich voller Hoffnung an.

Ich verstand gar nichts mehr. Aber so, wie es aussah, wollte man uns nicht mehr um jeden Preis aufspießen, also trat ich vorsichtig einen Schritt zur Seite und bückte mich zu dem am Boden liegenden Jungen hinab, der gerade ein schmerzerfülltes Stöhnen von sich gab. Vorsichtig half ich ihm sich aufzusetzen, wobei mir überraschenderweise Gawain zu Hilfe kam.

»Es tut mir wirklich leid«, beteuerte ich. »Ehrlich, ich wollte das nicht ... nicht so ...«

»Schon gut«, ächzte der Junge und schenkte mir so etwas wie ein Lächeln. »Ich hätte Euch nicht unterschätzen sollen, Mylady.«

»Könnt ihr das Freundschaftschließen beschleunigen?«, brummte Merlin. »Wir haben keine Zeit zu verlieren. Lady ...?«

»Hope«, erwiderte ich. »Einfach nur Hope. Und das ist Sam.«

»Schön. Werdet Ihr uns helfen?«, fragte Merlin, ohne Sam auch nur anzusehen.

»Wobei?«, fragte ich vorsichtig und tastete nach dem Vogel. »Und was wisst Ihr über diesen Anhänger?«

»Der König ist im Kampf besiegt und entführt worden. Wir reiten nach Süden zu seiner Rettung.« Merlins Blick bohrte sich in den meinen, als er die Stimme senkte. »Und ich denke, dass jemand mit Euren Fähigkeiten dabei sehr nützlich wäre.«

»Wisst Ihr ...« Die Worte wollten kaum über meine Zunge, zu schwer war ihre Bedeutung, zu gefährlich die Hoffnung. »Denkt Ihr ... Kennt Ihr mich?«

Merlin legte den Kopf schief. »Ich bin nicht sicher. Aber ich denke, ich kenne jemanden *wie* Euch, und ich verspreche, Euch alles zu sagen, was ich weiß, wenn Ihr mir helft meinen König zu retten.«

Ich tauschte einen Blick mit Sam, der ergeben nickte, und streckte dem Zauberer die Hand entgegen. »Deal.«

»Gut.« Merlin maß Sam mit einem bedächtigen Blick. »Auch wenn Ihr so gar nicht wie ein Drachentöter ausseht.«

Mir wurde schlecht.

»Drachentöter?«, ächzte Sam. »Wollen Sie mich verarschen?«

Kapitel 10

Kommt ein Drache geflogen...

Keine Stunde später saß ich auf einem riesigen honigfarbenen Pferd und ritt inmitten einer Schaar von Rittern und Knappen gen Süden. Sam machte neben mir auf seinem Rappen eine widerlich gute Figur und ich warf ihm neiderfüllte Blicke zu, wenn ich nicht gerade dabei war, mich angstvoll an die Mähne meines Pferdes zu klammern. Was diesem wiederum nicht so super gut gefiel, denn es warf seinen Kopf hin und her, um dem fiesen Klammergriff zu entgehen. Sams (möglicherweise) gut gemeinte Ratschläge waren auch nicht sonderlich hilfreich, aber nach ein paar Meilen Weg und einigen blauen Flecken hatten Winnie Puuh (meine Idee, nicht Artus') und ich uns einigermaßen aneinander gewöhnt.

Das war auch besser, denn wir ritten, bis es so dunkel war, dass man kaum noch die Hand vor den Augen sehen konnte. Ein paar von uns waren offensichtlich vorgeritten, um einen Lagerplatz auszukundschaften, denn als wir hielten, brannten bereits mehrere Feuer, Knappen eilten geschäftig umher. Der Mond hatte die Wolken beiseitegeschoben und hüllte die Szenerie in ein silbriges Licht.

Sam hielt neben mir, schwang sich von seinem Pferd und sah zu mir hinauf. »Alles klar bei dir?«

»Traumhaft.«

»Du weißt nicht, wie du runterkommen sollst, oder?«, fragte er.

»Geh weg«, erwiderte ich trotzig.

»Schwing das Bein einfach vorne über den Sattel. Dann kannst du runterrutschen und ich fang dich«, bot er an.

Ich war zu müde, um mich zu zieren. Steif und mit schmerzenden Muskeln tat ich, was er gesagt hatte, und plumpste in seine Arme. Sam stellte mich sicher auf die Füße und lachte in sich hinein.

»Für deinen ersten Roadtrip hast du dich ganz gut gehalten«, meinte er.

»Vielen Dank auch.«

»Wir reiten echt im Tross von Merlin und den Rittern der Tafelrunde, um König Artus zu retten. Das ist der schrägste Nicht-Traum, den ich je hatte«, sagte er.

»Ich fasse es nicht, dass ich das sage, aber ich kann dem nur zustimmen.«

Sam grinste mich an. »Gib es ruhig zu, langsam magst du den Nerd.«

»Winnie Puuh mag ich lieber.« Ich tätschelte meinem Pferd den Hals. »Er ist so weich und still, redet nicht von sich in der dritten Person ...«

Sam lachte schallend auf, worauf sich einige Köpfe zu uns umdrehten. Merlin wirkte amüsiert. Er stand neben seinem schneeweißen (Gandalf!) Pferd und suchte etwas in den Satteltaschen. Lancelot unterhielt sich derweil leise mit Gawain, der sich während des Rittes an meiner Seite gehalten und sogar versucht hatte, so etwas wie Konversation zu betreiben. Er war süß, sehr süß. Wären da nicht die seltsamen Andeutungen seitens unseres Führers und die allgemeine Panik in meinen Knochen, wäre das hier alles eigentlich ganz witzig.

»Und, was hältst du von ihm?«, fragte ich irgendwann.

Sam wusste sofort, wen ich meinte. »Er ist weniger Gandalf als Anakin Skywalker. Hoffentlich ist die dunkle Seite noch nicht allzu stark in ihm.«

Ich schüttelte den Kopf und konnte mir ein Lächeln nicht verkneifen. »Ich verstehe schon wieder kein Wort, Sam.«

»Ach, Hope.« Sam seufzte. »Wir machen einen DVD-Abend, wenn wir wieder zu Hause sind, okay?«

»Zu Hause«, wiederholte ich und probierte das Wort auf meiner Zunge. Mein Zuhause war ein mysteriöses Baumhaus inmitten eines Waldes, mit zerschlissenen Decken und einer kläglichen Packung abgelaufener Kekse. Seins ein glänzender Palast auf einer peinlich genau getrimmten Wiese und sein Kühlschrank war bis zum Rand voll. Bei dem Gedanken knurrte mein Magen.

»Hier.« Sam griff in seine Satteltasche und zog ein Stück Brot hervor. »Der Parmaschinken war leider aus.«

Hungrig grub ich die Zähne in das überraschend weiche Brot und kaute darauf herum.

Sam schwieg eine Weile und sattelte sein Pferd ab, aber dann platzten die Worte doch aus ihm heraus: »Geht es dir gut? Merlin hat einige seltsame Andeutungen gemacht. Und du bist daraufhin ganz schön blass geworden.«

Mit einem Mal war das Brot gar nicht mehr so gut, sondern lag wie ein Stein in meinem Magen. »Ich will nicht drüber reden«, sagte ich leise und verbarg meine Gefühle tief in mir. Ich wollte nicht, dass er es sah: das Mädchen, das ohne Eltern aufgewachsen war und sie mit brennender Wut dafür hasste und gleichzeitig schmerzlich vermisste. Ich wandte den Kopf zur Seite, wo die Bäume auseinanderwichen, um Platz für einen schier endlosen See zu machen. Erst hielt ich es für Tränen, doch als ich blinzelte, war der feine graue Schleier noch immer da. Und darin ...

Mein Schrei gellte durch die Bäume. Da war eine Gestalt auf dem Wasser, gekleidet in ein silbriges Kleid, das zu ihren Füßen ins Wasser überzugehen schien. Ihr Gesicht war hell, als leuchte es von innen heraus, und die Augen wirkten wie Sterne. Und sie blickte direkt auf mich.

Etwas berührte meine Schulter und ich schrie erneut auf, doch es war Sam und er sah fürchterlich erschrocken aus. »Was hast du denn?«

»Da!« Ich wies zum See, aber der ... war leer. Verblüfft starrte ich auf die spiegelglatte Oberfläche. »Das ist unmöglich«, murmelte ich. »Das kann nicht sein.«

»Was seht Ihr?«

Merlin. Eine unterschwellige Macht lag in seinen Worten. Erst jetzt bemerkte ich, dass der ganze Trupp in seinem Tun innegehalten hatte. Einige der Männer hatten ihre Schwerter schon halb gezogen, durchsuchten mit ihren Blicken die Umgebung nach der lauernden Gefahr.

»Hope!« Merlin vergaß seine Höflichkeit, seine Augen blitzten. »Was seht Ihr?«

»Gar nichts«, stotterte ich. »Sie ist weg.«

»Sie?«

In kurzen Worten beschrieb ich ihm, was ich gesehen hatte. Merlins Züge wurden nachdenklich, sein Blick wanderte zu der Axt, die ich an den Sattel gehängt hatte. Seine Finger glitten über die Zeichen, schienen eines von ihnen sogar nachzufahren. *Kann er die Schriftzeichen sehen?* Der Gedanke wuchs, als Merlin fragte: »Ist an dieser Waffe in Euren Augen etwas besonders?«

»Wie meint Ihr das?«, hakte ich nach.

»Das wisst ihr genau.« Sein Blick war nicht lauernd, aber auf eine seltsame Art voller dunklem Wissen.

Sams Pferd warf unruhig den Kopf hoch. »Sag es ihm, Hope«, raunte Sam. »Dafür sind wir doch hier.«

Merlin schaute von Sam zu mir und wieder zurück. »Also ist da etwas. Zeichen, nicht wahr? Ihr seht Zeichen auf dieser Waffe.«

Ich konnte nicht mehr als nicken, meine Zunge war plötzlich tonnenschwer.

Merlin sah mich lange an und hob schließlich die Hand. »Alles in Ordnung!«, rief er in die Runde.

Das muntere Treiben ging weiter. Lancelot kam näher und raunte Merlin ein paar Worte zu, doch der schüttelte den Kopf und sagte etwas, worauf Lancelot verschwand und ihm gleich darauf eine kleine Tasche brachte, in der der Zauberer zu kramen begann.

Unterwegs war nicht viel Zeit zum Reden gewesen. Im Galopp musste man sich eher anschreien und wir wollten schließlich nicht, dass der ganze Trupp unser Gespräch mitbekam. Außerdem war ich zu sehr mit festklammern und atmen beschäftigt gewesen. Trotzdem hatten sich die Fragen weiter in mir angesammelt, sodass ich jetzt fast zu platzen glaubte. »Ihr müsst mit mir reden, Merlin!«, stieß ich schließlich hervor. »Was passiert hier? Was wisst ihr über mich, über meine Kette und über diese Waffe? Wo ist Artus? Was ist ihm geschehen? War es Morgan le Fey?«

»Ihr wisst von Lady le Fay?« Merlin sah auf. *Sind das Kräuter in seiner Hand?* »Woher?«

»Äh.« *Hups, in dem Teil der Geschichte waren wir wohl noch nicht angekommen.* »Das Volk …«

»Das Volk weiß nichts davon, dafür habe ich gesorgt.«

Ich tauschte einen hilfesuchenden Blick mit Sam, aber selbst der war unter Merlins Blick erstarrt.

»Ihr wisst es einfach, nicht wahr?« Ausgerechnet Lancelot kam mir zu Hilfe. »Auch sie wusste solche Dinge. Sie kam her und warnte uns vor der Hexe Morgana. Sie hat ihr Komplott aufgedeckt und wir schickten Morgana fort in die Verbannung. Ohne sie …« Lancelot schauderte. »Wären wir alle tot.«

»Sie?«, fragte ich. »Wer *sie*?«

Merlin räusperte sich. »Vor wenigen Monaten kam eine junge Frau nach Camelot in Begleitung eines Mannes, dessen Augen aus dem Himmel gestohlen zu sein schienen. Sie trug dieselbe Kette wie Ihr.«

Für einen Moment hatte ich das Gefühl, die Welt breche in sich zusammen. Sam berührte meinen Arm, als wolle er mich stützen, und ich war zu geschockt, um ihn abzuschütteln. Seltsamerweise fühlte sich die Berührung sogar gut an. »Wwwas, aber … wer war sie? Wo kam sie her? Wie war ihr Name und … und wo ist sie jetzt?«

»Ich weiß es nicht«, gestand Merlin ein. »Die beiden sprachen mit dem König und er bat mich ein sicheres Versteck für ein paar Dinge zu finden, die sie ihm überließen. Ich habe sie nicht gehen sehen und doch sind sie nicht mehr im Schloss. Einige der Dienstmädchen tuscheln etwas von Zauberei. In der Bibliothek seien seltsame Dinge vorgefallen.« Wieder schien die Luft um Merlin zu flimmern. »Der Name der Frau war Faith. Sagt Euch das etwas, Lady Hope?«

»Nein.« Ich schüttelte den Kopf. »Und Ihr wisst wirklich nicht, wo sie hingegangen sind?«

»Nein«, sagte Merlin.

»Aber die Gegenstände, die sie bei uns zurückließen, befinden sich noch im Schloss«, erklärte Lancelot hilfsbereit. »Vielleicht helfen die Euch weiter.«

»Dann müssen wir zurück.« Ich warf einen Blick über die Schulter, als wäre Camelot nur einen Steinwurf entfernt. »Bitte, wir müssen …«

»Das ist nicht nötig.« Merlin sah stur in seine Tasche. »Die Gegenstände sind nicht mehr im Schloss. Ich habe sie mitgenommen. Auf einen Verdacht hin.«

Dieser ... Ich widerstand dem Drang, Merlin gleich hier und jetzt eine Ohrfeige zu verpassen. »Ich will sie sehen.« Ich klang so bissig, dass Sam mir einen amüsierten Blick zuwarf.

»Das werdet Ihr.« Merlin ließ sich jedoch nicht aus der Ruhe bringen, richtete sich auf und verbarg irgendetwas in dem langen Ärmel seines Mantels. Misstrauisch wich ich einen winzigen Schritt zurück. »Lancelot, würdest du mir die Dinge bringen, die ich dir anvertraut habe?«

»Natürlich.« Der Ritter eilte davon.

»Wohin reiten wir überhaupt?«, fragte Sam. »Und gegen wen kämpfen wir?«

»Gegen einen Drachen.«

Für einen Moment war nichts zu hören außer dem Stampfen der Pferde und den Stimmen der Männer.

»Verzeiht mir ...« Sam lachte unsicher. »Irgendwie klang es gerade, als hättet Ihr schon wieder *Drache* gesagt.«

»Vor drei Tagen ritt Artus mit einigen seiner Männer nach Süden zur Jagd. Etwas überfiel sie am Nebelfluss, tauchte einfach aus dem Himmel auf und riss einen der Männer vom Pferd. Die Ritter griffen zu den Waffen, Artus schoss Pfeil um Pfeil nach dem Schatten über ihnen, bis sein Mann mit einem Schrei vom Himmel stürzte. Dann holte das Biest sich Artus und sein Pferd gleich mit. Es liegt mit zerschmetterten Knochen am Ufer des Flusses. Artus nahm es mit sich in eine Höhle in den Ausläufern der singenden Berge. Und laut meinen Spähern hat keiner von beiden diesen Ort verlassen.«

»Ein ... Drache.« Sams Stimme ließ keinen Zweifel daran, dass er der Sache nicht traute. »Mit Flügeln und Schuppen und Krallen und allem Drum und Dran.« Merlin nickte. »Und es könnte wirklich nichts anderes gewesen sein?«, fragte Sam. »Ihr seid Euch sicher?«

»Die Männer haben ihn gesehen.«

»Aber …« Sam hob hilflos die Schultern. »Ich dachte, Drachen gibt es nur in den Legenden.«

»Das dachten wir auch.« Merlin rieb sich gedankenverloren über das Kinn. »Und dann stolpert Ihr plötzlich durch einen Geheimgang, den ich selber mit einem Zauber schütze, in das Schloss und wisst Dinge, die Ihr nicht wissen könnt. Versteht mich nicht falsch, Ihr schuldet uns nichts. Aber wenn es stimmt, dass die junge Frau von damals über Kräfte verfügte und Ihr es auch tut, dann bitte ich Euch uns zu helfen.«

»Reichen Eure Kräfte denn nicht aus, Merlin?« Sam war es, der diese Frage stellte. »Immerhin nennt man Euch überall einen großen Zauberer.«

»Tut man das?« Merlin lächelte, doch es lag keine Freude darin. »Ich bin nur ein Mensch.«

»Was ist mit der Axt?«, bohrte Sam weiter, während in meinem Kopf die verschiedenen Fragezeichen einen Krieg miteinander anfingen. »Man sagte uns, die Zeichen … dass es bestimmte Zeichen sind. Von einem … bestimmten Volk. Und wer war die Frau auf dem Wasser? Ihr glaubt Hope, was sie gesehen hat. Warum? Gibt es vielleicht auch noch Gespenster? Ich meine, erst Feen, jetzt Drachen – wer weiß …«

»Feen?« Merlin horchte auf. »Wer hat eine Fee gesehen?«

»Niemand!« Ich warf Sam einen mörderischen Blick zu. »Mein Begleiter weiß nicht immer, wann es klüger ist, den Mund zu halten. Oder wollt Ihr mir sagen, dass Feen hier so alltäglich sind wie Drachen?«

»Sie sind eine Legende«, sagte der Zauberer langsam. »Etwas, das man sich an den Feuern erzählt. Geschichten. Sagen.«

»Manche Menschen behaupten, sie gesehen zu haben«, fiel Gawain ein, der irgendwann zu uns gestoßen war.

Merlin grunzte. »Menschen haben schon viel gesehen.«

»Drachen zum Beispiel«, konterte der Ritter und Sam schenkte ihm einen anerkennenden Blick.

»Auch wieder wahr«, seufzte Merlin. »Nun gut, man sagt, dass Lady Faith und ihr Begleiter Abgesandte des lichten Volkes waren. Die Zeichen, die ihr auf eurer Axt zu sehen glaubt … es sind die Zeichen des lichten Volkes, ich erkenne die Bauart der Waffe aus Zeichnungen und Büchern. Und die Frau auf dem See – nun, man sagt, sie nutzen das Wasser als Tor in die Welt der Sterblichen.« Er blickte mich scharf an. »Die Frage ist nur, warum Ihr seht, was Ihr seht.«

»Das lichte Volk«, wiederholte ich. »Meint ihr damit ...«

»Die Feen.« Merlin ließ mich nicht aus den Augen. »Ja, allerdings.«

»Aber wenn das auf der Axt Feenschrift ist und ich sie lesen kann, dann würde das ja bedeuten, dass ...«

»Ihr eine Fee seid, sehr richtig«, beendete Merlin den Satz.

»Aber ...« Ich lachte nervös auf und suchte Bestätigung bei Sam, der doch schon am Boden liegen müsste vor Lachen. Aber seine Miene war erschreckend ernst, als ziehe er Merlins Worte tatsächlich in Betracht. »Das ist doch Unsinn, ich ... Sam?!«

»Es gibt einen einfachen Weg, das herauszufinden.« Im nächsten Moment riss Merlin die Hand, die er bisher verborgen gehalten hatte, hoch und warf etwas nach mir.

Sam schrie erschrocken auf und zerrte mich schützend an sich, während mein Herz vor Schreck einfach aufhörte zu schlagen. Ich presste das Gesicht gegen Sams Schulter und unterdrückte ein Wimmern, doch statt Schmerz oder Feuer oder sonst was fühlte ich nichts. Nur Sams Herzschlag, der noch im selben Rhythmus tanzte wie der meine. Das war doch verrückt! *»Ach wirklich?«*, spottete die Stimme in meinem Kopf. *»Was für eine Überraschung.«* Vorsichtig öffnete ich die Augen und sah zu Sam, der mich angstvoll musterte.

»Bitte sag mir, dass deine neuen Jedi-Fähigkeiten dich vor dem, was auch immer das war, schützen.«

Ich öffnete den Mund, aber ich brachte nicht mal ein Krächzen zu Stande. Der Ausdruck in Sams Augen motivierte mein Herz augenblicklich zu rasen und unter meiner Hand beschleunigte sein Herz ebenfalls! Hastig wich ich zurück, als könnte ich es damit ungeschehen machen, und sah an mir hinab. Ein feines Glitzern schwirrte um mich herum, als wäre ich in der Spielzeugabteilung gegen die Feenbarbie gestoßen und hätte mich mit ihrem Glitzerpuder übergossen. Die winzigen Partikel tanzten wie in einem unsichtbaren

Luftwirbel. Ich versuchte einen mit dem Zeigefinger anzustupsen, traf aber nicht – meine Hände zitterten zu sehr.

Ein Keuchen ließ mich aufblicken. Alle starrten mich an. *O Mann, ich hab so die Schnauze voll.* »Darf ich dann annehmen, dass ihr *das* jetzt dann doch alle sehen könnt?«, fragte ich säuerlich.

Kapitel 11

Plötzlich Fee, plötzlich Freundin, plötzlich mysteriös deluxe

Es war beruhigend, dass Sam meine Hand weiter festhielt, denn die Blicke der Ritter waren gar nicht mal so entspannt. Eigentlich sahen sie alle so aus, als hätten sie einen Geist gesehen. Oder Schlimmeres. *Aber hey, wer ist denn hier kopfüber nach wer weiß wo gestürzt, besitzt plötzlich Magic Skills und soll einen Drachen töten, um Englands legendären König zu retten, hm? Wenn hier jemand Grund zu Panik hat, dann ja wohl ich.* Nur Gawain sah mich mit einem schiefen Grinsen an, das irgendwie nach ›Ich hab's gewusst‹ aussah.«

»Nun«, murmelte Gandalf, »damit wäre diese Frage wohl beantwortet.«

»Ach ja?«, fragte ich und war stolz, dass meine Stimme nicht zitterte. »Und wie lautet Ihre Diagnose, Herr Doktor?«

»Das um Euch herum ist Feenstaub. Und das, Lady Hope, bedeutet, dass Ihr ein Feenkind seid.«

Mein Gesichtsausdruck musste ziemlich dämlich gewesen sein, denn Merlins Mundwinkel zuckten. Ich wartete auf die große Erleuchtung in mir, mein Erbe, das sich mystisch offenbarte und meinem Leben plötzlich einen Sinn und eine Bestimmung gab. Aber da war nichts. Außer Hunger. Himmel, ich hatte wirklich richtig fiesen Hunger. Und mein Hintern tat weh und ich stank nach Pferd und Schweiß und wollte duschen. Ich verwettete meinen Kopf, dass es hier keine heißen Duschen gab. Ich stöhnte innerlich über das Wirrwarr in meinem Kopf. Das konnte doch alles nicht wahr sein.

Wieder suchte ich Gawain, dessen Lächeln sich vertieft hatte. Er neigte den Kopf und sank plötzlich auf ein Knie nieder. Zu meinem Schrecken folgte ihm der Junge, den ich k.o. geschlagen hatte, dann auch Lancelot und die Übrigen, bis die ganze Tafelrunde samt Dienerschaft vor mir kniete.

»Könnt ihr das bitte nicht tun, ja?« Nervös trat ich von einem Bein auf das andere und wedelte mit den Armen. »Steht wieder auf.«

Sam konnte sich ein Grinsen nicht verkneifen und senkte leicht den Kopf. »Mylady.«

»Hör bloß auf«, zischte ich. »Das ist nicht witzig!«

»Irgendwie schon«, entgegnete er.

»Kommt«, sagte Merlin (der übrigens nicht gekniet hatte). »Wir haben ein Zelt für Euch. Dort könnt Ihr in Ruhe über alles nachdenken. Eurem Mienenspiel entnehme ich, dass das alles ganz schön viel für Euch ist.«

»Ihr habt ja keine Ahnung«, grummelte ich. Der Gedanke, all den Blicken entkommen zu können, war mehr als verlockend.

Mein Zelt war nicht gerade prachtvoll, aber so hoch, dass ich aufrecht darin stehen konnte, und es hatte Wände, hinter denen man sich verstecken konnte. Mehr wollte ich gar nicht.

Merlin überreichte mir ein längliches Bündel, das beinahe so groß war wie ich selbst. »Dies sind die Dinge, die wir für die beiden Besucher aufbewahrt haben. Vielleicht helfen sie Euch bei Euren Fragen.«

Er wollte sich schon abwenden, aber eine Frage hatte ich noch: »Woher wusstet ihr, dass ich es bin? Ich meine, ich hätte die Kette ebenso gut gestohlen haben können.«

»Nennt es ein Gefühl. Die Art, wie Ihr Lady Gunievere und Lancelot im Schloss angestarrt habt – das hat Lady Faith ebenfalls getan.« Sam und ich tauschten einen ertappten Blick. »Also Ihr seid nicht genau wie sie. Lady Faith war sehr geschickt, keine Frage, aber die Art, wie Ihr Galahad niedergestreckt habt ... Ihr seid anders.«

»Das ist irgendwie nicht gerade beruhigend«, murmelte ich halblaut und erntete ein schmales Lächeln.

»Gute Nacht, Lady Hope. Ich bin froh, jemanden wie Euch auf unserer Seite zu wissen. Lord Sam, die Männer werden Euch Eurer Nachtlager weisen.« Mit einem Nicken und einem letzten mystischen Wehen seines Mantels verschwand Merlin in den nächtlichen Schatten.

Plötzlich ging mir auf, dass Sam und ich uns für die Nacht würden trennen müssen. Es war ein seltsames Gefühl, immerhin steckten wir seit gefühlt tausend Stunden zusammen in diesem Schleuderkarussell aus Ereignissen.

Sam gab mir einen Schubs. »Nun schau doch nicht so, als würdest du mich unendlich vermissen. Du wirst die paar Stunden schon ohne meine grandiose Gesellschaft aushalten.«

»Nach diesem Kommentar auf jeden Fall«, gab ich im selben Tonfall zurück. »Kommst du noch mit rein, in das Paket sehen?«

»Na klar.« Er machte eine leichte Verbeugung. »Nach Euch, Mylady.«

Auf dem Boden des Zeltes lag ein großer Stapel Decken auf einer Art Matte. Mein Sattel befand sich daneben und irgendwer hatte sogar einen Holzscheit hereingerollt, auf dem man sitzen konnte. Es war ein bisschen wie in meinem Baumhaus. Ich legte das Bündel neben meinem Bett zu Boden. Sam machte es sich gerade im Schneidersitz auf dem Holz bequem, als sich draußen jemand räusperte.

Mit einem leisen Stöhnen ließ ich mich auf das Bett fallen. »Ich bin nicht da.«

Sam schnaubte lachend und trat zum Eingang.

»Lord Sam, hier sind die Bücher, um die ihr gebeten habt«, sagte eine schüchterne junge Stimme.

Sam bedankte sich höflich und kam zurück, in der Hand ein paar offenbar uralte Bücher. Sofort erfüllte dieses ganz bestimmte Wispern die Luft, kroch über meine Haut, beinahe wie eine Berührung. Blinzelnd versuchte ich es auszublenden, während Sam wieder Platz nahm.

»An den Lord könnte ich mich gewöhnen.« Sein Lachen drang wie durch Watte zu mir. »Sir Sam wäre auch geil. Was für ein Zungenbrecher.« Sein Grinsen erstarb, als er mich ansah. »Alles klar da drüben?«

»Sicher.« Ich rieb mir die Stirn, hinter der Kopfschmerzen aufflammten. »Was sind das für Bücher?«

»Ich habe Merlin vor unserer Abreise gebeten, ein paar Bücher aus der Bücherei mitnehmen zu dürfen, um mich über Drachen zu informieren. Aber er wollte mich nicht hineinlassen. Der kleine Zausel will wohl verhindern, dass wir uns ebenfalls in Luft auflösen.«

»Denkst du, in der Bibliothek gibt es einen weiteren Geheimgang?«, fragte ich.

»Nein, du Depp, ich denke, dass diese beiden Gestalten auf demselben Weg hierherkamen wie wir und auch ebenso wieder verschwunden sind.« Ich starrte ihn verständnislos an. »Durch ein Buch«, zischte er verblüfft und schnipste vor meiner Nase mit den Fingern. »Hey, hast du einen Sonnenstich oder so? Steigt dir dein Ruhm schon zu Kopf? Lass mich jetzt ja nicht im Stich!«

»Tut mir leid, kannst du ... kannst du sie vielleicht woanders hintun?« Sam sah mich verwirrt an, kam meiner Bitte aber nach und verstaute die Bücher in seinen Satteltaschen, die er mit hergebracht hatte. Das Flüstern wurde daraufhin leiser und verschwand an den Rand meines Bewusstseins.

»Hope?« Sam sah mich eindringlich an. »Was ist denn?«

»Gar nichts«, erwiderte ich. »Ich bin nur ... müde.«

»Du lügst.« Er zupfte an seinen Stiefeln herum, die für ihn wohl sehr ungewohnt waren, ebenso wie das Hemd, auf dem keiner seiner typischen unverständlichen Sprüche stand. »Du kannst mit mir reden, das weißt du.«

»Was soll ich denn groß sagen? Ich verstehe genauso wenig wie du, was hier vorgeht und warum ich ... diese Dinge kann.« Ich konnte nicht verhindern, dass meine Stimme einen höheren Ton annahm.

»Hey, schon gut«, versuchte er mich zu beruhigen. »Ist ja nicht so, als hätten deine Augen sich schwarz verfärbt oder als hättest du fiese Beschwörungen gemurmelt.«

»Was hat das mit meinen Augen zu tun?«

»Hast du nie *Supernatural* gesehen? Die Serie mit den zwei Brüdern, die das Böse jagen?« Er legte den Kopf schief. »Die wäre sicher was für dich. Obwohl die Mädchen in meiner Klasse eher auf *Gossip Girl* und *Vampire Diaries* stehen.«

»Ich fürchte, ich bin nicht wie die Mädchen in deiner Klasse«, entgegnete ich.

»Nein.« Er lächelte mich auf eine Art an, die etwas in meinem Inneren erzittern ließ. »Das bist du wirklich nicht.« Dann blickte er auf das Bündel zu unseren Füßen. »Trau dich.«

»Ja, gleich«, murmelte ich und vermied jeden Blick auf das simple Ding, dessen Inhalt mein ganzes Leben über den Haufen schmeißen konnte. Obwohl da momentan eh nichts mehr war wie vorher. *Was ist mit dir, Sam,* fragte ich mich und konzertierte mich auf ihn. Sam, der gar nicht mehr aussah wie ein reicher Schnösel, sondern wie eine Figur aus alten Büchern. »Den ganzen Tag fragst du, wie es mir geht, aber wie geht es *dir* denn?«

»Ganz gut.« Er hob die Schultern. »Ich frage mich, was meine Eltern denken, wo wir sind. Vergeht die Zeit zu Hause? Oder wurden wir in unserer Welt einfach ausgelöscht? Sind wir jetzt so was wie ruhelose Geister? Was, wenn ich hier jemanden trete, der in einen Graben stürzt und stirbt, und das wiederum auf meine Geburt Auswirkungen hat? Bringe ich mich dann selber um, ohne es zu wissen?« Er massierte sich die Stirn. »Darüber nachzudenken macht Kopfweh.«

Mein schlechtes Gewissen regte sich. »Es geht ihnen bestimmt gut«, versuchte ich ihn zu trösten, aber es war kein Trost, weil ich es nicht wusste, nicht wissen konnte.

»Ja, hoffentlich.« Er rieb sich über die Augen. »Du hast keine Eltern, oder? Keine Familie?«

»Nein«, erwiderte ich mit der schlichten Wahrheit, die mir doch immer wieder das Herz brach.

»Verdammt.« Er schüttelte den Kopf. »Das tut mir so leid, Hope, ehrlich. Ich kann mir gar nicht vorstellen, wie das ist.«

Ich hob nur die Schultern und bemühte mich über den Kloss in meinem Hals hinwegzuatmen, den Schmerz in meinem Herzen nicht zu fühlen. Sams Augen waren voller Bedauern, kein Mitleid mit mir, sondern Bedauern darüber, wie grausam das Leben sein konnte. Mein schlechtes Gewissen wurde immer schlimmer, vermischte sich mit der Panik und all den Gefühlen des heutigen Tages. Den ganzen Tag hatte ich über mich nachgegrübelt und für Sam nichts als Spott und Abneigung übriggehabt, während er sich immer wieder nach meinem Wohlergehen erkundigt hatte, und dann ... »Du hast dich vor mich gestellt«, sagte ich leise. »Als Merlin – du hast dich einfach vor mich gestellt, obwohl du gar nicht wusstest ...« Meine Stimme, diese miese, fiese Verräterin, erstarb einfach und im nächsten Moment legte sich ein Schleier über meine Sicht und heiße Tränen liefen mir über die Wangen.

Sam sprang auf und hockte sich vor mich. »Hey, Hope, nicht weinen, bitte! Ich weiß nicht, was man tut, wenn Frauen weinen!«

Ich hickste. »Das ist deine größte Sorge?«

»Im Moment: ja.« Behutsam tätschelte er meine Schulter. »Hope, alles ist gut, okay? Naja, fast. Aber erstmal irgendwie schon. Wir kriegen das hin.«

»Woher willst du das wissen?«, sagte ich.

»Weiß ich einfach. Du schlägst dich doch so gut mit all dem«, meinte er.

»Ich schlage mich überhaupt nicht gut, ich heule!«

»Das ist mir bewusst. Hör bitte auf damit, ja?« Hilflos wischte er ein paar meiner Tränen fort. »Du drehst einfach gerade ein bisschen durch, weil der Jedi-Zauberer dir gesagt hat, du seist irgendein magisches Wesen, an dessen Existenz wir seit Disney nicht mehr glauben. Anni weint ja schon, wenn sie ihre Lieblingsschuhe mit der pinken Schleife nicht findet.«

Ach ja, Anni. Die Freundin ... Das Gefühl, das seine Worte in mir hervorrufen, gefiel mir überhaupt nicht. »Denkst du, sie wundert sich, wo du steckst?«

»Nicht sofort wahrscheinlich, es sei denn, bei ihrem Puppenhaus geht das Dach wieder kaputt. Dann wird sie das ganze Grundstück nach mir absuchen«, erklärte er.

Ich runzelte die Stirn. »Deine Freundin hat ein Puppenhaus?«

»Freundin?« Sam sah mich verdutzt an, ehe er anfing zu lachen. »Anni ist meine kleine Schwester. Sie ist fünf Jahre alt und eine altkluge, puppenliebende Nervensäge.«

»Na, von wem sie das wohl hat.«

»Pass bloß auf! Ich habe keine Freundin, wenn du das wissen wolltest.« Sam grinste. »Wer könnte schon mit einer Fee mithalten.«

Ich versuchte das Prickeln zu ignorieren, das durch meinen Magen rieselte. »Denkst du das?«

»Was?«

»Dass ich eine Fee bin.«

»Woher soll ich denn das wissen? Fühlst du dich denn wie eine?«, fragte er.

»Wie fühlt sich denn bitte eine Fee?«, fragte ich zurück.

»Glitzerig?«

»Und was ist mit der dunklen aus Dornröschen?«, wandte ich ein.

»Auch wieder wahr.« Er seufzte. »Ich schätze, das ist etwas, was wir rausfinden müssen. Genauso wie unseren Heimweg – beziehungsweise wo wir hier eigentlich sind.«

»Wir?«, sagte ich.

»Du glaubst nicht ernsthaft, dass ich dich im Stich lasse, oder?«

»Ich würde schreiend vor mir weglaufen, wenn ich könnte.«

»Jungs laufen aber nicht schreiend weg«, meinte er.

»Weinend?«, fragte ich.

»Ich hau dich gleich.«

»Dann verhex ich dich«, sagte ich grinsend.

»Mit deinem Feenzauberstab?« Er lachte und das Geräusch taute die schmelzende Eiswand in meinem Inneren noch ein bisschen mehr auf.

Ich biss auf meiner Unterlippe herum und ließ die Worte, die ich schon seit einer Weile mit mir herumtrug, schließlich raus: »Es tut mir leid, dass ich so gemein zu dir war.«

Sam hob die Brauen. »Wow, das ist dir jetzt echt schwergefallen, oder?«

»Geht so.«

»Mir tut es leid, dass wir damals nicht mehr unternommen haben. Meine Mum hätte die Polizei sicher aufhalten können«, sagte Sam.

»Eher nicht. Ronny hatte die da alle ziemlich im Griff.«

»Unterschätze meine Mum nicht. Sie ist Wonderwoman. Nur ohne die Stiefel und das Zeugs.« Er klopfte auf mein Bein und blickte zu Boden. »Komm, lass uns da noch reinsehen und dann schlafen, okay? Morgen müssen wir ganz früh weiter und den König von England vor Sauron retten.«

»Sauron? Wieso denn Sauron?«, fragte ich.

»Hieß der Drache aus *Herr der Ringe* nicht so?«

»Nein, das war Smaug und der kam auch erst im Buch ›Der kleine Hobbit‹ vor«, erklärte ich.

»Du bist so sexy, wenn du Recht hast.«

Ich gab ihm einen Stoß gegen die Schulter, der ihn fast umwarf. »Pass ja auf«, drohte ich. »Du machst den ganzen friedlichen Moment kaputt.«

»Niemals.«

Er grinste mich so frech an, dass ich nicht wusste, ob ich ihn schlagen oder ihm um den Hals fallen sollte. Vielleicht beides. *Nur in welcher Reihenfolge?* Ich entschied mich dafür, den Stoff des Bündels auseinanderzufalten und mein Herz klopfte dabei plötzlich wieder bis zum Hals. Zum Vorschein kam ein uraltes Buch, ein Armband aus blauen Steinen und ein Bogen. Ein richtig echter Bogen, der der Grund für die Größe des Bündels war. Er war aus dunklem Holz geschnitzt und mit schwarzer Malerei verziert. Als ich die Finger darüber gleiten ließ, fühlte er sich ebenso warm und lebendig an wie mein Vogelanhänger.

»Das wird ja immer schräger«, murmelte ich und griff nach dem Armband. Die Steine waren warm, als hätten sie in der Sonne gelegen, und blau wie der Himmel. Hatte der Begleiter meiner mysteriösen Vorgängerin nicht himmelblaue Augen gehabt? An dem Buch schließlich war irgendetwas seltsam, doch erst als ich es berührte, verstand ich, was: Es flüsterte nicht. Und ich sah auch keine Bilder, wenn ich es berührte. *Wie seltsam.* Aus dem Inhalt wurde ich auch nicht viel schlauer.

»Sind das Schriftzeichen?«, fragte Sam und beugte sich über meine Schulter. »Was soll das denn bedeuten?«

»Nächste Frage«, erwiderte ich abwesend und blätterte durch die teilweise angerissenen Seiten. »Ein Armband, ein Bogen und ein unleserliches Buch. Irgendwie ist das nicht sehr aufschlussreich.«

»Vielleicht bedeutete es, dass diese Faith mit Robin Hood unterwegs war«, mutmaßte Sam. »Das wäre doch cool.«

»Ziemlich«, nickte ich und drehte den Kopf. »Danke, Sam. Für ...« Ich machte eine unbestimmte Handbewegung. »Dies und das.«

»Na, klar doch. So macht das der Held.«

»Du bist der Held?«, hakte ich nach.

»Naja, du bist ganz offensichtlich die Heldin und jede Heldin braucht einen Helden, und da ich es war, der mit dir hier gelandet ist, wo immer *hier* auch ist, tja, da habe ich den Job wohl bekommen«, erläuterte Sam.

»Das ist ja eine sehr interessante Einstellung.«

»Du hättest es kaum besser treffen können. Ich bin reich, gutaussehend ...«

»Arrogant«, ergänzte ich.

»Nur an manchen Tagen«, räumte er ein.

»Und weinende Frauen verunsichern dich.«

»Absolut.«

Wir lachten beide und es war ein gutes Gefühl.

Sam streckte die langen Beine aus. »Kannst du mit deinen Feenzauberkräften zufällig eine Packung Red Band herschaffen? Das wäre traumhaft.«

»Sehe ich aus wie ein Drogenkurier?«

Sam lachte. »Das ist Weingummi, du Ignorant. Holländisches Weingummi. Als ich klein war, haben wir in Holland Urlaub gemacht. Seither bin ich abhängig.«

»Was für eine rührende Geschichte.«

Diesmal schubste er mich. »Du bist so fies. Es heißt *gute* Fee.«

»Oder böse, wenn man an Malificent denkt«, erwiderte ich mit einem fiesen Grinsen, welches im nächsten Moment von einem Gähnen zerstört wurde.

»Das ist mein Stichwort.« Sam erhob sich und es war, als würde jegliche Wärme von meiner linken Seite einfach fortgesaugt. Zögernd sah ich zu ihm hoch und fühlte mich plötzlich elendig hilflos. »Ich werde so nah wie möglich an deinem Zelt schlafen, okay?«, versprach er und strich mir eine Strähne aus dem Gesicht. »Stell nichts an, ohne vorher Bescheid zu sagen.«

»Ich versuch's«, sagte ich.

»Gut.« Er lächelte. »Gute Nacht, Hope.«

»Gute Nacht, Sam.«

Am Zelteingang wandte er sich noch einmal um. »Das war gut, oder? Fast normal.«

»Für unsere Verhältnisse sehr normal«, stimmte ich zu.

Er grinste. »Freunde?«

Nicken war noch nie so leicht. »Ja. Freunde.«

Kapitel 12

Mysteriöser Murks um Mitternacht

Ich erkannte die Szenerie aus meinen letzten Traum recht schnell wieder und mit dem Erkennen kam auch die Angst. Grausam und kalt setzte sie sich auf meine Haut und klebte dort wie Öl. Ein Wispern schlich um mich herum und im nächsten Moment sah ich die schwarze Gestalt in ihrer zerfetzten Kutte auf einem Abhang stehen. Ein Blitz zerriss den regenlosen Himmel, hinter mir erzitterte die Statue vor dem Eingang des Labyrinths, als hätte dieses Naturereignis etwas in ihr zum Leben erweckt.

Die Gestalt bewegte sich, nicht zombiehaft steif, eher fließend. Übelkeit stieg in mir hoch, meine Hand tastete nach dem Vogelanhänger, doch er war fort und statt seiner hatte ich plötzlich die Axt in der Hand, auf deren Griff die Zeichen zu leuchten begonnen hatten. Entsetzt wirbelte ich herum, suchte nach dem Vogelanhänger, dem Einzigen, was ... Ich drängte den Gedanken fort, ehe er mich wie eine grausige Welle mit sich reißen konnte. Im nächsten Moment stürzte ein eisiger Tropfen vom Himmel genau in meinen Nacken und entlockte mir einen Schrei. Schon folgten weitere, bis dichter Regen auf die Erde fiel. Die Gestalt bewegte sich unbeirrt vorwärts. Ich wollte wegrennen, aber meine Füße waren wie festgeklebt. Der Vogel, ich brauchte den Vogel! Ein Wimmern kroch über meine Lippen. Ich brauchte ...

»Hope!«

Die Stimme riss mich herum, entsetzt prallte ich zurück. Dicht vor mir stand die Frau vom See, gekleidet in hellen Nebel.

»Wach auf, Hope. Wach auf!«

Im nächsten Moment riss die Wirklichkeit mich an sich, gerade als die dunkle Gestalt die Hand nach mir ausstreckte. Keuchend sog ich den klammen

Atem der Nacht in meine fliegenden Lungen, bemerkte nur stückchenweise, dass ich mitten in meinem Zelt stand, einem Zelt, das es nicht geben sollte, in Kleidern die ich nicht haben dürfte, und mit einer Axt in der Hand, die eigentlich nicht existieren konnte. Die Zeichen darauf glommen noch einmal hell auf, dann verschwanden sie, wurden wieder zu einfacher schwarzer Malerei. Mein Atem raste, mein Herz galoppierte wie eine Herde aufgeschreckter Mustangs.

»Ein Traum«, keuchte ich. »Nur ein Traum.«

Meine vor Nässe triefende Kleidung strafte meine Worte jedoch Lügen. Zerschmetterten die Hoffnung. Atemlos tastete ich nach dem Vogel, der still vor meiner Brust hing. Behutsam fuhr ich die zarten Konturen nach, betete inständig, dass er wieder zum Leben erwachte, weil Gesellschaft gerade wirklich irgendwie angenehm wäre ... Mein Wunsch wurde schnell erhört.

»Du musst atmen.«

Der Schrei wurde vom Schreck erstickt, ich wirbelte herum und riss die Axt hoch. Da war sie, der helle Teil meines Traums. Auch jetzt noch wirkten ihre Kleider wie aus Nebel gewoben, lediglich ihr Leuchten hatte an Kraft verloren, vielleicht wollte sie auch einfach nicht durch das ganze Lager strahlen wie ein mutiertes Glühwürmchen.

Ich hob die Axt, obwohl ich wusste, dass es sinnlos war. »Du bist eine Fee, oder?« Meine Stimme zitterte nicht so schlimm wie der Rest von mir, und als sie nickte, erfüllte mich etwas, das schon fast an Resignation grenzte. »Dann ist diese Waffe ...?«

»Eine Axt geschmiedet in meinem Reich, sehr mächtig in deinen Händen.« Ihre Stimme war ein bisschen wie der Wind.

Ich versuchte ihr Alter zu schätzen, aber es gelang mir nicht. Ihre Augen waren älter als ihr Gesicht und in ihnen schimmerten ... Tränen?

»Hope.« Es war mehr ein Flüstern, wie eine warme Berührung. »Du bist es wirklich. Die Bäume haben gesagt, dass du zurück bist, doch ich wollte es nicht glauben.«

»Warst du das auf dem Teich?«, fragte ich.

»Ich wollte nachsehen. Nur kurz, nur beweisen, dass es nicht wahr ist, dass du verloren bist ... nur ein Traum. Aber dann ...« Sie schüttelte den Kopf. »Wie ist das möglich? Wie bist du hergekommen?«

»Durch ein Buch.« *Das gegenüber einer Traumausgestalt auszusprechen ist absolut schräg, aber hey, was kann denn jetzt noch passieren, außer dass das Krümelmonster hereinplatzt?* »Jedenfalls ist das Sams Theorie.«

»Bücher sind mächtige Tore nach Yaoráo.«

»Yao ... wie? Heißt dieser Ort so? Wo liegt er? Gibt es hier Magie? Und noch andere Wesen als Feen? Gibt es Vampire? Sollte ich mir einen Pflock besorgen? Was ist mit Einhörnern, die wären cool. Und diese schwarzen Dinger aus meinen Träumen? Sind es überhaupt Träume?«

Die Fee schien mir nicht zuzuhören, ihr Blick lag in weiter Ferne. »Du siehst aus wie in meinen Träumen.«

Oha. Na, das ist ja mal gar nicht schräg. »Ich, äh, es tut mir leid, aber ich weiß nicht, wer Sie ... wer du bist?«

Traurigkeit legte sich auf ihre Züge, machte ihr Gesicht zu etwas, dessen Anblick mir das Herz schier zerreißen wollte. »Nimueh«, flüsterte sie.

Die Erinnerung kam mit einer solchen Macht, dass ich taumelte. *»Sieh nur, Hope«*, flüsterte sie, die Stimme aus meinen Träumen. *»Das ist Nimueh. Sie ist meine liebste Freundin. So wie ihre Schwester.«*

»Sie ist so entzückend.« Noch eine Stimme. Nimuehs Stimme. »Ich werde gut auf sie Acht geben, das verspreche ich euch.«

Ein Haus in den Wäldern, ein Dach aus Blättern und Wärme. Goldene friedliche Wärme, die alles erfüllte.

»Du konntest es nicht aussprechen«, flüsterte die Fee und jetzt sah ich die Tränen in ihren Augen deutlich. »Darum hast du mich Niu genannt.«

»Wer bist du?« Ich griff nach etwas um mich festzuhalten, während mein Welt erneut ins Wanken geriet, aber da war nichts. »Woher kennst du mich? Was weißt du von mir? Weißt du, wer ich bin?«

»Ich war die, die geschworen hat dich zu schützen. Und die versagt hat. Es ist meine Schuld. Alles ist meine Schuld.« Ihre Gewänder bewegten sich, kräuselten sich am Rand und verfärbten sich wie Gewitterwolken. »Es tut mir leid, Hope. So unendlich leid.«

»Sag mir ...« Meine Stimme versagte. »Bitte sag mir, wer ich bin. Wo komme ich her? Wer sind meine Eltern? Warum wollten sie mich nicht?«

Im nächsten Moment stand sie vor mir und ihre pure Präsenz verschlug mir den Atem. »Glaube das nicht!«, flehte sie. »Sie lieben dich! Sie lieben dich so sehr.«

»Aber warum haben sie mich dann weggegeben?«, beharrte ich.

»Das ...« Schatten zogen über ihr Gesicht. »Ich kann nicht. Ich darf es dir nicht sagen. Wir dürfen uns nicht einmischen, es ist der Befehl der Königin. Aber du hast die Antworten. Dort.« Sie wies auf das Bündel neben meinem Bett. »Das Buch ...«

»Ich kann es nicht lesen«, wandte ich ein.

»Dann finde die, die es kann. Sie ist dir nah. Sehr nah. Du musst nur deine Augen öffnen.« Ihre Hand berührte mein Haar. Es fühlte sich an wie pure Sonnenstrahlen. »Ich dachte, ich würde dich nie wiedersehen.«

»Bitte, geh nicht weg«, flehte ich. »Ich habe doch so viele Fragen. Wer ist die Königin und wer genau bist du? Warum kann ich mich an nichts erinnern? Wo bin ich hier überhaupt? Ist das die Vergangenheit? Warum ...« Tränen trugen meine Stimme fort.

»Dieser Ort ist Zukunft, Gegenwart und Vergangenheit zugleich. Es ist eine Welt, die neben derjenigen liegt, die du kennst. Hüte dich vor dem Bösen. Es sucht dich und in deinen Träumen hat es dich schon gefunden. Die Mèngy n sind das schlimmste Übel unter allen Sonnen.« Es schien Nimueh beinahe Schmerzen zu bereiten diese Worte auszusprechen. »Ich muss jetzt gehen. Sei mutig, Hope. Und fürchte dich nicht. Auch nicht vor dir selbst.«

»Ich finde mich aber gerade sehr gruselig«, meinte ich zweifelnd, aber die Fee schüttelte den Kopf.

»Deine Fähigkeiten sind einzigartig. Und nicht ohne Gefahr, aber du bist nicht alleine«, sagte sie.

»Meinst du Merlin? Ich habe nicht das Gefühl, dass er mich mag.«

»Nicht Merlin. Den Jungen.«

»Sam?«

Nimueh nickte. »Vertrau ihm.«

»Ich bin da nicht so gut drin«, gab ich zu bedenken.

»Das hast du von deinem Vater. Trotzdem. Sam wird dir helfen. So ist es bestimmt.«

»Schlagen unsere Herzen deshalb gleich?«, fragte ich. Ich hätte schwören können, dass sie zusammenzuckte, aber sie fing sich schnell.

»Vielleicht«, sagte sie nur.

»Wie kannst du erst seit fünf Minuten hier stehen und trotzdem so viel wissen?«

»Ich sehe mehr als andere.« Jetzt lächelte sie. »Leb wohl, Hope. Ich hoffe bis bald.«

»Kriege ich beim nächsten Mal mehr Antworten?«, drängte ich.

Meine Worte löschten ihr Lächeln aus und ihr »Das hoffe ich« war kaum mehr als ein Windhauch. Sie wandte sich zum Zelteingang und ihre hängenden Schultern schnürten mir die Kehle zu.

»Ich bin dir nicht böse«, rief ich leise, worauf sie erstarrte. »Ich meine, wie könnte ich auch? Ich erinnere mich ja ohnehin nicht.« Als sie sich umdrehte rettete ich mich in ein cooles Achselzucken. *Nur nicht zu viel Gefühl zeigen.*

»Das bedeutet mir sehr viel«, erwiderte sie leise. »Adieu, Hope.«

»Warte!« Ich hatte nicht gedacht, dass sie noch einmal stehen bleiben würde, aber sie tat es und wandte sich mit fragender Miene zu mir um. »Merlin sagt, ich soll einen Drachen besiegen«, keuchte ich. »Ich habe keine Ahnung, wie das geht.«

»Du bist der Lösung doch schon begegnet, Hope. Im Wisperwald. Erinnere dich.«

»Der Händler? Nein, nicht er ... Der Typ auf dem Wagen? Aber der ...«

»Er ist nicht Teil dieser Geschichte. Erinnere dich an sein Lied. Dann findest du die Lösung.« Und damit verschwand sie endgültig.

Einen endlosen Moment blieb ich stehen und starrte auf den Zelteingang. In meinem Kopf ratterte es, Stück für Stück griffen die Zahnräder meiner Gedanken ineinander und versuchten das Erlebte zu sortieren und zu verarbeiten. Dann machte es Klick.

»Sam!«

Ich stürzte aus dem Zelt.

Kapitel 13

Siegfried (ohne Roy)

Nachts schreiend in ein Lager voller legendärerer Ritter zu stürmen, ist nichts, das man zweimal tut. Lancelot hatte so schnell sein Schwert an meiner Kehle, dass ich nicht einmal mitbekam, aus welcher Richtung er aufgetaucht war. Sam sah so verschlafen aus, dass ich in Gelächter ausgebrochen wäre, doch dann hätte man mich vermutlich in die hiesige Form einer Klapsmühle gesperrt. Merlin/Anakin war es schließlich, der mit seiner seltsamen Magie für Ruhe sorgte.

»Ich weiß, wie wir Artus retten können«, platzte ich heraus, sobald Lancelot sein Schwert von meinem Hals genommen hatte. »Wir müssen Thomas O'Delle finden.«

»Den Sonnenhändler?« Gawain sah mich fragend an. »Wie soll der uns helfen?«

»Nicht er, aber sein Diener«, sagte ich.

»Der Irre?« Sam starrte mich an. »Hast du sie noch alle?«

»Er ist nicht irre, er ist …« Ich biss mir auf die Zunge. *Wie soll ich das denn jetzt bitte schön erklären?* »Glaubt mir einfach, okay? Weiß jemand, wo wir ihn finden können?«

»Ich.« Gawain, der ohne seine Rüstung und mit verwuschelten Haaren gar nicht mehr so gefährlich, dafür aber ziemlich heiß aussah, trat vor. »Sein Hof ist nicht weit von hier.«

»Kannst du ihn zu der Höhle bringen? Mit seinem Diener, den brauchen wir! Und alles was er bei sich hatte, als sie sich trafen.« Ich wandte mich an Merlin. »Wo ist Excalibur?«

Augenblicklich versteiften sich die Anwesenden. Misstrauen senkte sich vom Nachthimmel und legte sich auf uns wie Tau.

»Wir können einer Fremden nicht einfach das Schwert unseres Königs geben! Schon gar nicht einer Feentocher!«

Ich kannte den Ritter, der sprach, nicht, aber er schien nicht gerade ein Fan von mir zu sein. Beschwichtigend hob ich die Hände. »Nicht mir. Dem Drachentöter. Ich weiß nicht, ob er sein Schwert dabeihat.«

Neben mir gab Sam ein seltsames Geräusch von sich. Im selben Moment bereute ich meine unglückliche Formulierung schon und hätte mich am liebsten selbst geohrfeigt.

»Ein Drachentöter ohne Schwert?« Lancelot hob die Brauen.

»Jaja, was du nicht sagst«, brummte ich leise.

»Ich werde sofort losreiten, wenn du erlaubst.« Gawain verbeugte sich leicht vor Lancelot, der nickte. Anscheinend setzte er auf jede noch so hoffnungslose Karte, um Artus zu retten.

»Nimm noch zwei Ritter mit dir, Gawain. Und beeilt euch.« Lancelot hob seinen Blick zum Himmel. »Der Tag naht. Haltet euch bereit. Beim ersten Licht brechen wir auf!«

Scheinbar nur wenige Atemzüge später saß ich mit schmerzenden Beinen und Rücken erneut auf meinem Pferd, während Sam mich mit Fragen löcherte.

»Eine Fee. In deinem Zelt.«

»Das habe ich doch gerade gesagt«, sagte ich.

»Und wie hat die so ausgesehen?«, wollte er wissen.

»Nicht so, wie du es dir in deiner Fantasie gerade ausmalst, du Schuft.« Ich schlug nach ihm und kippte dabei beinahe vom Pferd. Mürrisch zog ich meinen warmen Umhang enger um mich. Der Wind, der hier wehte, war eisig kalt und ich wünschte mir ein gemütliches Kaminfeuer und heißen Tee von Miss Ming. *Ob sie sich wohl Sorgen um mich macht?*

Sam brach durch meine Gedanken. »Okay, okay, von mir aus. Und weißt du jetzt, wo wir sind? Was wir sind und überhaupt?«

»Nicht ganz.« So kurz wie möglich schilderte ich ihm das Erlebte und ließ den Teil mit meinen Eltern und einer Fee als Babysitterin weg. Nicht weil ich ihm nicht vertraute, nein, das war es nicht, sondern … es war für mich selber schon schwierig genug darüber nachzudenken, wie sollte ich es dann ihm gegenüber aussprechen?

Sam hörte mir still zu, vermutlich die längste Zeit, die er mal die Klappe gehalten hatte, außer wenn er schlief. Auch als ich fertig war, schwieg er noch weiter, während ich darüber grübelte, was die Fee über ihn gesagt hatte. Klar, betrachtete man es von der romantischen Seite, dann war das mit dem gleichen Herzschlag wohl ein ziemlich offensichtliches Zeichen. Aber ich war nicht sicher, ob ich schon wieder bereit war jemandem zu vertrauen – abgesehen von Miss Ming. Aber die alte Dame hatte es mir mit ihrer stillen liebevollen Art auch sehr leicht gemacht und war mir einfach ans Herz gewachsen. Er hingegen ... er war nervig, arrogant und von sich überzeugt. Man musste ihm allerdings zugutehalten, dass er noch nicht den Verstand verloren hatte. Jedenfalls nicht offensichtlich.

»Wow, das war alles?« Sam rieb sich über das Gesicht. Unter seinen Augen lagen Ringe und sein Hemd war vom Schlaf zerknittert.

Ich nickte. »Jep.«

»Warum müssen diese mysteriösen Helfer nur immer so mysteriös sein?«, knurrte er. »Von dieser Seite der Geschichte ist das gar nicht mal so cool.«

Unwillkürlich landete ein kleines Lachen auf meinen Lippen. »Ja, da hast du Recht.«

Er sah mich an und etwas von seinem vertraut verschmitzten Gesichtsausdruck kehrte auf seine Züge zurück. »Wie schön, dass du das endlich einsiehst.«

Ich verdrehte die Augen. *Und fort ist der Moment.*

»Gut, also wir wissen, dass wir nichts wissen, aber das Buch, das solltest du schön bei dir behalten«, fuhr er fort. »Nur wie passt unser schräger Bodyguard in die Geschichte?«

»Erinnerst du dich noch an das, was er gesungen hat? ›Es wuchs im Burgundenland eine Prinzessin auf, so schön, dass man auf der ganzen Welt nichts Schöneres hätte finden können, Kriemhild genannt.‹« Ich sah ihn erwartungsvoll an und hoffte, dass er auf dieselbe Idee kommen würde wie ich und mir damit einen Hauch Verrücktheit nehmen würde.

Sam runzelte die Stirn. »Irgendwie kommt mir das bekannt vor, aber ich weiß nicht genau, woher. Burgundenland ... war das nicht irgendetwas mit den Germanen? Und Kriemhild kenne ich auch, aber ich wüsste nicht, was sie mit einem Drachen ... Oh.« Er fuhr so schnell zu mir herum, dass seine Stute erschrocken aufwieherte und durchging. Mit wilden Sprüngen brach sie aus der Reihe aus und tobte davon. Als Sam sie endlich wieder an meine Seite lenkte, war sein Haar völlig zerzaust, seine Wangen knallrot und seine Augen rund wie Kugelfische. »Siegfried«, keuchte er. »Du denkst, es ist Siegfried. Ach du meine Fresse, was macht der denn in der Geschichte von König Artus?«

»Du denkst es also auch!«, rief ich erfreut.

»Ich denke gar nichts, Prinzessin! Ich zweifle! Und zwar an dir, mir, meinem Verstand und den Frühstückseiern von zu Hause. Ich wusste doch, an denen war was komisch. Bestimmt ist das hier so ein irrer Fiebertraum, in dem ich meine Kindheit verarbeite.« Er rieb sich heftig die Augen. »Verdammt, ich will nach Hause!«

»Soll ich Merlin nach Baldrian fragen?«, bot ich an.

»Halt die Klappe.« Vor sich hin brummend ritt er neben mir her und fuhr sich immer wieder über die Augen, als würde das das davor klebende Bild irgendwie verändern. »Ich hoffe nur, es ist nicht Frau Mahlzahn«, stöhnte er irgendwann.

Verdutzt wachte ich aus meinen Gedanken auf. »Wer bitte?«

»Na, der Drache aus Jim Knopf. Wenn der Typ aus den Nibelungen hier gelandet ist, dann sie vielleicht auch. Wäre doch schlimm, wenn wir sie abmurksen müssten.«

»Willst du lieber einen neuen König von England suchen?«

»O Hilfe – oder Grisu!«, rief Sam entsetzt und einige Knöpfe drehten sich zu uns um, was er jedoch ignorierte und mich am Arm packte. »Hope, wir können das nicht tun!«

»Jetzt beruhige dich mal!«, sagte ich.

»Beruhigen? Du lässt gerade den Van Helsing der griechischen Sagen auf meine Kindheit los!«

»Germanisch, nicht griechisch«, korrigierte ich.

»Und wo genau liegt da jetzt bitte der Unterschied, hm?«, fragte er.

»Am Wein unter anderem, glaube ich.«

»Du bist so ...«, setzte er an.

Doch in diesem Moment entschied Lancelot, dass es hell genug war, und trieb sein Pferd in einen raschen Galopp. Meins folgte nur allzu freudig und bald hing ich halb über seinem Hals und versuchte der Schwerkraft zu trotzen. Der Rest unserer Reise verlief schweigend.

Die Hügelkette, die der Drache sich ausgesucht hatte, war eine wilde Landschaft, wie sie Tolkien oder Karl May beschrieben haben. Wir näherten uns der Höhle von der Seite und trafen bald schon auf Gawain und sein Begleiter.

Thomas begrüßte uns freundlich. »Mylady Arwen, es ist schön Euch wiederzusehen. Wenn auch unerwartet.«

Gawain gab ein Hüsteln von sich und mir schoss das Blut in die Wangen. »Eigentlich, Thomas, ist mein Name Hope. Einfach nur Hope.«

»Oder auch Feenkönigin«, sagte Sam und streckte Thomas die geballte Faust entgegen. »Was geht ab, Bro?«

Ich wäre am liebsten im Boden versunken, aber das klappte nicht einmal in dieser Welt, also beließ ich es bei einem maximal bösen Blick und einem Rempler mit dem Ellenbogen, ehe ich den verwirrten Thomas anlächelte. »Danke, dass du gekommen bist.«

»Was soll man anderes tun, wenn die Männer des Königs rufen? Allerdings ...« Thomas sah über die Schulter, wo sein Gefährte im Gras lag und den Himmel betrachtete. »... weiß ich nicht, was wir für Euch tun können.«

Statt einer Antwort ging ich zu dem riesigen Mann hinüber und hockte mich neben ihn ins Gras. »Hallo.«

Der Mann drehte den Kopf und sah mich aus seinen seltsamen Nebelaugen schweigend an.

Hilfesuchend schaute ich zu Sam, der mir ein aufmunterndes Lächeln zuwarf. Jedenfalls versuchte er es – es war mehr eine Grimasse. Verständlich. Von dieser wahnwitzigen Theorie hing ja auch nur unser aller Leben und Zukunft ab. Ich begann zu schwitzen.

Die Nebelaugen blickten wieder zum Himmel, folgten dem Flug eines Vogels.

Ich griff nach der Kette um meinen Hals. *Bitte, bitte, bitte!* »Siegfried?«

Die Nebelaugen flogen zu mir zurück.

»Dein Name ist Siegfried, nicht wahr?«

»Sigurd.« Seine Stimme war kratzig, als hätte er sie eine Weile nicht benutzt.

»Sigurd«, wiederholte ich und glaubte mich zu erinnern, dass das eine andere Form des Namens Siegfried war. *Natürlich, so ist Thomas auch auf Kurt gekommen! Sigfried hat ihm sehr wohl seinen Namen zu nennen versucht. Der Händler hatte ihn nur nicht verstanden.* »Entschuldige. Sigurd, wie bist du hierhergekommen?«

Sein Blick kehrte nach innen, blickte auf Dinge in seiner Erinnerung und füllte sich mit Furcht. »Hagen«, flüsterte er. »Der Nebel.«

»Hagen?«, wiederholte ich.

»Das ist der Mann, der ihn töten wollte. Hagen von Tronje.« Sam. *Seit wann kniet der denn neben mir?* Seine Schulter berührte die meine.

Siegfried richtete sich auf. »Hagen«, wiederholte er voller Grauen. »Er ist mein Feind. Wo ist Kriemhild? Meine Frau, wo ist sie? Was ist mit mir geschehen?«

»Wir wissen nicht, wo sie sind.« Der arme Kerl tat mir unendlich leid. Was meinte er mit diesem Nebel? War er vor diesem Hagen geflohen und in einen Nebel geraten? Und damit hierhergekommen? Waren Nebel vielleicht Tore, so wie Bücher?

»Sigurd.« Sams Stimme war ganz sanft. »Wir werden versuchen dir zu helfen, in Ordnung? Aber ... könntest du vielleicht vorher einen Drachen für uns besiegen?«

»Einen Drachen ...« Der Nebel wich weiter aus seinen Augen. »Ja, ich kann euch helfen.« Im nächsten Moment war er auf den Beinen. *Himmel, der Kerl ist riesig, bestimmt zwei Meter groß.* Fordernd streckte er die Hand aus. »Gebt mir Balmung!«

Fragend sahen Sam und ich uns an. »Keine Ahnung, was er meint«, sagte Sam und zog mich auf die Füße.

»Er verlangt sein Schwert, würde ich sagen«, meldete sich Gawain zu Wort. Die Ritter standen geschlossen hinter uns, mit fragender Hoffnung in den Gesichtern.

Meine Hoffnung sank. »Hatte er keins bei sich, Thomas?« Der Händler schüttelte voller Staunen den Kopf.

»Er kann meins nehmen.« Gawain legte eine Hand auf seine Klinge, doch Merlin schüttelte den Kopf.

»Nein.« Mit einer raschen Bewegung zog er einen langen Gegenstand unter seinem Mantel hervor. Stahl blitzte in der Sonne. »Wenn er ein wahrer Drachenkämpfer ist, wird Excalibur ihn nicht töten. Ich habe das Schwert mit einem Zauber belegt, seine Macht gedämpft.« Er trat auf Sigurd zu. »Mögen die Kräfte der Erde mit Euch sein, mein Freund.«

Sigurd nickte und griff nach dem Schwert. Einen endlosen Moment hielten wir alle den Atem an. Seine Finger schlossen sich um den Griff und ... nichts. Kein Lichtblitz, kein Donnerschlag, kein toter Sigurd. 1:0 für uns.

»Puhh«, stöhnte Sam neben mir. »Wenn wir das hier überstanden haben, will ich eine Tonne Red Band, hörst du, Fräulein Fee?«

»Hat jemand diese Sucht mal untersucht?«, gab ich zurück. »Wäre vielleicht gut.«

»Ach ja? Wollen wir hier echt über seltsame Angewohnheiten diskutieren, Miss Ich-kann-mir-Klamotten-hexen?«

»Still ihr zwei«, fuhr Merlin mit gesenkter Stimme dazwischen. »Können wir erst England retten und danach geht ihr euch wieder an die Gurgel?«

»Ganz wie Ihr wünscht, mein Imperator«, knurrte Sam. »Wie ist der Plan?«

Der Plan war der, dass Sam, Merlin, Lancelot, Gawain und ich uns durch einen schmalen Weg in die Höhle des Drachen schlichen, während Sigurd und der Rest der Männer ihn von vorne angriffen. Ich mochte den Plan nicht, hatte aber auch keinen besseren und somit nichts zu entgegnen. Gawain bot mir einen Brustpanzer an, den ich dankend ablehnte. Stattdessen schnappte ich mir Sam und zog ihn in sicherer Entfernung hinter einen Baum.

»Wie sieht feuersichere Kleidung aus?«, fragte ich.

»Wie bitte?«

»Es gibt doch schusssichere Westen. Gibt es das auch für Feuer?«, erklärte ich.

»Oh.« Er riss die Augen auf. »Du meinst, es ist so ein Drache?«

»Kennst du noch andere?« Ich konnte nicht verhindern, dass meine Stimme genervt klang.

»Verzeihung, Mylady, meine Drachen-Kenntnisse sind leider etwas eingerostet.« Sam streckte mir die Zunge raus. »Leder sollte es tun, glaube ich. Ganz dickes.«

»Unfassbar hilfreich«, brummte ich und drehte mich um. *Leder. Na schön.* Ich schloss die Augen.

Es raschelte, als Sam näherkam. »Was hast du vor?«

»Geh weg«, knurrte ich und versuchte mir ein Bild vor Augen zu rufen, es zu formen und ... im nächsten Moment legte sich etwas Schweres um meinen Oberkörper. Zischend sog ich die Luft ein und dehnte das Bild noch etwas aus.

»Wow«, meinte Sam, als ich aus dem improvisierten, hoffentlich feuerfesten Brustpanzer schlüpfte und ihn ihm reichte. *Auf die Idee hätte ich schon viel früher kommen können.* »Du wirst langsam richtig gut, weißt du das? Nur an meinen Maßen müssen wir noch arbeiten.«

»Überschlag dich nicht vor Dankbarkeit.« Mit Kopfschmerzen versuchte ich das Kunststück noch einmal und verwandelte mein leinenes Unterhemd in dickes Leder. »Wir wissen nicht, ob das klappt, also leg es lieber nicht darauf an.«

»Sag ehrlich«, meinte Sam gekünstelt und wies auf das Kleidungsstück, in das er sich mit Mühe und Not hineingequetscht hatte und in dem er einfach lächerlich aussah. »Findest du die Farbe betont meine Augen?«

Das Lachen platzte über meine Lippen und verfing sich in einem der Bäume, dennoch klang es etwas kläglich. Ein großer Teil in mir verlangte danach, Sam zu packen und mit ihm das Weite zu suchen, irgendwohin, nur weg von hier und dieser Mission. »Sam du musst da nicht mit reingehen, okay? Ich könnte sagen ...«

»Vergiss es«, unterbrach er mich. »Als ob ich mir das entgehen lassen würde.«

»Das Vieh bringt uns möglicherweise um«, gab ich zu bedenken.

»Möglicherweise aber auch nicht. Hast du etwa Angst, kleine Fee?«

»Allerdings!«, zickte ich. »Und das solltest du auch!«

»Aber einer von uns zwei Hübschen muss doch einen kühlen Kopf behalten.« Lächelnd kam er auf mich zu und griff nach meinem Arm. Ich wich zurück, aber er zog mich einfach an sich und bettete meinen Kopf an seine Brust. Augenblicklich fühlte ich mich geborgen. An seinen Haaren hing noch ein bisschen Shampoo-Geruch aus der anderen Welt und unter meinem Ohr schlug sein Herz beruhigend gleichmäßig. »Keine Angst«, murmelte Sam. »Wir schaffen das schon. Ich bin ja da und passe auf dich auf, solange deine gute Fee Mittagspause macht.«

»Wirklich witzig«, knurrte ich und knuffte ihn in die Seite.

»Denkst du, du könntest sie das nächste Mal, wenn sie vorbeischneit, um eine Tüte Red Band bitten?«

»Wenn du dann aufhörst zu weinen.«

»Möglich wäre es.« Er gab den Knuff zurück. »Los, auf in den Kampf. Wir retten kurz die Welt, checken unsere 148 Mails und dann geht's nach Hause.«

»Unsere Mails?«, fragte ich verdutzt. Sam gab nur ein Grunzen von sich, zog mich mit sich und summte dabei eine mir unbekannte Melodie.

Kapitel 14

Ohrwürmer und Lindwürmer

Kurze Zeit später befanden wir uns mit Fackeln bewaffnet im Inneren des Berges und folgten einem Tunnel, dessen Wände manchmal Platz für eine richtige Straße ließen und dann wieder so eng zusammenrückten, dass ich glaubte, jeden Augenblick ersticken zu müssen. Ich hielt die Axt fest umklammert, auf meinem Rücken trug ich den Bogen aus dem Bündel und einen Köcher voller Pfeile, die mir Merlin mit ernster Miene überreicht hatte.

Merlin ging voraus. Außer seinem Stab trug er keine sichtbare Waffe, andererseits hatte er auch Excalibur einfach so hervorgezaubert. Gawain deckte uns den Rücken, was irgendwie ein beruhigendes Gefühl war. Ich vertraute ihm mehr als Lancelot.

Sam stolperte über irgendetwas, was hoffentlich kein Totenschädel war, und ein absolut unpassendes Kichern platzte aus mir heraus. Mit funkelnden Augen drehte er sich zu mir herum. »Ach, das findest du witzig, ja? Ich war dabei, mir zu überlegen, wie ich mich am Kopf kratzen könnte, ohne mich mit dem Schwert in meiner Rechten zu enthaupten oder mit der Fackel in meiner Linken in ein Grillhähnchen zu verwandeln, während du hier langspazierst, als wärst du zu Hause, kleine Waldfee. Was ist eigentlich aus dem Klischee geworden, dass der Typ das mysteriöse Anderswesen ist? Okay, gut, das ist vermutlich sexistisch, immerhin gibt es mittlerweile so viele Bücher in diese Richtung, dass das bestimmt längst ausgeglichen ist. Edward ist überholt.« Er seufzte und fuhr sich vorsichtig mit dem Handrücken über die Stirn. »Ein Teil von mir fragt sich, was geschehen wird, wenn wir wieder in England sind, im richtigen England. Dieser Teil fürchtet sich irgendwie davor zurückzukehren. Weil du … du wirst dann weggehen, oder?«

Ich schluckte. Die Worte kamen mir nur zögernd über die Lippen: »Ich fürchte, ich kann dir nicht ganz folgen.«

Ehe er etwas erwidern konnte, erzitterte der Berg unter einem gewaltigen Grollen, das jedes einzelne meiner Moleküle erschaudern ließ. Steine prasselten auf uns herab. Gawain stieß einen Warnruf aus. Im nächsten Moment riss mich etwas von den Füßen und jemand schirmte mich vor dem Gesteinsbrocken ab. Ich erkannte Sam an seinem Herzschlag. Ein erschrockenes Ächzen streifte mein Ohr. Das Zittern ließ so plötzlich nach, wie es begonnen hatte.

»Weiter«, befahl Merlin. »Rasch, es hat begonnen!«

»In Filmen klingt dieser Satz irgendwie cooler«, brummte Sam.

Wir eilten weiter, so schnell es nur ging. Immer wieder lösten sich Steine von der Decke, erschwerten unser Vorankommen. Lancelot stöhnte dumpf auf, als ihn ein besonders großer Brocken am Kopf traf und in die Knie zwang. Hastig beugte Merlin sich über ihn.

»Weiter!«, befahl er uns. »Findet den König, los!«

Ich sprintete los, ich wollte einfach nur hier raus, Angst hielt mich mit scharfen Klauen gepackt und drückte mit jedem Grollen, welches den Berg erschütterte, weiter zu. Was geschah da draußen bloß? Wieder verengte sich der Gang, ein Stein schlug mir die Fackel aus der Hand. Ich unterdrückte einen Schrei und kämpfte mich weiter, meine Haut schrappte über den Stein und brannte wie Feuer. *Atme!*, befahl ich mir selber und versuchte in dem wenigen Licht etwas zu sehen. War es eine Täuschung oder wurde es dort hinten heller?

Im nächsten Moment stieß Sam einen Schrei aus, gefolgt von Gawains Fluch. Staub wirbelte auf und ich schloss hastig die Augen, krümmte mich zusammen und erwartete jeden Augenblick von einem Felsbrocken erschlagen zu werden. Aber da kam nichts, und als das schlimmste Rumpeln vorbei war, öffnete ich die Augen wieder. Das Licht hatte sich verändert, war nicht mehr flackernd, sondern beständig. Wo kam das her? War der Berg so sehr beschädigt, dass jetzt schon Tageslicht hier herunter drang? Hatte das Merlin mit einem Zauber bewirkt? Dann war er wenigstens noch am Leben.

»Hope?« Sams Stimme klang belegt. »Scheiße, du leuchtest!«

»Wie bitte?« Ich blickte an mir herunter, starrte auf meinen Körper, als wäre er der einer Fremden. Tatsächlich glomm ein helles Licht in meiner Brust. »Oh, verdammt.«

Sam lachte keuchend. »Du bist keine Fee, du bist ET.«

»Halt die Schnauze, Sam!« Ich griff mir an die Brust und zog den Vogel hervor. Augenblicklich wurde das Licht noch stärker. Auch der Vogel leuchtete. »Das wird ja immer besser«, stöhnte ich. Als Gawain sich bewegte und dabei vor Schmerz nach Luft japste, eilte ich zu den beiden hinüber. Der Ritter lag unter einem großen Stein begraben.

»Er hat mich einfach zur Seite geschubst, als das Ding auf uns zukam. Das Teil hätte mich plattgemacht«, sagte Sam sichtlich erschüttert.

»Ja, und dann hätte die Lady niemanden mehr gehabt, an dem sie sich die Zähne ausbeißen könnte«, ächzte Gawain und stemmte sich gegen den Fels. »Das wird nichts. Los, weiter mit euch. Ihr könnt mich auf dem Rückweg holen.«

»Wir lassen dich nicht hier zurück«, protestierte ich. »Auf gar keinen Fall!«

»Ihr seid hier, um den König zu retten, nicht mich. Verschwindet!«

»Kommt nicht in die Tüte.« Sam machte einen Schritt nach vorne und knickte mit einem Aufschrei ein. Fluchend tastete er nach seinem Fuß. »Verstaucht. So ein Mist!«

»Ihr zwei bleibt hier und versucht nicht zu sterben, verstanden?« Ich packte die Axt fester. »Ich hole Artus und auf dem Rückweg gabeln wir euch auf.«

»Vergiss es, ich komme mit.« Sam machte einen humpelnden Schritt nach vorne und fiel fast hin.

»Sam, du kannst kaum laufen. Bleib hier und hilf Gawain, ich werde ...«

»Du wirst sicherlich nicht allein in eine verdammte Drachenhöhle gehen!«, brüllte Sam. »Das lasse ich nicht zu!«

Seinen Worten folgte ein erneuter Steinschlag und ich riss beschwichtigend die Hände hoch, als sich der Staub gelegt hatte. »Ist ja gut! Hast du einen besseren Plan?«

»Tu irgendwas, du mystisches Märchenwesen. Du bist die mit den Magic Skills.« Mehr fiel Sam leider auch nicht ein.

Mein Blick irrte durch den engen Tunnel, über den Stein, unter dem Gawain lag, und ... die Axt. Für einen Moment leuchtete die Schrift darauf auf. Feenschrift. Feenwaffe. Zögernd wog ich ihr Gewicht in der Hand. »Ich kann nicht versprechen, dass das klappt«, warnte ich meine Gefährten und hob die Waffe. Ich schloss die Augen, als ich sie mit Schwung auf den Stein herabsausen ließ. Ein Knacken ertönte. Dunkle Linien durchzogen das Gestein, dann zerbrach der Brocken. Taumelnd kam Gawain auf die Beine, ich streckte die Hand aus, um ihm zu helfen, doch er wich vor mir zurück. Röte kroch mir in die Wangen. Verletzt biss ich mir auf die Lippe.

Gawain verbeugte sich leicht. »Vielen Dank, Mylady. Aber jetzt weiter!« Er packte Sam, legte sich seinen Arm über die Schulter und bedeutete mir voranzugehen.

Nach wenigen Metern mündete der Gang in eine Höhle. Kampfschreie brandeten schwach, gedämpft durch das Gestein, zu uns herüber. Ich ließ Gawain und Sam hinter mir zurück und rannte, so schnell ich konnte. Der Vogel erleuchtete die Höhle. Da! An der Wand zu meiner linken bewegte sich etwas. Ich rannte darauf zu. Ein Mann lag dort, sein Haar hing ihm strähnig ins bleiche Gesicht. Tiefe Schrammen zierten seinen Brustpanzer und der Umhang hing nur noch in Fetzen an ihm herab. Aber er sah nicht tot aus. Noch nicht.

»Königs Artus?«

Der Mann kniff in dem Licht die Augen zusammen. »Faith! Ich wusste, du kommst!«

»Leider die falsche Frau, mein König.« Hastig ging ich neben ihm in die Knie. »Seid Ihr verletzt?«

»Ihr seid nicht Faith, aber ...« Artus runzelte die Stirn. Er war jünger, als ich erwartet hatte, vielleicht zwanzig. Genau konnte ich das unter dem Bart und dem ganzen Staub nicht erkennen.

»Mein Name ist Hope, mein König. Merlin ...«

»Artus!«, rief Gawain hinter uns voller Erleichterung. »Du lebst?«

»Gawain? Bist du das?«, fragte Artus.

»Wer sonst würde dir wohl bis ans Ende der Welt und in eine Drachenhöhle folgen.« Der Ritter eilte herbei und zog seinen Freund und König auf die Füße. »Du bist unverletzt?«

»Bis auf ein paar Kratzer und meinen Stolz – ja. Wie seid ihr hergekommen?«, wollte Artus wissen.

»Merlin hat mit Hilfe irgendeines Zaubers einen Weg geöffnet. Komm, wir fliehen, ehe ...« Gawain brach ab.

Im nächsten Moment durchdrang ein grauenhafter Schrei die Luft, so voller Kummer und Trauer, als wolle er den Berg zerreißen. Ich presste die Hände auf die Ohren und sank in die Knie. Mein Kopf drohte zu explodieren. Schmerz raste in heißen Wellen durch mich hindurch. Jemand packte meine Schultern, verhinderte, dass ich mit der Nase voran auf den Stein zuraste. Gawain.

»Hope, was ist?«, brüllte Sam. Angst lag in seiner Stimme.

Ich wollte antworten, aber nur ein Wimmern kam über meine Lippen. Endlich erstarb auch das letzte Echo des grauenvollen Geräuschs und Stille legte sich schwer über die Höhle, lediglich ein Schluchzen blieb zurück. Mein Schluchzen.

Sam zog mich dichter an sich, ich zitterte. »Hope, was ist denn? Rede mit mir!«

»Ist sie verletzt?« Artus beugte sich besorgt vor.

»Sie dürfen ihm nichts tun!«, flüsterte ich. Der Hilfeschrei vibrierte in meinem Herzen. Und dann sprang ich auf und rannte nach draußen.

Nach dem schummerigen Licht in den Gesteinsgängen brannte die Sonne in meinen Augen hell wie Stadionscheinwerfer. Die Ritter hatten den Drachen aus der Höhle getrieben und ihn an eine Felswand gedrängt. Seile und Netze waren über ihn geworfen worden, einige lagen zerfetzt am Boden. Das Wesen war riesig und mit glänzenden schwarzen Schuppen bedeckt. Die Augen waren tiefgrün, wie Smaragde, aber mit feinen roten Schlieren durchsetzt. Jeder einzelne seiner Zähne war so groß wie meine Hand, spitz und furchteinflößend, ebenso wie der mit Krallen bewehrte Schwanz. Ein Hornkamm säumte Kopf und Rücken.

»Jep«, seufzte Sam, der schwer atmend und mit Artus im Schlepptau neben mir zum Stehen kam. »Das ist definitiv ein Drache.«

»Wie schön, dass Ihr meine Ansicht jetzt teilt.« Merlin war wie ein knurriger Schatten neben uns aufgetaucht und erschreckte Sam fast zu Tode. »Mein König, seid ihr verletzt?«

»Alles noch dran, Merlin, danke.« Artus spähte an seinem Haus- und Hofzauberer vorbei. »Bitte sag mir, dass du einen Plan dafür hast.«

»Tut ihm einfach nichts.« Ehe mich jemand aufhalten konnte, ging ich auf den Drachen zu. Seine Gegenwart schien auf meiner Haut zu vibrieren. Sam schrie meinen Namen, aber ich ging weiter, bis ich den Drachen beinahe erreicht hatte.

Plötzlich packte Sam mich am Arm. »Was genau hast du vor?«

»Ich muss ihm helfen«, erklärte ich.

»Ich nehme zur Kenntnis, dass der Rat eine Entscheidung getroffen hat. Aber da die Entscheidung hirnverbrannt ist, habe ich mich entschieden, sie zu ignorieren«, sagte Sam.

Mühsam löste ich den Blick von dem riesig großen Fabelwesen. »Was?«

»Das ist ein Zitat von Nick Fury, einem sehr weisen Mann, und ich stimme ihm absolut zu! Du bist irre, wenn du denkst, hier einen auf Daenerys Sturmtochter machen zu müssen! Nicht, dass ihr nicht durchaus gewisse Ähnlichkeiten hättet, aber ... egal. Wo ist denn unser Wahnsinnsdrachenkiller?«

Ich wandte den Kopf und sah Siegfried. Sein Hemd war voller Blut. Er atmete schwer und doch wirkte er so glücklich, als wäre das hier eine rauschende Party.

»Noch ein Verrückter«, schnaubte Sam. »Toll.«

Ich schob mich an ihm vorbei und rannte zwischen den Rittern hindurch, entriss einem von ihnen einen Dolch und durchtrennte das erste Seil, das den Drachen am Boden hielt. Um mich herum wurde geschrien. Jemand packte meine Hand und entriss mir den Dolch. Der Griff war fest und schmerzte. Wütende Blicke trafen mich wie Steine. Schwerter hoben sich drohend in meine Richtung und mein Herz klopfte wie verrückt. *Das war's*, dachte ich. *Jetzt stirbst du unehrenhaft in irgendeiner fremden Welt, als Fee, durch ein Schwert, weil du dem Feind hilfst, ohne zu wissen, wieso.* Dabei war es nicht so, als würde ich gezwungen, es war eher … wie ein Sog.

Dann schlug mir jemand ins Gesicht. Mein Kopf flog zur Seite und ein heftiger Schmerz explodierte in meiner Lippe. Ich schmeckte Blut.

Sam tauchte mit einem wütenden Schrei wie aus dem Nichts auf und warf sich vor mich. »Zurück!«, drohte er mit erhobenem Schwert. »Bleibt weg von ihr!«

Niemand sah ihn als wirkliche Bedrohung, das las ich nur zu deutlich in den Gesichtern der anderen. Es war Artus, der seine Männer zurückhielt.

»Was soll das, Hope?«, verlangte er zu wissen und ließ den Drachen nicht aus den Augen, dem die Ritter eben mit neuen Seilen zu Leibe rückten. Selbst in seinem Zustand sah er noch aus, als würde er es, ohne zu zögern, mit dem Ding aufnehmen. »Warum kämpfst du gegen meine Männer?«

»Sie ist verrückt geworden, Herr«, rief der, der mich geschlagen hatte. »Der Zauberer sagt, sie ist eine Fee. Ein Wechselbalg gewiss, bei dem sich langsam der Wahnsinn zeigt!«

Zustimmende Rufe wurden von einem lauten Schrei des Drachen übertönt, der in meinen Ohren gellte. Angst tränkte die Luft, machte sie schwer und zäh.

»Können wir vielleicht eins nach dem anderen klären?«, knurrte Sam. »Ungefähr tausend Meilen von dem Biest entfernt?«

»Der Drachentöter soll die Bestie erledigen!«, rief einer der Ritter.

»Ja, lasst ihn das Ding töten!«, brüllte ein anderer.

»Er ist nicht böse!«, schrie ich. »Hört ihm doch zu!«

»Hope«, zischte Sam. »Bitte sag jetzt nicht, dass du mit dem Ding kommunizieren kannst!«

»Ich tue gar nichts!«, fauchte ich. »Ich kann das nicht erklären, aber … Es ist nicht so, wie ich …« Ich presste eine Hand an meine Schläfe. »Ich verstehe es doch selber nicht!«

»Eragon lässt grüßen«, murmelte Sam. Er sah sich um.

Auch ich erkannte die Mordlust in den Augen der Männer. Der Drache stand ganz still und sah auf uns hinunter.

»Warum schaut er uns so an?«, flüsterte ich.

»Nicht uns«, korrigierte Sam heiser. »Dich.« Er legte den freien Arm um mich und hielt das Schwert noch etwas höher. »Vielleicht wäre es ...«

»Ihr dürft ihn nicht töten!« Meine Augen füllten sich mit Tränen. Mein Herz drohte zu zerreißen und der Drang, die Hand nach dem Wesen auszustrecken, ihn zu befreien, wurde fast übermächtig.

»Aber Mylady«, sagte Gawain. »Ihr befahlt uns doch den Drachentöter zu holen!«

»Ich weiß, ich ... aber ...« Wieder berührte ich meinen Kopf und streckte, ob unwillkürlich oder gewollt, eine Hand nach dem Drachen aus.

Das gab den Ausschlag. Einer der Männer sprang auf mich zu und riss mich nieder. Der Drache bäumte sich brüllend auf, Seile rissen, peitschten zurück und streckten Ritter zu Boden. Artus brüllte einen Befehl und Siegfried stürmte vor. Sam schubste den Ritter von mir weg, riss mich hoch und schob mich erneut hinter seinen Rücken. »Hope? Denkst du, du könntest unseren Drachentöter aufhalten?«

»Nnnnein.« Das Wort wollte kaum über meine Lippen. Alles drehte sich. Da war dieser Schmerz in mir, diese Angst. *Meine Angst? Oder die des Drachen?*

»Das werde ich so bereuen.« Sam riss sein Schwert hoch und stellte sich Siegfried in den Weg, während ich mich benommen an seinen Rücken klammerte. »Glaub mir, Kumpel, ich will das auch nicht«, erklärte Sam dem blonden Riesen. »Aber ich fürchte, die Kleine will nicht, dass Drogon was passiert und ... ehrlich gesagt, kann ich gerade nicht anders.«

»Kein Mann sollte eine Frau Herrin über seine Klinge sein lassen.« Sigfrieds Stimme war ganz heiser.

»Das klingt ganz schön zweideutig, Freund, und das von einer langhaarigen Blondine«, gab Sam zurück.

»Du wirst keine zwei Augenblicke gegen mich bestehen«, drohte Siegfried.

»Jaja, Thor II, lass uns ...«, setzte Sam an.

Eine Hitzewelle traf meinen Rücken. Sam hatte es ebenfalls gespürt und ließ von Siegfried ab. Der wich langsam vor uns zurück, das Schwert erhoben. Plötzlich war es still.

Sam stöhnte. »Er frisst mich gleich oder?«

Ich drehte den Kopf. Die schuppige Schnauze war keine zwei Meter von uns entfernt. Die gewaltigen Zähne griffen perfekt ineinander, die Schuppen glänzten und schimmerten.

»Hallo, Nessie«, flüsterte Sam neben mir, während die Spitze seiner Klinge Richtung Boden sank. »Ich war immer auf deiner Seite, ganz ehrlich.«

»Verhandelst du da wirklich mit einem Drachen?«, fragte ich.

»Da deine Superkräfte dich anscheinend im Stich lassen, muss ich mir ja jetzt wohl was überlegen, oder?«

Ich schob meine Finger zwischen die seinen. Es fühlte sich richtig an. Warm und stark. Dann hielt ich die freie Hand dem Drachen entgegen.

Die Welt hielt den Atem an, als Mädchenhand und Drachenhaut aufeinandertrafen. Die Bestie blinzelte und schloss die Augen, während sie einen vorsichtigen Schritt näher auf uns beide zumachte. Plötzlich wirkte das Untier kleiner und doch unfassbar riesig, während meine Haut sich hell und winzig von den Schuppen auf seiner Nase abhob. Dann geschah etwas. Ich war nicht sicher, was es war, vielleicht frischte der Wind auf und huschte über den gewaltigen Körper. Vielleicht war es Magie. Vielleicht eine Halluzination, aber irgendetwas *war* da und verband Drachen und Mädchen miteinander, in einem endlosen Moment.

Es war so schnell vorbei, wie es begonnen hatte. Der Drache bäumte sich auf, Flügel erschienen hinter dem gehörnten Rücken und mit einem Schrei, der beinahe triumphal klang, sprang das Wesen hoch über die Köpfe der Menschen. Der Wind seiner Flügel drückte Ritter, König, Zauberer und Fremde zugleich zu Boden. Noch einmal gellten Schreie, letzte Seile rissen, Klingen blitzten. Dann war es vorbei und der Drache verschwand als Silhouette am Horizont. Ich stand ganz still da, fürchtete, dass jede noch so kleine Bewegung irgendetwas auslösen könnte. Sam hielt noch immer meine Hand, schien alles zu sein, was mich noch mit dieser Welt verband.

Ich sah zu Siegfried, der irgendwie kleiner wirkte als noch vor wenigen Augenblicken. Verloren. Er starrte auf die Stelle am Himmel, wo der Drache eben noch gewesen war, schien ihn durch seine Gedanken zurückzwingen zu wollen. Viele schauten zum Himmel, doch einige Blicke klebten auch an mir, trugen eine Mischung aus Ehrfurcht und Angst. Und hier und da eine Prise Zorn.

Sam stieß die Luft aus, die er anscheinend die ganze Zeit angehalten hatte. Ich sah, wie er auf seine Haut starrte. Langsam, Glied für Glied bog er seine verkrampften Finger auseinander, dann fiel die Klinge ins Gras.

Das Geräusch zerriss die Stille, Leben kehrte in die Anwesenden zurück. Waffen wurden gesenkt und fortgesteckt, jemand rief nach einem Medicus.

Ich holte tief Luft und wandte mich zu Sam. Alles fühlte sich so surreal an. Mein ganzer Körper tat mir weh und vibrierte gleichzeitig von einer seltsamen Energie. »Leben wir noch?«

»Ich glaube schon.« Sam versuchte zu grinsen. »Das war doch ein Spaziergang, oder? Darf ich dann jetzt duschen?«

Kapitel 15

Hey, Mum, schöne Grüße von Merlin und König Artus

Alles, was nach der Flucht des Drachen geschah, erlebte ich wie in einem Traum. Der Ritt zurück, bei dem es mir gar nicht mehr so schwerfiel mich auf dem Pferd zu halten, obwohl mir alles wehtat, ein heißes Bad in einem steinernen Becken mit Dienerinnen, die mir die Haare wuschen, weil meine eigenen Hände zu schwer waren, und Essen, welches das Knurren meines Magens endlich verstummen ließ. Und schließlich stand ich mit Sam vor einer riesigen, mit Malerei verzierten Flügeltür und Merlin sah uns mit einem Ausdruck in den Augen an, den man fast schon Bedauern nennen konnte.

»Ihr müsst noch nicht gehen. England wird euch als Helden feiern. Ihr habt den König aus den Klauen des Drachen befreit. Das Untier ist fort und irgendetwas sagt mir, dass es nicht zurückkommen wird. Artus geht es gut, er wird noch lange König sein und seine Feinde glauben jetzt, dass er sogar Drachen besiegen kann. Es wird ein Fest stattfinden, mit Tanz und Musik. Alle werden dort sein. Lords, Grafen, Prinzen …«

Vor meinen Augen zeichnete sich ein wunderschöner Ballsaal ab und mein Herz machte einen Satz. Doch Sams Miene war eher nüchtern und ich spürte, dass er nach Hause wollte, um nach seiner Familie zu sehen. Leute, die ihn vermissten. Der Gedanke gab mir einen gemeinen Stich und ich schämte mich für meine Eifersucht. Mit einem Kopfschütteln bat ich um Nachsicht. »Es tut mir leid, aber wir müssen wirklich zurück.«

»Das ist in der Tat sehr bedauerlich.«

Artus! Er bewegte sich noch etwas steif, vermutlich hatte er überall blaue Flecken, aber sein Gesicht war jetzt sauber und ordentlich rasiert und seine blauen Augen sprühten nur so vor Leben. Er war *heiß*, richtig heiß und für einen Moment erzitterten meine Knie unter seinem Blick. *Ach verdammt, ich würde so gerne bleiben!*

»Ich stimme Merlin zu, Ihr wärt uns mehr als willkommen. Doch ich sehe die Sehnsucht in Euren Augen und so sehr England Euch auch brauchen kann, Euer Zuhause braucht euch ebenfalls«, verkündete Artus. Schwungvoll öffnete er die Türen und ließ uns in die riesige Bücherei Camelots eintreten. Merlin blieb auf einen Wink hin draußen – seine Enttäuschung war nicht zu übersehen und fast schon lustig, wäre da nicht dieser wahnsinnige Druck gewesen. Immerhin erwarteten jetzt alle, dass ich uns hier rausbrachte. *Nur wie?*

Beim ersten Schritt über die Schwelle empfing mich das leise Flüstern der Bücher, zögernd, als wären sie eben aus einem tiefen Schlaf erwacht, tastete es über meine Haut. Sie waren wunderschön und uralt. Scheu berührte ich einen der Buchrücken und der Geschmack von Sommer und Zitronen begann auf meiner Zunge zu tanzen.

»Ich weiß nicht, wie es geht.«

Erst als Sam sanft nach meiner Hand griff, wurde mir klar, dass ich die Worte laut ausgesprochen hatte.

Artus ging mit großen Schritten zu einem Wandteppich, lüftete ihn und zog ein Buch aus einer dahinter verborgenen Nische hervor. »Dieses hier haben Faith und Sky benutzt, als sie mich besuchen kamen.« Er zwinkerte mir zu. »Nun schaut nicht so, Mylady, natürlich weiß ich es. Das hier ist meine Burg, ich weiß alles, was hier vor sich geht. Jedenfalls ... denke ich das«

Der bestaussehende König von England nannte mich dahergelaufenes Straßenkind Mylady! Ich schmolz dahin. Artus reichte mir das Buch, der Titel war in einer mir unbekannten Sprache verfasst. Zögernd schlug ich es auf und ein kleiner Zettel flatterte zu Boden. Sam bückte sich und reichte ihn Artus, der einen kurzen Blick darauf warf und ihn lächelnd an mich weitergab.

»Ich glaube, dies ist für Euch bestimmt«, sagte er.

Verwirrt lass ich die handgeschriebenen Zeilen.

Lieber Leser,
das Geheimnis ist dir nah, doch hüte dich, ist es das deine? Wenn du bist, wer du sein sollst, dann hast du viele Fragen. Die Antworten, die du suchst, befinden sich bei dem, der alles sieht und doch keine Augen hat. Er ist ein König unter seinesgleichen und Könige haben unter ihm gedient, aber sie trugen keine Kronen und auch seine ist zwar groß, jedoch nicht aus Gold, auch nicht aus Lorbeeren. Seine Arme sind still und doch mächtig, sind gebunden und doch frei. Ein Heim boten sie den Helden, dennoch konnten sie nicht ewig schützen. Und wenn er stirbt, stirbt der letzte erste Freund des grünen Königs.

Die Worte waren auf kariertem Papier geschrieben und somit ganz sicher nicht Teil dieser Welt. Stirnrunzelnd sah ich zu Artus. »Und was bedeutet das?«

»Ich weiß es nicht. Aber das ist die Handschrift von Faith. Vielleicht ist es eine Nachricht an Euch als ihre Nachfolgerin.« Artus' Gesicht verdüsterte sich. »Ich hoffe, ihr ist nichts zugestoßen.«

Da bin ich mir jetzt nicht so sicher. Ob sie auch von diesen schwarzen Dingern geträumt hat? Haben sie sie erwischt? Unsinn, die waren bloß ein Traum! Energisch schlug ich das Buch auf und konzentrierte mich auf das Wispern, während ich mir gleichzeitig eine Bedienungsanleitung wünschte.

»Wartet noch!« Artus zog etwas von seinem Finger und reichte es mir. »Hier, als Erinnerung. Ihr seid jederzeit in Camelot willkommen. Zeigt den Ring vor und man wird Euch sofort zu mir bringen.« Der Blick seiner strahlend blauen Augen bohrte sich in den meinen. »Ich werde auch zu jeder Zeit Hilfe und Schutz gewähren.«

Flirtet der vielleicht gerade mit mir? Er ist verheiratet, Hope. VERHEIRATET! O Mann ich will hier nicht weg, wirklich absolut rein gar nicht. Ich will hierbleiben und mich durch diese riesige Bücherei graben. Ich will Reiten und Bogenschießen lernen. In einem riesigen Himmelbett schlafen und in einem wunderschönen Kleid auf einen Ball gehen. Ich will Lady Hope sein. Nicht Hope das Straßenkind. Diese Gedanken jagten ein aufgeregtes Kribbeln durch mich hindurch und machten mir gleichzeitig Angst. Ich konnte nicht hierbleiben.

Oder?

»Hope?« Sams Stimme war viel zu zaghaft. In seinen Augen las ich eine Spur von Angst. Angst, dass ich sein einziger Weg nach Hause war. »Bitte, ich muss meiner Schwester sagen, dass es mir gut geht.«

Seine Worte brachen mir das Herz und mein Nicken zerriss mir die Seele. Ich nahm Sam das Bündel ab, das er die ganze Zeit getragen hatte, und wollte es Artus geben, doch der machte eine abwehrende Geste.

»Diese Dinge nehme ich nicht von Euch zurück. Ich spüre, dass Ihr es seid, für den sie bestimmt sind. Faith sagte etwas in dieser Art zu mir. Vielleicht hilft es Euch, Eure Fragen zu beantworten«, erklärte er.

Ich nickte und zog trotzdem die Axt hervor. »Aber die kann ich nicht mitnehmen. Passt für mich darauf auf, ja?«

»Seid Ihr sicher?«, fragte Artus. »Dies ist eine sehr mächtige Waffe.«

»Ich weiß. Aber in meiner Welt hat sie keinen Platz«, antwortete ich.

»Ich werde sie hüten wie Excalibur selbst. Ihr müsst ihr einen Namen geben. Damit sie kommt, wenn Ihr sie ruft.«

Ich verzog ungläubig das Gesicht. »Das ist eine Axt, kein Terrier.«

»Und ich bin ein König, also tut, was ich sage.« Artus grinste verschmitzt, während Sam ein Kichern nicht unterdrücken konnte.

Ich verdrehte die Augen und betrachtete die Waffe, die Artus mir hinhielt. Wie sollte ich denn bitte eine Axt nennen?

»Wie wäre es mit Andruil, der Flamme des Westens? Oder Lichtbringer?«, flüsterte Sam von hinten. »Ohnezahn fände ich auch witzig.«

»Scheint mir wie ein schlechtes Omen«, gab ich zurück und kniff die Augen zusammen. »Wie wäre es mit *Amdir*?«

»Klingt ein bisschen nach *Herr der Ringe*«, meinte Sam.

»Es ist elfisch für ›Hoffnung‹«, sagte ich.

»Na, das nenne ich passend.« Sam verzog gespielt gequält das Gesicht. »Und *so* kitschig. Du Mädchen!«

Ich schwang die Axt in seine Richtung und er machte einen raschen Satz nach hinten, wo er mit einem Regal kollidierte, dessen Inhalt bedrohlich ins Schwanken geriet. Ich ignorierte ihn und reichte Artus die Axt. »Amdir.«

»Gut.« Artus nickte zufrieden und legte die Axt auf einen Tisch. »Nun, dann fahrt fort. Es sei denn Ihr habt es Euch anders überlegt.«

Ich schaute zu Sam, der sehnsüchtig auf das Buch blickte. »Nein«, seufzte ich. »Haben wir nicht.« Ich glaubte Mitgefühl in Artus' Augen zu sehen, doch ich verbannte es aus meinem Kopf und starrte hilflos auf das Buch.

»Faith hat sich dabei hingesetzt«, sagte Artus leise. »Sie hat es im Schoss gehalten und hineingesehen. Und dann hat sie ... geflüstert.«

Mein Kopf schoss so hastig nach oben, dass mein Nacken knackte. »Ihr habt das *gesehen*?«

»Zweimal. Doch glauben kann ich es noch immer nicht ganz«, räumte Artus ein.

»Habt Ihr denn keine Angst?«, fragte Sam. »Vor Hexerei oder der Inquisition oder ... was auch immer.«

»Unter meinen Rittern gibt es einen mit hellsichtigen Träumen, unter meinen Mägden zwei und unter den Heilerinnen eine, die jede Wunde versorgen kann. Und Merlin.« Artus zog die Brauen hoch. »Noch Fragen?«

»Keine, Euer Ehren«, brummte Sam. »Was ist mit Avalon? Gibt es das?«

Artus wirkte amüsiert. »Das hat Faith mich auch immer und immer wieder gefragt und ich sage Euch das Gleiche wie ihr: Das ist ein Geheimnis, das zu wahren ich versprach.«

»Also existiert es!«, rief Sam aus. Artus lächelte nur und Sam stieß frustriert die Luft aus. »Also schön, dann eben nicht. Was ist mit dem heiligen Gral? Nimmerland? Atlantis? Dem Schierlingsbecher?«

Der König lächelte still wie eine Wachsfigur. Von ihm würden wir keine Antworten bekommen.

Geschlagen ließ ich mich im Schneidersitz auf dem Boden nieder und bettete das Buch in meinem Schoß. Der geheimnisvolle Zettel raschelte in meiner Hand. Das Buch begrüßte mich mit einem freundlichen Flüstern, wirkte aber etwas frustriert, weil wir so lange gebraucht hatten.

»Tut mir leid«, wisperte ich. »Du hast ja keine Ahnung, wie spannend es hier ist. Aber jetzt müssen wir zurück, Sam muss zu seiner Familie. Kannst du uns helfen?«

Das Buch raschelte mit einer Seite und für einen Moment schienen die Buchstaben sich zu bewegen, als wäre die Tinte noch überhaupt nicht getrocknet.

»Bitte öffne uns ein Tor zurück in unsere Welt.«

Jetzt bewegten sich die Buchstaben wirklich, liefen ineinander und im nächsten Moment brach gleißend helles Licht aus den Seiten hervor. Ein Rauschen erfüllte den Raum, als wäre ein Sturm aufgekommen. Ich riss den Kopf zurück, blinzelte und glaubte für einen Moment die Umrisse einer Karte in den Buchseiten zu entdecken.

Dann zog Sam mich schon auf die Füße, das Bündel dicht an sich gepresst. »Bereit?«

»Mehr oder weniger?« Ich sah zu Artus, der ebenso blinzelte wie ich, pures Erstaunen auf dem Gesicht. »Passt auf Euch auf, mein König!«, rief ich. »Und traut Morgana nicht. Niemals!« Ich sah noch, wie er nickte. Sah, wie er lächelte und mich auf eine Art anschaute, wie mich nie zuvor ein Mensch angesehen hatte. Dann schlug das Licht über uns zusammen und die Welt zerfiel.

Unter mir war harter Boden. Kalt und es roch nach ... Putzmittel? Stöhnend drehte ich mich auf die Seite, mir tat alles weh.

Sam lag direkt neben mir. Mit offenen Augen starrte er ins Nichts. »War das jetzt ein Traum?«

Ich schüttelte den Kopf. Ich trug noch immer das Kleid, das mir Artus geschenkt hatte. Auch der Ring war noch da. Und meine Finger umklammerten das mysteriöse Schnitzeljagdschreiben. »Kein Traum.« Stöhnend richtete ich mich auf. »Wo sind wir?«

»Keine Ahnung. Sieht aus wie ein Museum.« Sam drehte sich einmal um sich selbst und spähte dann aus einem der Fenster. »Wir sind jedenfalls nicht bei mir zu Hause.«

»Sam.«

Erschrocken wirbelte er zu mir herum. Was?«

»Deine Klamotten.«

Sam sah an sich herunter. Jeans und Pulli. »Hm, das ist ja schräg.« Er sah zu mir. »Daran müssen wir wohl noch arbeiten.«

Ich hob hilflos die Schultern. Ich fühlte mich nicht so gut, irgendwie ... verdreht. »Was tun wir denn jetzt?«

Sam grinste mich an, zog ein Portemonnaie aus seiner Hosentasche und strich sich die Haare zurück. »Darf *ich* dann jetzt mal der Held sein?«

Es war ziemlich beeindruckend, wie er in kürzester Zeit unseren Standort herausfand (Wales, unsere Zeit; und es schien auch nicht so, als hätten wir irgendwo dramatisch am Verlauf der Vergangenheit herumgepfuscht), uns in ein Hotel brachte, etwas zu essen, Kleider und ein Telefon besorgte. Außerdem war er noch für zehn Minuten in einem Supermarkt verschwunden, während ich einfach verloren herumgestanden und mich von Passanten hatte anstarren lassen. Während Sam zu Hause anrief, kroch ich in das herrlich weiche Bett. Ein Blick auf den Kalender hatte uns gezeigt, dass wir drei Tage fort gewesen waren. Seine Eltern waren völlig panisch und Sam redete mindestens eine Stunde beruhigend auf sie ein, versprach ihnen alles zu erklären, sobald er zurück war. Ich lag einfach nur da und starrte abwechselnd auf den Ring an meiner Hand, das Buch auf dem Nachtisch und den Bogen samt Köcher, der an dem Kleiderhaken an der Tür hing wie ein Relikt aus einer anderen Zeit. Was er ja auch war. Irgendwie.

Ich bekam Kopfschmerzen, während ich mir immer wieder alles ins Gedächtnis rief: Bücher als Tore, Yaoráo, Feen, Sky und Faith, die Nibelungensage, Legendengestalten, die plötzlich vor mir gestanden hatten, eine Welt neben der unseren ...

»Hey.« Sam riss mich aus meinen Gedanken. Er stand neben dem Bett und tippte sich immer wieder mit dem Telefon gegen das Kinn, während er mich musterte. »Alles klar bei dir?«

Ich nickte, obwohl es gelogen war. Nichts war klar. Es war sogar mehr als unklar.

»Mein Dad wird einen Gefallen einfordern. Ein Freund von ihm ist gerade hier in Wales auf Geschäftsreise. Er wird uns mit seinem Privatjet mitnehmen. In einer Stunde geht es los, in zwei sind wir zu Hause. Klingt gut, oder?«

Zu Hause.

Das Wort brannte wie ein giftiger Pfeil. Was bedeutete das denn überhaupt? Es war doch bloß ein Wort. Nur ein paar Buchstaben, die irgendwer irgendwann einmal aneinandergereiht hatte beim Versuch, einem Gefühl Ausdruck zu verleihen. Ich bemerkte die Träne erst, als Sam sie erschrocken von meinen Wangen wischte.

»Hey, nicht! Nicht weinen. Du weißt doch, damit bin ich überfordert. Hör auf, bitte. Guck hier.« Er sprang zu dem Tisch in der Mitte des Raumes und eilte mit einer Tüte zurück, die er einfach neben mir auf dem Bett auskippte. Dutzende von Weingummitüten purzelten über die Laken. Eine war bereits geöffnet und verteilte kleine bunte Stangen, gefolgt von einem künstlichen Zuckergeruch. »Für dich hab ich Schokolade mitgebracht. Ich wusste nicht genau, was du magst. Außerdem haben wir Chips und Getränke aus der Mini Bar. Und dann die Sandwiches vom Zimmerservice. Du solltest was essen, dann geht es dir besser.«

»Ich bin nicht hungrig«, entgegnete ich.

»Was bist du dann, hm?« Sam hockte sich neben das Bett, legte die Arme auf die Matratze und stützte sein Kinn darauf. »Was hast du, Hope? Ist es wegen der Feensache? Wegen des Drachens? Oder Siegfried? Artus hat versprochen, dass es ihm an nichts fehlen wird, und Merlin sucht einen Weg ihn wieder nach Hause zu bringen.« Er schob sich ein Weingummi in den Mund. »Es gab nichts, was du hättest tun können. Oder anders machen. Wir haben gesiegt. Der König ist gerettet und uns ewig dankbar. Du bist eine Heldin.«

»Nicht hier«, sagte ich.

»Klar hier.« Beim Sprechen enthüllte er grüne und rote Flecken auf den Zähnen. »Für mich schon.«

»Wie geht es deiner Schwester?« Der Themenwechsel war nicht gerade subtil, klappte aber trotzdem.

»Sie wollte nicht mit mir reden, sie ist wütend, weil ich ohne sie losgezogen bin.« Er kratze sich am Kopf. »Das wird mich mindestens zwei neue DVDs und eine ganze Woche Filmeabende kosten.«

Ich wünschte, mein Leben wäre so unkompliziert. *Halt, das ist es doch. Denn mich hat niemand vermisst, niemand ist wütend oder besorgt. Vielleicht Miss Ming, aber auch nur vielleicht. Warum tut das so viel mehr weh als der Gedanke, seine kleine Schwester in Angst versetzt zu haben?* Ich krümmte mich zusammen. Mir war kalt.

»Hope?«

»Hm?«

»Du hast doch einen Ort, wo du hinkannst, oder?«, fragte Sam vorsichtig.

»M-hm.«

»Und ...« Er zögerte. »Wartet da jemand?«

Es dauerte einen ziemlich langen Moment, bis ich das Nein über die Lippen brachte. Sams Schock war fast mit Händen greifbar und brannte wie Feuer. *Ich will dein Mitleid nicht, ich will es nicht! Hättest du mir damals geholfen ...* Plötzlich schossen mir Tränen in die Augen. *Wäre ich doch bloß auf Camelot geblieben. Dort hätte ich ein Zuhause haben können ...*

»Hope? Wo wohnst du?«, bohrte Sam weiter nach.

»Ich will nicht mit dir darüber reden.« Mit Verwunderung stellte ich fest, dass das eine Lüge war. Ich wollte es ihm erzählen, wollte ihm alles sagen und er sollte still zuhören und meine Hand halten.

»Oh.« Er versuchte seine Enttäuschung zu verstecken, aber es gelang ihm nicht. »Okay, jedenfalls habe ich dir frische Klamotten besorgt. In dem Kleid siehst du zwar hinreißend aus, aber die Leute werden dich anstarren.«

»Das bin ich gewohnt.« Es klang kälter als beabsichtigt. Messer aus Buchstaben. Ich sah Sam nicht an, hörte aber, wie er schluckte.

»Hope, ich bin nicht dein Feind.«

»Aber auch nicht mein Freund.« Die Worte verbrannten mich von innen heraus, die Wut tobt so grausam, schürte die Hilflosigkeit.

Er zögerte für einen Moment und ein Teil von mir wollte, dass er aufstand und mich in die Arme nahm. Einfach so, ohne große Worte. Aber er wagte, wollte, wusste es nicht. Stattdessen: »Ich gehe nicht.« In meinem Magen krampfte sich alles zusammen. »Du hast Angst, dass ich weggehe, oder? Wie die alte Dame.«

»Sie ist nicht *weggegangen*, sie ist gestorben«, flüsterte ich. »Sie war meine Familie. Für immer. Aber für immer war an diesem Tag vorbei.« Ich kämpfte gegen das Brennen in meinem Magen, spürte, wie es mit schweren Tritten Richtung Brust stapfte. »Eleonore war schon so lange krank. Ich wusste, dass sie irgendwann ...« Ein letzter Tritt auf meine Brust, dann hatte das Brennen meine Kehle erreicht. Mit einem erstickten Würgen sprang ich auf und rannte ins Bad. Gerade noch rechtzeitig. Im nächsten Moment beförderte ich meinen Mageninhalt in die Kloschüssel.

Sam war mir gefolgt, band mir mit einer geschickten Bewegung die Haare zurück und hielt mich fest, während ich mich zitternd und würgend an die Keramik klammerte. Als es besser wurde, holte er mir einen kalten Waschlappen und etwas zu trinken, und obwohl ich weiter würgte, spürte ich seine Wärme im Rücken. Irgendwann sackte ich zusammen. Mir war kalt, ich zitterte am ganzen Körper. Sam zog mich auf seinen Schoß. Beruhigend strichen seine Hände über meinen Rücken, strichen mir schweißnasse Haarsträhnen aus dem Gesicht.

»Ich weiß, dass es nicht deine Schuld war«, keuchte ich zwischen abgehackten Atemzügen. »Ich weiß, dass du nichts tun konntest, aber ... du hast gesagt, dass du mich finden würdest, und ich musste ... ich brauchte etwas, jemanden ... Meine Wut – es tat nicht so weh einen Fremden zu hassen wie ...«

»Schhhh, atme.« Sam rieb mir sachte über den Rücken. »Schon gut. Aber wir haben dich irgendwann ausfindig gemacht, da waren wir aber schon wieder hier in England. Und dann hat diese Tante am Telefon gesagt, dass du eine neue Familie hast und nicht mit uns reden willst.«

»Was?« Ich schrak hoch und verpasste ihm beinahe einen Kinnhaken. »Das ist nicht wahr! Ich habe gewartet! Fast einen Monat! Ich war in diesem verdammten Wohnheim und ... es war zum Kotzen!«

»Aber warum sollte sie uns nicht die Wahrheit sagen?«, fragte Sam.

»Vielleicht hatte sie Angst, dass ihr Ärger machen würdet? Vielleicht war ich da schon weg und sie wollte es nicht zugeben.«

»Ich weiß, wer bald einen miesen, fiesen Trojaner auf dem PC hat.«

Mit einem erstickten Lachen, das eher nach Weinen klang, sackte ich gegen seine Schulter. »Ich weiß nicht, was ich von dir halten soll«, stöhnte ich heiser in sein Shirt. »Ich weiß es einfach nicht.«

Er hob mein Kinn vorsichtig an. »Könnte dieses Gesicht dich betrügen?« Irgendwie schaffte er es zu grinsen – an seinen Zähnen hing noch immer Weingummi. »Ganz ehrlich, ich habe gerade noch mit dir gegen einen Drachen gekämpft. Was wollt ihr Frauen denn noch? Blumen kann ich besorgen, das ist kein Problem. Allerdings wirkst du nicht wie der Rosentyp.«

»Warum tust du ...«, setzte ich an.

»Weil du es bist«, beendete er meinen Satz. »Bedeutet das, dass die alte Dame nicht deine Großmutter war?«

»Nein.« Ich schloss die Augen und verharrte stumm an Sams Brust. Sein Herz schlug fest und sicher neben mir. Die Worte waren so schwer. »Meine Eltern sind weg. Meine Erinnerungen beginnen bei Eleonore. Sie hat mich aufgezogen. Sie war immer gut zu mir.«

Sams Arme schlossen sich fest um mich, wie ein warmer Schutzkäfig. »Hat sie dir gesagt ...«

»Nein. Nichts. Sie sagte, sie wüsste nichts. Aber ... sie war so traurig, wenn ich nachgefragt habe.« Ich öffnete die Augen einen Spalt, weil mir die Dunkelheit Angst machte. In den Fliesen über ihm spiegelte sich mein verzerrtes Gesicht und daneben ... »Nimueh«, flüsterte ich und riss den Kopf herum. Aber hinter mir war nichts. Nur Sam. Sam, der ziemlich besorgt aussah.

»Alles klar?«, fragte er.

»Ich dachte, da wäre jemand«, murmelte ich benommen und hörte selber, wie sich das anhörte. »Meine Fee ...«

»Du siehst eine Fee in diesem Badezimmer?«, hakte er nach.

»Werde ich jetzt verrückt?«

»Nicht mehr als ich. Sag, wenn du was mit Zähnen und Klauen siehst, okay?«, meinte er.

»Ich versuch's.«

»Fein. Denkst du, du bist jetzt fertig damit?« Er nickte zu der Kloschüssel hinüber. »Wir haben einen engen Zeitplan.«

»Angst, dass ich den schicken Privatjet deines Freundes vollkotze?«, erkundigte ich mich.

»Wenn du dich sehen könntest, würdest du meine Angst verstehen.« Sam versuchte mir aufzuhelfen, aber meine Beine versagten jeglichen Dienst. Schließlich hob er mich hoch und hievte mich zurück zum Bett.

»Dein Fuß«, ächzte ich, als es mir siedeheiß einfiel. »Du bist doch ...«

»Es geht schon. Im Schloss hat sich das eine von Artus' Heilerinnen angesehen. Jetzt ist mein Knöchel wie neu.«

»Aber ... das ist nicht möglich!«, widersprach ich.

»Was du nicht sagst.« Ein Lachen schwang in seinen Worten mit. »Okay, ich packe unseren Kram und kümmere mich um alles. Schlaf du einfach ein bisschen, okay? Du hast dir bestimmt den Magen verdorben oder so was. Das wird wieder.«

»Nein!« Ich wollte mich aufrichten, aber um mich herum war alles wie Kaugummi, in dem ich immer mehr versank. »Sam ...«

»Ist schon gut, ich bleib ja hier, keine Panik«, beruhigte er mich.

Ich wollte nicht schlafen. Ich war müde, aber ... die Wahrheit war, dass ich mich vor dem Schlaf fürchtete. Vor dem Traum, in dem die schwarz gekleidete Gestalt auf mich wartete. Und so klammerte ich mich mit aller Kraft an das bisschen Realität, das ich noch festhalten konnte. Bis mir irgendwann auch dazu die Kraft fehlte und ich in ein endlos tiefes schwarzes Loch stürzte.

Kapitel 16

Der Vorteil von selbstgepflückten Äpfeln? Man muss kein Klebeetikett suchen

Als ich aufwachte, befand ich mich in einem fremden Zimmer. Poster hingen an den Wänden, alle mit demselben rot untermalten Schriftzug: *Marvel*. Ein riesiges Regal voller DVDs, auf dem Nachtisch lagen ein paar Comics und der Schreibtisch sah aus wie eine ganze Kommandozentrale. Daneben stand eine Couch, auf der eine Decke lag, als hätte dort jemand geschlafen. Ein Fernseher, der beinahe so groß war wie mein Bett auf meinem Camelot. Die Blautöne und der Geruch sprachen für das Zimmer eines Jungen.

Vorsichtig setzte ich mich auf. Ich trug das Kleid von Artus nicht mehr und diese Erkenntnis versetzte mir einen Schock. Hastig tastete ich nach der Kette, schloss die Finger erleichtert um den hölzernen Vogel und hob gleichzeitig die freie Hand, an der Artus' Ring funkelte. Der Ring, den ich mir im Wald gezaubert hatte, war fort, ich musste ihn verloren haben. Oder mein Zauber hielt nicht ewig. Ich sah mich um, aber das Kleid war nicht hier. Stattdessen trug ich ein langärmeliges Shirt und Boxershorts. Meine Beine wiesen blaue Flecke auf und Schrammen, wo ich in der Drachenhöhle von Steinen getroffen worden war. Ich hob den Vogel vor meine Augen. »Hey, Kleiner«, flüsterte ich. »Du weißt nicht zufällig, was hier abgeht, oder?« Aber der Vogel blieb stumm. *Das wäre ja auch zu einfach gewesen.*

Behutsam und ohne den Vogel loszulassen, kletterte ich aus dem Bett und sah mich um. Ein Blick nach draußen bestätigte mir, dass ich mich auf dem Anwesen von Sams Eltern befand. Es schneite heftig. Ich suchte nach meiner Kleidung, aber da war nichts. Ob sie sich doch aufgelöst hatte, so wie die von Sam? Zögernd nahm ich einen Kapuzenpulli vom Sofa, der eindeutig nach

Sam roch, und schlüpfte hinein, ehe ich die Tür öffnete. Ich erkannte den Flur von meinen nächtlichen Streifzügen durch das Haus. Ich musste nicht weit von ...

»Hallo.«

Erschrocken machte ich einen Satz nach hinten und stieß schmerzhaft gegen den Türrahmen. Vor mir stand ein kleines blondes Mädchen in einem pinken Tüllkleid und mit einer glitzernden Krone auf dem Kopf.

»Für eine Superheldin bist du aber ganz schön schreckhaft.«

»Ich ... was?«, fragte ich verdattert.

»Das heißt ›wie bitte‹«, korrigierte sich mich altklug und schürzte die Lippen. »Aber ich werde es nicht weitersagen.«

Ich kramte in meinem Gedächtnis. »Ähm ... Anni?«

Für einen Moment wirkte sie verdutzt. »Haben dir das die Feen zugeflüstert?«

»Äh, was?« Erschrocken sah ich mich um und klammerte mich an den Vogel. »Die Feen? Waren sie hier? Hast du sie gesehen?«

»Nein.« Anni senkte betrübt den Kopf. »Nur ihren Glitzerstaub. Aber ich finde sie noch, darauf kannst du dich gefasst machen.« Entschlossen hob sie die Hand und wedelte mit einem glitzernden Stab durch die Gegend, an dem bunte Bänder befestigt waren.

»Oh.« Erleichtert hielt ich mich am Türrahmen fest. »Also Anni, eigentlich hat mir dein Bruder von dir erzählt.«

»Wirklich?« Ihr Gesichtchen hellte sich auf, als wäre gerade die Sonne aufgegangen. Wie alt mochte sie sein? Fünf? Sechs? »Er ist toll nicht wahr? Er hat auch von dir erzählt. Das ihr auf Abenteuerreise wart.«

»Öhm ... ja, sicher ... irgendwie ... Du, Anni, kannst du mir das Badezimmer zeigen?«

»Aber klar.« Fröhlich hüpfte sie den Flur entlang und verschwand hinter einer Tür. »Hier.« Mit ausgebreiteten Armen drehte sie sich im Kreis. »Willst du baden? Dein Haar sieht aus wie ein Vogelnest.«

»Hm ... danke.« Der Gedanke an eine heiße Dusche war mehr als verlockend.

»Hier sind Handtücher«, trällerte Anni. »Meins von Prinzessin Lillyfee ist leider in der Waschmaschine, aber es ist ja auch meins und nicht deins. Hast du auch eins?«

»Leider nein.«

»Wie schade. Ich gehe mal runter, vielleicht macht Sam mir Pancakes. Magst du Pancakes?«

»Ja, denke schon. Anni? Könntest du vielleicht niemandem sagen, dass ich wach bin? Ginge das?«

Die Kinderaugen musterten mich verwirrt. »Wieso?«

»Ähm ...« *Das weiß ich selber nicht so genau, aber mir macht das hier Angst und ich möchte Sam noch nicht begegnen, sondern lieber einfach die Flucht ergreifen. Erst mal in Ruhe über alles nachdenken. Weil ich in letzter Zeit nämlich mit mehr Menschen geredet habe, als ich in den zwei Jahren davor insgesamt gesehen habe. Und außerdem weiß ich nicht, was ich von deinem Bruder halten soll, und das macht mich nervös, aber das würde ich niemals zugeben.*

Anni machte es mir leicht. »Ist es ein Geheimnis?«

»Ja, genau, ein Geheimnis. Unser Geheimnis, okay?«

»Okay.« Mit wippendem Kleid hüpfte sie zur Tür.

Seufzend schloss ich hinter ihr ab und setzte mich für einen Moment auf den Rand der riesigen Badewanne. Alles in diesem Raum funkelte und glänzte. Ich schaltete das Licht ab, genoss das sanfte Schneeleuchten von draußen. Ich hatte keine Ahnung, wie spät es war, aber mein Magen knurrte. *Wie lange habe ich wohl geschlafen?* An den Weg hierher konnte ich mich kaum erinnern. Steif schlüpfte ich aus meinen/Sams Klamotten und drehte das heiße Wasser auf. Geträumt hatte ich nicht, nicht wirklich zumindest. Aber die Gegenwart der Schattengestallt hatte ich trotzdem gespürt. Sie lauerte irgendwo in meinem Kopf. So ein mieses, fieses Mistviech, ich verabscheute nichts mehr, als nicht richtig schlafen zu können. Ich musste der Sache auf den Grund gehen. Das Rätsel aus dem Buch – vielleicht brachte das Antworten.

Mit feuchten Haaren und noch immer in den geliehenen Klamotten tappte ich in Ermangelung einer Alternative zurück in Sams Zimmer. Auf dem Bett saß schon jemand.

»Du stehst wieder aufrecht«, begrüßte mich Sam lächelnd, stand auf und kam auf mich zu. »Meine Klamotten stehen dir. Du siehst süß aus.«

»Vielen Dank.«

»Jederzeit.« Der Sarkasmus entging ihm offensichtlich. Er trat auf mich zu, nahm eine meiner Haarsträhnen zwischen seine Finger und schnupperte daran. »Fu, nein das geht nicht, du riechst ja wie ich. Wir kaufen dir gleich morgen ein eigenes Shampoo.«

»Hey, bevor du falsche Schlüsse ziehst, das hier …« Ich machte eine allumfassende Geste und wich vor ihm zurück. »Wird nie wieder passieren, alles klar?«

»Was genau von …« Er wiederholte meine Geste dramatisch. »… dem hier meinst du?«

»Alles.« Ich musterte sein Outfit. Jeans, dicker Pullover und dicke Socken. »Willst du wandern gehen oder so?«

»Ich bin lediglich darauf vorbreitet, dir nach da draußen nachzurennen. Ich wusste, dass du weglaufen würdest.«

»Ich laufe nicht weg.«

»Na klar.« Er wich zu Seite, als ich mich brüsk an ihm vorbeischob und sein Zimmer erneut nach meinen Sachen absuchte. »Du hättest mir sagen können, dass du Flugangst hast.«

»Hab ich nicht«, entgegnete ich trocken.

»Was war dann mit dir los?«

»Keine Ahnung, vielleicht hatte mein Unterbewusstsein ja die Schnauze voll von dir.«

»Red dir das ruhig ein, aber in Wahrheit kannst du nach dem ganzen Trubel gar nicht mehr ohne mich«, hielt er dagegen.

Ich streckte ihm und seinem arroganten Grinsen die Zunge raus. »Wächst dein Ego eigentlich gleichbleibend mit deinem Treuhandfonds?«

»Das kommt davon, dass mir als Kind keiner zugehört hat. Da war nur ich, mein Gameboy und die Pokémon.«

»Oh, armer reicher Junge, hast du keine Freunde?«, ätzte ich.

»Du bist wieder biestig, das bedeutet, es geht dir besser.«

Nein, eigentlich nicht so sehr. Ich fühlte mich eingeengt und mein Herz raste. *Ich muss hier raus, nach Camelot, für das ich mir angesichts der Umstände vielleicht einen neuen Namen überlegen sollte.* Meine Finger fuhren mechanisch die Flügel meines Anhängers nach. »Kann ich bitte meine Klamotten haben?«

»Was denn, keine Zauberkräfte mehr?«, fragte Sam spöttisch.

Ich biss die Zähne zusammen. Wenn ich schnell genug war, konnte ich ihn erwürgen und verschwinden, ehe jemand etwas bemerkte. Es war ja nicht so, als hätte ich das mit der Zauberkraft nicht schon im Bad ausprobiert. Der Misserfolg war es, der zu meiner nicht so besonders guten Laune beigetragen hatte.

Sam grinste noch immer, als wisse er genau, was in mir vorging. »Da im Regal liegt alles. Bis auf den Bogen, den hat meine Mutter.«

Etwas an seinem Tonfall sagte mir, dass das Gespräch mit seinen Eltern nicht so super gelaufen war. *Wie auch?* »Was hast du ihnen gesagt?«

»Die Wahrheit.«

Ich starrte ihn an. »Bist du verrückt?«

»Den Satz habe ich in den letzten Stunden öfter gehört.« Er wirkte erschöpft, als er sich die Haare aus dem Gesicht strich. »Die Hosen sind von meiner Mum, die sollten dir passen.«

»Ich will nicht ...«

»Weiß ich«, fiel er mir ins Wort. »Aber das Kleid hängt a) noch auf der Wäscheleine, denn selbst wenn meine Mutter denkt, ich bin auf Drogen, hält sie das offenbar nicht davon ab, meine Klamotten zu waschen und die meiner Drogenfreundin auch; und ist b) nicht warm genug; und c) kannst du nicht in deinen Robin Hood/Zelda Sachen durch die Stadt laufen. Dein Umhang liegt da auch, aber den solltest du vielleicht für Halloween aufbewahren.«

Wortlos stürmte ich an ihm vorbei, schnappte mir meine Sachen und verschwand wieder im Bad. Dabei stolperte ich fast über Anni, die durch den Flur tanzte und dabei lauthals »Let it go, let it go! Can't hold it back anymore«, schmetterte. Diese Familie schien insgesamt einen an der Waffel zu haben.

Die Hosen passten, nur die Beine musste ich etwas hochkrempeln. Wie groß war seine Mutter bloß? Ich schlüpfte in meine gezauberten Stiefel und war dafür dankbar, dass die Sachen sich nicht alle in Luft aufgelöst und uns nackt zurückgelassen hatten. Das wäre mal so richtig peinlich gewesen. Schneeflocken schwebten lautlos gegen das Fenster, anscheinend seit ein paar Tagen, denn der Wald trug schon eine glitzernde Krone. Der Weg nach Camelot würde kein Spaziergang werden. Plötzlich schnürte sich mir die Kehle zu. Ich riss das Fenster auf und atmete in tiefen Zügen die kalte Luft ein. *Alles gut,* redete ich mir in Gedanken gut zu und glaubte mir selber doch kein Wort. *Jetzt nur nicht durchdrehen. Sieh auf Camelot nach dem Rechten, schau bei Miss Ming vorbei und dann gehen wir allem auf den Grund.* Ich würde eine Liste mit all den Begriffen wie Yaoráo, Parallelwelt, Feen etc. machen und die dann in der Stadtbücherei nachschlagen. Vielleicht würde ich dort fündig wenden. Mit zitternden Fingern flocht ich mir die Haare zu einem Zopf und stürmte aus dem Bad.

Sam lehnte an der gegenüberliegenden Flurseite. »Und jetzt, kleine Fee?«

»Nenn mich nicht so.« Ich drückte ihm die übrigen Kleider in die Hand, stürmte in sein Zimmer und stopfte Umhang und Buch in einen kleinen Rucksack. Es passte gerade so, das Ding sah größer aus, als es ...

»Hope.«

Sams Stimme ließ mich aufsehen. Er stand im Türrahmen, hinter ihm ohne Zweifel seine Eltern. Die Schläfen seines Vaters waren grau und auf seiner Nase saß eine Brille mit großem Rahmen. Selbst in dem zerknitterten Hemd sah er noch seriös aus. Seine Mutter war tatsächlich ziemlich groß, Sam hatte ihre Augen und seine Haarfarbe war auch von ihr. Ihr Gesichtsausdruck war liebevoll besorgt und fühlte sich an wie ein Schlag in den Magen. *»Kein Mitleid«,* zischte die Stimme in meinem Kopf. *»Ich brauche kein Mitleid!«*

»Hope, das sind meine Eltern. Juliet und Leo Winterbuttom. Mum, Dad, das ist Hope.«

Sogar ich Einsiedler wusste, dass ich jetzt brav lächeln, die Hand ausstrecken und auf die beiden zugehen sollte. Aber ich konnte nicht. Ich stand einfach nur da, mit dem Rucksack in der einen, dem Anhänger in der anderen

Hand und starrte sie an wie ein verschrecktes Reh. Mein Herzschlag dröhnte durch meinen ganzen Körper. *Das ist zu viel, zu viel! Erst eine neue Welt, ein Legendenkönig, eine Fee, ein Blick in die Vergangenheit und jetzt noch besorgt fragende Eltern.*

»Hallo, Hope«, sagte Juliet sanft. »Wir würden uns gerne mit dir unterhalten.«

»Sam ist nicht verrückt«, brachte ich hervor. »Er nimmt keine Drogen und er hat mir das Leben gerettet.« Ich drückte den Vogel so fest, dass ich fürchtete ihn zu zerbrechen. Kalter Wind streifte meinen Nacken, lenkte meinen Blick zu dem halb geöffneten Fenster auf der anderen Raumseite. Ich wich einen Schritt zurück.

Juliets Augen weiteten sich. »Wir wollen dir nicht …«

Im nächsten Moment saß der Rucksack fest auf meinem Rücken. Sam war mit zwei Schritten bei mir, seine Miene war beschwörend. »Nur ein Frühstück und reden, dir passiert nichts, das verspreche ich!«

Ich fasste seine Hand. »Hör zu, das geht nicht gegen dich, wirklich. Ich kann nur … ich kann nicht … nicht atmen.«

»Hope, bitte.«

Sein Gesichtsausdruck war so flehend, dass es mir in der Seele schmerzte. Aber ich konnte nicht, nicht jetzt, nicht so, nicht voller Fragen. Erst brauchte ich ein paar Antworten, brauchte etwas, das ich kannte, etwas mit Bestand – und nichts davon würde ich hier bekommen.

Ich wirbelte herum, jagte durch den Raum, riss das Fenster auf und sprang, begleitet von einem entsetzen Aufschrei, ins Freie. *Nur gut, dass ich dieses Haus durch meine stundenlange Observierung kannte.*

Der Wind empfing mich mit einer heulenden Umarmung, im nächsten Moment rutschte ich das abgeschrägte Dach hinunter und fiel in den Schnee. Die Kälte war belebend und lähmend zugleich. Mein Herz schien gleichzeitig mit mir die Luft anzuhalten, setzte einfach aus. Benommen blinzelte ich in das grelle Weiß, das nach der dunklen Drachenhöhle und dem von Kerzen beleuchteten Schloss in meinen Augen biss. Hastig rappelte ich mich auf und warf einen Blick zurück nach oben. Umgeben von wirbelnden Flocken beugte Sam sich so weit aus dem Fenster, dass er jeden Moment stürzen würde. Ich versuchte ihm mit einem Blick zu verstehen zu geben, was ich fühlte.

»Wag es nicht, dich vom Fleck zu bewegen!«, brüllte er. »Warte!«

Hm, so viel dazu. Ich tippte mir grüßend an die Stirn und rannte, so schnell es in dem weichen Schnee ging, auf den Wald zu. Sam brüllte meinen Namen und mein schlechtes Gewissen wand sich. Im Schutz der Bäume hielt ich keuchend inne und schaute zurück. Keine Verfolger. Hastig schlüpfte ich unter meinen Umhang und schlug die Kapuze hoch, dann machte ich mich auf den Weg nach Camelot.

Ich brauchte lange und war ziemlich dankbar für die Stiefel, in denen ich guten Halt im Schnee fand und in denen ich vor allem keine Zehen wegen Erfrierung verlor. Mit dem Umhang kam ich mir ein bisschen vor wie Rotkäppchen, aber er war warm und eine Spur des Mutes aus der anderen Welt klebte noch daran und half mir.

Ich behielt die Umgebung im Auge, suchte nach Spuren, doch da war nichts Ungewöhnliches. Trotzdem nahm ich nicht den direkten Weg nach Camelot, sondern kletterte über die dicken Äste der Bäume – der Noteingang quasi. Keuchend kam ich schließlich in meinem leeren Baumhaus an. Alles war wie immer. Das schlichte Bett, meine Bücher, sogar die leere Kekspackung war noch da. Keine gruseligen Eisspuren, nichts. Ich berührte alles, jeden Zentimeter und war froh, das starke Herz des Baumes unter meinen Fingern zu spüren. Etwas in meiner Welt hatte noch Bestand.

»Ich hab dich vermisst«, flüsterte ich und rieb liebevoll über das Holz, ehe ich aus meinen Stiefel schlüpfte und mich auf dem Bett niederließ. Behutsam öffnete ich den Rucksack, zog das Buch heraus und ... stutzte. Da war noch etwas. Kurzerhand kippte ich den Rucksack um. Eine Packung Kekse fiel auf den Boden, eine Flasche Orangensaft, dicke Socken, in Folie eingepackte Sandwiches und ein Zettel:

Wenn du das liest, bist du doch weggelaufen. Dieses Mal finde ich dich!
XOXO,
Nicht Gossip Girl

Kapitel 17

Gewohnte Wege mit gewöhnungsbedürftigem Wahnsinn und ungewohnten Begleitern

Sam brauchte drei Tage, bis er mich fand. Was nicht unbedingt an ihm lag, sondern eher an mir. Wegen seiner Verpflegung konnte ich den ersten Tag im Baumhaus verbringen und sowohl meine Gedanken festhalten als auch das dicke Buch durchblättern, das wir von Merlin erhalten hatten. Bis auf eine Zeichnung, die ein Bild von zwei nebeneinanderliegenden Welten sein könnte, verstand ich nichts.

Als es aufhörte zu schneien, machte ich mich auf dem Weg in die Stadt zu Miss Ming, die mich überraschenderweise in eine Umarmung zog und mir eine große Kanne Tee kochte. Sie fragte nicht, wo ich gewesen war, wollte nur wissen, ob es mir gutging. Ihre dunklen Mandelaugen erforschten jeden Millimeter meines Gesichtes und hätten mich einer Lüge direkt überführt. Ich erzählte ihr von Sam, und dass ich eventuell etwas über meine Vergangenheit herausgefunden hatte. Nur den Drachen, den Zauberer und den legendären König ließ ich weg.

Miss Ming hörte mir geduldig zu und ermahnte mich den Tee zu trinken, ehe sie sagte: »Besser auf neuen Wegen etwas stolpern, als auf alten Pfaden auf der Stelle zu treten.«

Damit war das Thema für sie vorerst abgehakt. Ich erledigte die Arbeit, die in meiner Abwesenheit liegengeblieben war, und war bestürzt, wie viel es war. Miss Ming bewegte sich sehr vorsichtig, als hätte sie Schmerzen. Ich verbrachte ein paar Stunden bei ihr, aber dann trieb es mich weiter, in die Bibliothek.

Die ältere Dame hinter dem Tresen bedachte mich mit einem langen forschenden Blick, unter dem ich innerlich zusammenschrumpfte. Sie hasste mich, das wusste ich nur zu gut, doch ich bot ihr nie einen Grund mich rauszuwerfen. Dafür liebte ich diesen Ort mit all seinem Wissen viel zu sehr. Ein beständiges wortloses Wispern hing hier in der Luft, aber je länger ich da war, desto mehr gelang es mir, es auszublenden. Ich spürte den Blick der Dame im Nacken wie einen Dolch, während ich meine Notizen auf einem der Tische ausbreitete und loszog, um scheinbar wahllos Bücher aus den Regalen zu ziehen.

Am dritten Tag brütete ich gerade über einem Geschichtsbuch zu König Artus, als sich neben mir jemand einen Stuhl heranzog und sich darauf niederließ. Neben meinen Bücherstapel plumpste eine Tüte mit buntem Weingummi.

»Am liebsten würde ich dich mit Handschellen an den Tisch fesseln.«

Sam roch nach Schnee und Süßigkeiten und erinnerte mich daran, dass ich seine Sandwiches leider schon alle verputzt hatte. Inklusive der Kekse. Offenbar machte eine Reise nach Yaoráo ziemlich hungrig. Ich wusste nicht, was ich erwidern sollte. Ich brachte es ja nicht einmal wirklich fertig, ihm in die Augen zu sehen.

»Dein Abgang war nicht gerade hilfreich«, fuhr er fort. »Ich war der Klapse lange nicht mehr so nah.

»Lange nicht mehr?«, wiederholte ich. »Sollte ich da was wissen?«

»Das war ein Scherz. Lenk nicht vom Thema ab.«

»Tut mir leid.« Das meinte ich wirklich so. Ich hatte ihn im Stich gelassen und das war fies gewesen, Wahnsinn hin oder her. »Bist du okay?« Endlich schaffte ich es, den Kopf zu heben. Eine angetaute Schneeflocke glitt über eine kecke Strähne in seiner Stirn Richtung Nase. Er trug eine Wollmütze mit Rentieren und einen dicken Pullover mit farblich passendem Schaal. Seine Augen fingen das Licht der Deckenlampe und funkelten in einem warmen Braun. »Süße Mütze.«

»Ein Geschenk meiner Schwester. Und danke, es geht mir großartig. Nichts, was eine gepflegte Runde Siedler und eine Staffel *Game of Thrones* nicht lösen könnte.«

Ich kaufte ihm den Spruch nicht ganz ab, widersprach aber nicht. »Wie geht es Anni?«

»Sie findet dich cool, weil du aus dem Fenster gesprungen bist. Auf mich ist sie allerdings immer noch sauer. Ich musste schon zwei Mal *Die Eiskönigin* mit ihr gucken und einmal *Mulan*. Sie findet, du bist Mulan.«

Ich hob unsicher die Schultern. Der Name sagte mir nicht wirklich etwas. »Danke?«

»Gern.« Sam sah mich forschend an. »Ist was passiert?«

»Was meinst du?«

»Hope, deine Augenringe sind so schwarz wie die Umhänge der Nazgûl. Was ist los?«

Ich hab Angst zu schlafen. Ich bleibe so lange wach, wie es nur geht. Wenn ich darüber nachdenke, habe ich in den letzten drei Tagen höchstens vier Stunden geschlafen und das war eigentlich mehr ein Koma. In mir sitzt eine unglaublich tiefe Angst vor dem schwarzen Wesen, die ich nicht erklären kann. Sie ist einfach da. Und sie macht mich fertig. Ich senkte den Blick und schluckte die Worte hinunter. »Ich kann es dir nicht sagen. Du würdest mich für verrückt halten.«

»Lass mich kurz überlegen: Wir haben zusammen einen Drachen gejagt, König Artus getroffen, uns mit Merlin und der Tafelrunde angelegt und herausgefunden, dass du eine Fee bist ... Ich glaube unsere Definition von ›verrückt‹ ist etwas – kompliziert geworden.«

Seine Schlussfolgerung zauberte mir ein Lächeln aufs Gesicht. Ich war froh, dass er es einfach so aussprach und nicht verschwieg, sodass es in Vergessenheit geriet. Der Gedanke hatte mir ziemliche Angst gemacht. Trotzdem schüttelte ich den Kopf. »So einfach ist das nicht.«

»Hope, ich bin hier, um dir zu helfen. Ich habe die ganze Stadt nach dir abgesucht. Ich bin deine Nummer zwei. Jede Heldin braucht einen Begleiter. Hast du schon mal irgendwen alleine kämpfen sehen? Nicht einmal Batman ist alleine. Er hat Alfred.«

Wenigstens mit dieser Geschichte konnte ich etwas anfangen. »Du weißt schon, dass du in diesem Vergleich der Gärtner bist, oder?«

»Butler. Und ich sehe super aus im Frack.« Ich lachte auf und schlug mir im selben Moment die Hand vor den Mund. Hinter ihrem Tresen warf mir die

Bibliothekarin einen bösen Blick zu. Sam ignorierte sie. »Na also, schon besser. Jetzt spuck aus, was mit dir los ist. Du kannst mir vertrauen.«

Ich zögerte, umklammerte mit einer Hand den Vogel vor meiner Brust und versuchte zu erahnen, was das Richtige war. Schließlich sagte ich: »Irgendetwas ist da in meinen Träumen. Etwas ... Dunkles. Böses. Es verfolgt mich.«

»Und jetzt hast du Angst zu schlafen?«, schlussfolgerte er.

»Ja.«

»Es ist nur ein Traum.«

Ich schüttelte den Kopf. »Irgendwie glaube ich das nicht.« Dann erzählte ich ihm von den Eisspuren.

Sam hörte geduldig zu und pfiff dann leise durch die Zähne. »Das ist ultimativ gruselig. Du kannst bei mir schlafen. Ich könnte wach bleiben und aufpassen.«

In meinem Hals bildete sich ein Kloß und ich versuchte mich in eine flapsige Antwort zu retten, um nicht zu zeigen, wie viel mir sein Angebot bedeutete, aber mir fiel nichts ein. »Danke für die Sandwiches.«

Sam akzeptierte das Ausweichmanöver. »Gern geschehen. Ich war nicht sicher, was du magst, deshalb hab ich mehrere gemacht.«

»Du hast die gemacht?«, fragte ich.

»Klar, denkst du, meine gute Fee ...« Er stockte. »Oh man, der Spruch ist ruiniert.«

»Nicht nur der.« Seufzend zog ich das Buch, in dem ich bis eben gelesen hatte, zu mir heran, unangenehm an meine Mission erinnert.

»Bist du auf Recherchereise?«, erkundigte er sich mit einem Blick auf das Chaos auf meinem Bibliothekstisch.

»So ungefähr.«

»Und du hast keine Angst, dass wenn du ...« Er gestikulierte nervös zu dem Buch. »Naja, dass du ... du weißt schon ...«

»Noch ein Tor nach Yaoráo öffnen könnte?«, beendete ich den Satz für ihn.

»Jep.«

»Es ist ja nicht beim Lesen passiert. Ich hab schon darüber nachgedacht, aber ich glaube nicht ... Ich meine, ich weiß nicht ... Keine Ahnung, wie es passiert ist«, stammelte ich.

»Du hast das Buch aus dem Regal gefegt und dann war's schon ... geschehen. Ich habe übrigens nachgesehen, es war *Die drei Musketiere,* also eigentlich hätten wir gar nicht bei Artus landen dürfen. Sollen. Können. Was auch immer.« Sam kaute auf seiner Unterlippe. »Naja, wenn hier irgendein Buch anfängt zu leuchten, schlag es zu und renn weg, okay?«

Ich grinste. »Na gut.«

»Fein.« Er rieb sich die Hände. »Ich will dir helfen. Kann ich dir was bringen?«

»Ein Block wäre toll.«

»Löst du dich wieder in Luft auf, wenn ich jetzt in die Schreibwarenabteilung verschwinde?« Schweigend wies ich auf meine Blättersammlung und er nickte. »Verstehe. Wird erledigt, mon capitain.« Er spähte auf mein Gekritzel. »Yaoráo. Das war der Name der ›Welt‹, oder? So hat es die Fee gesagt.«

»Ja.«

»Okay.« Rasch überflog er meine Notizen und schob sich in rascher Abfolge mehrere Weingummis zwischen die Zähne. »Wer ist Nimueh?«

»Das ist der Name der Fee.«

»Hm.« Er schnappte sich einen Stift und fügte der Liste noch meine neuerworbenen Fähigkeiten hinzu. »Davon funktioniert nichts mehr, oder?«

»Leider nein.«

»Schade. Das war cool.« Auch das notierte er und tippte mit dem Stift gegen seine Unterlippe. »Hast du das Rätsel aus der Bücherei von Artus? Das könnte uns helfen.« Schweigend wies ich auf einen weiteren Zettel und sah mich kurz um, aber wir waren alleine und niemand beschwerte sich, dass wir redeten. Der Tresen war verwaist. Vielleicht holte die Herrin der Bücher gerade die Schrotflinte. »Oh, okay. Also dann ...« Sam fuhr sich durch die Haare. »Ich hab's jetzt nicht so sehr mit Büchern. Ich stehe mehr auf Filme, eigentlich ...« Er seufzte. »Ich hasse lesen. Also nicht lesen generell, aber *lesen* ...« Er wies auf den Bücherstapel neben mir. »Ich meine, damit würde ich niemals fertig werden!«

Und schon hat dein Profil einen weiteren Minuspunkt. Ich hob die Schultern »Tja, ich nicht.«

»Natürlich nicht, du bist auch ein Mädchen.«

»Was soll das denn heißen?«, empörte ich mich.

»Mädchen lesen immer.«

»Nun, ich habe gelesen, weil mir meine Eltern keinen XXL-Fernseher gekauft haben und nichts anderes da war außer Büchern«, entgegnete ich.

»Uhhh – und schon fährt sie wieder die Krallen aus.« Sam wich gespielt ängstlich zurück. »Ich weiß was, ich besorge uns erstmal was zu trinken. Was möchtest du?«

»Man darf hier drinnen nicht ...«

»Beantworte einfach die Frage.«

Sehnsüchtig dachte ich an dampfende Schokolade, in der langsam ein Berg Sahne versank. »Ein heißer Kakao wäre toll. Mit Zimt.«

Er nickte, als hätte er nichts anderes erwartet. »Bin gleich zurück. Nicht weglaufen, bitte.«

»Sam, du musst das nicht ...«

Er unterbrach mich mit einer Handbewegung. »Jeder braucht einen Sam. Guck dir *Herr der Ringe* an. Oder *Supernatural*. Oder *Game of Thrones*.«

»Nennst du dich deswegen so?«

»Vielleicht.« Er grinste verschmitzt und verschwand.

Es fiel mir nicht ganz so leicht, mich wieder meiner Lektüre zuzuwenden. Das Wispern kroch über meine Haut, nur das Buch vor mir war bemerkenswert stumm. Dieser Gedankengang war so seltsam, dass ich ihn hastig beiseiteschob und die nächste Seite aufblätterte.

Als Sam zurückkam, hatte ich gerade den Weg zurück in die Welt der Buchstaben gefunden. Er platzierte einen Becher vor mir, aus dem ein verheißungsvoller Duft aufstieg. Ich legte meine Hände um den Becher und genoss die Wärme, erst dann bemerkte ich die Tüten.

»Was ist das?!«, fragte ich entgeistert.

»Essen. Nahrung. Futter. Hamham.« Sam lachte. »Alles, was das Herz begehrt.« Ich warf einen hastigen Blick zu dem wieder aufgetauchten Bibliotheksdrachen, doch die war abgelenkt. »Keine Sorge.« Sam zwinkerte mir zu. »Hier steht nirgendwo, dass Zimtsterne verboten sind.«

Zimtsterne! Zaghaft öffnete ich eine der Papiertüten und fiel im nächsten Moment über den noch warmen Inhalt her, während Sam durch die Regale stöberte. Sorgsam achtete ich darauf nicht zu krümeln, während mein Magen, der seit heute Morgen nichts mehr zu essen bekommen hatte, ziemlich begeistert war.

Sam kam zurück und reichte mir ein Buch. »Hier, schau da mal rein.«

Ein Funke Zusammengehörigkeit sprang von seiner Hand auf meine über, als ich nach dem Buch griff. Vor lauter Erstaunen hätte ich fast einen Satz zurückgemacht. Sam bemerkte nichts davon und zog wieder los. Nachdenklich las ich den Titel: *Fabelwesen in der Antike. Hm, nicht schlecht.* Ich legte es auf den Muss-noch-gelesen-werden-Stapel, der immer größer und größer wurde. Dann starrte ich weiter Sams Rücken an, während das seltsame Prickeln noch immer auf meiner Hand saß, und versuchte das Gefühl in meinem Magen zu ergründen. Ich hielt es für – Erleichterung? Vielleicht mit einer Spur Glück. Und zwar nicht wegen den unfassbar köstlichen Zimtsternen, sondern wegen …

Sam. Sam war der Grund. Es fiel mir nicht grade leicht das zuzugeben, aber irgendwie war ich froh, dass er hier war. Wir waren Verbündete. Im Kampf gegen das Unerklärliche. Mehr oder weniger jedenfalls. Es war schön nicht alleine verrückt zu sein und nach all den Jahren, in denen ich alleine durch die Gegend gezogen war, war es auch mal wieder schön mit jemandem zu reden. Oder gegen einen Drachen zu kämpfen.

Auch wenn jemand mit einem weniger großen Ego ebenfalls nett gewesen wäre.

»Wir schließen jetzt.«

Erschrocken fuhr ich hoch. Neben mir stand die streng dreinblickende Bibliothekarin. Ich schaute auf die Uhr. *Schon so spät?* »Aber … kann ich nicht noch ein paar Minuten? Ich habe das Buch gleich durch und …«

»Ich fürchte, das ist nicht möglich. Und auch diese Schweinerei hier …« Sie blickte auf die mittlerweile leeren Becher, die Krümel, die irgendwie durch böswillige Schwerkraft auf dem Tisch gelandet waren, und die Weingummitüte. »Das ist wirklich unerhört.«

»Kann ich mir das Buch dann ausleihen?«, versuchte ich es gegen besseres Wissen. »Bitte, es ist wichtig!«

»Ohne Büchereiausweis nicht, das wissen Sie.«

»Dann leihe ich es eben aus.« Sam schob sich, mit zwei weiteren Büchern bewaffnet, zwischen Tisch und Büchereidrachen hindurch. »Und die hier, wenn das möglich ist.« Er balancierte die Bücher gewagt in einem Arm und fischte sein Portemonnaie aus der Hosentasche. »Hier ist der Ausweis. Für vier Wochen, ja? Wir packen zusammen, während Sie sie abstempeln.«

Dem Büchereidrachen schien schlagartig das Feuer ausgegangen zu sein. Stumm wie ein Fisch starrte sie von uns zu der Karte und zog sich dann mit einem zackigen Nicken und den Armen voller Bücher zurück.

Sam grinste mich an. »Siehst du? Ich bin nützlich.«

»Ich hätte nicht gedacht, dass du einen Büchereiausweis besitzt.«

»Autsch. Deine Zweifel verletzen mich. So was gehört zur Grundausstattung.« Er griff sich an die Brust und grinste dann frech. »Na gut, okay, erwischt, der Ausweis gilt auch für die Videothek im Keller. Ich bin ein Nerd, ich darf das.«

Ich prustete los und hielt mir rasch die Hand vor den Mund, um den Drachen nicht noch weiter zu provozieren und am Ende doch noch wegen Ruhestörung der Bibliothek verwiesen zu werden.

Sam tarnte sein Lachen mit einem Husten und fragte dann: »Hast du eigentlich das Buch dabei?«

Ich wusste sofort, von welchem Buch er sprach. »Nein, das ist sicher versteckt, bis ich jemanden finde, der es übersetzen kann.«

»Wir«, korrigierte Sam.

»Wie bitte?«

»Bis *wir* jemanden finden. Mehrzahl. Teamgeist.« Er klopfte mir auf die Schultern und schnipste sich ein Weingummi in den Mund. »Dasch lernscht du schon noch.«

Wenig später fanden wir uns unter sanften Schneeflocken auf der Straße wieder. Es dunkelte bereits und ich kaute auf meiner Unterlippe herum. Eigentlich hatte ich noch bei Miss Ming vorbeischauen wollen.

»Also«, sagte Sam fröhlich. »Morgen selber Ort, selbe Zeit?«

»Sicher«, nickte ich. »Ich werde aber schon früher hier sein, so wie heute.«

»Sagen wir halb elf?«, schlug er vor.

Ich hatte keine Lust ihn darauf hinzuweisen, dass ich keine Uhr besaß, und ließ es bleiben.

Sam rieb die kalten Finger aneinander. »Gehen wir noch zu mir, ein bisschen weiterrecherchieren?«

»Nein, ich muss langsam nach Hause.« Ich kannte mich im Wald zwar gut aus, hatte aber trotzdem keine Lust im Dunkeln durch den dichten Schnee zu stapfen, und falls die Wettervorhersage von Miss Ming stimmte, würde mir genau das bevorstehen.

»Ach, komm, ich kann dich später fahren, das ist gar kein Problem.« Sam legte mir einen Arm um die Schultern. »Oder du schläfst einfach bei uns. Wir haben irre viele Gästezimmer. Und du kannst deinen Bogen von meiner Mum zurückfordern. Das habe ich leider noch nicht geschafft. Sie ist ziemlich stur. Hast du Lust auf Pizza? Ich weiß, wo es die beste der Stadt gibt.«

Mit jedem seiner Worte verflog das Gefühl der Zusammengehörigkeit und verwandelte sich in ein ungutes drückendes Magengeschwür. *Zu viel.* Ich versuchte mich sanft aus seinem Arm zu winden. »Sam, ich würde lieber ...«

»Magst du Salami? Oder bist du eher der Veggie-Typ? Komm, es ist echt nicht weit.« Er zog mich zwei Schritte mit sich, ehe es mir gelang mich von ihm loszumachen. Sein Gesichtsausdruck wandelte sich von Begeisterung in Überraschung. »Hey, was ist denn?«

»Ich ... ich kann das so nicht«, stammelte ich.

»Pizza essen? Es gibt auch einen guten Chinesen, aber ...«

»Ich hatte für heute genug«, fuhr ich dazwischen.

»Gut, dann trink nur was. Lass dir das Essen einpacken für später. Du kannst es brauchen. Wir können beim Supermarkt halten und dich eindecken für ...«

»Nein!« Er zuckte erschrocken zusammen und ich bemerkte, dass ich geschrien hatte. »Ich will das nicht. Du hast kein Recht dich in mein Leben zu mischen. Du ...« Frustriert ballte ich die Fäuste. *Wie konnte dieser Tag nur in so kurzer Zeit so den Bach runtergehen?* »Es ist zu viel. Du bist zu viel, das alles hier ... das Reden und ... Verdammt, du machst alles kaputt!« Ehe er etwas sagen konnte, wirbelte ich herum und lief los.

Er war so verblüfft, dass es einen Moment dauerte, bis er mir nachrannte. »Hope! Hope, warte doch!«

Aber ich hörte nicht. Ich rannte, bis der Wald mich verschluckte, und suchte mir meinen Weg nach Camelot, als ich sicher war, dass Sam mir nicht länger folgte. Erst oben angekommen und in den Umhang gehüllt auf meinem Bett sitzend gestattete ich mir zu weinen. *Warum nur ist das alles so kompliziert? Ich war doch gerade dabei mich halbwegs wie ein Mensch zu verhalten und dann hat eine Pizzaeinladung alles vermasselt. Und ich soll ein Held sein?* Ich lachte bitter. Ich war nur eine paranoide, durchgeknallte Irre mit Feenträumen, die sich weinend verkroch.

Vielleicht war es einfach nur ungewohnt, wieder einen Freund zu haben. Vielleicht hatte ich auch schlicht und ergreifend einen ziemlichen Dachschaden.

Kapitel 18

Das Monster in der Nacht

Der Traum war grausig. Er bestand aus Fratzen und unendlicher Dunkelheit.

Und Angst. Purer kalter Angst, die mich in Fetzen riss.

Ich wachte von meinem eigenen Schrei auf. Mein Pulli war schweißnass und mein Herz schlug wie verrückt. Ich umklammerte einen einfachen Stein, die einzige Waffe, die ich hier hatte. Es konnte ja schließlich nicht immer eine verzauberte Feenaxt sein. Zitternd sah ich mich um. Silbernes Mondlicht floss durch die Fenster. Für einen Moment schien eine Gestalt in den Schatten zu stehen und ich unterdrückte ein Wimmern. Aber als eine Wolke weiterzog und dem Mond mehr Raum gab, erkannte ich, dass dort nichts war außer Schatten.

Draußen raschelte es. Ich schreckte zusammen und biss mir fast die Zunge ab. Das Eichhörnchen, das seinen Kopf in das Baumhaus steckte, schrak zurück, als der Stein neben ihm auf das Holz traf. Eine Mischung aus hysterischem Lachen und bitterem Schluchzen ballte sich in meiner Kehle zusammen und drohte mich zu ersticken. Mir war schlecht. Am liebsten wäre ich einfach nur in den Wald davongestürmt, aber etwas sagte mir, dass ich nicht weit kommen würde. Wieder war da dieses Rascheln, fast wie das Schleifen eines schwarzen Umhangs auf dem Waldboden. Irgendetwas drängte mich hoch und ließ mich zum Fenster stürmen.

»Dann komm doch!«, brüllte ich in die Nacht. »Komm und hol mich! Aber hör auf mit diesem erbärmlichen Versteckspiel!« Ich erwartete jeden Moment eine mit scharfen Krallen bewehrte Hand zu sehen, die aus dem Nichts auftauchte und sich um meine Kehle schloss, doch es kam nichts.

Nur die Tränen, die kamen und rannen mir warm über die Wangen. Ich wollte die Hände heben, um sie fortzuwischen, doch die umklammerten den Rahmen des Fensters, als wollten sie mit ihm verwachsen.

Draußen zwitscherte es leise, fast zärtlich. Mein Herz machte einen Satz und ich hob den hölzernen Vogel von meiner Brust. Er rührte sich nicht. Oder? Für einen Moment wirkte es fast, als würde er, so wie in dem Geheimgang, zum Leben erwachen. »Bitte«, flüsterte ich. »Ich könnte hier Hilfe gebrauchen. Oder Antworten. Bitte ...« Das Mondlicht warf den Schatten des Vogels auf das Holz. Spannte er nicht die Flügel und schüttelte sich, als versuche er die Steifheit des Holzes abzuwerfen? Oder war das hier auch nur ein Traum, ein Trugbild, hervorgerufen durch die Erlebnisse?

Den Rest der Nacht verbrachte ich zusammengerollt unter meinem Umhang, das Buch an die Brust gepresst, das Armband mit den blauen Steinen an meinem Arm und Artus' Ring und den Holzvogel fest in den Händen.

Kapitel 19

Die Macht des Fluxkompensators

Als es dämmerte, wichen die Schatten und Ängste, aber nicht weit. Wenigstens war es jetzt hell genug und ich widmete mich dem Bücherstapel, den ich dank Sams Hilfe hatte mitnehmen dürfen; so konnte ich wenigstens noch etwas Sinnvolles tun.

Sam.

Ob er heute wohl zur Bücherei kommen würde? Ich hatte keine Lust mich zu streiten, ich war müde. Aber ich wollte nicht allein sein. Und ich hatte versprochen da zu sein. Also kroch ich unter meinem Umhang hervor und schlich mit der Sonne in die Stadt. Es schneite schon wieder. Waren die Wolken denn niemals leer? Mein Magen regte sich, ob vor Hunger oder vor Sorge, das konnte ich nicht mit Sicherheit bestimmen. Vor der Bücherei tappte eine eingeschneite Gestalt im Schnee auf und ab, um sich warm zu halten. Er musste schon sehr lange gelaufen sein, denn eine breite Spur zog sich durch den Schnee. War das ...

»Sam?«

»Hope!« Er stürmte auf mich zu, kam auf der vereisten Straße ins Rutschen und ruderte wild mit den Armen, wobei der Kaffee aus seinem Becher fontänenartig durch die Luft schoss. Heiße Tropfen trafen meine Wange. Sam landete sehr unelegant auf seinem Hinterteil und blickte stöhnend zu mir auf.

»Wehe, das erzählst du jemandem.«

»Ich versuche mich zu beherrschen«, erwiderte ich trocken und wischte Kaffee von meiner Wange. Wieder war da dieses unheimliche Gefühl, als könnte ich durch seine Augen sehen. Da war ein Mädchen. Das lange schwarze Haar war mit Schneeflocken bedeckt, die Wangen von der Kälte gerötet. Ihre Sommersprossen wirkten wie winzige Tintenflecke. Keine Mütze, keine Jacke. Und ein Pulli, der nicht ihr gehörte, mit der Aufschrift 100% Nerd.

Das Mädchen war ich, doch ich sah nicht aus wie in dem Spiegelbild im Bach oder in der Dusche im Schwimmbad. Ich sah nicht aus wie eine abgerissene Obdachlose. Ich sah aus wie jemand – den er mochte.

Sam blinzelte und das Bild verschwand. Ich bemerkte den Kaffee, der an meiner Wange und meinen Lippen klebte. »Trinkst du eigentlich Zucker mit Kaffee oder wie ist dein Mischverhältnis?«

»Lass die hohe Kunst des Kaffees mal meine Sorge sein, kleine Fee.« Ächzend rappelte er sich auf. »Hope, es tut mir so leid, ich war ein totaler Idiot! Ich hätte dich nicht so bedrängen sollen. Dein Leben geht mich nichts an und ich habe kein Recht ...« Er stolperte über seine eigenen Worte und holte tief Luft. »Bitte verzeih mir.«

Der Knoten in meinem Magen löste sich. »Ist schon okay, es war nur ... irgendwie ...« Ich hob die Schultern. »Egal. Ich hätte auch nicht so ausrasten dürfen.«

»Also unter ausrasten verstehe ich eher ... Verzeihung.« Er versiegelte seinen Mund mit einem unsichtbaren Reißverschluss, der allerdings kein sehr langes Haltbarkeitsdatum hatte. »Jedenfalls könnte ich Frühstück hohlen und wir verstecken es vor der Drachenlady da drin?« Er nickte zur Bibliothek.

Sein Zähneklappern entging mir nicht. »Wie lange stehst du eigentlich schon hier?«

»Lange? Ich hatte Angst, dass du dich vor mir reinschleichst oder heimlich alle Bücher klaust. Also hab ich hier patrouilliert. Außerdem konnte ich eh nicht wirklich schlafen. Ich bin heute Nacht wach geworden und hatte totales Herzrasen. Hab mich über so n Typen aufgeregt, der gestern ein Mädchen verscheucht hat, weil er ein Depp ist.«

»Hm.« Ich legte den Kopf schief und die Morgensonne beleuchtete meine Gesichtszüge.

Sam schrak zusammen. »Verdammt, Hope, was ist mit deinem Gesicht passiert?« Ich zuckte zurück, als er mein Kinn anhob, aber was er gesehen hatte, reichte ihm, das sah ich in seinem Blick. »Deine Augenringe sind ziemlich … kunstvoll.«

»Es war keine so gute Nacht.« Ich rieb mir über die Augen, als würde das die lilafarbenen Ringe verschwinden lassen.

Zähneknirschend ballte er die Fäuste, doch da war nichts, auf das er hätte einschlagen können. »Wieder so ein Traum?«

Ich nickte nur und hob gleichzeitig die Schultern, wollte es abtun.

»Los, erzähl schon«, drängte er.

Also erzählte ich ihm von letzter Nacht und sein Gesicht verfinsterte sich mit jedem meiner Sätze.

Unruhig grub er die Zähne in seine Unterlippe. »Okay, auf die Gefahr hin, dass du gleich wieder wütend wirst – und ich will mich auch echt nicht einmischen oder dir was vorschreiben –, aber das hier ist etwas anderes. Jedenfalls: Schlaf heute bei mir.«

Ich biss mir auf die Unterlippe und dachte über das Angebot nach, als Sam scharf einatmete.

»O Schande, du musst echt drüber nachdenken? Du hast Angst. Du, Hope, das furchtlose Zelda-Jedi-Mädchen, das, ohne mit der Wimper zu zucken, gegen einen Drachen in den Krieg gezogen ist, fürchtet sich.« Er verschränkte die Hände auf seinem Kopf. »Na, wenn das mal kein Grund zum Panikkriegen ist.«

»Denkst du nicht, du übertreibst etwas?«, meinte ich.

»Ich hoffe es, aber eigentlich ist das nicht meine Art«, entgegnete er trocken.

»Seit wann schläfst du so gerne auf der Couch?«

»Heißt das, du kommst mit?«, fragte er. »Denn wenn dem so ist, grabe ich besser einen Schützengraben, checke den Panikraum und das Waffenarsenal.«

Ich konnte mich jedoch nicht zu einem Ja überwinden und zupfte an der Kordel meines geliehenen Pullovers herum, bis ich bemerkte, wie Sam den Waldrand anstarrte. »Suchst du was?«

»Ja. Nein. Ich … Entschuldige.« Er rieb sich über die Augen. »Was immer dich heimsucht, wird ja jetzt wohl kaum wie bei *Supernatural* schemenhaft am Waldrand stehen und uns anstarren. Oder?« Er seufzte. »Erstmal Frühstück. Dann Kriegsstrategieentwicklung. Hier ist mein Vorschlag: Wir gehen da rein, arbeiten, frühstücken, ergründen sämtliche Rätsel, du wirst mit deinem zauberhaften Gesicht auf einem der Bücher einschlafen; für die Sabberschäden werde ich vermutlich gevierteilt. Und du kannst später entscheiden, wo du nächtigen willst. Okay?«

Ich gab ihm einen Schubs, der ihn wieder in den Schnee beförderte, und stapfte an ihm vorbei zum Eingang in die Bibliothek, wo ich mich sorgfältig vom Schnee befreite, ehe ich eintrat.

Die Dame am Empfang sah mich mit hochgezogenen Brauen an, sagte aber nichts.

»Hier, diese Bücher habe ich schon durchgelesen und möchte sie zurückgeben.« Ich legte ihr ein Buch über Feen und eines über die englischen Könige auf den Tresen, erntete ein hoheitsvolles Nicken und suchte nach einem guten Tisch. Bis auf einen älteren Herrn war niemand hier. Das Wispern der Bücher war tröstlich und kämpfte gegen die Schatten der vergangenen Nacht an.

Ich streichelte den hölzernen Vogel. *Ich würde echt Einiges dafür geben, wenn du wieder zum Leben erwachen würdest. Du könntest mir sicher ein paar Fragen beantworten, hm?* Ich nahm diverse Bücher aus dem Regal und suchte mir einen Tisch in einer abgelegenen Ecke, wo unsere Unterhaltung nicht so auffallen würde.

Sam kam kurz darauf mit Frühstück und Bechern, aus denen heißer Dampf aufstieg, und setzte sich zu mir. »Ich habe dir ein paar von deinen Büchern mitgebracht«, sagte er möglichst beiläufig. »Ich wusste nicht, wie viele du tragen kannst. Am besten gibst du mir eine Adresse und ich bringe sie dann mit dem Wagen.«

»Sehr subtil.« Das Lächeln in meinen Mundwinkeln war winzig. »Warum willst du wissen, wo ich wohne?«

»Ich will nur sichergehen, dass du … einen guten Ort hast, wo du hingehen kannst«, sagte er.

»Und wenn ich keinen hätte?« Ich sah die Antwort in seinem Blick. »Keine Sorge, ich habe einen guten Ort, wo ich hingehen kann«, wiederholte ich seine Worte und ersparte ihm die Antwort. »Und hin und wieder sogar einen Job, falls das deine nächste Frage wäre.«

»Aber zur Schule gehst du nicht?« Mein Lächeln sackte herab und tropfte auf die Buchseiten. Sam verzog das Gesicht. »Tschuldige, das war dämlich.«

Ich zuckte mit den Schultern. »Sonst noch Fragen?«

»Was suchst du in diesem Teil von England?«

»Dich.« Als er die Augen aufriss, brachte ich beinahe ein fieses Grinsen zu Stande. »Nein. Es ... keine Ahnung. Hat sich so ergeben. Und du, was ist mit dir?«, fragte ich. »Deine Eltern haben dich ja offenbar noch nicht in eine Irrenanstalt geschickt.«

»Viel fehlt nicht.« Der Scherz war lahm. »Sie sind froh, dass ich zurück bin, und der Drogentest, zu dem sie mich gezwungen haben, war negativ. Jetzt sage ich immer brav, wo ich hingehe, und melde mich zwischendurch. Was ich übrigens mal wieder tun sollte, sorry.« Er kramte nach seinem Handy. »Kann ich ein Selfie schicken?« Ich verzog fragend das Gesicht. »Vergiss das wieder.« Er tippte rasch eine Nachricht. »Dad tut es als Albernheit ab, aber Mum weiß, dass noch mehr dahintersteckt. Es ist komisch für sie, dass ich es ihr nicht erzähle, weil ich das sonst immer mache.«

»Ernsthaft?«

Er hob die Schultern. »Meine Mum ist sehr cool.«

»Anscheinend eine Eigenschaft, die nicht vererbbar ist«, entgegnete ich.

Er riss einen Fetzen von einer der Papiertüten, formte einen Ball und schnipste ihn in meine Richtung. »Iss was und halt die Klappe.«

Ich wollte ihn anschnauzen, dass er sich benehmen solle, immerhin würden wir ein ziemliches Problem bekommen, wenn uns der Drache hier Hausverbot erteilte, aber ich war zu hungrig. Dankbar, dass er mich endlich dazu aufforderte, schnappte ich mir eins der Sandwiches und schlang es in Sekundenschnelle runter.

»Was, wenn wir dir was aus der Apotheke holen, das dir beim Schlafen hilft?«, überlegte Sam laut, aber ich schüttelte sofort den Kopf.

»Ich lasse mich ganz sicher nicht ruhigstellen.«

»Ich meinte keine K.o.-Tropfen, sondern irgendwas Pflanzliches. Also ehrlich.« Er verdrehte die Augen und zog einen Block hervor, dessen erste Seite bereits voller Notizen war. »Also hör zu. Ich habe Yaoráo gegoogelt, also am PC eingegeben, das ist eine Suchmaschine ...«

Ich warf ihm einen so vernichtenden Blick zu, dass er abrupt verstummte. »Ich bin ein Straßenkind, kein Alien, Sam. Ich weiß, was Google ist, ich hatte auch mal ein Leben.«

»Tschuldige«, murmelte er. »Jedenfalls kommt da nur Mist. Kram für Autos und so was. Im Duden steht auch nichts. Wenn man ›Parallelwelt‹ oder so eingibt, ist man ganz verloren. Du glaubst nicht, was für einen Murks ich heute Nacht gelesen habe. ›Tore in andere Welten‹ ist auch so ein Begriff, den man nie als Schlagwort verwenden sollte.«

»Du glaubst, es gibt eine Internetseite über das, was wir erlebt haben? Und dass man das nicht für Spinnerei halten würde?«, fragte ich ungläubig.

»Nein ... ja ... ich weiß doch auch nicht!«

»Aha.«

»Es hätte ja auch mal einfach sein können«, maulte er.

»Ja, das wäre schön«, stimmte ich ihm zu.

»Weißt du, was ich mich frage?«

Meine Lippen erinnerten sich daran, wie man lächelte. »Wo soll ich da bloß anfangen?«

»Wenn man diese Tore öffnen kann – geht das von beiden Seiten? Und kann man auch von zwei Seiten hindurchgehen? Oder könnte man vielleicht ...«

»... Peter Pan herholen?«

Sam verzog das Gesicht. »Ausgerechnet diese Pfeife?«

»Was hast du gegen ihn?«, fragte ich.

»Er hat rote Haare«, antwortete Sam.

»Oh, werden wir jetzt rassistisch?«

»Ich hab nur gesagt ...«

»M-hm.« Mein Lächeln vertiefte sich und für einen Moment schien das alles hier nichts weiter zu sein als einfach die Begegnung zwischen einem

Typen und einem Mädchen, ohne seltsamen Hintergrund. Aber es war mehr. Mit einem Seufzen zog ich mir einen möglichst dünnen Wälzer heran und fing an zu lesen.

Kapitel 20

Die Höhle des Löwen mit Glitzer, gestärkten Tischdecken und Feinschliffrasen

Meine Augen brannten, so lange starte ich bereits auf die Buchseite vor mir, ohne wirklich zu lesen. Aus den Augenwinkeln beobachtete ich, wie die Sonne immer weiter gen Westen wanderte. Es war bereits Nachmittag. Sam hatte Recht behalten, ich war wirklich eingeschlafen und irgendwann mit schmerzendem Nacken wieder wach geworden. Er hatte mich schamlos ausgelacht, mir dann aber Kaffee geholt. Dem Drachen hatte er auch einen mitgebracht und das Bestechungsgeschenk hatte sogar funktioniert. Sie ließ uns in Frieden.

Diesmal hatte ich nicht geträumt, vielleicht war ich nicht tief genug eingeschlafen. Vielleicht lag es auch an Sam – der Gedanke war absurd, fühlte sich aber irgendwie gut an. Seine Entschuldigung hatte mich überrascht. Er wirkte nicht wie jemand, der sich oft entschuldigte. Aber in seinen Augen hatte so viel ehrliche Betroffenheit gelegen, dass ich ihm vertraut hatte. Ich spürte, dass er mir glaubte, was das Wesen in meinen Träumen anging. Es beunruhigte ihn. Ich wusste nicht, was ich getan hätte, hätte er es als Spinnerei abgetan.

Ich schob den Gedanken fort und richtete mich auf. Mein Rücken knackte schmerzhaft und Sam schreckte von seinem Handy hoch. Das aufgeschlagene Buch neben ihm war nicht mehr als ein Alibi, er las wirklich nicht gerne. Aber wenn er auf sein Handy starrte hielt er wenigstens die Klappe, dachte ich amüsiert.

Sam hob die Brauen. »Was starrst du mich so lüstern an, Weib?«

»Pff«, schnaubte ich. »Das hättest du wohl gerne.« Ich trank den letzten Rest des inzwischen kalten Kaffes und verzog das Gesicht. Ekelhaft!

»Soll ich dir einen neuen hohlen?« Sam war schon halb aufgestanden, aber ich schüttelte den Kopf.

»Ich glaube, was ich brauche, ist frische Luft und etwas Bewegung.«

»Okay.« Schon hatte er das Buch zugeschlagen. »Welche willst du mitnehmen?«

Ich zuckte etwas mutlos die Schultern. Ich hatte mich durch jedes Buch über König Artus gekämpft, das ich hatte finden können, war aber auf nichts Hilfreiches gestoßen. Auch zu dem Begriff Yaoráo oder über ein Tor oder eine andere Welt hatte ich nichts gefunden. Außer den Sagen über Avalon natürlich. Vielleicht war das einfach nur ein anderer Begriff? Sam studierte die Buchtitel, griff sich ein paar Bücher und verschwand einfach in Richtung Drachen. Müde räumte ich die restlichen Bände zurück an ihren Platz. Ich fühlte mich wie aus Gummi, erschöpft und gleichzeitig mit dieser nervösen Unruhe in mir. Meine Finger glitten über einen Buchrücken. Kein Bild flammte auf, vielleicht weil ich zu müde war. Ob man mit jedem Buch ein Tor öffnen konnte? Landete man in der Geschichte, die es erzählte? War Yaoráo das Land der Geschichten? Und kamen diese dunklen Wesen womöglich auch durch die Büchertore? Aber wie war das möglich? Warum hatte ich sie früher nicht gesehen? Nicht dass ich scharf drauf wäre – aber was war denn jetzt anders? Meine Finger wanderten weiter. So viele Bücher. Ich hatte bei Eleonore viel gelesen, sie hatte mich immer dazu ermutigt. *Was, wenn ich es einfach noch einmal versuche?* Es gab so viele wunderschöne Geschichten. Ich konnte nach Hogwarts gehen und eine Hexe werden. Oder im Wald bei Robin Hood hausen und den Sherif ärgern. Oder mit Aslan durch Narnia streifen. Vielleicht sogar ein Zuhause finden. Freunde. Eine Familie. Wieder glücklich werden.

»Wollen wir?« Ich erschrak, als Sam plötzlich neben mir auftauchte und die gemalten Gedanken in bunte Funken zerplatzten. »Alles klar?« Er runzelte die Stirn. »Was Merkwürdiges passiert?«

»Nur das Übliche«, murmelte ich.

»Hey.« Sam hob die Hand und berührte sacht meine Wange. »Warum weinst du denn?«

»Tu ich nicht«, log ich und versuchte das Prickeln auf meiner Haut, da wo er mich berührte hatte, zu ignorieren.

Sam sah von mir zu den Büchern und wieder zurück. »Du willst es noch einmal probieren, oder?«

»Ich könnte so viele Orte besuchen. Gondor, Nimmerland, Hogwarts …«

»Hogwarts wäre wirklich cool. Naja, bis auf den Kleidungsstil. Und wenn du den letzten Band schon gelesen hast, könntest du sogar verhindern, dass Dumbeldore …«

Ich riss die Augen auf. »Dumbeldore?? Was ist mit ihm? Kommen er und Minerva etwa nicht zusammen? Killt er Umbridge? Boah, die Olle kann ich ja so gar nicht ab.«

Sam wurde blass. »O Scheiße! Hast du denn nicht alle Bände gelesen? Ich dachte … verdammt, tut mir so leid! Das wollte ich nicht, ich …« Er verstummte, als ich das Grinsen nicht länger unterdrücken konnte, und stemmte die Hände in die Hüften. »Du hast mich verarscht.«

»Du bist ganz bleich geworden«, gluckste ich, während sich der Trübsinn langsam lichtete wie Nebel und einen Hauch Kälte auf meiner Seele zurückließ.

»Natürlich«, knurrte er. »Ich dachte ja auch, ich hätte dich aufs Übelste gespoilert.« Er drückte mir etwas in die Hand. »Hier, für dich.«

Stirnrunzelnd nahm ich das kühle Plastik entgegen und stockte. »Das ist …« Es war ein Büchereiausweis. Ausgestellt auf Hope Fayborn. »Wie hast du … ich meine, du …«

»Mit meinem unwiderstehlichen Charme.« Er lächelte sein Zahnpasta-Lächeln. »Und jetzt los – oder willst du hier Wurzeln schlagen?«

»Ich kann das nicht annehmen«, sagte ich.

»Klar kannst du, nur für dich ist es was wert. Da steht dein Name drauf. Naja, nicht dein richtiger, ich wusste deinen Nachnamen nicht, aber ich fand, der passt zu dir, kleine Fee.«

Mein Herz machte diesen albernen Rückwärtssalto. *Reiß dich zusammen, Hope, er gräbt vermutlich jedes Mädchen so an. Na gut, nicht mit der Feen-Nummer, das wäre albern, aber allgemein gesehen …* Ich bekam Kopfschmerzen und ließ kurzerhand zu, das Sam seinen Rucksack schulterte und auch noch meine zerfledderte Tasche trug. Den ganzen Tag hatte ich den Gedanken daran vermieden, wo ich heute schlafen sollte, doch jetzt stand die Entscheidung kurz bevor. *Soll ich wirklich mit Sam mitgehen? Schließlich war es* mein *Traum, es wird nicht wirklich helfen, wenn Sam an meinem Bett sitzt.* Im Gegenteil – der Gedanke machte mich so nervös, dass an Schlafen gar nicht zu denken wäre.

»Sollen wir die Bücher kurz zu dir bringen und dann zu mir gehen?«, fragte Sam scheinheilig.

Etwas in mir wollte sich über ihn aufregen, aber eigentlich war es lustig, dass er so beharrlich versuchte herauszubekommen, wo ich wohnte. Aber ich war noch nicht bereit, ihm Camelot zu zeigen. Es war zu verrückt. Vielleicht würde er mich danach doch für eine Irre halten und mich wieder im Stich lassen. Und das wäre momentan gar nicht mal so gut. »Nein, schon gut«, unterbrach ich meinen Gedankenstrom. »Ich trag sie schon, ich will nur schnell bei Miss Ming vorbeischauen.«

»Miss Ming? Die Dame vom Teeladen?«, fragte er.

»Du kennst sie?«

»Meine Mutter ist ein Riesenfan. In ihren Adern fließt quasi Tee.« Sam hielt mir die Tür auf.

Draußen empfing uns bittere Kälte, die sofort durch die dünnen Stellen meiner Hose kroch. Die Luft roch nach frisch gefallenem Schnee, aber die Straße und der Bordstein versanken bereits in grauem Matsch. Ich zog den Kopf zwischen die Schultern, um mich vor der Kälte zu verkriechen, und stapfte los. Sam hielt mit seinen langen Beinen mühelos Schritt und schwieg ungewöhnlich lange. Wir erreichten den Laden recht schnell und drinnen empfing uns das leise Läuten der Tür und der Geruch nach Tee.

»Ich bin's nur, Miss Ming«, rief ich, als ich die alte Dame nicht sofort entdeckte, und ging ins Hinterzimmer, wo sie mir schon lächelnd entgegenkam.

»Hallo, Hope. Hast du noch immer Albträume?« Ich nickte. Offenbar sahen meine Augen immer noch ziemlich schlimm aus. »Ich werde dir einen Tee mitgeben. Du kannst ihn im Haus deines Freundes trinken.«

Ich biss mir auf die Zunge. *Ich habe Miss Ming nie erzählt, wo und wie ich wohne. Ob sie ahnt, dass ich Wasser über einem Feuer erhitzen müsste? Nein, das ist nicht möglich.* Ich nahm den kleinen Beutel, den sie mir reichte, dankbar entgegen. »Danke schön, Miss Ming. Ich wollte nur nach Ihnen sehen und fragen, ob ich morgen zum Helfen kommen soll.«

»Momentan gibt es nicht viel zu tun, Liebes, das kannst du später erledigen. Deine Gedanken sind ohnehin nicht hier.«

Ich verzog das Gesicht. »Es ist Einiges passiert.«

»Das nennt man Leben, Hope.« Sie lächelte. »Nun geh schon mit diesem Jungen. Er ist ein guter Kerl.«

»Woher wissen Sie das?«, fragte ich.

Die kleine Frau hob lächelnd die Schultern und nickte Sam zu, der im Laden wartete. »Das sehe ich sofort.«

Sam kaufte Tee für seine Mutter, während ich auf meiner Unterlippe herumbiss. *Erst die Fee und jetzt Miss Ming, was sollen nur diese Anspielungen auf Sams Qualitäten? Ist mir so deutlich anzusehen, dass ich beziehungsgestört bin, dass das Universum jetzt auf solche Hilfsmittel zurückgreifen musste? Es ist ja nicht so, dass ich ihn nicht mag. Okay, manchmal mag ich ihn nicht, aber meistens ist er ganz okay. Und ich habe sonst niemanden. Was ich niemals laut aussprechen würde, aber trotzdem, tief in mir weiß ich, dass es so ist. Ich will nur nicht wieder verletzt werden und auch nicht sein Sozialprojekt sein. Also halte ich besser weiter Abstand, das ist einfach das Beste. Außerdem bin ich vielleicht gemeingefährlich, wer weiß das schon.*

Als Sam bezahlte und merkte, dass ich ihn anstarrte, lächelte er mich an. Es war ein süßes Lächeln, ganz ohne Sarkasmus oder Anzüglichkeit. Und es wirkte ehrlich. Ich spürte, wie meine Wangen rot wurden, und zog den Kopf im Schildkrötenmodus zwischen die Schultern.

»Ich warte draußen«, rief ich und hüpfte hastig die vom Schnee befreiten Stufen hinunter.

Es fühlte sich an, als sei es noch kälter geworden. Ich musste mir unbedingt eine Jacke besorgen, vielleicht sollte ich morgen mal im Second-Hand-Laden vorbeischauen. *In Yaoráo könnte ich mir jetzt einfach eine zaubern,* dachte ich wehmütig und ließ mich auf der untersten Treppenstufe nieder, um meine Schnürsenkel neu zu binden.

Energische Schritte näherten sich, gefolgt von einem gezischten: »Theo, komm weg da!«

Ein Blick nach oben ordnete dem Geräusch einen hochgewachsenen Mann in Mantel, Anzughose und schicken Schuhen zu, der mich misstrauisch musterte und vermutlich seinen Sohn am Arm gepackt hielt. Der wirkte ziemlich genervt von Papa, vielleicht auch von seinem eigenen herausgeputzten Aussehen. Oder auch von beidem.

»Guten Tag«, sagte ich betont freundlich, erhielt aber keine Antwort.

»Sieh dir das gut an«, zischte Papa. »So wirst du auch enden, wenn du dich nicht endlich zusammenreißt. Faul und schmutzig auf der Straße herumlungernd.«

»Entschuldigen Sie!«, ertönte eine laute Stimme hinter mir und übertönte mein frustriertes Zähneknirschen. »Mister Sterling, nicht wahr?«

Papa drehte sich erstaunt um und Sam ging mit ausgestreckter Hand auf ihn zu. »Robinson Alexandre Winterbuttom. Wir haben uns bei einem Dinner kennengelernt, letzten Monat, nicht wahr?«

»Leos Sohn, aber natürlich.« Die Skepsis wich einem einnehmenden Lächeln. »Schön dich zu sehen, Junge.«

»Wirklich? Ich dachte schon, ich hätte Sie verärgert«, sagte Sam.

»Verärgert? Aber nein, wie kommst du denn darauf?«

»Naja, weil sie eben meine Freundin mit einer derartigen Unhöflichkeit bedacht haben«, erklärte Sam.

Sterling wirkte verwirrt. »Deine Freundin …?«

»Die junge Dame da.« Sam wies auf mich. »Meine Begleitung und eine wirklich gute Freundin der Familie, wir sind eben auf dem Weg nach Hause zum Dinner. Mein Vater liebt sie beinahe ebenso sehr wie ich.«

Sterlings Blick wanderte zu mir, seine Augen weiteten sich. Ich saß einfach nur da und harrte mit klopfendem Herzen der Dinge, die da kamen. »Robinson, mein Junge, das ist sicher ein Missverständnis. Ich weiß nicht, was das Mädchen dir gesagt …«

»Oh, sie hat gar nichts gesagt«, fiel Sam ihm ins Wort. »Das war gar nicht nötig. Ich war nah genug, um jedes Wort zu verstehen. Und ich bin nicht Ihr Junge, Mister Sterling. Soweit ich mich erinnern kann, lebt ihre Baufirma von den Aufträgen, die mein Vater Ihnen verschafft.«

»Ich ... also, das kann man so nicht sagen ...«

Sam drehte sich, sodass ich sein Gesicht sehen konnte. Seine Lippen lächelten noch immer, aber seine Augen waren eiskalt. »Also wissen Sie was, Sterling? Sie sind ein arroganter Arsch, der sich einen Dreck um andere Leute schert. Aber wenn Ihnen Ihr Job bei meinem Vater lieb ist, dann entschuldigen Sie sich jetzt bei der Dame und sehen zu, dass so etwas nie wieder vorkommt, verstanden?«

Sterling sah aus wie ein Fisch, der urplötzlich auf dem Trockenen gelandet war, in der festen Überzeugung noch mitten im Ozean zu schwimmen. Sein Sohn beobachtete die Situation irgendwie belustigt. Schließlich wandte der Mantelträger sich mir zu. »Es ... tut mir sehr leid, Miss«, stieß er hervor. »Bitte entschuldigen Sie.«

Ich nickte nur. Sam starrte Sterling und Sohn wütend nach, dann kam er zu mir und half mir auf die Füße. »Es tut mir leid.«

»Was denn?«, fragte ich.

»Das eben.«

»Dass du ihn zur Schnecke gemacht hast?«

»Nein, was er gesagt hat«, meinte Sam.

»Und inwieweit kannst du was für das, was er sagt?«, wollte ich wissen.

Sam sah mich von der Seite an. »Du weißt, was ich meine.«

»Schon. Aber du kannst da trotzdem nichts zu, also entschuldige dich nicht für ihn«, sagte ich.

»Aber es ist nicht richtig!«

»Sam, das ist doch nichts Ungewöhnliches.«

»Wie meinst du das?«, fragte Sam.

»Hast du noch nie jemanden schief angeguckt, weil er im Winter in kaputten Klamotten auf einer Treppe gesessen hat?«

Sam zögerte. »Aber das waren alte zottelhaarige Männer mit Alkoholfahne«, meinte er bedrückt. »Das ist was anderes.«

Unwillkürlich lachte ich auf. Sein Tonfall war einfach zu süß. Ich gab ihm einen Stoß. »Heißt das, ich sollte mir einen Bart stehen lassen?«

»Wag es bloß nicht. Dann wirst du noch zum Zwerg statt zur Fee.« Sam griff nach meinem Arm. »Hope, niemand hat das Recht so über dich zu reden. Ganz egal ... Es ist einfach nicht okay.«

»Vielleicht«, sagte ich leise. »Aber es ist normal.«

***

Es war ein seltsames Gefühl durch den Haupteingang auf das Haus zuzugehen. Sam schien es mir das anzumerken, denn er fragte feixend: »Möchtest du lieber übers Dach klettern?«

Ich unterließ es, ihn in den Schnee zu schubsen. Bestimmt beobachteten uns seine Eltern und ich wollte nicht gleich als verrückt *und* gewalttätig gelten. Was tat ich hier eigentlich? Ich wollte das nicht. Aber ich fürchtete mich auch davor, alleine in Camelot zu bleiben. Noch so eine Nacht und das, was auch immer da um mich rumschlich, würde mich als wimmerndes Wrack vorfinden. Außerdem hatte Sam mir versprochen, mir alle Sachen zu zeigen, die sie für mich aufgehoben hatten, und ich wollte mir das Buch noch einmal ansehen, durch das wir nach Yaoráo gelangt waren. Der Gedanke daran trieb ein nervöses Kribbeln durch mich hindurch. Sam zog einen Schlüssel hervor und mir klopfte das Herz bis zum Hals.

»Ich bin zu Hause«, rief er in den leeren Flur, der im Hellen noch beeindruckender war. Irgendwo schlug eine Tür, dann bellte Frodo und kam auch schon die Treppe heruntergesaust, gefolgt von einem glitzernden Wirbelsturm.

»Achtung, Sven, der Eisriese!«, brüllte Anni und fuchtelte mit ihrem Zauberstab in Sams Richtung, der hastig in Deckung ging. »Lauf weg, ich halte ihn auf!«

»Schon wieder zu viel Vanillemilch in den Cornflakes«, seufzte Sam. »Der Zucker macht sie immer ganz verrückt. Aber solange sie nicht sing...«

»Let it go«, schmetterte Anni, noch immer dabei ein unsichtbares Muster in die Luft zu stechen. »Let it goho ...«

»Ja, dann geh doch«, brüllte Sam in den Lärm, während ich nicht wusste, ob ich lachen oder wegrennen sollte. Sam scheuchte seine singende Schwester ins Wohnzimmer und schlug die Tür hinter ihr zu. »Ich weiß nicht, was wird, wenn sie zum Teenager mutiert«, seufzte er und führte mich die Treppe hinauf. Hinter uns schepperte etwas, aber Sam ignorierte es. »Okay, da ist mein Zimmer und direkt nebenan ein Gästezimmer. Eins von fünf ehrlich gesagt, du kannst dir eins aussuchen. Hier ist das Bad, und wenn du …« Er stockte und runzelte die Stirn. »Das weißt du eh schon alles, oder?«

Ich hob nur die Schultern und verbiss mir ein Grinsen. Sam schnaubte und brummte irgendetwas in seinen nicht vorhandenen Bart. Ich folgte ihm in sein Zimmer, wo er sich auf dem Boden niederließ und unter dem Bett zu kramen begann, bis er eine kleine dunkle Holzkiste hervorzog, bei deren Anblick sich mein Herz schmerzhaft zusammenkrampfte. Wie hatte ich das nur vergessen können? Immerhin war das der Grund, warum ich überhaupt hergekommen war.

Er schob sie zu mir rüber. »Hier, die gehört dir.«

»Du hast sie … unter deinem Bett aufgehoben?«, fragte ich ungläubig.

»Ich wollte sie vor Einbrechern schützen.« Er zwinkerte mir zu. »Die sind unheimlich frech.«

Mein Konter ging in heißen Tränen unter, die ungefragt meine Kehle hinaufgewandert waren. Behutsam ließ ich mich vor der Truhe nieder und nahm den Schlüssel von meinem Hals. Er wirkte viel zu klein für das riesige, altmodische Schloss und doch … im nächsten Moment klickte es.

Sam sog scharf die Luft ein. »Was zum …«

Ich ignorierte ihn und hob den Deckel an. Meine Finger glitten über die ins Holz geschnitzten Blätter, die die gesamte Truhe bedeckten. Der Inhalt der Kiste hatte sich nicht verändert, alles war noch da. Die Rose, die nicht welkte, ein Spitzenhandschuh und ein aus Holz geschnitztes Herz; ein Säckchen mit feinem hellem Sand, der sich immer noch warm anfühlte, als hätte er eben noch am Strand gelegen; eine winzige Spieluhr, auf der sich eine Elfe drehte, und ein Handspiegel mit einem Rahmen, von dem ich mich immer gefragt hatte, ob er aus echtem Gold war und das Gesicht darin wirklich das meine.

»Hope, wie hast du das gemacht?«, fragte Sam.

Ich hatte Sam beinahe vergessen. Beinahe. »Ich weiß es nicht.«

»Du weißt es nicht? Dieser Schlüssel hat gerade ein Schloss geöffnet, in das er gar nicht passen kann! Und du hast nicht mal mit der Wimper gezuckt. Du wusstest, dass er es öffnen kann!«

»Ja«, gab ich zu und versteckte den Schlüssel wieder unter meinem Pullover. »Es ... war nicht das erste Mal. Dieser Schlüssel ...« Ich holte tief Luft und sah Sam an. Wenn er mich jetzt wegstieß, hatte ich wenigstens meine Sachen. »Er öffnet jede Tür und ich weiß, dass das verrückt klingt, aber so ist es. Und ich lüge dich nicht an.«

Sam schaute mir eine ganze Weile lang einfach nur ins Gesicht, dann blickte er auf die Kiste. »Und diese Sachen?«

»Keine Ahnung«, sagte ich verdutzt und erleichtert, dass er nicht ausflippte. »Ich denke, die haben meinen Eltern gehört. Ich hatte die Kiste schon immer. Die Kiste und die Kette mit dem Vogel sind alles, was mir von ihnen geblieben ist. Als ich sie nicht unter den Sachen im Haus gefunden habe, dachte ich schon, sie wäre verloren.«

»Dein Nachbar meinte, sie sei sehr wichtig für dich. Da habe ich sie mitgenommen und aufgehoben«, erklärte Sam.

»Danke«, sagte ich ehrlich und griff scheu nach seiner Hand.

»Kein Problem.« Sein Blick huschte erneut zu der Kiste, als ich den Deckel sanft schloss.

Erst jetzt sah ich die Kratzer. Sofort zog ich meine Hand zurück. »Du hast versucht sie zu öffnen??«

»Ich wollte herausfinden, ob darin vielleicht dein Name steht!«, verteidigte er sich. »Kein Grund mir den Killerblick zuzuwerfen.«

»Du hattest kein Recht, sie ...«

»Weiß ich doch! Aber was sollte ich denn machen?«

»Ich ...« Wütend warf ich die Hände in die Luft. »Keine Ahnung!«

»Ich hab sie ja nicht aufbekommen, also krieg dich ein, Fee!« Er schüttelte den Kopf und stand auf. »Himmel. Von deinen Gefühlsausbrüchen wird einem ja schwindelig.«

»Wie bitte?« Ich sprang auf und stemmte die Hände in die Hüften. »Weil du so ein anschmiegsamer, netter Typ bist und ich nur das zickige Straßenkind?«

»Hey, es ist ja nicht so, dass ich mir unser Wiedersehen so vorgestellt hätte.«

»Oh, Entschuldigung, dass ich nicht deinem perfekten Idealbild entspreche und hier im Spitzenkleid herumtanze!« Ich widerstand dem Drang ihm die Kiste über den Schädel zu ziehen nur mühsam. »Keine Sorge, ich hole meine Bücher und dann bin ich weg.«

»Fee!«

Ich reagierte nicht auf meinen neuen Spitznamen, schnappte mir nur die Kiste und stürmte in das Eckzimmer mit den Büchern. Die Vorhänge waren aufgezogen und hüllten den Raum in ein helles silbernes Licht. Ich stürmte auf das erste Regal zu und … stockte. »Was ist das?«, fragte ich Sam, der hinter mir den Raum betreten hatte.

»Post-its«, antwortete er.

»Ich sehe, dass das Post-its sind. Aber wofür?«

»Als Markierung. Dafür sind Post-its nämlich da, sie markieren …« Ich warf ihm einen Todesblick zu, worauf Sam abbrach und neu ansetzte: »Sie markieren gewisse Bücher und ihren … Durchgangswert.«

»Ihren was?«, wollte ich wissen.

»Naja … also die orangen Post-ist sind die, durch die wir nicht zufällig fallen sollten. Die grünen sind ganz okay und die gelben so lala. Die pinken sind von Anni, ihr System kenne ich nicht. Ich glaube, es gibt keins.«

»Wir?«, hakte ich nach.

Er hob die Brauen. »Du denkst nicht wirklich, ich würde dich das nochmal alleine machen lassen, oder?« Sein Blick wies auf einen Rucksack am Boden. »Dieses Mal bin ich vorbereitet.«

»Wer sagt, dass ich dich mitnehme?«

»Wer sagt, dass ich mich von dir abhalten lasse?« Seine braunen Augen bannten mich auf einen Fleck am Boden, während er mit in den Hosentaschen vergrabenen Händen auf mich zukam. »Hope, du bist das zickigste, unberechenbarste und komplizierteste Wesen, das mir je begegnet ist. Aber … ich kann dich nicht einfach gehen lassen, okay? Nicht nach allem, was war. Also bitte …« Jetzt stand er direkt vor mir. Plötzlich streiften seine Finger sanft meine Wange und er griff nach meinem Zopf, zog sachte daran. »Bitte hör auf so zu sein. Ich bin hier nicht der Böse. Ich will dir helfen.«

Ich schluckte, während mein Herz einen verrückten Stolpertanz in meiner Brust aufführte. Unwillkürlich legte ich die Hand auf seine Brust. *Jep, selber Rhythmus.* »Das ist so schräg«, murmelte ich.

»Was genau jetzt?«, fragte er.

Schweigend legte ich Sams Hand an meinen Hals. Einen Moment begriff er nicht, aber dann weiteten sich seine Augen und sein Mund formte ein stummes »Oh. Ach du Schande!«

»M-hm.«

»War das schon immer so?«

»Keine Ahnung. Ich hab's das erste Mal gemerkt, als wir uns vor deiner Mum versteckt haben«, sagte ich.

»Verzauberte Schlüssel, Büchertore, gleichschlagende Herzen …« Sam schüttelte den Kopf. »Siehst du, das untermauert meine Theorie, dass wir uns nicht trennen sollten, ziemlich gut.«

»Da ist was dran«, gab ich widerwillig zu.

»Also Frieden? Ich hole dir auch Zimtsterne und lasse dich heute Abend einen Film aussuchen. Allerdings darf es keiner mit Edward Cullen sein, von dem kriege ich Ausschlag.«

»Na gut.«

Sam grinste und stupste mich auf die Nasenspitze. Ich streckte ihm die Zunge raus und betrachtete sein Büchersystem. *Herr der Ringe* war in der guten Kategorie, ebenso wie *Sherlock Holmes*, die *Ulldart*-Reihe und *Harry Potter. Panem* war mit einem gestreiften Post-it markiert – das verstand ich. Meine erste Wahl wäre es auch nicht gerade.

Das Wispern war zurück und schwirrte um mich herum wie das Rauschen von Bäumen. So vertraut. Und doch so seltsam. Ich würde zu gerne wenigstens einzelne Sätze oder Wörter verstehen. Ich vertauschte die Post-its von den griechischen Sagen und *Zurück in die Zukunft* (Sam wollte lieber zu Marty McFly, ich tendierte aber zu Odysseus) und wandte mich zu Sam um, der etwas in die Höhe hielt.

»Hey, meinst du, das funktioniert auch mit Comics? *Iron Man* würde ich zu gerne treffen«, meinte er.

Ich nahm ihm eins der bunten Hefte aus der Hand. Kein Wispern. Ich schüttelte den Kopf. »Nein.« Ich wollte es ihm zurückgeben, aber Sam starrte mich an, ohne sich zu rühren. »Was?«

»Was war das eben?«, fragte er.

»Was denn?«

»Das Heft. Du hast es angefasst und wusstest, dass es nicht geht. Woher?«, präzisierte er.

O Mann. Klären wir das wirklich alles heute? Dafür bin ich eigentlich viel zu erschlagen. Aber Sams Blick sagte ziemlich klar, dass ich aus der Nummer jetzt nicht mehr rauskam, und immerhin hatte er gerade diese flammende Rede über Zusammengehörigkeit gehalten. »Ich ... kann sie flüstern hören.«

Einen Moment passierte gar nichts und ich fragte mich, ob er die Worte gehört hatte oder ob irgendeine unheimliche Macht sie vielleicht einfach aus dem Raum gesaugt hatte. Dann zuckte ein Muskel in Sams Wange.

»Flüstern«, wiederholte er. »So wie in ... *du hörst Stimmen?*«

»Nein, es ist eher ... wie wenn du im Wald bist und die Bäume hörst. Keine Wörter, sondern ... etwas anderes eben. Ich bin nicht verrückt«, fügte ich rasch hinzu,

»Das will ich hoffen, sonst wäre ich es nämlich auch, immerhin habe ich die Hälfte von dem Quatsch mitgemacht. Und der Bluttest, den meine Eltern mir aufgezwungen haben, zeigt, dass ich nicht unter Drogen stand, also ...« Er raufte sich die Haare und wirkte ein bisschen verzweifelt. »Flüstern. Na toll. Und ... was flüstern die so?«

»Ich weiß nicht genau, ich verstehe es ja nicht wirklich.«

»Hm, schade aber auch.« Er rieb sich heftig über die Augen und zerrte dann eine Weingummitüte aus der Hosentasche, von denen er sich flugs eine ganze Hand voll in den Mund schob. »Ausch welsche?«

Ich schüttelte den Kopf und ließ ihn nicht aus den Augen. »Drehst du jetzt durch?«

»Ein bisschen.« Er nickte heftig. »Dass es eine Welt voller Magie gibt – okay, aber dass das auch hier klappt ...« Noch mehr Weingummis. »Ich meine, das ist schon schräg, oder?«

»Ziemlich«, gab ich zu.

»Seit wann kannst du das? Die Bücher hören meine ich.«

»Schon immer.«

»Und hast du je ...?«

Ich schüttelte den Kopf. »Du bist der Erste.«

Sams Grinsen kehrte zurück. »Das wollte ich schon immer mal von einem Mädchen hören.«

Ich verdrehte die Augen. »Idiot.«

»Geheimnistuerin«, gab er zurück. »Ich habe übrigens versucht herauszufinden, wie man mit einer Fee in Kontakt treten kann. Die Dame, die dich in deinem Zelt besucht hat, hätte bestimmt hübsch viele Antworten auf unsere Fragen. Leider war meine Suche nicht so erfolgreich. Dämonen, Geister – krieg ich alles hin, aber Feen ... nada. Also ...« Er machte eine große Geste in den Raum hinein. »... fürchte ich, uns bleibt gar nichts anderes übrig, als es auszuprobieren.«

»Du willst noch ein Tor öffnen?«, fragte ich.

»Jep.« Sam nickte eifrig. »Es ist nicht meine Lieblingslösung, aber sonst habe ich keine, und wenn der Secret Service meine Google-Anfragen überwacht, sitze ich bald in der Klapse, also ja, lass uns ein uns unbekanntes Tor in eine unbekannte Welt voller unbekannter Dinge öffnen. Yippie-Ya-Yeah, Schweinebacke.«

»Du drehst wirklich durch. Soll ich dir einen Tee kochen oder so?«, bot ich an.

»Los, such dir ein Buch aus. Wir ziehen das jetzt durch, ich bin gerade auf der richtigen Stufe des Wahnsinns dafür. Wenn es geht, nicht *Herr der Ringe* oder den *Krieg der Trojaner*, ja? Etwas Nettes. Bambi oder so.«

»Bambi?«, vergewisserte ich mich.

»Wir könnten seine Mutter retten. Oder rächen. Also du. Ich steh nur dekorativ daneben.« Er fuchtelte mit der Hand herum. »Such du ein Buch, ich hol den Rucksack und zieh mir eben was Frisches ein. Und wehe, du haust ohne mich ab!«

»Als ob ich wüsste, wie das geht«, murmelte ich und schlich die Reihen entlang. Vor *Harry Potter* blieb ich schließlich stehen. *Vielleicht hat Dumbeldore ja ein paar Antworten für uns? Wo ist der dritte Band, ich würde Sirius gerne kennenlernen. Oder lieber noch der vierte, wo er offiziell zu den Guten gehört. Jedenfalls aus Sicht der Leser. Oder der fünfte, dann könnte ich dieser dummen Kuh in den Hintern treten, ehe sie eine meiner Lieblingspersonen umbringt. – Kann ich das wohl wirklich? Und was für Auswirkungen würde es haben? Woher weiß man, an welchem Punkt der Geschichte man landet, und was verändert sich durch meine Anwesenheit?*

Diese Überlegungen steigerten meine Kopfschmerzen zu einem bohrenden Hämmern. Kurz entschlossen nahm ich den vierten Band aus dem Regal. Bei den vielen fremden Schülern, die sich zu der Zeit in Hogwarts tummeln, fielen wir sicher nicht zu sehr auf. Ich ließ mich im Schneidersitz auf dem Boden nieder und legte das Buch in meinen Schoß wie auf Camelot. »Hi«, sagte ich leise und kam mir wie eine Idiotin vor. Es passierte nicht wirklich etwas, das Buch lag einfach da und nichts fühlte sich besonders an oder so. Als Sam zurückkam, war ich bereits frustriert und kurz davor, es an die Wand zu werfen.

»Läuft bei dir?«, fragte er, den Mund schon wieder voll Weingummi. Ich warf ihm einen vernichtenden Blick zu, aber er ließ sich davon nicht beeindrucken und schaute auf den Titel. »Ah, du willst ein Autogramm von Dumbeldore, hm? Oder Cedric davon abhalten zum Vampir zu werden.« Er lachte und ich verstand schon wieder nicht, worüber, was mich noch wütender machte und auf die Füße brachte.

»Für dich ist das alles ganz schön witzig, oder?«, fuhr ich ihn an.

»Wäre es dir lieber, ich würde schreiend im Kreis rennen?«, fragte er über die Schulter und griff nach einem Buch. »Wie wäre es mit *Märchen aus 1001 Nacht*? Du siehst bestimmt heiß aus in Pluderhosen.«

»Ich kann es nicht«, fauchte ich und stopfte Harry und Sirius wieder ins Regal. »Es klappt nicht.«

»Vielleicht bist du nicht motiviert genug. Sieh mal da.« Er nickte zu dem Rucksack hinüber. »Ich habe meiner Mum den Bogen abgeluchst. Sag nicht, dass du ihn nicht ausprobieren möchtest, ich weiß genau, was du willst.«

»Gar nichts weißt du«, knurrte ich. »Du hast keine Ahnung, wie ...«

»Hier, nimm das mal, das geht sicher.« Er ignorierte mich einfach und warf mir ein Buch zu.

Eine Bilderflut zuckte bei der Berührung des Einbands durch meinen Kopf, gefolgt von einem heftigen Gefühl der Sehnsucht. Das Buch fühlte sich so lebendig an, dass ich es vor Schreck fallen ließ. Im nächsten Moment strömte das Licht zwischen den Seiten hervor.

Sam pfiff leise durch die Zähne, schnappte sich Rucksack und Bogen. »Na also, geht doch.« Er streckte mir die Hand hin. »Soll ich was Kitschiges sagen?«

»Nicht, wenn du willst, dass ich dich wirklich mitnehme.« Meine Augen schmerzten, aber ich konnte den Blick nicht von dem Licht lösen. Mein Herz klopfte wie verrückt. Es war allerdings nicht nur Angst, es fühlte sich irgendwie richtig an.

Sam grinste breit und zog mich hastig an seine Seite. »Na dann, möge die Macht mit uns sein.«

Im nächsten Moment traten wir ins Licht.

Kapitel 21

Ein biestiges Schlossgespenst

Wir landeten in völliger Dunkelheit. Doch dieses Mal war Sam vorbereitet und zückte eine Taschenlampe.

»Eine Besenkammer, wie nett«, freute er sich und leuchtete über die hölzernen Wände. »Und so harmlos. Allerdings irgendwie makaber, wenn man bedenkt, dass wir in den Sherwood Forest wollten.«

»Halt doch die Klappe«, brummte ich und sah mich um. *Wo zum Geier sind wir gelandet? Und wie überhaupt?* »Heißt das, ich muss jetzt immer ein Buch fallen lassen, um das Tor zu öffnen? Ist das der supergeheime Trick?«

Sam erstickte fast an seinem unterdrückten Gelächter und ich schlug ihm auf den Arm, was ihn aber nur noch mehr zum Lachen brachte. Grummelnd nahm ich den Bogen hoch und schlang ihn mir samt Köcher um. Er fühlte sich vertraut an, alles hier fühlte sich vertraut an. Klar spürte ich auch Angst, aber im Großen und Ganzen war ich unfassbar aufgeregt. Und glücklich. Ich schloss die Augen und merkte, wie sich meine Kleidung veränderte. *Aha, das funktioniert also noch.* Ich konnte mir ein Lächeln nicht verkneifen. *Das ist cool. Richtig cool!*

Vorsichtig öffnete ich die Tür. Vor uns erstreckte sich ein menschenleerer Gang. Mehrere hohe Türen führten in weitere Räume. Alles war still. Totenstill. Nur der Wind toste und tanzte um das Haus und brachte die Äste der Bäume zum Singen.

»Gemütlich«, flüsterte Sam. »Ich wäre glatt gewillt hier meine Zelte aufzuschlagen.«

»Lass dich nicht aufhalten«, wisperte ich zurück. Behutsam schlichen wir den Flur entlang.

»Welches Schloss liegt in der Nähe von Sherwood Forest?«, flüsterte Sam. »Ich habe keine Lust Prinz John zu begegnen.«

»Dieses Schloss ist verlassen oder siehst du hier jemanden?«, erwiderte ich und steuerte auf eine tiefschwarze Tür zu, hinter der sich hoffentlich ein Zimmer mit einem Balkon oder etwas Ähnlichem befand.

Der Raum dahinter sah aus, als habe hier ein Wahnsinniger getobt. Die Bilder waren von den Wänden gerissen, Ziertische und Stühle umgeworfen. Glas knirschte unter meinen Sohlen. Dort hinten schien tatsächlich ein Balkon zu sein. Ich eilte darauf zu und – erstarrte. Vor mir erhob sich eine winzige schimmernde Lichtquelle aus einer dunklen Nische.

Ich schluckte. »Sam.«

»Hey, Hope, ich kann durch die Fenster einen Wald sehen. Vielleicht sind wir doch richtig.«

»Das bezweifle ich.« Langsam nahm ich den Bogen von meinem Rücken. »Wir müssen hier sofort raus!«

»Warum?« Sam näherte sich mir von der Seite, während ich das Halbdunkel um uns herum zu durchdringen versuchte. *Ist da etwas, dort hinter dem zerbrochenen Schrank?* »Oh.« Sam war neben mir stehen geblieben. »Ich glaube, das ist nicht so gut.« Die Rose schien in der Luft zu schweben, umgeben von einer gläsernen Kuppel. Zwei ihrer Blütenblätter lagen bereits am Boden. »Das Fenster ist zu hoch, da kommen wir nicht raus«, stellte Sam nüchtern fest.

»Beweg dich ganz vorsichtig.« Langsam trat ich einen Schritt zurück. »Vielleicht hat er uns noch nicht gehört ...«

Im nächsten Moment zerriss ein tiefes Grollen die Stille und ließ das Schloss förmlich erzittern.

»Lauf!«, brüllte ich und stürmte vor. Wir stürzten aus dem Raum und den Gang entlang, während um uns herum die Schatten zu Leben zu erwachen schienen. Tropfen aus Angst fielen von der Decke und stachen mit scharfen Spitzen auf mich ein. Hinter uns krachte etwas. Wider besseres Wissen warf ich einen Blick zurück und unterdrückte einen Schrei. Ein riesiges Wesen aus Fell und mit blitzenden Klauen jagte auf allen vieren hinter uns den Flur entlang.

»Doch nicht umdrehen!« Sam packte meine Hand und riss mich gerade noch von der Statue zurück, in die ich beinahe gekracht wäre. Fluchend zerrte er mich den Gang entlang und um eine Ecke, schlug eine Tür hinter uns ins Schloss und schlüpfte gleich darauf durch eine weitere. Keuchend rannten wir über Teppich. »Ein Buch«, stöhnte er. »Schnapp dir von irgendwo ein Buch und dann bring uns hier raus, ehe Godzilla uns zum Frühstück verspeist.«

»Hier ist aber kein Buch!«, fauchte ich. »Das ist ein Speisesaal!«

»Nimm die Dessertkarte, vielleicht landen wir in Charlies Schokoladenfabrik.«

»Dein Humor ist zum Kotzen!«

»In welchem Teil der Geschichte sind wir? Vielleicht ist Belle schon hier und wir können sie um Hilfe ...« Irgendwo über uns zerbarst etwas mit einem lauten Knall und begleitet von einem ohrenbetäubenden Brüllen.

»Er kommt näher!«, rief ich. »Los, weiter!«

Wir durchquerten zwei weitere Zimmer, doch nirgendwo war ein Buch zu sehen. Meine Beine wurden langsam schwer und mein Herz raste vor Angst in der Brust. Ich wollte nicht gegen dieses Ding kämpfen müssen!

Sam zog mich wieder mal zur Seite und verrammelte eine schwer aussehende Tür hinter uns. »Hilf mir mal.«

Gemeinsam schoben wir einen wuchtigen Schrank vor die Tür. Schnaufend sah ich mich um, Schweiß lief mir den Nacken hinunter.

»Sam, hier ist kein Ausgang, wir ...«, setzte ich an.

»Hier.« Sam drückte mir ein Buch in die Hand. »Lag draußen auf einem dieser hässlichen Tische.« Er strich sich die Haare mit beiden Händen zurück, seine Augen waren ganz groß. »Ich will nicht hetzen, wirklich nicht, aber ich wäre dir zu tiefstem Dank verpflichtet, wenn du uns ganz, ganz schnell wieder nach Hause bringen könntest!«

»Da wäre ich allerdings auch für!« Mit einem spitzen Schrei fuhr ich herum und fand mich Auge in Auge mit einem ... *Hutständer* wieder?

»Was fällt Ihnen eigentlich ein, hier einfach so einzubrechen und die Möbel zu verrücken, hm? Dem Herrn wird das gar nicht gefallen, seine Wut kann man ja praktisch schon riechen!«

»Wer zum Geier bist du denn?«, fragte Sam fassungslos.

»Mein Name ist Chapeau«, sagte das seltsame Ding, das mir fast eine Herzattacke verpasst hatte, würdevoll. »Und Sie sind hier fehl am Platz.«

»Das tut uns wirklich leid, Chapi, wir sind auch quasi schon auf dem Nachhauseweg. *Nicht wahr?*«, sagte Sam, wobei der letzte Teil des Satzes, untermalt mit panischer Hoffnung, dann wohl mir galt, die ich noch immer sprachlos auf das sprechende Möbelstück starrte und für einen Moment vergessen hatte, worum es eigentlich ging. Jedenfalls bis ein gewaltiger Schlag gegen die Tür donnerte und den Schrank gut einen halben Zentimeter verschob. *Oh!*

»Hope!?«

»Bin dabei, bin dabei!« Hektisch schlug ich das Buch auf, doch meine Finger waren schweißnass und es rutschte mir in einer fiesen Zeitlupenbewegung aus der Hand.

Mit einem gezielten Tritt kickte es der Hutständer zur Seite und unter den Schrank. »Hups.«

Knurrend schob ich ihn beiseite. »Pass auf, dass ich kein Brennholz aus dir mache.«

»Ich bin aus Eiche!«, rief Chapeau pikiert, während ich mich auf die Knie niederließ und nach dem Buch angelte.

Auf der anderen Seite der Tür tobte das Ungeheuer, warf sich wieder und wieder gegen die Tür. Rohe Wut nur ein paar Zentimeter von meiner Hand entfernt. Ich schluckte, schob alle fiesen Gedanken von Klauen und Zähnen beiseite, schnappte mir das Buch und krabbelte hektisch zurück. Sam war dabei, eine Kommode vor den Schrank zu schieben – eine Kommode die ihn wüst beschimpfte, weil er sie unsittlich berühre! Hastig legte ich das Buch vor mir auf den Boden. Der Einband war total wellig, als hätte es im Regen gelegen. Nicht einmal der Titel war zu entziffern. Ich versuchte auf das Flüstern zu lauschen, aber das Krachen der Tür und das Hämmern meines Herzens übertönten alles andere. »Bitte, lass uns durch, okay?«, murmelte ich. »Das wäre wirklich wichtig. Ich weiß, ich bin nicht gerade gut in dieser ganzen Sache, aber vielleicht könntest du ja eine Ausnahme machen?«

»Hope, beeil dich!«, rief Sam.

Im nächsten Moment ertönte ein Flüstern, wie eine freudige Begrüßung, dann rissen die Seiten des Buches auf und helles Licht flutete zwischen den Buchstaben heraus, so grell, dass meine Augen zu tränen begannen. Die schwarzen Umrisse der Zeichen formten sich für einen Moment zu einer Landkarte mit Grenzen und Ländernamen, deren Schrift ich jedoch nicht lesen konnte.

Dann erschütterte ein gewaltiger Knall den Boden. Ich riss den Kopf nach oben und starrte in die vor Wut schwarzen Augen des Biests, das seinen gigantischen Kopf durch den geborstenen Schrank steckte.

Und dann war Sam auch schon da und riss mich in die Welt des Buches hinein.

Kapitel 22

Dark Cinderella vs. Hermine Granger

Der Fall in die Geschichte brachte meinen Magen ins Schleudern. Keuchend kam ich auf hartem Boden auf, begraben unter etwas Schwerem, das seltsam muffig roch. Panisch grub ich mich darunter hervor und verpasste Sam eine klatschende Ohrfeige, als er mir zur Hilfe eilen wollte.

»Schönen Dank auch«, stöhnte er und hielt sich den Kopf. »Ich bin doch einer von den Guten.«

»Tschuldige.« Endlich kam ich von dem Ding weg – einem alten Mantel – und lehnte mich an die Wand. Mein Oberteil war schweißnass und meine Knie zitterten wie verrückt. Wie stellten echte Helden das bloß Tag für Tag an?

»Sind sie weg?« Sam sah nicht weniger zerstört aus als ich. »Das Ding mit den Zähnen und dieser eingebildete was auch immer.«

»Meinst du Chapeau? Ja, ich schätze, die sind wir los.«

»Sollte das Ding nicht einen französischen Akzent haben?«, fragte Sam.

»Das war der Kerzenständer. Lumière.« Ausnahmsweise wusste ich, wovon er sprach – den Film hatte ich mit Eleonore gesehen.

»Und was war das dann?«, hakte Sam nach.

»Irgendwas, was zu fies für den Disneyfilm war?«, meinte ich.

»Klingt einleuchtend.« Sam sah sich um. »Wo sind wir?«

Ich schloss müde die Augen. »Die Frage hab ich heute schon mal gehört.«

»Scheint ein Schrank zu sein.«

»Vielleicht die Nachbartür von eben«, schlug ich vor.

»Na, du bist ja ein Optimist.«

Ich wollte mich aufrichten, schlug aber mit dem Kopf gegen etwas Hartes und wich zurück. »Autsch«, jammerte ich. »Ich will in mein Bett.«

»Komm schon, Büchermädchen.« Sam stieß die Tür auf und lugte hinaus. »Die Luft ist rein.«

»Büchermädchen?«

»Aber sicher.« Sam half mir auf. »Was würde besser zu dir passen?«

»Na, es ist auf jeden Fall mal eine nette Abwechslung zu Straßenköter.« Er zuckte zusammen und mein schlechtes Gewissen regte sich mit einem fiesen Ziepen in der Brust. »Es ...«

»Schon gut.« Sam hielt meine Finger noch einen Moment länger fest, dann schaute er sich demonstrativ um.

Der Raum war nicht sehr groß, sah aber schick aus. Schwere hölzerne Möbel und altmodische Tapeten, dazu ein dicker Teppich, in dem meine Stiefel einsanken.

»Ein Hotelzimmer würde ich sagen. Nicht gerade auf dem neusten Stand«, sagte Sam nach eingehender Inspektion.

»Ob wir immer noch in England sind?«, fragte ich.

»Ich schätze, wir werden hier raus müssen, um das herauszufinden.« Sam kratzte sich am Kopf und sah an sich hinab. »Irgendeine Ahnung, wie der heutige Dresscode lautet?«

»Was schlägst du vor? Dass ich in mich hineinlausche und mich ... in was auch immer verwandle?«

»Klingt doch supi.« Sam schenkte mir ein Grinsen, das schlagartig erlosch, als Schritte ertönten und sich der Griff der Tür bewegte.

Es war zu spät, um sich zu verstecken, und ich rechnete damit, dass jemand lauthals losschreien würde, doch die junge Frau, die hereinstolperte, sah uns nur an und brach dann in Gelächter aus.

»Oje, was seid ihr denn für zwei Vögel? Und was ist aus dem sprechenden Hutständer geworden?«

»Ach du Schande, der war auch hier?«, ächzte Sam. »Aber nicht der Haarige, oder?«

»Wenn du Mr Roberts meinst, der wohnt zwei Zimmer weiter.«

»Ist er ein verwunschener Prinz?«, fragte Sam skeptisch.

Die junge Frau schnaubte und schlüpfte aus ihrem Mantel, den sie achtlos zu Boden warf. Darunter kam ein wunderschönes hellblaues Kleid zum Vorschein, das eins klarmachte: Das hier war nicht das 21. Jahrhundert. »Das will ich nicht hoffen. Sein Duftwasser ist einfach abscheulich.« Sie kam auf uns zu. Ihre Haare waren ursprünglich vermutlich ordentlich hochgesteckt gewesen, aber einige der dunklen Strähnen hatten sich gelöst und umrahmten ihr schmales Gesicht, in dem ihre dunklen Augen riesig wirkten. »Ihr seid ziemlich seltsam gekleidet, wenn ich so offen sein darf«, sagte sie und brach dann in Gekicher aus. »Überaus seltsam.«

Sam beugte sich zu mir herüber, ohne die Frau aus den Augen zu lassen. Argwohn umhüllte ihn. »Warum genau flippt sie nicht aus?«

»Weil sie high ist.« Ich spähte der Frau in die Augen. »Die ist total zugedröhnt.«

»Das möchte ich doch meinen, Süße.« Die fremde Frau tippte mir gutmütig auf die Nasenspitze und wandte sich taumelnd um. »Spukt leise, ihr Geister, in Ordnung? Ich bin müde. Geht doch auf den Ball und amüsiert euch. Werdet König und Königin und sonnt euch in Glanz und Gloria.« Sie schnaufte und warf sich auf das große Himmelbett, das ich vorher noch gar nicht bemerkt hatte, weil es schräg hinter uns stand.

»Ein Ball?«, wiederholte ich interessiert. »Ein richtiger?«

»Gibt es bei euch Geistern auch falsche?« Sie versuchte ihre hohen Schnürstiefel zu öffnen, doch es wollte ihr nicht recht gelingen. »Er ist so richtig, dass sie dich so nicht reinlassen werden. Also solltest du dir schnell ein Kleid besorgen. Die in meinem Schrank könnten passen. Aber sei vorsichtig damit. Und nimm nicht das helle, das mag Jack so gern.«

Ich warf Sam einen Blick zu. »Wir könnten uns umsehen und die Lage checken.«

»In High Heels und Glitzerkleid?« Er grinste – mit einer Spur Unsicherheit. »Bist du sicher?«

Ich hob die Schultern. *Eigentlich nicht – aber wenn ich meine supercoolen Fähigkeiten nicht für ein Kleid nutze ... wofür denn dann? Ich könnte einmal die heiße Unbekannte auf einem Ball sein anstatt die Kellnerin in der geliehenen Bluse. Einmal die, die es nicht stört, wenn sie angestarrt wird. Einmal auf der anderen Seite stehen. Nur einmal ... wie ein Prinzessin.* Ein aufgeregtes Kribbeln setzte sich in meinem Magen fest. »Ich meine nur, es wäre vielleicht ganz nett und – das Essen ist bestimmt umsonst …«

»Und du warst noch nie auf einem Ball, stimmt s?«, sagte Sam.

Ich hasste es, wenn er mich durchschaute. »Kann ja nicht jeder so aufwachsen wie du«, gab ich spitz zurück. »Ich wette, du hattest Tanzstunden.«

»Die waren in der Schule Pflicht, da kann ich nichts zu.« Er lächelte mit nur einem Hauch Arroganz. »Sagen Sie, Lady«, wandte er sich an die junge Frau, die es endlich aus ihren Stiefeln geschafft hatte und jetzt die Arme um ein dickes Kissen schlang. »Wo könnte ich für mich Kleidung für diesen Ball finden?«

»Der Junge von gegenüber hat ungefähr deine Größe. Momentan braucht er nicht so viel Kleidung. Er hat sich mit der Tochter der Robinsons … angefreundet und treibt sich meistens mit ihr in den unteren Kabinen herum.« Sie kicherte. »Wenn das Daddy rausfindet …«

»Aber ich kann ihn doch schlecht bestehlen, das wird er ja merken«, entgegnete Sam.

»Wird er nicht.« Unsere unfreiwillige Gastgeberin seufzte entnervt. »Seit wann haben Gespenster ein Gewissen, hm? Schweb einfach durch seine Wand und gut ist.«

Ich schüttelte amüsiert den Kopf. »Ja, Sam, schweb doch einfach durch seine Wand.«

Sam kniff mir nicht sehr gentlemanlike in die Seite, sodass ich quiekend einen Satz machte. Unsere Gastgeberin beobachtete uns aus benebelten Augen. »Zuckersüß ihr zwei, wirklich. Aber jetzt leise, ja? Ich habe später noch ein Rendezvous.«

»Also besuchen Sie auch den Ball?«, fragte ich und ging zu ihr, um die Decke über ihr auszubreiten.

»Nein, nein, du dummer Geist. Diese Bälle langweilen mich. Aber geh ruhig hin. Trag was, was sie schockiert, in Ordnung?« Sie lächelte mich abwesend an. »Das würde ich tun, wenn er da wäre. Ist er aber nicht.«

»Wer denn?«, fragte ich neugierig.

»Der Mann meiner Träume«, flüsterte sie. »Er ist hier.« Und dann schloss sie die Augen und fing leise an zu schnarchen. Vorsichtig entfernte ich ein paar Klammern aus ihren Haaren, damit sie sich nicht darauflegte. Sie war ziemlich hübsch. Hoffentlich wusste dieser Mann ihrer Träume sie auch zu schätzen.

»Hope!«, zischte Sam vom Flur. »Komm her!«

»Wie heißt das Zauberwort?«

»Hau rein!«

Seufzend hüpfte ich zur Tür. Dieser Teil von Yaoráo war mir sehr viel sympathischer als der letzte. Geradezu angenehm. Wir würden einfach auf diesen Ball gehen, ein wenig Spaß haben und dann zurück nach Hause. Dieses Mal verging auch bestimmt nicht so viel Zeit, wir hatten uns ja kaum zwanzig Minuten im Schloss des Biestes aufgehalten. Hoffentlich tauchte Belle nicht ausgerechnet jetzt dort auf und erwischte es in dieser schlimmen Stimmung. *Oder ist sie vielleicht schon da? Ist sie nicht auch irgendwann mal weggelaufen und das Biest war unfassbar wütend? Vielleicht sind wir ja gerade da hereingeplatzt. Muss er ihr dann nicht nach, um ein Rudel Wölfe zu vertreiben?* Ich versuchte mir die Geschichte ins Gedächtnis zu rufen und lief dabei fast gegen den Türrahmen.

»Hey, Träumerchen«, ertönte wieder Sams Stimme. »Hier unten.« Er hockte vor der Nachbartür, die unserer zum Verwechseln ähnlich sah, mit Ausnahme der goldenen Ziffer auf dem Holz, und fummelte an dem Schloss herum.

Ich hob erstaunt die Brauen. »Du hast einen Dietrich?«

»Was soll ich sagen, kleine Fee? Du bringst meine dunkelsten Seiten zum Vorschein.« Er blickte über die Schulter. »Wie geht es unserer schrägen Mitbewohnerin?«

»Sie ist eingeschlafen«, sagte ich.

»Möchte wissen, was die eingeworfen hat«, murmelte Sam.

»Willst du was abhaben?«

»Bin ich dir nicht spaßig genug?« Er blinzelte mir übertrieben zu. Im nächsten Moment klickte das Schloss. »Uhh, was bin ich doch gut«, freute er sich leise und warf einen Blick den Flur hinab. »Steh Wache, okay?«

»Sklaventreiber«, brummte ich und lehnte mich demonstrativ an die Wand. Schräg gegenüber hing ein Gemälde von einem tanzenden Paar. Ich betrachtete ihr Kleid, schloss dann die Augen und stellte es mir vor … Die plötzliche Stoffveränderung brachte mich kurz ins Wanken. Begeistert blickte ich auf den wiesengrünen Stoff mit dem cremefarbenen Spitzenrand. Meine Fingerspitzen kribbelten, mein ganzer Körper fühlte sich seltsam … großartig an. Hier würde ich niemals zerrissene Kleidung tragen müssen oder vom Regen durchweichte Schuhe, die nicht mehr trocken wurden. Ich würde nie frieren. Ein Kloß bildete sich in meiner Brust. Ein Gedanke schlich sich näher und nahm langsam Gestalt an.

»Lady Bennet«, erklang da eine amüsierte Stimme an meinem Ohr. »So hübsch Ihr auch ausseht, Eure Unaufmerksamkeit ist wahrhaft ungeheuerlich.«

»Nun, Mr Darcy, womöglich eignet sich eine Dame nicht für eine solch schmähliche Tätigkeit.« Ich versuchte nicht darüber nachzudenken, was es in mir auslöste, dass Sam mir so nah war. »Warst du erfolgreich?«

»Das werden wir sehen, wenn das Ding passt. Ich hoffe, unsere Lady hat eine Fusselbürste.« Sam taxierte mich. »Das Kleid ist sehr schön, aber etwas altbacken, oder? Ich meine, die Klamotten von ihr da drinnen schienen …«

»Nur eine Fingerübung«, sagte ich hastig und das Blut schoss mir in die Wangen. »Ich werde mir noch was anderes überlegen.«

»Okay.« Er zwinkerte mir zu und hielt den Anzug hoch. »Passend bitte, ja? Alles andere würde meinen Anblick womöglich beeinträchtigen und das will ich der Damenwelt nicht antun.«

»Ach, halt doch die Klappe«, brummte ich und ging zurück in das Zimmer mit der friedlich schlafenden Frau. Die Uhr auf ihrem Nachtisch schlug gerade sieben.

»Ich fange an«, verkündete Sam und verzog sich hinter einen Paravent. »Nicht linsen, klar?«

Als ob. »Ich weiß nicht, ob ich da wiederstehen kann«, rief ich.

»Fee, wenn ich mich ausziehen soll, musst du das doch nur sagen«, kam es von Sam zurück.

Ich zeigte der Trennwand den Mittelfinger und wandte mich dem Schrank zu, der im Verhältnis zum Rest des Zimmers eine recht stattliche Größe hatte.

Unsere Unbekannte – ich hatte sie Anna genannt – hatte einen interessanten Geschmack. Meine Finger glitten über die Stoffe, während ich nachdenklich auf meiner Unterlippe herumkaute. Ich wollte das perfekte Kleid. Ich dachte an das Kleid, was vorne auf einer Zeitschrift drauf gewesen war, die mir Miss Ming einmal geschenkt hatte. Es war bodenlang gewesen, in Schwarz und Grautönen, die ineinander überliefen, und schulterfrei. Die Schauspielerin war wunderschön gewesen, nur ihre Miene wirkte etwas zu kalt für die Feinheit ihrer Gesichtszüge.

Ich schloss die Augen. Meine Fingerspitzen fingen wieder an zu prickeln, Stoff raschelte und das Gewicht an meinem Körper veränderte sich. Ich erinnerte mich, einen Spiegel zu meiner Linken gesehen zu haben, und drehte mich vorsichtig um. Etwas strich über den Boden. Ich wagte nicht die Augen zu öffnen, malte mir ein paar Schuhe in Nachtschwarz aus und fühlte, wie sich meine Haltung veränderte, als sich hohe Absätze unter meine Fersen schoben. *Das ist verrückt, so verrückt! Und so berauschend. Ob sich so Magie anfühlt? Ist das Magie? Kann ich in dieser Welt Dinge verändern, wie es mir passt, mit Hilfe einer geheimnisvollen Macht? Und macht mich das zur Guten oder zur Bösen?* Mein Herz schlug schneller, trommelte fast gegen meine Rippen. Ich wollte die Augen öffnen, wagte es aber noch immer nicht. *Wie lächerlich das aussehen muss,* dachte ich und ein winziges Kichern prallte gegen meine geschlossenen Lippen. Hoffentlich kein wahnsinniges Kichern. *Ich will nicht zu den Bösen gehören. Ich will meine Kräfte für das Gute nutzen. Ich will Hermine Granger sein!*

»O wow.« Sam stieß hinter mir einen erstickten Pfiff aus. »Hope …«

»Geh weg«, rief ich panisch. »Nicht gucken.«

»Nicht gucken?«, wiederholte er. »Ist das dein Ernst?«

»Hau ab!«

»Ich halte mir die Augen zu, okay?«, bot er an.

»In echt?«

»Ja, in echt.« Ich konnte an seiner Stimme hören, dass er die Augen verdrehte, aber wenigstens klang sie ein bisschen gedämpft, als hätte er wirklich die Hände vorm Gesicht. »Was genau ist denn bitte dein Problem?«

»Ich weiß noch nicht«, gab ich zurück.

»Ah, dann guck doch«, schlug er vor.

»Nein.«

»Wie nein?«

»Ich will es noch nicht ansehen«, antwortete ich.

»Hope ...« Er schaffte es, sowohl Sarkasmus als auch Genervtheit und ein bisschen Mitgefühl in meinen Namen zu legen. »Das ist jetzt nicht dein Ernst, dass du, die Kriegerprinzessin schlechthin, weiblicher Gandalf und Dumbeldore in einer Person, Drachenflüsterin und Feentochter, Stress mit deiner Klamottenauswahl hast.«

»Ich ... das ... es ...«, stammelte ich.

»Stottern hilft jetzt auch nicht. Mach die Augen auf.« Ich hörte, wie er näherkam und hinter mir stehen blieb. Dann fassten Hände nach meinen Handgelenken und zogen sie sanft nach unten.

Das Kleid sah genauso aus wie auf dem Foto. Die Wangen des Mädchens im Spiegel waren gerötet und ihre Augen riesig groß. Sam stand hinter mir, hielt noch immer eine Hand fest. Sein Anzug war ebenfalls schwarz und stand ihm ziemlich gut.

Er lächelte. »Du bist Dark Cinderella.«

»Ich will Hermine Granger sein.«

»Gut, dann bist du eben Hermine Granger, solange ich nicht Neville sein musst«, sagte er.

»Hey, Neville war cool!«, protestierte ich.

»Ja, aber ich habe Angst vor seiner Oma. Bitte versprich mir, dass wir niemals zu Nevilles Oma gehen werden, okay?«

Ich musste lachen. »Dafür, dass du lesen hasst, kennst du dich recht gut aus.«

»Meine Mum hat mir immer vorgelesen, bis ich abhängig war. Eine ganz miese Nummer. Ich habe mich dann aber gewehrt und bin auf Filme umgestiegen«, erklärte er.

»Heldenhaft.« Ich wollte mich eben abwenden, als etwas meine Aufmerksamkeit erregte. In dem Spiegel hinter mir bewegte sich etwas. Für einen

Moment hatte ich den Eindruck, da sei eine Gestalt im schwarzen Umhang hinter mir. Ich erstickte den Schrei unter meinen Fingern und fuhr herum. Nichts. *Verdammt!* »Sam ...« Ich wandte mich zu meinem Begleiter um, der mit aufgerissenen Augen in den Spiegel starrte.

»Scheiße«, hauchte er. »Was war das denn?«

»Du hast es *gesehen*?!«

»Wie könnte man das bitte nicht sehen?!« Er streckte mir auffordernd die Hand hin. »Waffen! Und Steinsalz.«

»Steinsalz?«

»Hilft bei Supernatural auch.« Sam starrte weiter in den Spiegel. »War das das Vieh aus deinem Traum?«

»Sah ihm zumindest sehr ähnlich«, sagte ich.

»Meinst du, es verfolgt dich?«

»Kein sehr schöner Gedanke.« Unwillkürlich schaute ich zu dem Bogen, der bis dahin unbeachtet an der Wand gelehnt hatte.

»Vergiss es, der ist viel zu riesig. Kannst du einen Dolch zaubern oder so was?«, fragte Sam.

»Soll ich damit auf den Spiegel einstechen?«

»Überaus witzig«, schnappte er. »Wir sollten vielleicht lieber verschwinden.«

»Und wie?«

»Auf dieselbe Art, wie wir hergekommen sind, wobei mich die immer noch verwirrt. Du hast doch das Tor von Robin Hood geöffnet. Aber da sind wir nicht gelandet.«

»Als wir bei Artus waren, war es auch ein anderes Buch«, entgegnete ich.

»Und wie soll man das dann kontrollieren, wenn die Bücher gar nicht an die Orte der jeweiligen Geschichte führen?« Ich hob die Schultern, worauf Sam frustriert knurrte und zu seinem Rucksack ging, um darin herumzukramen. »Mit jeder vermeintlichen Antwort tauchen fünf neue Fragen auf. Das ist doch zum Ausrasten.« Er zog eine Tüte hervor und öffnete sie so ruckartig, dass lauter bunte Weingummis durch den Raum hüpften.

Ich zupfte an meinem Kleid herum und verwandelte unauffällig die Nadeln in meinem Haarknoten in spitze Mordwaffen. *Schaden kann es ja nicht. Es sei denn, ich stoße mir den Kopf und punktiere mir selber das Gehirn. Das wäre nicht so gut.* »Wollen wir dann?«

Sam, den Mund voller Weingummi, starrte mich an. »Fu filsch ga eft hi?«

»Äh, keine Ahnung, was das heißen sollte, aber ja, ich möchte auf den Ball.«

»Fund endisch dasch Viesch ...«

»Sam, drei Pfund weniger im Mund würden s auch tun«, schnaubte ich genervt. »Ich gehe dahin, gruselige Viecher hin oder her. Außerdem will ich wissen, wo wir sind, und Madame ...« Ich wies auf die friedlich schlafende Frau. »... wird uns dabei keine Hilfe sein. Also ja, ich gehe dieses Kleid jetzt der Welt präsentieren. Und wenn du mitwillst, dann ohne bunte Kleckse an den Zähnen! Es sei denn, das verscheucht den miesen, fiesen Kapuzenträger.«

»Vielleicht war es mal ein Zahnarzt, der den Anblick nicht ertragen könnte«, meinte Sam.

Ich seufzte.

Kapitel 23

Nur noch kurz die Welt retten

Sam sah mich an und lächelte ergeben. »Aber wenn du was siehst, rennen wir, verstanden? Ich hoffe, die Feen haben mitbekommen, dass du zurück bist, und kommen dir notfalls zu Hilfe.«

»Darauf würde ich nicht wetten«, sagte ich.

Er hob die Hand. »Hey, lass mir das bisschen Hoffnung, okay?« Mit der Zunge fischte er den letzten Rest Weingummi zwischen seinen Zähnen hervor und bot mir seinen Arm. »Na dann, Miss Granger. Darf ich bitten?«

»Sie dürfen, Mrs Longbotten.« Ich grinste breit. »Ich finde, der Name passt zu dir.«

»Ich verabscheue dich zutiefst, du Monster.« Sam schloss die Tür hinter uns und fuhr mit den Fingern über die eingravierte Zahl. »300«, murmelte er. »Na, hoffentlich geht das hier besser aus als der Film.«

Ich verstand schon wieder nicht, was er meinte, aber ich war viel zu aufgeregt, um dem weiter Beachtung zu schenken. Der Gang vor uns war lang und fensterlos und ich sah, wie Sam an den Kragen seines Hemdes fasste, als würde er sich nicht wirklich wohlfühlen. *Liegt es an der Umgebung oder der Tatsache, dass wir nicht wissen, ob hinter der nächsten Ecke das Böse lauert?*

»Sieht irgendwie aus wie in einem alten Film«, überlegte Sam laut und deutete auf das goldene Treppengeländer am Ende des Flures. »*Der große Gatsby* vielleicht?«

Ich hob die Schultern. *Dann wären wir aber irgendwo ganz schön falsch abgebogen. Und wie könnte das Biest ein Buch über Gatsby haben? Aber wir sind ja auch in ein* Robin-Hood-*Buch gesprungen und bei* Die Schöne und das Biest *gelandet, was auch nicht so logisch ist.* Fragen über Fragen.

Wir ließen die Treppe hinter uns und an einer Gabelung wandte ich mich ganz selbstverständlich nach links, als wäre hier schon immer mein Zuhause. Ein Bücherschrank stand in einer Ecke – was für eine süße Idee. Und außerdem gab es eine Menge Wege, um wieder von hier wegzukommen. Ich konzentrierte mich darauf, in den hohen Schuhen nicht wie ein Storch zu staksen, als mir auffiel, dass Sam nicht mehr neben mir lief. Leichenblass stand er ein paar Meter hinter mir. »Hope, ich glaube, das hier ist gar kein Hotel.«

»Was denn dann?«

»Ich glaube, wir sind auf einem Schiff.« Bei diesen Worten wurde er schon ein bisschen grün und schwankte. Hektisch riss er den Kopf hoch. »Hier tropft es doch, oder? Kommt das Wasser schon rein?«

Ich rannte, so schnell es das Kleid erlaubte, auf ihn zu. Kleine Schweißperlen standen auf seiner Stirn und er rang verzweifelt nach Luft. *Ist der jetzt etwa seekrank?* »Sam? Was ist los?«

»Keine ... Luft!«, ächzte er und griff sich an den Hals, zerrte an seinem Hemdkragen. Sein Blick flackerte panisch. Ich glaubte, Wellen darin zu erkennen, Wassermassen, die sich durch Gänge schoben und alles mit sich rissen.

Ich verdrängte die Bilder und konzentrierte mich auf den Jungen dahinter, packte seine Hand und hinderte seine Finger am Zerren. »Sam, beruhige dich.« Langsam schob sich mein Bild in die Panik in seinen Augen. »Was ist denn los?«

»Ich mag keine Schiffe«, erklärte er.

»Du magst keine Schiffe?«, hakte ich nach.

»Das sagte ich doch.« Er rang krampfhaft nach Luft. »Eigentlich ... mag ich sie wirklich gar nicht ... Himmel, wo ist denn der ganze Sauerstoff? Man könnte ... sogar sagen, es ist ... Abscheu ...«

Ich biss mir auf die Lippen und suchte nach einer Lösung, doch alles, was mir einfiel, war, in seine Hosentasche zu greifen und ihm einen klebrigen Weingummi zwischen die Zähne zu schieben. »Es ist alles in Ordnung«, sagte ich beschwörend und hoffte, dass er nicht an dem Zeug ersticken würde. »Es geht dir gut. Sieh einfach nicht nach draußen, okay? Schau dir mal diese

Tapete an, die ist total schräg. Das liegt vermutlich an dem orangenen Wellenmuster.«

Sofort stöhnte Sam wieder und suchte nach Halt. »Das macht es schlimmer!«

»Okay, okay!« Panik schlich sich in meine Stimme und ich fasste ihn bei den Schultern, damit er nicht umfiel. »Dann sieh mich an, okay? Sieh mich einfach an und atme vernünftig! So ist es gut, langsam ein und wieder aus, so wie ich. Sehr schön.« *Ich lobe ihn wie einen Hund*, schoss es mir durch den Kopf und Sam schien das Gleiche zu denken.

»Wenn ... du mir ... denn Kopf tätschelst ... werfe ich dich ... über Bord!«, brachte er heraus.

»Wie schön, es geht dir besser«, erwiderte ich betont fröhlich und ließ ihn vorsichtig los. Er war immer noch blass, aber wenigstens nicht mehr ganz so grün. *Hoffentlich muss er sich nicht übergeben ...*

»Danke«, murmelte Sam und mied das Fenster, während er sich im Flur umschaute. »Ich glaube, ich höre Musik.«

»Willst du nicht lieber zurück?«, bot ich an.

»Und dich allein auf die Party lassen? In dem Kleid? Vergiss es.« Irgendwo fand er ein Lächeln und klebte es auf sein Gesicht. »Wir feiern, kriegen raus, wo wir hier sind – vielleicht treffen wir eine nette Fee –, und zum Abendessen sind wir wieder zu Hause.«

Ich sah ihn zweifelnd an, sagte aber nichts und hakte mich nur wieder bei ihm ein. *So kann ich ihn vielleicht auffangen, wenn er schlappmacht.*

Wir gingen weiter, der Musik nach, und Sams Schritte stabilisierten sich. Dann hielt er jedoch noch einmal inne.

»Hope?«

»Hm?«

»Du ... ich ... Also ich verstehe, dass du dich hier wohler fühlst als in London. Ich sehe es an der Art, wie du dich bewegst, und es ist okay, weil ... weil du hier definitiv die coolste Figur auf dem Spielfeld bist. Und du denkst, es wäre nicht schlimm, wenn du nie wieder nach Hause gehst, weil dort niemand wartet, aber ...« Er brach ab und senkte den Blick, suchte nach Worten und fand sie doch nicht.

Aber ich wusste, was er meinte, und drückte seinen Arm. »Sam, ich bringe dich schon wieder nach Hause. Ich würde dich nie zwingen hierzubleiben.«

Zögernd sah er mir in die Augen. »Selbst dann nicht, wenn du dich so verliebst, dass du nicht mehr zurückwillst?«

»Selbst dann nicht.« Ich war überrascht, wie leicht mir die Worte über die Lippen kamen. Der Gedanke, dass ich nicht irgendwo ohne Sam sein wollte, schwebte am Rand meines Bewusstseins, aber ich wagte nicht, ihn näher an mich heranzulassen. Er war eine zarte rosa Seifenblase, die über den Dingen schwebte, und vielleicht würde ich irgendwann die Hand danach ausstrecken. Aber nicht heute.

Je weiter wir kamen, desto lauter wurde die Musik, bis der Flur schließlich vor einem Ballsaal mit weit geöffneten Flügeltüren endete. Der livrierte Mann am Eingang diskutierte gerade mit einem älteren Herrn. Wir nutzten unsere Chance und schlüpften hastig in den gut gefüllten Saal. Mehrere Paare drehten sich auf der Tanzfläche, Essensgeruch mischte sich in der Luft mit Parfüm und Musik. Ich spürte, wie meine Lippen sich zu einem breiten Grinsen verzogen.

»Das ist so aufregend«, flüsterte ich. »Sieh dir nur all diese Kleider an!«

»Du bist viel hübscher.« Meine Wangen wurden warm bei diesem Kompliment und Sam grinste. »Möchtest du tanzen?«

»Ich kann gar nicht tanzen«, murmelte ich.

»Du kannst deine Klamotten verzaubern, mit Banditen kämpfen und mit Feen und Drachen reden. Tanzen sollte ein Klacks sein.« Ehe ich protestieren konnte, führte er mich schon auf die Tanzfläche.

Ich schnappte nach Luft, wehrte mich aber nicht, denn die Art, wie die tanzenden Paare sich graziös bewegten, faszinierte mich. Ich wollte das auch! Ungeschickt versuchte ich die Haltung der Damen nachzuahmen. Sam zeigte mir, wo meine Hände hingehörten, und flüsterte mir Anweisungen zu. Meine ersten Schritte waren zögerlich, aber bald ging es leichter. Das Lied war nicht sehr schnell, ein Walzer, wie Sam sagte, und unter dem weiten Kleid konnte niemand sehen, wenn ich aus Versehen einen Fuß falsch aufsetzte. Wir tanzten eine Weile, bis es Sam zu viel wurde. Er führte mich von der Tanzfläche und wedelte sich Luft zu.

»Himmel, diese Sozialkompetenzen machen einen ja fertig. Man reiche dem armen Nerd einen Gameboy oder einen PC!«, stöhnte er.

»Ich will auch etwas von diesem rosa Getränk, das die alle haben«, sagte ich und bemühte mich, stillzustehen und nicht vor lauter Aufregung auf und ab zu hüpfen. Eine Frau betrachtete neidisch mein Kleid und mein Grinsen wurde nur noch breiter.

»Ich würde sagen, das ist Bowle, und von der lässt du lieber die Finger«, warnte er. »Sonst muss ich dir heute wieder die Haare zurückhalten.«

»Ach ja? Wer hat denn eben im Flur schlappgemacht, hm?«

Sam lachte. »Los, Frechdachs, wir holen uns was zu essen und schauen, ob uns jemand das Ziel unserer Reise verraten kann, ohne dass gleich auffällt, dass wir blinde Passagiere sind.«

Er führte mich galant zum Buffet, das unter seiner Last zusammenzubrechen drohte. Fisch, Fleisch, Backwaren, Obst – es war einfach alles da und Sam lief sichtlich das Wasser im Mund zusammen. Ich füllte meinen Teller nur zögerlich und starrte einige der mir unbekannten Sachen misstrauisch an, bis Sam mir ins Ohr flüsterte, um was es sich dabei handelte. Zumindest, wenn er es selber erraten konnte. Ein paar Frauen standen in unserer Nähe. Glitzernder Schmuck lag um ihre Hälse und ich ertappte mich dabei, wie ich ihn genauer betrachtete und mir vorstellte …

»Nicht«, sagte Sam in meine Gedanken hinein. »So ein Zeugs passt nicht zu dir.«

Verwirrt sah ich mich zu ihm um und hätte beinahe eine Weintraube von meinem Teller rollen lassen. »Kannst du irgendwie Gedanken lesen?«

Er hob die Schultern. »Manchmal.« Ich kniff die Augen zusammen und er lächelte. »Hör auf, mich innerlich anzuschreien – so meinte ich das nicht. Manchmal weiß ich einfach, was du denkst. So wie das eine Mal, als du weggelaufen bist. Nach unserem ersten Trip hierher.«

»Also ist es mehr eine Ahnung?«, wollte ich wissen.

»Ja, irgendwie schon. Aber eine sehr deutliche.«

»Ich habe so etwas in der Art auch. Bei dir meine ich.« Ich biss mir auf die Lippe. »Manchmal sehe ich dir in die Augen und habe das Gefühl, als könne ich die Welt aus deinem Blickwinkel sehen. Besonders wenn es um mich geht.« Ich wurde schon wieder rot und steckte mir hastig eine Weintraube in den Mund, damit ich nicht noch mehr dummes Zeug erzählen konnte.

Sam schaute mich eindringlich an. Auch auf seinen Wangen lag eine leichte Röte. »Hm«, murmelte er. »Interessant.«

»Eher schräg«, entgegnete ich.

»Schräger als gleichschlagende Herzen?«, meinte er.

Ehe ich antworten konnte, wurde Sam von zwei Männern abgelenkt, die sich langsam an uns vorbeibewegten.

»Und ich sage dir, George, es ist wahr. Dieses Schiff wird noch Großes vollbringen.«

»Ach, Alfred, du alter Träumer. Was könnte ein Schiff schon mehr tun als schippern? Die Zukunft liegt auf den Luftwegen. Da kann auch dein Wunderschiff hier nicht mithalten. Aber schau mal, da hinten ist wieder dieser Millet. Meine Frau liebt seine Bilder fast mehr als mich.«

Plötzlich wich alle Farbe aus Sams Gesicht. Sein Teller geriet in Schieflage und ein kleines Brötchen rollte von seinem Teller und unter den Rock einer pummeligen Dame, die davon nichts mitbekam.

»Sam?«, fragte ich. »Ist alles in Ordnung?«

Sam ignorierte mich und hechtete den Männern nach. »Entschuldigen Sie, meine Herren? Hörte ich eben den Namen Millet? Doch nicht etwa der Maler, oder?«

»Ganz recht«, erwiderte der Mann mit kunstvoll gezwirbeltem Schnauzbart. »Er steht dort drüben, neben der Dame im gelben Kleid. Angeblich hat er sie in Rom kennengelernt und will sie mit in seine Heimat nehmen. Frage mich, was seine Frau wohl dazu sagt.«

Sam sah aus, als hätte ihm jemand in den Magen geschlagen. Ohne ein Wort wirbelte er herum, packte meinen Arm und bahnte uns einen Weg durch die Menge. Ich warf noch einen Blick auf die zwei Herren, die uns mit einem milden Lächeln nachsahen. *Eifersüchtiger Ehemann,* stand in ihren Augen.

»Sam!« Ich wand mich aus seinem Griff. Er lief zu schnell für meine Schuhe. »Sam, was ist los?!«

Er wirbelte herum und beugte sich vor, bis unsere Gesichter nur noch Millimeter voneinander entfernt waren. »Wir müssen hier weg!«, zischte er. »Hope, wir sind auf der Titanic!« Die Worte schienen ihn zu zerreißen, während ich ihn einfach nur anstarrte.

»Was?«

»Titanic! Du weißt schon, der Riesendampfer, der gegen den Eisberg fährt. Und das nicht überlebt!«, erkläre Sam.

»Aber ... woher willst du das wissen?«, fragte ich.

»Siehst du den Kerl da hinten mit der aufgedonnerten Blondine? Das ist Francis Davis Millet. Ich kenne den Namen, meine Mutter musste Hausarbeiten über ihn korrigieren, als ich die Masern hatte, und seitdem hasst sie den Kerl. Ich kenne die Geschichte in- und auswendig, ausgeschlossen, dass ich mich irre!«

»Schön, dann ist da ein Maler – und?«

»Millet starb auf der Titanic, Hope!«

»Aber das muss doch nicht jetzt sein – und das ist kein Buch. Also schon, aber ... Wie konnte das Biest ein Buch über die Titanic haben?«, gab ich zu bedenken.

»Ich habe keine Ahnung und ganz ehrlich? Ist mir auch egal! Wir müssen rausfinden ... Komm mit!« Die Teller waren vergessen, die Getränke sowieso und jede Höflichkeit oder die Angst aufzufallen war verschwunden.

Sam zerrte mich quer durch den Saal und zu der breiten Fensterfront, wo sich eine Glastür befand. Die kalte Luft fühlte sich an wie eine Ohrfeige. Es roch nach Meer, Zigaretten und ein bisschen nach Kohle. Mein Blick huschte über die Wasseroberfläche, doch außer Wellen und Schaum war da nichts.

»Hope.« Die Angst in Sams Stimme ließ mich in Erwartung des Schlimmsten herumfahren. Mit aufgerissenen Augen deutete er nach oben.

Ein Stöhnen kroch über meine Lippen, als ich den Schriftzug sah. Kein Zweifel. Wir waren auf der Titanic gelandet. »Wann ist sie gesunken?« Meine Stimme zitterte. »Und was für ein Tag ist heute?«

»Ich hab keine Ahnung.« Er fuhr sich mit beiden Händen durch die Haare, so ruckartig, dass die Schulternaht seines Sakkos knackte. »Wir müssen hier weg, Hope. Wir schnappen uns ein Buch und verschwinden!«

»Aber ... die Menschen!«

»Hope, wenn du in der Zeit springen kannst und wir wirklich hier sind, dann ist das alles bereits passiert und wir können rein gar nichts tun.«

»Und wenn doch? Was wenn ... was wenn wir die Tragödie aufhalten könnten?« *Ja, was dann? Was, wenn wir all diese Menschen retten könnten? Und was, wenn wir hier mit ihnen sterben?*

Ein weißhaariger Mann stand nicht weit von uns und sah uns verwundert an. Mit wenigen Schritten war Sam bei ihm. »Sind Sie der Kapitän?«

»Das bin ich, mein Junge«, antwortete der.

»Sir, Sie müssen den Kurs ändern«, erklärte Sam. »Es ist wichtig! Ich weiß, Sie denken jetzt, ich bin verrückt, aber bitte glauben Sie mir!«

»Junge, beruhige dich.« Der Kapitän sah Sam fest in die Augen. »Ist das deine erste Schiffsfahrt?«

»Nein, Sir, ist es nicht, wirklich ich ... ich kann es nicht erklären, aber ...«

»Da ist ein Eisberg.« Meine Stimme war ganz ruhig. Ich selber war es jedoch ganz und gar nicht. »Auf dieser Route ist ein Eisberg und den werden wir rammen. Das Schiff wird leckschlagen und sinken. Und wir werden alle sterben.«

Der Kapitän starrte mich an wie eine Erscheinung. »Was sind Sie? Ein Orakel oder so was? Denn ich glaube ehrlich gesagt nicht an diesen Schwachsinn.«

»Es ist kein Schwachsinn«, beharrte Sam. »Sie hat Recht. Es wird passieren. Bitte.« Er fasste den Mann an der Schulter. »Fordern Sie es nicht heraus.«

Der Kapitän starrte ihn einen Moment sprachlos an, dann wand er sich aus der Berührung. »Hört mal, mir ist schleierhaft, was ihr zwei angestellt habt, aber derartigen Unfug zu verbreiten ist nicht witzig. Ich kann verstehen, dass ihr jung seid, ihr habt wahrscheinlich ein Abenteuer gesucht und jetzt kriegt ihr Muffensausen. Seid ihr von zu Hause weggelaufen, hm? Du, junge Dame, bist ja noch nicht einmal volljährig. Wo sind deine Eltern, Kind? Bist du mit dem Kerl durchgebrannt, weil er dir ewige Liebe geschworen hat? Oder ...« Plötzlich hellte sich seine Miene auf. »Ihr seid Schauspieler, richtig? Hat Mort euch geschickt? Der alte Narr! Den werde ich zum Deck schrubben verdonnern!«

Die Hoffnung zerbarst in Sams Augen wie ein Schneeball an einer Häuserwand. Auch ich wusste nicht, ob ich schreien oder weinen sollte. Er wandte sich von dem Kapitän ab.

»Geh in unsere Kabine«, sagte er leise. »Nimm dir ein Buch und tu dein Bestes, okay? Ich versuche mit ein paar Leuten ins Gespräch zu kommen. Vielleicht ... kann ich eine Revolte anzetteln oder so.«

»Und was, wenn ich das Tor öffnen kann und du nicht da bist?«, erwiderte ich.

»Dann hältst du es noch eine Weile offen, aber sobald es irgendwo kracht oder auch nur plätschert, haust du sofort ab.«

»Ich werde ganz sicher nicht ohne dich hier weggehen.«

»Musst du auch nicht.« Im nächsten Moment zog er mich an sich und ich spürte unser beider Überraschung, als ich mich nicht wehrte, sondern mich für einen Moment an ihm festklammerte und das Gesicht an seiner Schulter barg. Sam drückte mich fest an sich. »So hätte unser erstes Wiedersehen eigentlich sein sollen«, flüsterte er. »Kein nächtlicher Einbruch. Ich wusste immer, dass ich dich wiedersehen würde. Aber ... ich hatte es mir irgendwie einfacher vorgestellt.« Er küsste mich sanft auf die Stirn und schob mich dann von sich, ehe ich etwas erwidern konnte. »Na los, kleine Fee, lass uns die Welt retten.«

Ich schlüpfte aus meinen Schuhen und rannte los. Ein Pärchen kam mir entgegen und starrte mich erschrocken an. Ich wollte ihnen zurufen, dass sie verschwinden sollen, sich in Sicherheit bringen. Doch ich wusste selbst, dass das sinnlos war. Es gab zu wenig Rettungsbote und das Wasser war zu kalt. Es gab keinen Ausweg. Bis auf mich.

Ich rannte so schnell ich konnte, während die Tränen mir die Sicht verschleierten.

Zimmertüren rasten an mir vorbei.

261.

262.

Wo ist nur die unsere?

Rechts oder links?

Ich wollte schreien, aber nur ein Wimmern kam über meine Lippen. Da, endlich: der Bücherschrank, den wir auf dem Hinweg gesehen hatten. Ich riss die Türen auf und griff mir so viele Bücher, wie ich tragen konnte, dann rannte ich weiter. Als ich die Zimmertür öffnen wollte, wurde sie von innen aufgezogen. »Nanu, kleines Gespenst«, sagte unsere unfreiwillige Zimmerwirtin. »Schon ausgetanzt? Hat dich dein Kavalier verlassen?« Sie hatte sich zurechtgemacht, ihr Kleid war seidig schwarz und sie strahlte vor Schönheit.

»Wo ... wo willst du hin?«

»Wohin wohl, Dummerchen – meinen Jack sehen.« Sie lächelte. »Nicht weinen, kleines Gespenst, dein Kavalier wird dich finden. Ich hab's in seinen Augen gesehen.« Sie tätschelte mir die Wange und schwebte davon. Ich starrte ihr nach. Die Tränen quollen aus meinen Augen, aber meine Stimme war fort. Ich betrat das Zimmer. Die Bücher fielen zu Boden und ich mit ihnen. Und dann versuchte ich uns zu retten.

***

So fand Sam mich eine Stunde später, als er mit einem weiteren Bücherstapel im Arm hereinstürzte. Es war ihm anzusehen, dass er keinen Erfolg gehabt hatte.

»Sie hören nicht zu«, knurrte er. »Keiner von ihnen. Der Kapitän hat gedroht, mich und mein loses Mundwerk einsperren zu lassen.« Er pfefferte sein Sakko auf das leere Bett und stutzte. »Wo ist sie?«

»Sie ging gerade, als ich kam. Sie wollte ihren Jack treffen«, erklärte ich.

»Jack?«, wiederholte er. »Hieß nicht Leonardo DiCaprio in dem Film ...« Er stockte und schüttelte den Kopf. »Krass.«

Ich ignorierte seine Verwirrung und schob ein weiteres Buch zur Seite. Ich hatte es nicht geschafft. Ich konnte es nicht. »Bitte sag, dass du eine Lösung hast«, flehte ich.

Bedauernd schüttelte er den Kopf. »Keine Chance. Die letzte Alternative wäre die Brücke zu kapern. Wenn wir Pech haben, schnappen sie uns aber und sperren uns ein und dann ...«

»Sterben wir.« Mir wurde schlecht. »Ich schaff es nicht. Ich kann's nicht, Sam, ich kann ...«

»Ist schon gut.« Er kniete sich neben mich und zog mich fest in seine Arme, wie vorher beim Tanzen. *Ist das wirklich schon so ewig her, wie es sich anfühlt? Wird mein erster Tanz auch mein letzter sein?* »Ist schon gut.«

»Nichts ist gut! Wir sterben!«, rief ich aus.

»Niemand stirbt. Du schaffst das«, beharrte er.

»Aber ...«

»Nein!« Sam packte mich bei den Schultern und schaute mir in die Augen. Ich sah die Angst in seinem Blick und gleich darauf mein eigenes Gesicht. Rote Augen und so viel Schmerz darin, dass ich schreien wollte. »Hope«, sagte er beschwörend. »Du schaffst das!«

»Aber die Menschen«, flüsterte ich. »Ich kann sie doch nicht einfach im Stich lassen. Sie werden sterben. Und wir ...«

»Nicht«, unterbrach er mich knallhart. »Wir werden nicht sterben. Los.« Er schob mir ein Buch in den Schoß. *Die Abenteuer von Tom Sawyer.* »Ich weiß, dass du das kannst.«

Kapitel 24

Eine Seefahrt, die ist … nicht so lustig

Aber ich musste ihn enttäuschen. Die Zeit verrann wie Sand zwischen den Fingern und ich erwartete jeden Moment den schrecklichen Knall zu hören, mit dem wir auf den Eisberg auflaufen würden. Obwohl Sam mir erklärt hatte, dass es gar nicht richtig knallen würde, wegen … irgendwelcher Details, die mein Kopf nicht abspeichern mochte. Unsere unfreiwillige Zimmerwirtin war nicht zurückgekehrt. Sam hatte uns etwas zu essen besorgt, aber ich brachte keinen Bissen runter. Buch um Buch öffnete ich, um es dann mit noch größerer Enttäuschung wieder zu schließen.

»Ich höre sie nicht«, flüsterte ich und legte *Der Waldläufer* beiseite. »Da ist einfach gar nichts.«

»Denkst du, etwas blockiert dich? Gehört hast du sie doch immer, oder?«, sagte Sam.

»Ich weiß nicht … ich verstehe es nicht …« Wieder kamen mir die Tränen, obwohl mein Körper sich eigentlich viel zu erschlagen anfühlte, um noch mehr zu weinen. Sam erhob sich vom Bett, auf dem er gesessen hatte, kam zu mir und zog mich an sich. Seine Wärme war tröstlich.

»Okay«, murmelte er und strich mir eine Haarsträhne aus dem Gesicht. »Mal überlegen: Das erste Mal, als wir das Tor geöffnet haben, war bei mir im Bücherzimmer. Und bei Artus waren wir ebenfalls in einer Bibliothek.«

»Aber im Schloss nicht, das war nur irgendein Raum«, entgegnete ich.

»Gut. Und – keine Ahnung. Vielleicht … liegt es an deiner Gefühlslage? Hast du schon probiert ein Buch hinzuwerfen? Das hat auch mal geklappt.«

»Ich glaube, daran liegt es auch nicht«, sagte ich müde und schloss die Augen. Nur für einen Moment ausruhen, nur ganz kurz. Mein Kopf tat so weh und mein Hals war ganz wund vom Weinen. Sam sagte noch etwas, aber ich verstand es nicht mehr …

Es war kalt, eisig kalt. Der Irrgarten war unter einer Schneeschicht bedeckt und mein Kleid, das vom Ball auf der Titanic, war mit winzigen Eiskristallen verziert, die sich zu bewegen schienen. Der Dolch in meiner Hand war ganz aus Eis, doch seltsamerweise schmerzte seine Berührung nicht. Ich packte ihn fester und rannte los. Wenn ich schon im Meer ertrank und das hier womöglich mein letzter seltsamer Traum war, dann wollte ich zumindest herausfinden, was mich jenseits der Hecken erwartete. Der Schnee schluckte meine Schritte, hielt mich mit kalten Fingern auf. Die Hecken waren riesig und bedrohlich, tausend Gefahren schienen in ihnen zu lauern und ich spürte ganz deutlich, wie die Dunkelheit mir folgte. Ich wünschte, Sam wäre hier. Als hätten meine Gedanken ihn herbeibefohlen, stand er, mit dem Rücken zu mir, hinter der nächsten Weggabelung an einem Brunnen, dessen leises Plätschern die Kälte Lügen strafte.

»Sam!« Ich rannte auf ihn zu, doch egal wie schnell ich mich bewegte, der Abstand zwischen uns schien sich kaum zu verringern. Dafür wurde die Bedrohung in meinem Rücken immer intensiver. »Sam, lauf, es kommt! Sam!«

Langsam drehte er sich um. Sein Lächeln war falsch. Ich gefror mitten in der Bewegung. »Hallo, Hope.«

»Du bist nicht, Sam.« Als hätten meine Worte seine Tarnung zerstört, zerfiel die Gestalt. Schwärze kroch aus den Schatten der Hecke und formte sich zu einem schützenden Mantel. Sein Anblick war wie ein Schlag in den Magen. »Du …«, ächzte ich und hob den Dolch, doch die Kreatur machte eine lässige Handbewegung und meine einzige Waffe zerplatzte in tausend Kristalle. Wütende Hilflosigkeit kochte in mir hoch. Ich streckte die Hände aus und umfasste im nächsten Moment den Bogen, den Artus mir gegeben hatte. Das Gesicht der Kreatur war nicht zu erkennen, aber ich spürte ihre Überraschung wie eine Veränderung in der Luft.

»Du hast dazu gelernt, wie schön …« Das Wesen hob eine Hand und winkte mich zu sich. »Komm mit mir, kleine Yóukè. Es gibt viel zu tun.«

»Sonst noch Wünsche?«, knurrte ich und legte mit zitternden Fingern einen Pfeil auf die Sehne. »Verzieh dich aus meinem Kopf!«

»Dein Kopf?« Das Wesen lachte kalt. »Spürst du es denn nicht, kleine Yóukè? Ich bin längst in deinem Herzen.«

Im nächsten Moment fuhr mir ein glühender Schmerz wie ein Schürhaken durch die Brust. Ich schrie und sackte auf die Knie, beide Hände auf die Brust gepresst. Der Bogen fiel nutzlos neben mir in den Schnee. Wimmernd krümmte ich mich zusammen und versuchte irgendwie gegen den Schmerz anzukommen, während die Schattengestalt noch immer kalt lachte. Schnee knirschte unter ihren Füßen. Mühsam löste ich eine Hand und tastete nach dem Boden – beißende Angst krallte sich in mein Herz.

Plötzlich traten ein paar Stiefel vor mir in den Schnee und ein Schatten schob sich vor die Sonne. Wärme streifte über meine Haut und der Geruch von Blumen mischte sich in den des Schnees.

»Lass sie los, Monster!«, zischte eine weibliche Stimme. »Fort mit dir, zurück in die Schatten!«

Das Wesen heulte auf und der Schmerz in meiner Brust ließ nach. Keuchend hob ich den Kopf. Die Gestalt war in einen milchig-weißen Umhang gehüllt, unter dessen Kapuze eine wilde Haarmähne hervorquoll. Das Glitzern des Schnees schmeichelte ihrer hellen Haut, als sie sich zu mir umdrehte.

»Nimueh?«, fragte ich.

»Hope, du bist in Yaoráo?« Das Gesicht der Fee war besorgt. »Sag mir, wo du bist, damit ich dich finden kann.«

»Ein Schiff. Wir sind auf der Titanic. Ich schaffe es nicht, das Tor zurück zu öffnen. Wir sterben, Nimueh! Sam stirbt, weil ich zu dumm ...«

»Das ist eine Falle, Hope«, unterbrach sie mich. »Es ist nicht echt! Ihr müsst den Zauber bannen!«

»Zauber?«

»Verlasst das Schiff. Sofort! Ihr seid in großer Gefahr«, rief Nimueh.

»Aber wo sollen wir denn hin?«, entgegnete ich verzweifelt.

»Völlig egal, aber ihr müsst sofort weg! Ich werde dich finden, aber du ...«

»Nimueh!« Ich schrie, als das Monster von hinten auf die Fee zusprang, die krallenbewehrte Hand hoch erhoben. Nimueh wirbelte herum, in ihrer Hand blitzte ein mächtiges Schwert auf, dann zerbrach die Welt in wilde Farben …

Keuchend schreckte ich hoch und verpasste Sam, der neben mir kniete, beinahe eine Kopfnuss.

»Na endlich«, stöhnte er. »Ich dachte schon, du wachst nie mehr auf!«

»Wir müssen weg«, krächzte ich und versuchte hochzukommen, aber Sam hatte die Finger in meine Schultern gekrallt, als hätte er mich eben noch geschüttelt. »Was ist?«, fragte ich.

»Du hast im Schlaf geredet und dich hin und her gewälzt, aber ich habe dich nicht wachbekommen. War es wieder so ein Traum?«, erkundigte er sich besorgt.

»Ich glaube, das sind gar keine Träume. Ich habe Nimueh gesehen. Sie sagte, dass das hier eine Falle ist und wir das Schiff sofort verlassen müssen. Sie ist auf dem Weg.«

»Dann komm.« Sam packte meine Hand und zusammen rannten wir durch das Schiff, bis wir auf Deck waren.

Der Wind hatte gedreht, war stärker und rauer geworden. Mit kalten Händen zerrte er an meinem albernen Ballkleid, das ich in all dem Chaos total vergessen hatte. Eine ganz in Weiß gekleidete Gestalt stand an der Reling und starrte in die Nacht.

»Ist das einer der Kellner?«, raunte Sam. »Was tut der da?«

»Er sieht etwas«. Flüsterte ich und meine Worte machten mir selber eine Gänsehaut.

Sam unterdrückte einen Fluch. »Hey, Freund!«

Die Gestalt zuckte zusammen und drehte sich um. Es war ein Junge, höchstens 15 und seine Haut beinahe so weiß, wie seine Uniform.

»Was ist denn hier los?« Sam deutete auf das leere Deck. »Sind die alle auf dem Ball?«

»Ja, Sir, aber …« Der Junge zuckte die Schultern, sah wieder aufs Meer, und als wir näherkamen, meinte er leise: »Trotzdem ist es seltsam. Das Deck ist wie ausgestorben.« Er beugte sich noch etwas weiter vor und mir wurde schlecht, angesichts der Schwärze, die sich unter dem Jungen erstreckte. »Hören Sie das?«, fragte er angespannt.

Ich neigte dazu ihn für verrückt zu erklären, dennoch lauschte ich ganz automatisch. Mein Magen machte einen Satz. »Was ist das?«, keuchte ich und beugte mich ebenfalls vor. »Ist ... singt da jemand?«

»Ay.« Der Junge nickte. Es sah aus, als werde er noch blasser, nur noch ein wenig und er wäre durscheinend wie ein Geist.

»Das ist nicht gut«, murmelte Sam. »Ganz überhaupt rein gar nicht gut. Was ist das? Piraten?«

Der Junge schüttelte den Kopf. »Das sind keine Piraten, Sir. Das ist was Schlimmeres.«

Sam sah mich an, seine Hand umklammerte meinen Arm. »Wir müssen hier weg«, flüsterte er.

Ich nickte. *Gerade eben war noch alles klar. Aber jetzt? Was sollen wir denn tun? Da einfach so runterspringen in das endlose Schwarz? Was ist dort? Ich höre das Singen ganz eindeutig. Ist da ein anderes Boot? Oder kommt es vielleicht aus einer der Kabinen? Nette Idee, aber ich bin mir ziemlich sicher, dass es eben nicht so ist.*

Im nächsten Moment ertönte ein Schrei. Nicht sehr laut, als komme er aus der anderen Richtung und kämpfe gegen den Wind an, aber es war ein Schrei. Dann platschte etwas, wie in weiter Ferne. Wider besseres Wissen beugte ich mich über die Reling. Weißer Schaum tanzte auf den Wellen, seltsam abstrakt in all der Schwärze. Irgendwas war hier faul, ganz unglaublich faul sogar.

»Sucht ihr was Bestimmtes?«

Die Stimme war purer Zucker, Honig, der von einer Wabe tropfte. Ich fuhr herum. Das Mädchen saß nicht weit von uns auf der Reling. Ihr Haar war leuchtend rot und nicht so tropfnass, wie es sein sollte. Was viel auffälliger war, war der lange geschuppte Schwanz, in dem ihr Bauch endete.

»Eine Meerjungfrau«, ächzte der Junge, den ich völlig vergessen hatte. Jetzt war er eher grün als weiß im Gesicht. Mit zitternden Fingern machte er eine

Geste und spuckte dann drei Mal auf den Boden, wobei er nur um Haaresbreite seine eigenen Schuhe verfehlte.

Das Meerwesen lachte. Es war ein kaltes Lachen. »Das hat noch nie geholfen, mein lieber Junge. Es ist einfach nur unhygienisch.«

»Die ist jetzt aber gar nicht hübsch, oder?«, sagte Sam mühsam, als koste es ihn große Anstrengung. »Das ist wie bei diesem Kerl, der sich hat an den Mast binden lassen.«

Verwirrt sah ich zu ihm, dann wieder zu dem Mädchen, das ebenso verblüfft wirkte wie ich.

»Ist er seekrank?«, fragte sie. »Der Ärmste. Vielleicht kann ein Kuss helfen.« Sie beugte sich vor, als wolle sie von der Reling herunterklettern. Etwas an ihrer Bewegung war falsch, so ... gleitend. Andererseits, was wusste ich schon, wie zum Geier sich eine Meerjungfrau bewegte?

»Hope, tu was!«, zischte Sam und griff nach meiner Hand, seine Finger waren eiskalt.

»Aber vielleicht ist sie gar nicht ...«, setzte ich an.

»Ist sie! Es gibt keine wunderschönen halbnackten Frauen im Meer, das ist ein Trick!«, keuchte er.

Im nächsten Moment ertönte ein grässlicher Schrei. Ich riss gerade noch rechtzeitig den Kopf herum, um zu sehen, wie sich ein schwarzer Fangarm um die Brust des Schiffsjungen schlang. Dann zog ihn etwas über Bord.

Sam stieß einen Fluch aus und zog mich an sich. »Sag ich doch!«

Die Meerjungfrau lächelte noch immer. »Hupsi.«

Ich streckte die Hand aus. »Amdir!«, rief ich mit sehr viel mehr Mut, als ich verspürte, und fügte still hinzu: *Bitte funktionier, bitte funktionier, bitte* ... Erst geschah gar nichts und der Moment wollte schon peinlich werden, doch dann formten sich die Schatten neu und im nächsten Moment hielt ich die Axt in der Hand.

Die Meerjungfrau stieß einen spitzen Schrei aus. Plötzlich verfärbten sich ihre Augen blutig rot, schluckten Iris und Pupille, bis sie nichts waren als grausige Abgründe. Ihre Form verschwamm, waberte. »Feenwaffe«, zischte sie mit heiserer Stimme. »Was bist du, Mädchen? Sie haben gesagt, dass wir euch holen sollen, aber nicht, dass ihr ...«

»Wer?«, fragte ich hastig. »Wer hat gesagt, ihr sollt uns holen?« Ich umklammerte die Waffe so fest, dass es wehtat, und wünschte Nimueh würde endlich auftauchen und Licht in die Sache bringen. *Was ist das hier bloß?*

»Hope, nicht mit dem Feind diskutieren«, stöhnte Sam. »Das weiß doch wohl jeder. Hau sie einfach um und dann nichts wie weg!«

»Du überschätzt sie, Kleiner«, lachte das Wasserdings, dessen Form mittlerweile eher an eine Seeschlange erinnerte. »Du überschätzt sie sehr.«

Sie sprang schneller los als eine Kobra. Ich wirbelte *Amdir* durch die Luft, fauchend wich das Monster mir aus. Sam tauchte unter dem peitschenden Schwanz weg. Etwas Nasses verwandelte meinen Hechtsprung in eine Schlitterpartie und schon knallte mein Kopf hart gegen das Gitter der Reling. Durch den Aufprall wurde mir *Amdir* aus der Hand geschlagen und schlitterte davon, während ich nur noch Sterne sah. Ich konnte Sam schreien hören: »Hope, pass auf!« Dann war da plötzlich dieser Druck um meine Brust, im nächsten Moment wurde ich über die Reling gehoben.

Der Fall war tief, tiefer, als ich es gedacht hätte, und das Wasser so eisig kalt, dass mir die Luft wegbliebt. Und dann war da nur noch Schwärze.

Kapitel 25

Wahrheiten und Maoam-Seelenverwandte

Als ich aufwachte, lag ich auf einer Art Teppich und starrte an eine Decke aus Fels, in der ein … *war das ein Kronleuchter?* Flackernde Schatten, geweckt von dem Feuer neben mir, tanzten über die Wände.

»Hope?«

Sams Gesicht schob sich über das meine. Ich erschrak halb zu Tode.

»Ganz ruhig, ich bin's bloß.« Er brachte ein Lächeln zu Stande, aber sein Gesicht war blass und aus seinen Haaren fielen Wassertropfen auf meine Wangen. »Wie fühlst du dich? Du hast tierisch viel Wasser geschluckt.«

»Ach ja?« Stöhnend richtete ich mich auf und sah mich um. Es war eine Mischung aus Höhle und Haus, eine sehr seltsame Konstruktion und vollgestopft mit allem möglichen Krempel und zahllosen Truhen mit … »Sam!?«, fragte ich alarmiert. »Ist das …?«

»Ein Piratenschatz? Glaube schon.« Die Aufregung trieb etwas Farbe in Sams Wangen. »Ich habe mich umgesehen, hier ist niemand. Anscheinend sind die ziemlich hektisch abgehauen. Weiter hinten geht es nach draußen, dort sind Anlegestellen für Bote. Land ist keines zu sehen. Es ist wie eine schwimmende Festung oder so was.«

»Okay … Captain Hook?«

»Keine Ahnung.« Seine Augen bekamen einen seltsamen Glanz. »Ich tippe eher auf die Schiffbruchbay.«

»Klingt ja sehr vertrauenserweckend«, murrte ich. »Wie sind wir hierhergekommen?«

»Keine Ahnung. Das Ding hat dich über Bord gezogen. Ich bin dir nachgesprungen und hab dich gesucht. Völlig bekloppt, ich weiß, aber dein Vogeldings hat wieder angefangen zu leuchten, sonst hätte ich dich nie gefunden. Und dann tauchte dieses Was-auch-immer hinter der nächsten Welle auf und ich hab dich an Land gezogen.« Er zuckte die Schultern. »Alles ziemlich strange.«

Ich stand auf und tapste mit wankenden Schritten zu einer der Kisten hinüber. Ehrfürchtig streckte ich die Hand aus und berührte eine der goldenen Münzen. »Das ist ja total irre!«

»Absolut. Da hinten ist noch mehr von dem Zeug«, sagte Sam.

»Wir sollten hier verschwinden«, meinte ich. »Wenn die das hiergelassen haben, kommen sie wieder. Und dann wäre ich wirklich gerne weg.«

»Was, keine Lust auf ein Rendezvous mit Jack Sparrow?« Sam grinste und ich runzelte die Stirn.

»War das nicht der aus dem Film?«, fragte ich.

»*Fluch der Karibik*, ganz genau.«

»Aber Sam, das ist ein Film«, wandte ich ein.

»Ja, und? Warum sollte es die Orte aus Filmen nicht auch hier geben? Wo immer *hier* ist? Wir verstehen doch eh nicht, wie es funktioniert. Alles ist möglich.«

Ich verzog das Gesicht. »Nein, das glaube ich nicht. Es wird ein anderer Ort sein.«

»Aber ...« Sam schloss den Mund und machte eine abwehrende Handbewegung. »Lassen wir das. Hast du wieder geträumt? Du warst so unruhig. Nicht dass das verwunderlich wäre, wir sind ja gerade bloß auf einem unfassbar großen Kahn dem Tod entgegengeschippert.«

»Nein, nichts. Ich frage mich, ob Nimueh ...«

Im nächsten Moment riss Sam die Augen auf, fixierte einen Punkt hinter mir. »Oh.«

Ich wirbelte herum. Die Gestalt schien einfach aus den funkelnden Reflexionen des Goldes zu wachsen. Erst war es nur ein Umriss, der immer mehr Form annahm, dann stand die Fee da: schlank und wunderschön und das funkelnde Licht tanzte auf ihrem Kleid, vermochte aber nicht die Schatten von ihrem Gesicht zu nehmen.

»Ich bin hier, Hope.«

Sam keuchte neben mir. »Okay, wenn es dich beruhigt, jetzt sehe ich sie auch.«

Nimueh nickte ihm zu. »Sam. Es ist schön dich kennenzulernen.«

»Oh, fein, die mysteriöse Lady weiß meinen Namen.« Sam machte einen Diener. Ironie umhüllte ihn wie ein Cape. »Sehr erfreut. Wenn auch die Umstände etwas ungemütlich sind. Darf ich Ihnen etwas anbieten? Einen Schluck Gold vielleicht?«

Nimueh schüttelte stumm den Kopf und sah mich an. »Geht es dir gut?«

»Ganz blendend. Ich habe nur gerade zigtausend Menschen in den Tod geschickt und danach gegen Ariel, die Meerjungfrau, gekämpft. Und wie war dein Tag so?« Der Hauch eines schlechten Gewissens regte sich irgendwo in mir. »Hat dieses Ding dich erwischt?«

»Nein«, antwortete Nimueh. »Ich habe es abgewehrt. Wie bist du dorthin gekommen?«

»Keine Ahnung. Ich träume ständig von diesem Ort und diesem ... Vieh. Was ist das für ein Ding, Nimueh?«, fragte ich.

»Moment mal«, mischte Sam sich ein. »Nimueh, die Fee, die du bei Artus gesehen hast?« Nimueh und ich nickten gleichzeitig. »Wie nett, Frau Fee! Könnten Sie uns dann gütigerweise erklären, wie wir den Sturz von der Titanic überlebt haben und wie dieses Schatzinsel in den Atlantik kommt?«

»Das war nicht die Titanic. Es war ein Zauber, der euch glauben ließ, dass ihr dort seid. Aber ihr konntet ihn durchbrechen. Diese Insel hier gehört nicht an diesen Ort, wie auch der Drache nicht nach Camelot gehörte. Die Schleier, die die Welten trennten, sind an vielen Stellen dünn geworden, an manchen sogar zerstört. Chaos herrscht in Yaoráo.«

»Yaoráo«, wiederholte Sam. »Es gibt also wirklich eine Welt neben der unseren? Und dort leben ... Buchfiguren?«

»Ich verstehe, dass ihr viele Fragen habt. Aber das alles ist nicht leicht zu erklären«, sagte Nimueh.

»Dann versuch es. Wir sind nicht dumm«, fauchte ich. Ihre Ruhe machte mich wütend. Sie hatte die Antworten auf all unsere Fragen, aber sie tat so, als sei das alles ohne Belang.

»Du solltest dir etwas Trockenes anziehen«, antwortete sie ruhig. »Du wirst dich noch erkälten.«

Trotzig sah ich sie an, aber leider hatte sie Recht. Meine feuchten Klamotten waren nicht sonderlich bequem, und wenn ich ehrlich war, war mir kalt. Mit zusammengebissenen Zähnen wechselte ich wieder in Wollhosen, Lederstiefel und einen dicken grünen Pulli unter einem Umhang. Nimueh lächelte traurig bei dem Anblick. »Was?«, fragte ich bissig. »Gefällt dir die Farbe nicht?«

»Du erinnerst mich bloß an jemanden«, sagte sie leise. Ehe ich zurückweichen konnte, stand sie schon vor mir, ohne dass ich wirklich gesehen hätte, wie sie sich bewegt hatte, und griff nach dem Vogelanhänger. Unter ihrer Hand erwachte der kleine Verräter sofort zum Leben und gab ein trauriges »Tschilp« von sich.

Verletzt schloss ich den Vogel in meine Hand ein. »Nimueh, ich brauche jetzt echt Antworten. Was ist das hier? Wer bin ich und warum kann ich ... diese Dinge? Wer sind die Viecher in meinen Träumen und ...«

»Mahre. Sie sind das Böse in dieser Welt, die Gegenspieler der Feen. Der Kampf gegen sie hat so viele Opfer gefordert. Tausend Jahre waren sie fort, gebannt, besiegt. Doch dann wurden sie befreit und jetzt bringen sie den Krieg zurück.«

»Und was ist diese Welt? Sind hier wirklich die Bücher wahr geworden?«, fragte ich weiter.

»Es ist genau anders herum, Yaoráos Realität wurde in eurer Welt zu Büchern. Die Yóukè und die Huígù, so nennen wir die Reisenden zwischen den Welten, die hierherkamen, schrieben das, was sie erlebten, auf. Nicht alle von ihnen waren wirklich hier und keiner war überall. Und nicht alle Geschichten stammen aus Yaoráo. Manche haben Träume von hier, andere standen als Kinder unter dem Schutz der Fee und wieder andere traten aus Versehen durch einen Schleier, wenn unsere Welten sehr nah beieinanderlagen. Es gibt viele Gründe.«

»Ach, super, dann bin ich ja gar nichts Besonderes«, spottete ich. »Wie beruhigend.«

Nimueh schüttelte den Kopf. »Doch, ich fürchte, das bist du.«

»Also jetzt mal langsam.« Sam massierte sich die Schläfen. »Es gibt eine Welt, in der ist Artus einfach nur ein König; und es gibt auch diese ganzen anderen Sachen, die wir nur aus Büchern kennen, ja? Und ein paar ... Typen mit komischen Bezeichnungen, die waren hier und ... haben aus ihrem Reisetagebuch einen Roman gemacht?«

»So könnte man es wohl ausdrücken«, sagte Nimueh zögerlich.

»Und da gibt es eine böse Macht und das sind die Mahre? Und ihr Feen seid die Guten? Was seid ihr in dieser Welt? Sowas wie die Oberbosse?«

»Die Feen sind die Hüter dieser Welt. Unsere Königin Liviana sorgt dafür, dass die Schleier die Welten voneinander trennen.«

»Damit Artus nicht von einem Werwolf gefressen wird?«, fragte Sam.

»So in etwa.«

»Und die einzelnen ... Protagonisten können diese Schleier nicht durchbrechen?«, bohrte er weiter.

»Nein.«

»Und wie viele gibt es von diesen ... Reisenden so?«

»Nur noch eine, von der wir wissen.« Die beiden drehten die Köpfe.

»Oh, die bedeutungsvollen Blicke gelten dann wohl mir, ja?«, schnaubte ich. »Sorry, aber an mir ist rein gar nichts Besonderes, also spart euch das.«

»Also das würde ich so nicht sagen«, erwiderte Sam mit einem schiefen Grinsen. Ich hob eine der Münzen auf und warf sie nach ihm, aber er wich geschickt aus.

»Diese Gestalten in meinen Träumen«, fragte ich an Nimueh gewandt, »sind das diese Mahre?«

»Ja.« Sie sah mich besorgt an. »Wie oft bist du ihnen schon begegnet?«

»Zu oft«, knurrte ich. »Was wollen die von mir?«

»Das weiß ich nicht genau. Vermutlich wollen sie durch dich irgendetwas gegen die Feen unternehmen. Die Feenkönigin ist krank und geschwächt. Mit ihr schwankt auch der Zauber, der die Welten trennt. Die Mahre kämpfen, um die Grenzen zu durchbrechen. Sie wollen, dass die Grenze zwischen unserer Welt und eurer fällt, damit sie in der Menschenwelt wieder Form annehmen können. Die Feen sind die Einzigen, die dies verhindern können.«

»Aber die sind gerade nicht sonderlich gut darin«, stellte ich fest.

»Es ist nicht leicht«, gab Nimueh zu.

»Was ist das schon?« Meine Worte trieften vor Spott. »Aber wie passe ich in das Ganze? Ich bin nur ein Straßenmädchen, ohne Vergangenheit und ohne Zukunft. Was wollen diese Viecher von mir?«

»Ach, Hope, du bist so viel mehr«, sagte sie sanft.

»Und du erfüllst gerade jedes Klischee«, fauchte ich. Ihre Worte machten mir Angst. Hinter ihr tanzten die Schatten immer heftiger über den Stein, als stachelten unsere Worte sie an. »Was zum Geier soll das bedeuten? Ich bin doch nicht wirklich ... oder ... nein, das geht nicht, ich kann keine ...« Ich konnte es nicht aussprechen, es ging einfach nicht, das war alles viel zu absurd.

»Eine Fee«, half Sam. »Ist sie ...«

Nimueh schüttelte den Kopf und zerbrach damit eine Schneekugelwelt in tausend Scherben, von der ich nicht einmal gewusst hatte, dass sie existiert hatte. »Nicht vom Blut her. Aber du wurdest bei uns geboren, in Brocéliande, im Feenreich. Du bist dort aufgewachsen. Die Königin liebte dich wie ihr eigenes Kind, doch als ...« Sie brach ab.

»Als was?«, drängte ich. »Was ist geschehen?«

»Sie war so verletzt«, flüsterte Nimueh und schien mich gar nicht zu hören. »Sie konnte dich nicht mehr ansehen, ohne diesen Schmerz zu spüren. Deine Eltern waren fort und sie ... sie konnte nicht ...«

»Was denn?« Ich schrie fast, mein Herz jagte wie verrückt und mir war schlecht, so elendig übel, als wäre die Wahrheit ein elendig schweres schleimiges Ding aus einem Wolfgang-Hohlbein-Roman und nichts, was mein Magen verdauen könnte.

»Sie hat dich fortgegeben. Es brach ihr das Herz, aber sie konnte nicht anders. Es war zu gefährlich – deine Mutter, sie ... sie hat das Reich so gegen sich aufgebracht. Einige der Feen waren sehr wütend und wir wussten einfach nicht, was geschehen würde. Also nahm sie dich und brachte dich fort.

Ein Zauber hat dich vor den Feen verborgen, selbst vor mir. Sie hat dich in die Menschenwelt gebracht.«

»Zu Eleonore«, schloss ich.

»Ja.«

»Wie alt war ich da?«, wollte ich wissen.

»Sieben? Oder Acht.«

»Aber warum erinnere ich mich an nichts davon?«

»Die Königin nahm dir die Erinnerung.«

Ich schüttelte den Kopf, um diesen ganzen Wahnsinn zu ordnen, doch es half nicht. »Wusste Eleonore, dass ich ...«

»Ich weiß nicht, was genau Liviana ihr gesagt hat. Aber sicher nicht alles, und selbst wenn, dann war sie in erster Linie der Königin zur Treue verpflichtet und nicht dir. Also darfst du ihr nicht zürnen.«

»Das war ... nicht gerade mein erster Gedanke«, murmelte ich. Sam stand da und sah beinahe so hilflos aus, wie ich mich fühlte. »Was bedeutet es, dass ich in Brokkoli ... im ... Feenreich geboren bin? Habe ich deswegen diese ...« Ich hob die Hände. Das Wort Kräfte, wollte mir nicht über die Lippen gehen.

Nimueh nickte. »Ja, unter anderem deshalb.«

»Unter anderem?«, wiederholte ich mit einem unguten Gefühl. »Kannst du das präzisieren?«

Nimueh seufzte. Ich konnte sehen, wie sie mit sich kämpfte, aber ich verspürte kein Mitleid. Ich konnte nicht. Ich war zu sehr damit beschäftigt, mich selbst zusammenzuhalten, den kleinen Teil, den sie noch nicht in Fetzen gerissen hatte. »Ich denke ... dass es an deinem Vater liegt.«

Mein Herz setzte einen Schlag aus und brauchte einen Augenblick, bis es sich daran erinnerte, wozu es da war. Ich wollte Sam fragen, ob er das auch gespürt hatte, aber mein ganzes Sein war auf Nimueh gerichtet. Da war sie. Eine der Antworten, die ich schon so lange suchte. »Mein Vater?« Es war nur ein Krächzen.

Nimueh nickte. »Ja. Er ... Hope, es ist kompliziert, er ... er war nicht wie deine Mum.«

»Was soll das heißen?«, fragte Sam und etwas von seinem Sarkasmus fand zurück in seine Stimme. »Ihr Dad war ja wohl kaum ET.«

»Er war von hier, Hope. Er war aus Yaoráo.«

Irgendetwas rammte die Insel, eine Erschütterung ging durch den Boden und warf mich beinahe um. *Oder fühlt es sich nur so an? Ist das bloß die Realität, die sich um mich herum verschiebt?* »Willst du damit sagen, dass mein Vater eine … Buchfigur war?«

»Ich habe dir doch erklärt, dass es sich anders verhält«, wich Nimueh aus.

»Kannst du bitte einfach mit ja oder nein antworten?«, hakte ich nach.

»Er ist in keinem eurer Bücher mit Namen genannt, wenn du das meinst. Sie bezeichnen ihn immer nur als Gefährten oder Freund.«

»Als Gefährten?«, ächzte Sam. »Wie in Tolkiens *Gefährten*?«

»Nein.« Nimueh ließ mich nicht aus den Augen. »Dein Vater war einer der besten Freunde von Robin Hood.«

Möglicherweise ist da doch etwas unter der Insel. Moby Dick vielleicht, der seinen riesigen weißen Schädel immer wieder gegen mein Fundament rammt. Oder Nessie. Oder der Großonkel des T-Rex. Ich wankte ein paar Schritte zur Seite, beugte mich vor und erbrach Meerwasser, Angst und Verwirrung in den Sand. Sam war sofort da und stützte mich, aber ich schubste ihn kraftlos weg. »Ist das wahr?«, stöhnte ich. »Das alles? Oder liege ich gerade im Koma und fantasiere mir das zusammen. Dann sagt es mir bitte jetzt, denn ich kann nicht mehr!«

»Hope, es tut mir so leid.« Nimueh sah verzweifelt aus. »So hättest du das alles nie erfahren sollen. Deine Mutter hätte es dir erklären sollen, wenn du alt genug bist. Und dann hätten wir dir beigebracht, die Tore zu öffnen, oder du wärst für immer bei uns geblieben.«

»Aber so ist es nicht gekommen. Etwas ist schiefgegangen und hat diesen wunderschönen Plan kaputtgemacht. Und irgendwie sagt mir mein Gefühl, dass meine Mum es war, die es verbockt hat. Was war es?«

»Ich sollte nicht …«, setzte Nimueh an.

»Was war so wichtig, dass sie mich dafür im Stich gelassen hat?«, brüllte ich. »Was hat sie angestellt, dass sie damit mein ganzes Leben verpfuscht hat? Und warum zum Kuckuck hat niemand sie aufgehalten, zum Beispiel mein zauberhaftes Kindermädchen?«

»Wenn ich gewusst hätte, was sie vorhatte, dann hätte ich sie aufgehalten«, sagte sie. *Können Feen weinen? Wenn ja, dann werde ich es wohl bald sehen.* »Aber ich wusste es nicht. Ich hatte nur eine Ahnung, dass etwas nicht stimmte, und ich schickte deinen Vater hinter ihr her, während ich bei dir blieb. Ich hätte selber gehen sollen, vielleicht hätte ich …«

Ja, sie können weinen. Und selbst mit Tränen auf den bleichen Wangen ist sie noch immer unheimlich schön. Ihr Anblick würde mir das Herz zusammenschnüren – wenn ich noch eins besäße. Aber mein Herz liegt in Trümmern in dieser Welt, die es nicht geben sollte. »Was war es?« Meine Stimme war inzwischen vollkommen tonlos. »Was hat sie getan?«

»Sie hat das Tor in die Welt der Mahre geöffnet. Sie hat das Böse, dass die Feen gebannt hatten, freigelassen. Und damit die ganze Welt verändert«, antwortete Nimueh.

Ihre Worte waren ein Schlag in den Magen. Ich fühlte mich wie von einem Lastwagen überfahren. Erst fliegt man durch die Luft, dann landet man mit dem Gesicht voran auf dem Asphalt und spuckt seine Innereien auf die Straße. Sam wollte mich auffangen, aber ich wich zurück und taumelte gegen etwas, das vielleicht mal ein Tisch in einem Königshaus gewesen war. Ich klammerte mich daran fest, aber es wackelte trotzdem alles.

Meine Mutter war eine Yóukè, ein Mensch, der zwischen den Welten wandeln kann, Tore öffnen kann. Und sie hatte sich in jemanden aus Yaoráo verliebt. Einen Freund von Robin Hood. Und dann war sie zur größten Verräterin in dieser Welt geworden. Mir war schlecht, so unendlich schlecht. Ich presste eine Hand auf die Brust und riss an meinem Kragen, aber das Atmen fiel mir trotzdem schwer, als wäre die Luft plötzlich aus diesem Ort herausgesaugt worden. »Und wie konnte ein einfacher Mensch in ein blödes Hochsicherheitsgefängnis für übernatürliche Superbösewichte reinkommen?«

»Sie hatte den Schlüssel der Zwerge«, erklärte Nimueh. »Er kann jedes Tor öffnen, ganz gleich aus welchem Material oder welcher Größe. Man hielt ihn für eine Legende, die meisten tun es noch, aber ich weiß, das es ihn gibt. Es kann nicht anders gewesen sein.«

Steif griff ich nach der Kette an meinem Hals. »Ein Schlüssel, so wie dieser hier?«

Nimueh und Sam starrten auf den scheinbar harmlosen Schlüssel, den ich unter meinem Wams hervorzog.

»Woher hast du den?«, flüsterte Nimueh. »Wie kann dieses verfluchte Ding in deine Hände gelangt sein?«

»Was spielt das für eine Rolle?«, fragte ich bitter. »Ich habe ihn. Sind die Mahre deshalb hinter mir her?«

»Ich weiß es nicht«, hauchte sie.

»Und wer kann das wissen? Deine Königin? Dann lass mich mit ihr reden«, verlangte ich.

»Das geht nicht.«

»Warum nicht?«

»Weil sie sich versteckt. Seit deine Mutter ... Die beiden ... sie waren Freundinnen, Hope, mehr als Freundinnen. Und dann ...«

»Dann hat meine gute alte Mum sie verraten«, sagte ich bitter. »Und jetzt ist die Queen beleidigt und vergräbt sich in einem Turm, statt zu kämpfen, und um sie herum zerbricht die ganze Welt. Ernsthaft jetzt?«

»Es ist nicht leicht für sie«, sagte Nimueh.

»Wo sind meine ... Eltern?« Das Wort fühlte sich seltsam auf meiner Zunge an.

»Ich weiß es nicht. Seit damals hat sie niemand mehr gesehen. Liviana hält sie für tot.«

»Und du?«, fragte ich.

»Ich weiß es nicht.«

»Für eine Fee weißt du gar nicht mal so viel«, stellt ich fest.

»Ich weiß, dass du verletzt bist, Hope. Aber ...«

»Verletzt?«, wiederholte ich bitter. »Oh nein, das trifft es nicht. Versucht es mal mit wütend. Richtig wütend. Sauer. Aggro. Angepisst! So in die Richtung.«

»Hope, ich wollte nicht, dass es so kommt. Du kannst dir nicht vorstellen, wie leid es mir tat, als sie dich fortgebracht haben. Ich habe dich so vermisst, dass …«

»Wo warst du denn?«, brüllte ich. »Wo warst du, als ich im Winter draußen geschlafen habe? Als ich so hungrig war, dass ich Gras gegessen habe und nach ein paar Stunden dachte, ich müsste sterben vor lauter Magenkrämpfen? Wo warst du, als ich mich in den Schlaf geweint habe? Und wo bitte waren meine feinen Eltern?«

»Hope …«

»Lass mich«, zischte ich. »Was mich angeht, seid ihr alle noch immer riesengroße Fragezeichen und verschwommene Erinnerungen. Ich will nichts mit euch zu tun haben. Weder mit den Feen noch mit meinen sauberen Erzeugern. Lieber leg ich mich mit den Mahren an, als zu euch zurückzukriechen. Nach alldem, was ihr getan habt.« Damit wandte ich mich ab und ließ sie stehen. Zerstört.

Ich kam allerdings nicht sehr weit. Jenseits der Felsen näherten sich schlurfende Schritte, und noch ehe ich die Kutten sah, wusste ich schon, wer da kam. Die Dunkelheit, die an ihren Kleidern haftete, war fast körperlich spürbar. Ihre Gesichter blieben Schatten, doch glaubte ich einen Blick auf glühende Augen zu erhaschen. Boshaftigkeit lag in der Luft.

»Hallo, kleine Fee.« Der Erste der drei verneigte sich spöttisch. Sams Spitzname für mich klang aus seinem Mund wie etwas Hässliches. »Wie schön dich hier zu sehen. So unerwartet.«

Die Fee stand neben mir, ehe ich etwas erwidern konnte. In ihrer Hand lag ein weiß glühendes Schwert, dessen Spitze den Boden berührte. »Verschwinde, Mahr.« Ihre Stimme war eiskalt und tat mir in den Ohren weh. »Hier ist kein Platz für deinesgleichen.«

»Nimueh Leyra Avara, die große Wächterin und Schwester der Königin«, begrüßte der Mahr Nimueh. »Hast du endlich gefunden, was du vor all den Jahren verloren hast?«

Schwester der Königin? Ich warf Nimueh einen Blick zu. Ihr Zorn war so spürbar wie die Flamme eines Feuers. Sam, der mittlerweile zu uns aufgeholt hatte, wirkte entschlossen, aber auch besorgt. Ich selber fühlte nichts. Seltsam teilnahmslos blickte ich auf die schwarz gewandeten Kreaturen. »Das ist nicht mein Kampf. Tut, was ihr wollt. Ich verschwinde«, erklärte ich schließlich.

»Sieh an, Fee, hat sich dein Sprössling von dir abgewandt?«, spottete der Mahr.

»Verschwindet!«, zischte Nimueh. »Oder ich schicke euch zurück in die Schatten, wo ihr hingehört.«

»Tja, weißt du, Fee, ich war aber schon viel zu lange dort.« Im nächsten Moment schwang die Kreatur ein schwarzes Schwert im weiten Bogen genau auf Nimuehs Kehle zu.

Angst blitzte in der Kälte auf, die mein Innerstes umklammert hielt, doch die Fee riss bereits ihre eigene Waffe in die Höhe, duckte sich unter dem Schlag hinweg und stieß die Klinge bis zum Heft in die Brust des Monsters. Wie Staub zerfiel er, gefällt vom Licht. Auch die anderen zückten jetzt ihre Waffen und verwickelten die Fee in einen grausigen Tanz aus Licht und Schatten, der wilde Bilder an die Wand malte. Sie würde siegen, das konnte ich sehen, doch dann löste sich eine vierte Gestalt aus den Schatten, gerade, als der zweite wieder dorthin zurückgeschickt worden war.

Sie sah ihn nicht kommen. Der Bogen lag in meiner Hand, ehe ich wirklich begriff, was passierte, ehe ich wusste, dass ich ihn gerufen hatte. Schon spannten meine Finger den Pfeil ein, dann sauste das Geschoss lautlos durch die Luft. Der Mahr sank mit einem Stöhnen zu Boden und lebte gerade noch lange genug, dass Nimueh ihn sehen konnte, ehe er zerfiel.

Als sie fort waren, wurde es still. Nimueh blickte von mir zu dem am Boden liegenden Pfeil und öffnete den Mund.

Doch ich schnitt ihr das Wort mit einer Handbewegung ab. »Das war dafür, dass du mir wenigstens jetzt die Wahrheit gesagt hast. Erwarte nicht mehr«, sagte ich tonlos und hob den Pfeil vom Boden auf. Er fühlte sich kalt an. Stumm schob ich ihn zurück in den Köcher und wandte mich den Schätzen zu, ohne wirklich zu wissen, was ich tun sollte. Alles in mir war taub und kalt. Wie der Eisberg, den ich in den letzten Stunden so gefürchtet hatte und der jetzt so harmlos wirkte wie ein Kätzchen.

»Es wird nicht aufhören, Hope«, rief die Fee mir nach. »Sie werden Yaoráo weiter zerstören und dann werden sie Wege finden auch deine Welt zu vernichten. In deine Träume kommen sie schon, es wird nicht lange dauern, bis sie auch in die Träume der anderen Menschen kommen. Wir müssen etwas tun. Du und die Königin, ihr seid die Einzigen, die helfen können! Du kannst dich nicht einfach abwenden.«

»Aber genau das, gute Fee, habe ich gerade getan«, sagte ich leise und strich über das Holz des Bogens.

»Er hat deinem Vater gehört«, sagte sie und trieb die Kälte noch weiter in mein Herz. »Er hat ihn für dich versteckt.«

Ich antwortete nicht.

»Lass es gut sein«, hörte ich Sam leise sagen. »Kannst du uns zu mir nach Hause schicken? Ich werde auf sie achtgeben, bis sie sich beruhigt hat. So wird sie dir ohnehin nicht zuhören.«

Ich verstand Nimuehs Erwiderung nicht, aber bald krochen Licht und Wärme über meinen Rücken und wanderten über meine Arme. Sam huschte an meine Seite und griff nach meiner Hand. Ich entzog sie ihm nicht, erwiderte aber auch nicht den Druck seiner Finger. Ich stand einfach nur da, während das Licht an uns emporkroch, bis ein Gedanke meinen Mund öffnete: »Warte!«

Hoffnung flammte auf Nimuehs Gesicht auf, doch ich zerstörte sie, ehe sie ihr Herz erreicht hatte.

»Was ist mit ihm? Sam? Warum …« Ich machte eine unbestimmte Handbewegung. »Ist das alles mit uns so, wie es ist? Die Herzschlagsache? Das Gedankenerraten?«

»Euer Herzschlag ist gleich?«, fragte sie ungläubig.

Wir nickten synchron.

Nimuehs Augen weiteten sich. »Dann ist er dein Máo, dein Anker. Es ist eine Art Seelenverwandter, jemand, der die Yóukè im Gleichgewicht hält, zwischen eurer Welt und dieser hier.« Sie fixierte Sam. »Wir wissen nicht, wer oder was die Máo auswählt. Es ist eine große Ehre und eine noch größere Verantwortung. Es ist an dir, Hope zu beschützen, ihren Geist im Gleichgewicht zu halten, damit sie nicht von den Irrwegen zwischen den Welten verschlungen wird.«

Sam sog scharf die Luft ein, seine Finger schlossen sich plötzlich fester um meine, während das Licht weiter um uns herum flackerte.

Nimueh trat auf mich zu. Ihre Augen waren dunkel vor Schmerz. »Es tut mir leid, Hope. Hörst du? Es tut mir leid!«

Ich hörte. Aber ich antwortete nicht. Als das Licht uns verschluckte, sah ich, wie Nimueh zu weinen begann. Es waren silberne Tränen. Perfekt wie Perlen. Und irgendwie wusste ich, dass darin der größte Schmerz der Welt enthalten war.

Als das Licht verschwand, waren wir wieder in London, mitten im Bücherzimmer der Winterbuttoms, und Juliet Winterbuttom, die ihre kleine Tochter auf dem Schoß hielt, starrte uns an, wie wir da triefend und schmutzig und in höchst seltsamer Kleidung vor ihr aus dem Nichts auftauchten.

»N'Abend«, keuchte Sam in das erstarrte Gesicht seiner Mutter. »Glaubt ihr mir vielleicht jetzt?«

Kapitel 26

Mein zerfetztes Ich

Ich überließ Sam das Erklären und versteckte mich derweil im Badezimmer unter der heißen Dusche. Vehementes Klopfen an der Tür holte mich schließlich wieder heraus. Meine Haut war ganz runzelig und gerötet, dennoch war die Wärme nicht bis in mein Innerstes vorgedrungen.

»Hope, gib sofort ein Lebenszeichen von dir oder ich trete diese verdammte Tür ein!«

»Ich bin hier«, erwiderte ich tonlos. »Geh weg, Sam.«

»Klamotten liegen vor der Tür. Zieh dich an und dann komm da raus! Ich mein's ernst!«

Ich wickelte das Handtuch fester um mein zerfetztes Ich und starrte auf die Tür. Ich stellte mir vor, wie sie unter Sams Wut in Trümmern zerbarst, so wie ich zerbrochen war unter den Worten einer Fee. Eines Wesens, das es eigentlich nicht gab und das mir einfach so eine Vergangenheit geschrieben hatte, wie ich sie mir schlimmer nie hätte vorstellen können. Nicht nur ein Straßenkind, jetzt war ich auch noch die Tochter einer Verräterin und schuld am Niedergang einer ganzen Welt.

»Hope, das ist kein Spaß!«, drohte Sam vor der Tür. »Wenn du nicht ...«

Steif öffnete ich die Tür, bückte mich nach den am Boden liegenden Klamotten und verschwand wieder, ohne ihn anzusehen. Ich wollte das Mitleid in seinen Augen nicht. Wollte die Tränen nicht, die sein Anblick in meine Augen treiben würde. Die Kleidung schmerzte auf meiner Haut. Ich zog so viel an, wie ich nur konnte, in dem Versuch mich zu wärmen, ehe ich meine Haare zu einem Zopf flocht und die Tür erneut öffnete, eine Hand um den hölzernen Vogel gelegt.

Sam hockte, die langen Beine ausgestreckt, an der gegenüberliegenden Wand. Die Stirn in besorgte Falten gelegt hielt er meine Kiste in den Händen und starrte sie an, als berge sie ein Geheimnis, das es um jeden Preis zu lüften galt. Er sah müde aus und irgendwie ... älter. Erst jetzt fiel mir auf, dass ich keine Ahnung hatte, wie alt er eigentlich war. Ich wusste auch nicht, welche Schule er besuchte und was seine Hobbys waren. Ich wusste eigentlich gar nichts über ihn. Nur, dass er immer noch da war. Im Gegensatz zu einigen anderen.

»Was machst du?«, fragte ich ihn.

»Diese Kiste ist unlogisch. Die Tiefe passt nicht und ...« Kopfschüttelnd drehte er meinen wertvollsten Besitz, der nach den letzten Stunden seinen Glanz verloren hatte. »Ich glaube, es gibt ein Geheimfach.« Er sah mich an, als erwarte er einen Gefühlsausbruch, doch in mir regte sich nichts. »Also – ich werde mir das Ding vorknöpfen, wenn das für dich okay ist?« Ich hob stumm die Schultern. Enttäuschung zeichnete sich auf seinem Gesicht ab. »Bist du gar nicht neugierig?«

»Nicht wirklich.«

»Also ich schon. Sehr neugierig sogar.«

Sams Mutter war in dem hell erleuchteten Flur erschienen und musterte mich von Kopf bis Fuß. Mein früheres Ich wäre jetzt nervös geworden, aber mein kaputtes Jetzt-Ich sah die fremde Frau mit Sams Augen einfach nur an. Sie hatte die Haare zu einem unordentlichen Zopf zusammengefasst, trug ausgeleierte Jeans und einen mit Farbe beklecksten, ehemals grauen Pullover. Und in ihren Augen funkelte es, heller als an jedem Sternenfirmament. »Es ist schön dich wiederzusehen, Hope. Ich bin Juliet. Hast du Hunger?«

Ich schüttelte den Kopf, aber mein knurrender Magen strafte mich Lügen.

»Sie hat immer Hunger«, sagte Sam.

»Fein. Und ich habe Fragen. Also schwingt eure Hintern in die Küche.«

»Auf manche Fragen will man gar keine Antworten«, sagte ich leise. »Vielleicht sollten Sie die ganze Sache lieber vergessen.«

»Vergessen? Dass mein Sohn und das Mädchen, das er seit Jahren nicht aus dem Kopf bekommt, plötzlich aus dem Nichts in meinem Bücherzimmer auftauchen? In fremden Klamotten und mit diesem seltsamen Ausdruck in den Augen? Niemals.« Sie lachte freudlos. »Sam hat mir alles erzählt von den Feen und Yaru…«

»Yaoráo«, half Sam.

»Yaoráo«, wiederholte seine Mutter. »Verdammt, und ich sage dir, ich kenne dieses Wort! Irgendwoher …« Sie klopfte aufgeregt gegen die Wand. »Gibt es noch andere Wörter? Irgendetwas?«

Sam sah mich an. »Yóuki oder so? Und was mit Hu.«

»Yóukè?«, fragte Juliet aufgeregt. »Das ist chinesisch, wenn mich jetzt nicht alles täuscht! Warte!« Sie eilte davon und irgendwo schlug eine Tür.

Sam kam auf die Füße und griff nach meinem Arm. »Eine Spur! Voll gut und das noch vor dem Frühstück.«

»Yey«, kam es tonlos zwischen meinen Lippen hervor.

Sam schüttelte mich leicht. »Hope, was ist denn mit dir? Komm zurück.«

»Zurück?«

»Deine Augen.« Er drehte mich ganz zu sich und berührte sacht meine Wange. »Deine Augen sind ganz leer und traurig. Du bist nicht hier. Ist es wegen dem, was Nimueh gesagt hat? Über deine Eltern?«

»Es ist alles. Einfach alles, Sam. Als wir auf dem Schiff waren … all die Menschen. Wenn wir nun wirklich gesunken wären …«

»Hope, das war doch nur ein komischer Zauber von diesem Mahr-Arsch. Es war nicht echt.«

»Für mich schon.« In meinem Kopf glaubte ich die Schreie ertrinkender Menschen zu hören. »Ich hätte sie nicht retten können.«

»Hope!« Sam packte mich fest an den Schultern, doch der Ruf seiner Mutter lenkte ihn ab.

»Ich hab's! Es ist chinesisch! O Mann, das ist ja irre! Sam!«

Müde wand ich mich aus Sams Griff und drehte mich um.

»Wo willst du denn hin?«, fragte er entsetzt.

»Ich hole ihr das Buch, das Tagebuch. Vielleicht findet sie ja etwas darin. Ich will es ohnehin nicht haben.«

»Ich komme mit.«

»Nein, Sam.«

»Hope, lauf jetzt nicht weg, bitte!« Er griff wieder nach mir, aber ich war schneller.

»Lass mich.«

»Bitte, mach das nicht. Wir ziehen das doch zusammen durch. Hope!«

Aber ich hörte nicht auf ihn und stürmte die Treppe hinunter, nahm immer zwei Stufen auf einmal, ohne darauf zu achten, dass ich mir den Hals brechen könnte.

Unten wartete Anni mit weit aufgerissenen Augen. »Wo gehst du hin, Fee?«

Der Ausdruck in ihren Augen hätte mir das Herz gebrochen, hätte ich noch eins gehabt. »Ich bin keine Fee mehr, Prinzessin. Und ich muss kurz was erledigen. Hältst du deinen Bruder auf?« Sam polterte hinter mir die Stufen runter und brüllte meinen Namen, was seine Schwester nicht wirklich zu interessieren schien.

»Warum bist du denn keine Fee mehr?«, fragte sie.

»Ich war es nicht wert«, murmelte ich. Und dann lief ich wieder mal davon.

***

Erst hielt ich die Rufe nur für Stimmen in meinem Kopf, aber als sie lauter wurden, horchte ich doch auf und sah nach draußen.

Sam irrte durch den Schnee und wirkte mit jedem Schritt wütender. »Ich weiß, dass du hier irgendwo bist! Hope! Mir ist kalt, verdammt! Lass uns zurückgehen, bitte!« Kopfschüttelnd sah ich zu, wie er erneut die Richtung wechselte, dann meine Spur fand und ihr wieder folgte. »Hope!«

»Ist ja gut!«, brüllte ich zurück und drückte die Stirn gegen Camelots hölzerne Wand. *Unfassbar, einfach unfassbar, was tut er bloß hier? Warum kam er mir immer wieder nach?*

Sam fuhr erschrocken zusammen und blickte sich um. »Hope?«

»Nein«, knurrte ich. »Hier ist der Waldschrat.«

»Wo zum Geier bist du?«

»Hier oben.« Suchend drehte er den Kopf und ich hätte am liebsten den meinen gegen die hölzerne Wand geschlagen. *Wie kann man denn so blind sein?* »Du veralberst mich doch, oder?«

»Ich würde eher sagen, du veralberst mich«, gab er hilflos zurück. »Wo bist du?«

Seufzend schlüpfte ich in meine Schuhe, schnappte mir die Strickleiter und kletterte nach unten. »Unfassbar«, brummte ich. »Ich sollte dich hier einfach stehenlassen, bis du erfrierst.«

Sam stieß einen halb erstickten Laut aus, als ich ihn von hinten am Kragen packte. »Wo kommst du jetzt her?«

»Du solltest dir eine Brille besorgen, du Held. Du bist schon drei Mal an Camelot vorbeigelaufen«, maulte ich.

»Hope, hier ist nichts außer Bäumen, Sträuchern und Schnee!« Er sah mich komisch an. »Geht es dir gut?«

Genervt schnappte ich seinen Arm und zog ihn mit mir, bis wir direkt vor den Stamm des riesigen Baums standen. »So, bitte schön, siehst du es jetzt, du Blindfisch? Also echt.« Brummend ergriff ich die Strickleiter. »Ich hoffe, du bist schwindelf… Sam?« Mein Begleiter stand wie festgefroren da und glotzte mit offenem Mund. »Sam?«

»Hope, bist du high?«

»Nicht mehr als sonst.« Ich folgte seinem Blick und langsam dämmerte es mir, dass hier etwas nicht mit rechten Dingen zuging. »Du kannst es … kannst du nicht …?«

»Nope.« Er schüttelte so vehement den Kopf, dass seine Mütze ihm von den Haaren rutschte. »Ich sehe nichts, rein gar nichts – nur einen abgefahren großen Baum.«

»Aber … das ist unmöglich.«

Er sah mich an und hob die Brauen. »Neeein, wirklich?«

»Aber …« Die Verwirrung brach durch all die Düsternis in mir und ich kroch ein kleines bisschen aus den Schatten. Ich zog Sam näher an den Stamm heran und legte die Strickleiter in seine Hand. »Und jetzt?«

Statt einer Antwort sog er scharf die Luft ein. »Ach du Schande.«

»Na, geht doch.« Ich schob mich an ihm vorbei, kletterte hinauf, schlüpfte aus meinen nassen Schuhen und zurück auf mein Bett.

Als Sam endlich hochkam, mit staunend aufgerissenem Mund, hockte ich wieder unter meinem Umhang, umgegeben von aufgeschlagenen Büchern.

Eine Weile lief er hin und her, erkundete mein Zuhause und ich konnte seine Gehirnwindungen fast rattern hören, dann irgendwann blieb er vor mir stehen. »Hope?«

»Hm?«

»Das ist ein Baumhaus«, stellte er fest.

»Respekt, für diese Erkenntnis!«

»Räumen hier die Vögel auf? Oder die Eichhörnchen?«

Jetzt hob ich doch den Kopf. »Wie bitte?«

»Naja, du singst und dann kommen sie her und fliegen um dich herum, räumen auf ...«

»Bekommt dir die Höhe nicht oder so?«

Er grinste wie ein Zwölfjähriger. Seine Mütze war mittlerweile weg und seine Haare standen völlig verstrubbelt in alle Himmelsrichtungen ab. »Das ist so krass. *Du* bist krass, ganz ehrlich, das hier ...«

»Du konntest es wirklich nicht sehen?«, fragte ich nach.

»Kein bisschen. Deine Fußspuren übrigens auch nicht, die enden da vorn irgendwo.« Er deutete unbestimmt nach draußen. »Ist das auch so ein Zauber?«

»Sieht so aus.« Ich kaute auf meiner Unterlippe herum.

»Und du wohnst schon immer hier?«

»Seit ich nach England gekommen bin, ja. Ich habe es gefunden. Hat mich irgendwie schon gewundert, dass es nie jemand anderes entdeckt hat.«

»Und wie – versteh mich nicht falsch, ehrlich – aber ... fließend Wasser ist hier nicht. Wo gehst du duschen?«

Ich deutete aus dem Fenster. »Da unten ist ein Bach, den hast du ja wohl gesehen, oder? Und ungefähr fünfzehn Minuten in die Richtung liegt ein Schwimmbad. Ich kenne jemanden von denen am Kassenhäuschen, wenn der da ist, komme ich umsonst rein und kann die Duschen benutzen. In die andere Richtung liegt die Elisabeth High. Mit meinem Schlüssel ... naja, die Waschräume sind ganz okay. Und dann das Altenheim, hinten bei der neuen Wohnsiedlung? Manchmal lassen sie die Fenster offen, wenn jemand gestorben ist, um den Geruch herauszubekommen. So weiß ich, welche Zimmer frei sind. Makaber ich weiß, aber die Duschen dort sind supersauber.«

Sam starrte mich einen Moment ziemlich sprachlos an, dann schüttelte er den Kopf. »Du bist Strolch.«

Ich hob die Brauen. »Wie bitte?«

»Nicht *ein* Strolch. *Der* Strolch! Der Hund aus dem Disneyfilm, der kein richtiges Zuhause hat, aber ganz viele Orte, wo er hinkann.«

»Ich habe ein Zuhause«, erwiderte ich etwas zickig. »Ein gutes.«

»Ich mein ja nur. Du hast Leute, von denen du Essen bekommst, Orte, wo du duschen kannst ...«

»Willst du sagen, ich sei ein Schmarotzer?«

»Nein! Überhaupt nicht. Du bist eine Überlebenskünstlerin.« Er lächelte mich an und in mir schmolz ein kleines Stück Groll dahin wie Wasser.

»Na schön. Aber wenn ich Strolch bin, ist dir schon klar, dass für dich nur die Rolle der Susi bleibt, oder?«, sagte ich.

Sam lachte herzlich auf, schlüpfte aus seiner Jacke und setzte sich im Schneidersitz vor mir darauf. Eine Weile saßen wir schweigend da, er sah sich immer noch staunend um und ich betrachtete wieder das Buch in meinem Schoß, ohne die Buchstaben wirklich zu sehen. Ich wusste nicht einmal, welchen Titel es hatte. Es fühlte sich einfach nur gut an, es in der Hand zu halten.

»Weißt du, es macht Sinn«, sagte Sam nach einer Weile. »Das Haus, der Wald ...«

»Wie meinst du das?«

»Wenn Nimueh Recht hat, bist du die Tochter von einem aus Robin Hoods Bande. Was, wenn er dir das hier hinterlassen hat? Irgendwie? Und einen Zauber daraufgelegt hat, dass nur du es finden kannst? Vielleicht bist du deshalb von Amerika hierhergekommen.«

Ich hob die Schultern. Ich wagte es nicht, meine Gedanken in diese Richtung wandern zu lassen. Zu viele Scherben lagen dort, die den Rest von mir weiter zerreißen könnten. *Und was bleibt dann noch? Und trotzdem ... der Gedanke hat etwas Warmes, Zartes. Wie ein winziger Sonnenstrahl. Vater. Das Wort hat etwas Mächtiges.* Ich räusperte mich. »Du hast eine ganze Weile hierher gebraucht.«

Sam verdrehte die Augen. »Meine Schwester hat sich an mein Bein geklammert und geschrien wie eine Verrückte, dass die Feen gesagt hätten, ich müsse bleiben. Das wiederum hat meine Mutter, bewaffnet mit einem unendlich dicken Wörterbuch, auf den Plan gerufen. Es ist wirklich chinesisch, Hope. Die zwei unaussprechlichen Wörter bedeuten einfach Reisende und Reisender. Meine Mum hatte einen Kurs an der Uni dazu, weil es sie interessiert hat. Sie ist ein Sprachenfreak. Sie kann uns helfen!«

»Ich brauche keine Hilfe mehr. Ich weiß alles, was ich wissen muss«, erwiderte ich.

»Nein, weißt du nicht«, sagte er sanft. »Hope, jetzt lass dich doch davon nicht so fertigmachen.«

Ich sah ihn an und wünschte, ich wäre ein klein bisschen wie er. Nicht wie sein Geld und seine Geschichte, sondern wie *er*. Sam. Vielleicht würde ich dann besser damit umgehen können. Konnte ich aber nicht. Und so saß ich einfach da, in meinem verwunschenen Baumhaus, und starrte vor mich hin, bis eine Frage über meine Lippen stolperte: »Wie alt bist du?«

»Was?«

»Wie alt bist du?«, wiederholte ich.

Sam runzelte verwirrt die Stirn. »20. Und du?«

»Ich glaube 17. Eleonore hat das jedenfalls gesagt, aber ganz sicher war sie sich nicht.«

»Du junger Hüpfer.«

»Alter S…«

Er hob drohend die Hand. »Wehe! Ich schubs dich in den Bach da unten.«

»Das will ich sehen.«

»Leg es nicht drauf an, Xena. Hier sind wir in meiner Welt.« Er blickte zerknirscht. »Tschuldige.«

Ich hob bloß die Schultern. »Und was hast du so für Hobbys?«

»Außer dir nachlaufen?« Er lächelte. »Ich mag Marvel. Ich gehe super gerne ins Kino. Ich hatte ganz gute Noten in der Highschool und ehrlich gesagt habe ich keine Ahnung, was ich werden will. Mein Dad sagt, er kann mir einen Job besorgen, meine Mum möchte, dass ich Lehrer werde wie sie. Ich liebe Schokoladeneis mit einer Kugel Pfefferminz. Und Weingummi, das weißt du vermutlich schon. Ich kann nicht schlafen, wenn es hell ist, und ich hasse es, wenn eine Frau rumheult, wie dick sie ist, obwohl sie beinahe durch einen Gully fällt. Ich habe keinen Führerschein, weil ich laut meinem Fahrlehrer ein Rowdy bin, was absolut übertrieben ist. Ganz wirklich.« Er fuhr sich durch die Haare. »Oh, und ich bin ein mieser Essenslieferant.« Damit griff er in seine Jackentasche und zog etwas in Alufolie Gewickeltes hervor. »Hier. Hab ich noch schnell aus dem Kühlschrank mitgehen lassen.«

Dabei segelte ein zusammengefalteter Zettel zu Boden. Sam fischte ihn auf und las mit gerunzelter Stirn. »Ach, richtig, ich hatte eine Liste aller Bücher zusammengegoogelt, in denen Feen vorkommen, und welche Rolle sie spielen. Cornelia Funke und Co.«

»Cornelia Funke?« Ich runzelte die Stirn. »Die habe ich sogar gelesen. Ihre Feen waren nicht sehr nett.«

»Ja, die Meinungen sind durchwachsen. Cinderellas Fee war eher eine Seltenheit.« Er sah zu, wie ich das Sandwich auspackte. »Hast du Bernhard Hennen gelesen? Ich habe es noch einmal nachgeguckt, während du versucht hast in der Dusche zu ertrinken. In seinem Roman *Die Elfen* gibt's Albenpfade und Tore, die an andere Orte führen. Vielleicht ist es das.«

Ich wollte eben die Zähne in dem Brot versenken, hielt jetzt aber inne. »Vielleicht ist es was?«

»Na, vielleicht bist du eine Elfe.«

Ich starrte ihn eine Sekunde nur an, dann kippte ich nach hinten und brach in schallendes Gelächter aus. Zorn und Dunkelheit verpufften für einen Moment unter dem absurdesten Gedanken der Weltgeschichte. Als ich keuchend wieder hochkam, blickte Sam von seiner Jacke, in der er herumgekramt hatte, auf.

»Danke«, meinte er säuerlich. »Ich finde mich auch unheimlich witzig.«

»Es tut mir leid, aber Elfen ...?«

»Als ob Feen so viel realistischer wären. Was willst du sonst sein? Ein Vampir? Ich könnte Weihwasser über dich kippen. Was hältst du von Knoblauch?« Er zog eine silberne Flasche hervor und nahm einen tiefen Schluck.

»Ist das ein Flachmann?«, rief ich irgendwie entsetzt.

»Hey, du hast deine Art der Problembewältigung, ich meine.« Er nahm einen weiteren Schluck. »Willst du auch?«

»Nein.« Ich verschränkte die Arme vor der Brust. »Du weißt aber, dass du irgendwie wieder da runter und nach Hause kommen musst, oder?«

»Schade, ich hatte mich schon auf eine lauschige Nacht mit dir hier oben gefreut.« Er zwinkerte mir zu. »Nur wir zwei im Kerzenlicht ...«

»Das ist ein Holzhaus, hier gibt es keine Kerzen.« Das war schlichtweg gelogen, aber das war mir gerade egal.

»Da reden wir noch drüber. Also ...« Er schraubte die Flasche zu. »Elfen und Feen ausgeschieden. Vampire auch. Bleiben noch Werwölfe, Gestaltwandler, Hexen ...«

»Sam, ich bin gar nichts, okay? Nur irgendwie eine ... Abnormität, weil mein Vater kein Mensch war, sondern ... keine Ahnung, was.«

»Dein Dad war ein Freund von Robin Hood, also war er ein Held. Was dich zur Tochter eines Helden macht. Was deine Taten bei Artus durchaus bestätigen«, meinte Sam.

»Und wie passt meine Mum da rein?«

»Schwarze Schafe gibt es doch immer. Vielleicht hatte sie einen Grund. So wie Anakin.«

»Wie wer?«, fragte ich.

»Anakin Skywalker.« Er schüttelte den Kopf. »Kind! Bildungslücke! Filmabend!«

»Komm zum Punkt.«

»Anakin ist auf die dunkle Seite gegangen, um seine Frau zu retten, Padme. Er hat sie über alles geliebt und er wurde getäuscht. Der Imperator, also damals war er noch nicht der Imperator, sondern Kanzler, also der hat ihm gesagt, dass die Kräfte der Jedi, das sind die Guten, nicht ausreichen, um Padme zu retten. Aber die der Sith, also die dunkle Seite der Macht, die würde ihn so stark machen, dass er den Tod besiegen könnte. Hat nicht geklappt. Aber er hat aus ehrbaren Motiven gehandelt.«

»Was wurde aus ihr?«, erkundigte ich mich.

»Padme? Sie ist gestorben.«

»Und er?«

»Ähm ... der auch.«

»Na super.«

»Du musst die Filme sehen, Hope! Da kommt es viel besser rüber.«

Ich legte das Buch beiseite, zog die Beine an und schlang die Arme darum. »Was, wenn ich kein Held bin, Sam? Was wenn ich ... die Böse bin.«

Statt einer ausschweifenden Antwort beugte er sich vor und drückte freundschaftlich mein Knie. »Niemals.«

»Woher willst du das wissen?«

»Hope, du bist der ehrlichste, zickigste, abenteuerlustigste, zäheste, schokosüchtigste Mensch, der mir je untergekommen ist. Du kannst manchmal gemein sein, aber das tut dir immer sofort leid; und du bist nur so, weil das Leben sehr viel gemeiner zu dir war. Und so böse kannst du nicht sein – du hast Angst vor meiner Mum.«

»Ich habe keine Angst vor deiner Mum«, protestierte ich.

»Bei eurer ersten Begegnung bist du aus einem Fenster gesprungen.«

»Das war die zweite.«

»Klugscheißer.«

»Arsch.« Ich verzog das Gesicht. »Tschuldige.«

»Siehst du? Ich hab voll Recht.«

»Idiot.«

»Selber. Was tust du da eigentlich?« Er deutete auf die ganzen Bücher um mich herum. »Hast du vor abzuhauen?«

»Warum nicht? Dort ... bin ich jemand. Kann ich jemand sein. Es wäre immer warm. Ich müsste keinen Hunger leiden. Ich könnte gehen, wohin ich will.«

»Und dann öffnest du aus Versehen ein Tor direkt nach Mordor. Oder unter das Hackebeil in Westeros. Oder sonst wohin.«

»Alles eine Sache der Übung.«

»M-hm.« Er nahm einen weiteren Schluck aus dem Flachmann. »Das alles kannst du auch hier haben, weißt du?«

»Und wie?«

»Indem du bei mir einziehst.«

Ich erstarrte, verschluckte mich und hustete los. »Wow«, krächzte ich, als ich mich beruhigt hatte. »Das ist ja so gar nicht übereilt und peinlich. Fragt man ein Mädchen nicht erst nach einem Date?«

»Normale, langweilige: ja. Dich nicht. Ich habe nicht vor dich zu adoptieren oder so. Ich meine nur, dass wir echt viel Platz haben. Und dass meine Mum dich mag. Mögen wird. Anni mag dich eh. Sie denkt, du kannst Feen sehen. Außerdem ...« Er hob die Braue. »Du willst ein Date mit mir?«

»Halt die Klappe.«

Sam grinste breit. »Ich wusste es immer!«

»Du weißt gar nichts.«

»John Snow.«

»Wie bitte?«

Er seufzte. »Meine mühsam herangezüchtete TV-Bildung macht nicht so viel Spaß, wenn du keins meiner Zitate verstehst. Auch etwas, an dem wir arbeiten könnten, wenn du bei uns wohnen würdest.«

»Du willst jemanden, der deinen schlauen Sprüchen lauscht?«

»Ganz richtig, kleine Fee.«

Ich erstarrte. Der Schmerz war so plötzlich da, dass mir für einen Moment die Luft wegblieb. »Bitte nenn mich nicht mehr so.«

Sams Züge wurden weich, aber in seinen Augen funkelte Entschlossenheit. »Hope, das ändert doch nichts an dir.«

»Es ändert alles. Denn ich habe jetzt nicht nur einen völlig verkorksten Maoam-Seelenverwandten, der mich vor dem Wahnsinn bewahren soll, sondern auch noch eine irre Mutter, die die Welt in Chaos und Krieg gestürzt hat!«

»Ja, ich habe mir schon vorgenommen, mich nie wieder über meine Eltern zu beschweren«, sagte er.

»Du verstehst das nicht!«

»Natürlich nicht. Du aber auch nicht. Also krieg dich ein. Wie gesagt: Deine Mum hatte sicher einen guten Grund für das, was sie getan hat. Wenn sie nur ein klein bisschen wie du war, dann würde ich sagen, sie hielt es für das Richtige. Und es ist nie falsch das Richtige zu tun. Und das mit uns ...« Er hob die Schultern. »Komm schon, so wild ist es jetzt auch nicht.«

Ich funkelte ihn wütend an. »Nicht so wild? Ich bin ...«

»Nicht schuld!«, fuhr er mir ins Wort. »Fang gar nicht erst damit an, dir so was einzureden, Hope!«

»Aber ...«

»Nein!« Er schüttelte den Kopf. »Hör auf.«

»Verbiete mir gefälligst nicht das Wort!«

»Dann benimm dich nicht so dämlich!«

»Dämlich?!« Ich schrie noch nicht, aber fast. Plötzlich befand ich mich auf den Füßen und funkelte Sam wütend an, der ebenfalls aufgestanden war. »Hast du mich deshalb vergessen? Weil ich so *dämlich* bin? Dämlich genug, dir zu vertrauen?«

»Ich habe dich nicht vergessen! Ich habe das halbe Land nach dir abgesucht, aber du ...«, verteidigte er sich.

»Oh, fein, jetzt bist du ein Stalker?«, höhnte ich und füllte die Kälte mit heißer Wut. *Das ist so viel besser, als nichts zu fühlen außer Leere.*

Sam schüttelte den Kopf. Wut blitzte aus seinen Kaffeeaugen. »Du redest doch nur, was du selber hören willst. Du hast Angst, kleine Fee, das ist alles. Du hast einfach nur Angst, was passiert, wenn du nicht mehr mit dir und deiner beschissenen Lebenseinstellung alleine bist. Weil jemand kommen könnte, der dir zeigt, dass die Welt gar nicht so dunkel ist, wie deine Augen es dir weismachen wollen.«

»Hör auf, so philosophisch daherzuquatschen, Sam. Du weißt nichts, du weißt absolut gar nichts über mich! Du hast keine Ahnung, wie ...«

Ich brachte den Satz nicht zu Ende. Sam hatte den Abstand zwischen uns mit einem großen Schritt überwunden, eine Hand in meinen Pulli gegraben und zerrte mich grob zu sich. Im nächsten Moment legten sich seine Lippen warm auf die meinen und erstickten jeglichen verbalen Wutanfall. In meinem Bauch zog sich etwas zusammen und explodierte dann in einem warmen Funkenregen, der sich wie Glühwürmchen auf meine Nervenenden legte und sie zum Kribbeln brachte. Sams Hand wanderte in meinen Nacken und drückte sanft gegen die verspannten Muskeln. Meine Knie versagten mir den Dienst und plötzlich lehnte ich an seiner Brust und erwischte meine Finger, wie sie sich in seine Schulter gruben. In meinem Kopf verschwamm alles, während ich mich verzweifelt fragte, wie ich meine Lippen bewegen sollte.

Als Sam ruckartig den Kopf zurückzog, rang ich für einen Moment nach Luft und starrte ihn fassungslos an. »Du ... das kannst du nicht machen.«

»Was genau?«, meinte er.

»Ich ... du kannst mich nicht einfach küssen, wenn dir die Argumente ausgehen.«

»Warum nicht?«

Im nächsten Moment drückten sich seine Lippen wieder auf meine und dieses Glühwürmchenfunkenvibrieren befiel erneut meinen Körper. Seine Finger gruben sich in meine Haare, während die andere Hand frech meinen Rücken hinunterwanderte und jeden Zentimeter Haut zu elektrisieren schien. Als seine Lippen zu meinem Mundwinkel glitten, riss ich die Augen auf und fand zu mir selbst zurück. Ich stieß ihn weg. Erstaunt sah er auf mich hinunter und im nächsten Moment klatschte meine Hand schon auf seine Wange. Seine Augen weiteten sich, während ich immer noch nach Atmen rang.

»Das ... geht ... so nicht ...«, keuchte ich.

Er schien nicht ganz so aus der Fassung zu sein wie ich. Kein Wunder. Sein erster Kuss war das vermutlich nicht. Sam rieb sich über die Wange. »Kleine Fee, du ...«

»Ich BIN keine Fee, du Idiot! Kapier das doch endlich.« Ich wollte von ihm wegtreten, aber meine Knie hatten die emotionale Achterbahnfahrt noch nicht verwunden und ich geriet ins Stolpern.

Sam fing mich auf und drückte mich viel zu eng an sich. »Langsam.« Seine Augen funkelten schon wieder spöttisch. »Den Ladys setzt sowas manchmal ganz schön zu.«

»Du blöder ... perverser ... Schurke ...«

»Schurke?« Sam lachte auf. »Ziemlich Old School, oder? Es ist süß, dass du deine Schimpfwörter aus alten Romanen nimmst und nicht von der Straße, auf der du immer so rumhackst. Wusstest du, dass Prinzessin Leia Han Solo ebenfalls als Schurken bezeichnet?«

»Lass mich los!«, zischte ich durch zusammengebissene Zähne und wagte doch nicht, die Hände gegen seine Schultern zu stemmen – aus Angst, dass sie sich wieder verselbständigen würden.

»Ich sollte wohl froh sein, dass du die Axt auf dem Schiff verloren hast.«

»Um dir in den Arsch zu treten, brauche ich die nicht.«

»Oh, oh, böses Wort, tztztz.« Sam schüttelte tadelnd den Kopf. Er schien bester Laune zu sein, fort war die Wut.

Bei mir ging das nicht ganz so leicht, aber es war schwer ihn zu hassen, wenn er mich so ansah. Obwohl ich ihm immer noch gerne eins übergezogen hätte – aber er hielt meine Arme mit erstaunlicher Kraft fest.

»Also was jetzt?«, fragte er und senkte seinen Blick in den meinen. »Willst du weiter hier sitzen, Emo spielen und graue Haare vor lauter Trübsal bekommen oder kommst du mit mir mit und wir gehen dieser ganzen Sache auf den Grund, finden einen Weg ins Feenreich und stellen die alte Dame zur Rede?«

Ich war nicht sicher, was genau es war, das Schnee auf die Wut rieseln ließ. Vielleicht der Tonfall, vielleicht sein Blick ... vielleicht auch der Schnee, der hinter ihm, jenseits des Fensters, wieder sanft zu Boden rieselte. Aber es klappte. Ich nickte, schüttelte den Kopf und nickte wieder, während ich mit einem seltsamen Kloß im Hals nach Worten suchte. »Warum machst du das, Sam?«

»Weil ich dein Maoam bin, kleine Fee. Was übrigens krass pervers klingt, aber die große Fee hat's gesagt. Ich bin dein Maoam und ich mag dich. Und darum helfe ich dir.«

***

Den Weg zurück zum Anwesen der Winterbuttoms legten wir zwar nicht händchenhaltend in trauter Zweisamkeit zurück, aber es floss immerhin kein Blut. Sam hatte mir geholfen, ein paar meiner Habseligkeiten einzupacken, nachdem ich ihm mühsam das Versprechen abgerungen hatte, dass das keinesfalls bedeutete, dass ich endgültig bei ihm einzog.

Wir schienen erwartet worden zu sein, denn noch ehe wir die Tür erreicht hatten, öffnete sich diese und sein Vater blickte uns über seine Brille neugierig an. Ich bekam ein freundliches »Schön dich zu sehen, Hope.« Und dann hieß es schon: »Sam, geh mal besser hoch zu deiner Mutter.« Das wiederum klang schon nicht so gut.

Schweigend eilten wir die Treppe hinauf, wo uns im Flur Anni entgegenhüpfte. Ein pinker Rucksack sprang bei jedem Hopser auf ihrem Rücken auf und ab. »Da seid ihr ja endlich! Wir gehen jetzt auf Enddeckungsreise.« Laut summend tanzte sie Richtung Bücherzimmer.

Ein ungutes Gefühl in meiner Magengegend riet mir gewohnheitsmäßig zur Flucht, doch ich ignorierte es und betrat neben Sam den Raum, der sich ... etwas verändert hatte. Ein paar Regale hatten weichen müssen, dafür standen jetzt mehrere Tische zusammen, auf denen sich Bücherstapel türmten – neben Teekannen, aus denen Qualm emporstieg, Platten voll mit Sandwiches, Donuts, Keksen und anderen Knabbereien. Juliet Winterbuttom war gerade dabei einen wuchtigen Sessel vom Fenster zum Tisch zu rücken, ohne sich darum zu kümmern, dass dessen Füße gewaltige Linien in den teuren Teppich zeichneten. Schnaufend hielt sie inne und wischte sich über die schweißnasse Stirn, als sie uns wahrnahm.

»Da seid ihr ja endlich. Alle Kriege beigelegt? Können wir dann jetzt herausfinden, was hier eigentlich vor sich geht?«

Ich warf Sam einen hilflosen blick zu, der so breit grinste, dass ich mich fragte, ob das nicht wehtat.

»Nach dir, kleine Fee. Ich leg noch schnell den Soundtrack von *Indiana Jones* auf.«

Kapitel 27

Die dunkle Seite der Macht

Juliet Winterbuttom erwies sich als geniale Sprachwissenschaftlerin und grauenhafte Sandwichmacherin. Außerdem glich ihre Handschrift mutierten Hieroglyphen, bei der ich mich fragte, wie ihre Studenten das lesen konnten. Das Buch, das wir von Artus bekommen hatten, erwies sich als wahre Fundgrube. Immer wieder schlug sie Dinge nach, notierte sich etwas und brach in Begeisterung aus.

Nach und nach fanden wir heraus, dass es sich um eine Art Regelbuch handelte. Es erzählte von den Zusammenhängen zwischen Yaoráo und unserer Welt, die dort Lán genannt wurde, was eigentlich einfach nur »blau« bedeutete. Yaoráo dagegen bedeutete so viel wie »zauberhaft«.

»Ist doch ganz logisch«, murmelte Juliet. »Immerhin ist es die Welt der Feen. Siehst du hier?«, sagte sie und blickte mich aufgeregt an. »Yaoráo hatte auch andere Namen. Mènghuàn d o, das bedeutet so viel wie Nimmerland. Und das bedeutet ...«

»Schon wieder Peter Pan«, stöhnte Sam. »Gnade!«

»Ich verstehe echt nicht, was du gegen die Geschichte hast«, wunderte ich mich.

Anni begann zu kichern. »Er fürchtet sich vor Hook, dem schlimmsten Piraten aller Zeiten.«

»Sei still, du kleine Nervzwiebel.« Sam piekte seine Schwester in die Seite, die quiekend flüchtete. Für Anni war das hier ein riesengroßer Spaß. Ich war dankbar dafür, dass sie den Ernst dahinter nicht einmal erahnte.

Als es an der Tür klopfte, sah ich erstaunt hoch. »Miss Ming?« Sam fuhr so ruckartig herum, dass der Stift, den er hinter seinem Ohr deponiert hatte, zu Boden kullerte. »Was tun Sie denn hier?«

»Ich hab sie hergebeten«, sagte Juliet zerstreut und stand auf, um die ältere Dame zu umarmen. »Wunderbar, dass du es einrichten konntest, Mai-Lin. Kannst du uns weiterhelfen?«

»Ich hoffe es.« Miss Ming sah mich forschend an. »Du bist also eine Reisende, Hope. Nun, ich kann nicht sagen, ich hätte so etwas nicht vermutet.«

»Sie wissen davon?«, ächzte Sam. »Ernsthaft jetzt?«

»Gewiss. Meine Großmutter war eine Máo. Wisst ihr, was das ist?«

»Ungefähr«, sagte Sam schwach.

»Nun, dann wisst ihr auch, wie wichtig es ist, dass Hope ihre oder ihren Máo findet.«

»Hab ich schon«, sagte ich und deutete auf Sam. »Den da.«

Miss Ming nickte lächelnd. »Das ist gut. Wirklich gut.« Sie blinzelte mir zu. »Ich habe dir doch gesagt, dass er ein guter Junge ist.«

»M-hm.« Mehr brachte ich nicht hervor. Der Gedanke durch etwas Übersinnliches für immer an Sam gebunden zu sein, war mehr als schräg.

»Wie dem auch sei.« Miss Ming zog ein Säckchen aus ihrer Handtasche. »Juliet sagt, du hast schlimme Träume. Ich habe dir etwas mitgebracht, das hoffentlich helfen wird. Shuíjiáo. Wir kochen dir einen Tee daraus, das sollte deine Träume schützen.«

»Ich habe schon heiß Wasser hier«, sagte Juliet eifrig und die zwei machten sich an die Arbeit.

Sam rutschte unruhig auf seinem Stuhl herum. »Und wir riskieren das einfach, ja?« Er sah nicht begeistert aus.

Ich teilte die Meinung, aber Schlaf wäre so etwas Wunderbares. »Du weckst mich einfach, wenn ich irgendwie unruhig werde, okay?«

Schon war sein Grinsen zurück. »Heißt das, ich darf dir beim Schlafen zusehen?«

Ich streckte ihm die Zunge raus. »Träum weiter.«

»Oh, das werde ich, kleine Fee, das werde ich.«

»Aufgepasst jetzt, ihr Turteltauben!« Juliet klatschte in die Hände und wir fuhren auseinander wie von der Tarantel gestochen. »Ich habe Mai-Lin nicht nur wegen ihrer Fähigkeiten als Kräuterfee ...« Sie stockte und runzelte die Stirn. »Das Wort ist jetzt irgendwie hinüber.«

Sam gluckste. »Ja, das Problem hatte ich auch schon.«

»Hm ... wie auch immer. Ich bin in diesem wunderbaren Buch auf etwas gestoßen, was uns weiterhelfen könnte, war mir aber wegen der Übersetzung nicht ganz sicher – und darum ...« Sie wedelte mit der Hand herum. »Jedenfalls, Mai-Lin stimmt mit mir überein: Es gibt ein Buch der Feen.« Sie sah uns so gespannt an, als erwartete sie, dass ihre Worte uns einfach von unseren Stühlen hauen würden, doch stattdessen warfen wir uns nur einen ratlosen Blick zu. »Mit diesem Buch findet man den Weg ins Feenreich. Zur Königin Liviana Isharleen Vianka, Herrin des Weißen Stabes, Bezwingerin der Schattenwesen und Königin von Yaoráo. Laut diesen Aufzeichnungen ist das Buch verschwunden. Was wenn die Bösen, also diese Mahre, auf der Suche danach sind? Was, wenn sie glauben, dass du das Buch hast, Hope?«

»Aber ich habe es nicht. Und ich habe auch keine Ahnung, wo es sein könnte.« Stirnrunzelnd sah ich zu Sam. »Vielleicht ist es das, was das Rätsel sagen will. Vielleicht verrät es den Aufenthaltsort des Buches. Aber warum sollte es dann bei Artus herumliegen, an einem Ort, wo es jeder findet?«

Sam starrte eine lange Minute schweigend vor sich hin. Dann stand er ruckartig auf und verließ den Raum. Verwirrt sah ich ihm nach, aber er kam schnell zurück, mit meiner Truhe in den Händen. In meinem Magen zog sich etwas zusammen, Eis bröckelte unter Traurigkeit, aber dann hatte ich mich wieder im Griff und spürte, wie meine Züge versteinerten.

Sam setzte sich zu mir und hielt mir die Truhe auffordernd hin, aber ich reagierte nicht. Ich wandte den Blick ab, als er die Gegenstände behutsam heraushob, und hörte, wie er leise seufzte. Juliet und Miss Ming beobachteten uns in stiller Ratlosigkeit, aber ich hatte keine Lust mich zu erklären. Lieber züchtete ich weiter Schneeflocken aus Wut, die mein Innerstes betäubten. Ein Klicken lenkte meinen Blick zu Sam.

»Ich wusste es«, triumphierte er. »Ein Geheimfach. Hier.« Er zog etwas aus dem Boden der Truhe hervor. Ein Buch.

Juliet stürzte vor und griff behutsam danach. Es war rot, dunkelrot, beinahe bordeaux, während die Seiten strahlend weiß leuchteten. Das Flüstern, das von ihm ausging, als Juliet es öffnete, kroch meinen Hals hinauf und in meine Ohren, wie ein Wesen mit tausend scharfen kleinen Beinen. Ich hörte mich keuchen, presste die Hände auf die Ohren und wich zurück. Polternd ging mein Stuhl zu Boden.

Sam war im nächsten Moment bei mir und fasste meinen Arm. »Was?«, formten seine Lippen, aber ich konnte nicht antworten. Zu schlimm war das Tasten, das ich in meinem Kopf zu fühlen glaubte. Er drehte sich um und brüllte seiner Mutter etwas zu, das ich nicht verstand, aber sie sah erschrocken auf und schloss das Buch.

Vorsichtig ließ ich die Hände sinken. Das Flüstern war weg. Dafür ging mein Atem, als wäre ich eben einen Marathon gerannt. Miss Ming eilte auf mich zu und fühlte besorgt meinen Puls, während Sam noch immer meinen Arm festhielt, als fürchtete er, ich könne davonlaufen. Oder zerbrechen.

»Was genau war das?«, fragte er misstrauisch an seine Mutter gewandt.

»Faszinierend«, raunte die, ohne mich aus den Augen zu lassen. »Du hörst sie wirklich. Verstehst du, was sie sagen?«

»Mutter!«, knurrte Sam. »Das ist ja wohl gerade unwichtig. Was ist das für ein Buch? Und warum reagiert sie so darauf?«

»Es ist das, wovon wir gesprochen haben«, sagte Miss Ming, die jetzt wieder neben Juliet stand und das Buch betrachtete. »Es ist das Buch der Feen. Ich erkenne das Zeichen, es ist auch in den Aufzeichnungen, die ihr von König Artus bekommen habt. Du hattest es die ganze Zeit über.«

Das Tasten in meinem Kopf war fort, dafür fühlte es sich an, als hätte mir jemand einen Kübel kaltes Wasser ins Gesicht geschüttet. Das Eis bröckelte und knirschte, Gefühle, die ich nicht fühlen wollte, drohten unter der Kälte zu erwachen und mit feinen Krallen emporzukriechen.

Ich wollte wegrennen, so weit ich nur konnte, irgendwohin, wo ich mich diesen Dingen nicht stellen musste, wo ich nicht die sein musste, die ich hier war. Ich wollte das Buch nehmen und in den nächsten Kamin werfen, ich wollte hindurchgehen und dieser blöden Königin das Gesicht zerkratzen.

Ich wollte die Geschichte ändern.

Ich wollte sie vergessen.

Sam hielt mich noch etwas fester und suchte offensichtlich nach Worten, fand aber keine.

»Legen sie es zurück«, sagte ich und meine Stimme zitterte. »Oder verbrennen Sie es.«

»Verbrennen?«, echote Juliet entsetzt. »Aber Hope, willst du denn nicht …?«

»Was?«, fragte ich böse.

»Was … ja, willst du denn nicht dahin und die Königin treffen? Und sie fragen, warum das alles passiert und wie du ihr helfen kannst?« Juliet war offenkundig sehr verblüfft und auch Miss Ming musterte mich fragend.

»Ich habe kein Interesse an den Feen«, sagte ich ruhig, während die Eisschicht in meinem Innersten wieder fester wurde und mich vor dem Schmerz schützte. Ich hob meinen Stuhl auf und setzte mich, ehe meine Knie mich verraten und nachgeben konnten. Ich presste meine Finger auf den Tisch, um das Zittern zu unterdrücken. »Ich will nichts mit ihnen zu tun haben. Und schon gar nicht will ich ihnen helfen. Sie sind nichts für mich.«

Eine Weile war es still, nur Annis Summen drang von jenseits der Bücherwände zu uns herüber. Sam hatte sich ebenfalls gesetzt und die Hand ausgestreckt, als wolle er meine berühren, tat es aber nicht. Stattdessen ruhten seine Finger jetzt neben den meinen auf der Tischplatte. Eine seltsame Spannung schien zwischen ihnen zu entstehen und kribbelte auf meinem Handrücken. Ich stellte mir vor, wie ich seine Hand nahm und unsere Finger sich verflochten und wie seine Wärme meinen Arm hinaufwanderte und gegen die Eiswelt, die mein Innerstes war, ankämpfte.

Bis ich zu tauen begann.

Juliet räusperte sich. »Was ist es denn dann, was du willst?«

Ich zögerte. Ganz sicher war ich mir da auch nicht. Ich war wegen Sam hier, wegen dem, was er gesagt hatte. Weil er mich überzeugt hatte mitzukommen. Aber was ich wirklich wollte … das wusste ich selber nicht.

Sam sprang für mich in die Bresche: »Ich denke, es wäre das Beste, erstmal so viel wie möglich herauszufinden. Was wir dann tun, können wir ja immer noch entscheiden. Schlagt das Buch erst wieder auf, wenn Hope und ich weg sind.« Er sprang auf und schob das Buch demonstrativ zurück in sein Versteck – und die unsichtbare Spannung zerriss wie Spinnweben.

Ein Stich fuhr durch mich hindurch und ich fragte mich, wie lange Sam sein Versprechen halten würde, bei mir zu bleiben. Die Stimme in meinem Kopf sagte: *»Die Fee hat gesagt, dass es seine Bestimmung ist dich zu schützen.« – Ja, aber die Feen haben mir auch meine Erinnerungen genommen und mich als Kind aus ihrem Reich geworfen.* Ich konnte den Blick nicht von der Truhe lösen.

»Also«, sagte Juliet und versuchte ihre Enttäuschung zu verbergen. »Das ist vielleicht gar nicht so schlecht. Hier steht, dass es sehr gefährlich ist, ein Tor ins Feenreich zu öffnen. Es wird durch Wächter oder so etwas geschützt.« Unwillkürlich musste ich an die Statuen vor dem Labyrinth aus meinen Träumen denken. *Soll das etwa ...*

»Wisst ihr, was ich noch herausgefunden habe?« Juliet bemühte sich die Stimmung zu retten, während Miss Ming sich wieder ihrem Tee widmete, der mittlerweile einen intensiven Kräutergeruch verströmte. »Es ist sehr ungewöhnlich, dass eine Reisende alleine ein Tor öffnen kann. Eigentlich benötigt sie dafür die Hilfe einer Fee. Nur zusammen ist es möglich, genau das Tor zu dem Ort zu öffnen, wo man hinwill.«

Sam, der jetzt wieder neben mir saß, legte den Kopf schief. »Das erklärt, warum wir statt bei Robin Hood, im Schloss vom Biest gelandet sind.«

»Ganz genau. Aber es erklärt nicht, warum Hope diese Tore öffnen kann. Und warum sie dich mitnehmen kann«, sagte Juliet.

Hm – offensichtlich hat er ihr doch nicht alles erzählt. »Ich habe gewisse ... Fähigkeiten.« Mir wurde übel bei dieser Aussage. »Vielleicht liegt es daran ...« *Daran, dass mein Vater kein Mensch ist, sondern eine nicht genau benannte Romanfigur.* Ich sah zu dem Regal, wo der grüne Einband von Robin Hood meinen Blick geradezu magisch anzog. *Was, wenn ich da hineingehe und ihn suche? Was würde ich finden? Würde er wollen, dass ich ihn treffe? Zu welcher Zeit würde ich ihn finden? Ob er meine Mutter da überhaupt schon gekannt hat?*

»Hope ist quasi die Superheldin unter den Reisenden«, erklärte Sam irgendwo am Rande meiner Wahrnehmung. »Das ist schon alles okay so.«

»Und ihr wisst, warum …«

»Ja.« Sams Tonfall war eindeutig zu entnehmen, dass er das Thema nicht weiter vertiefen wollte.

Ich hob den Kopf und sah Juliet ins Gesicht. »Es liegt an meinem Vater. Anscheinend war er kein Mensch.«

»Oh.« Ihre Augen weiteten sich ein bisschen. »Also gibt es auch männliche Feen? Ich meine, macht ja Sinn, immerhin …«

»Nein.« Mein Tonfall war merklich abgekühlt. »Er stammt aus Yaoráo.«

»Cool!« Juliet schlug sich die Hand vor den Mund, als meine Miene sich verfinsterte. »Tschuldige. Nicht cool?«

»Ich find's cool«, mischte Sam sich ein. »Hope ist noch nicht überzeugt, aber wir arbeiten dran.« Er warf mir einen strengen Blick zu. »Und an unserer positiven Grundeinstellung.« Wütend öffnete ich den Mund, aber Sam schob mir blitzschnell einen Keks zwischen die Zähne. »Sei bloß artig, sonst gehst du ohne Essen ins Bett«, drohte er. »Können wir noch einmal über diesen Tee reden?«

***

Wir redeten. Gut, sie redeten, aber der Tee wirkte tatsächlich. Ich schlief. Unruhig, aber wenigstens ohne unangenehme Besucher. Sam war ziemlich erleichtert, er hatte lange neben mir gewacht aus Angst, unser Experiment könne in die Hose gehen. Wäre es auch fast, weil ich immer noch wütend auf alles war und es außerdem nicht gerade einfach war einzuschlafen, wenn man dabei angestarrt wurde. Erst als ich Sam aus meinem Zimmer (was eigentlich sein Zimmer war, weil seiner Familie ja das Haus gehörte, blabla, sein Gerede war wirklich ermüdend gewesen) geworfen hatte, ging es langsam. Ich hatte Mühe, meine Gedanken zu beruhigen, und ich fror erbärmlich, selbst mit zwei Decken. Das war der Nachteil der alles betäubenden Kälte. Sie fraß einen langsam von innen auf. Lange lag ich da und starrte an die Decke, glaubte zu hören, wie das mysteriöse Buch flüsterte und rief. Ich wünschte, wir hätten es nie gefunden. Ob die Mahre mich deshalb heimsuchten? Erhofften sie sich von mir denselben Verrat, wie ihn meine … Mutter begangen hatte? Doch wie könnte ich etwas verraten, das ich weder liebte noch wirklich kannte? Mein Kopf schmerzte. Ich zog mir die Decke darüber und schloss die Augen.

Der Schlaf war tief und traumlos, doch als ich aufwachte, glaubte ich an meiner Haut ein Flüstern kleben zu haben. *Du kannst dich nicht für immer verstecken.* Schaudernd stieg ich aus dem Bett und borgte mir einen von Sams Pullovern.

Der Tag verging zwischen Sandwiches und Tee im Bücherzimmer. Miss Ming schaute kurz vorbei und erkundigte sich nach ihrem Tee; und Sam schien seiner Mutter verboten zu haben, gewisse Themen anzusprechen. Juliet redete viel, ich nicht. Ich brütete in dumpfer Kälte vor mich hin und schob die dunklen Gedanken in meinem Kopf hin und her. Sam sprach mich immer wieder an, brachte mir heiße Schokolade, bot mir an einen Film zu gucken (Filmkultur beizubringen), aber ich schüttelte nur den Kopf und brütete weiter, während draußen die weißen Flocken vom Himmel fielen, ohne sich um meine Gemütslage oder das Weltgeschehen zu kümmern.

Der Traum kam aus dem Hinterhalt, ich hatte nicht einmal gemerkt, wie müde ich war. Ich musste am Tisch eingeschlafen sein. Als ich mich zwischen den steinernen Figuren vor dem Labyrinth wiederfand, fraß sich kalte Angst durch mein Herz.

»Da bist du ja wieder, kleines Mädchen.«

Die leise Stimme war schlimmer als das lauteste Löwengebrüll und mindestens doppelt so böse. Ich fuhr herum. Ein dunkelblauer Umhang bauschte sich hinter mir. Der Mahr hatte den Kopf schief gelegt und schien mich zu betrachten. Ich würde ihm zu gerne die Kapuze vom Kopf ziehen, um endlich zu sehen, was darunter lauerte.

»Der Pfeil hat ziemlich wehgetan. Das war nicht sehr nett von dir«, fuhr er fort.

»Nett war noch nie meine Stärke«, knurrte ich und wich langsam zurück, doch der Abstand zwischen uns verringerte sich nicht. »Lass mich in Ruhe!«

»Das geht leider nicht. Du hast etwas, was wir wollen.«

Ich drängte jeden Gedanken an das Buch mit Gewalt zurück – für den Fall, dass dieser Bastard doch in meinen Kopf schauen konnte. »Ich habe nichts, gar nichts. Und ich will weder mit euch noch mit den Feen etwas zu tun haben. Klärt das gefälligst unter euch.«

»Mutig, ganz wie die Mutter.« In der bösen Stimme schwang ein noch viel böseres Lächeln. Eine Klinge glitt aus den Falten des Umhangs. So schwarz wie die tiefste Dunkelheit. »Wollen wir sehen, ob du auch wie sie blutest?«

Meine Angst verwandelte sich in Wut. Nur weil ich besagte Mutter nicht kannte, hatte dieses Scheusal noch lange kein Recht, so über sie zu reden. Ich biss die Zähne zusammen und erinnerte mich an eine Waffe, die ich in einer dieser Welten schon einmal geführt hatte. Augenblicklich lag das Gewicht der Axt schwer und tröstlich zugleich in meiner Hand. »Kümmere dich um deine eigene Familie, Monster.«

Er war schnell, sehr schnell. Aber das hier war ein Traum und es war *mein* Traum. Als ich die Axt hochriss, durchschnitt sie die Luft mit einem leisen Säuseln, dann prallte sie krachend gegen die Klinge des Mahrs. Ich spürte keinen Schmerz, nur ein Vibrieren, das mir bis in die Schulter fuhr. Der Mahr zischte, ob vor Hohn oder vor Wut konnte ich nicht sagen. Ich zog die Waffe zurück, wirbelte herum und führte sie in einer eleganten Drehung, doch er sah sie kommen. Wieder und wieder trafen die Klingen aufeinander, bissen und schrien so wütend wie wir ineinander, ohne Schaden anzurichten. Der Kampf schien endlos zu gehen, Schweiß stand mir auf der Stirn und mit einem wütenden Brüllen sprang ich nach vorne, direkt auf den Mahr zu. Sollte er mich doch verletzen, vielleicht wachte ich dann endlich auf und wäre wieder bei Sam und seiner heißen Schokolade.

Mein Angriff schien den Mahr zu überraschen, er wich zurück und … rutschte tatsächlich aus. Er warf sich zwar zur Seite, aber meine Axt traf ihn doch und im nächsten Moment fiel eine einzelne Klaue in den Schnee. Zischend wich er zurück, schwarzes Blut tropfte in den Schnee und wirkte seltsam abstrakt. »Das, kleines Mädchen«, keuchte er, »hättest du nicht tun sollen. Wenn du uns nicht freiwillig folgst, werden wir dafür sorgen, dass du es bereust. Um zwölf Uhr, genau beim Glockenschlag, werden wir dir nehmen, was dir auf der Welt am teuersten ist. Zwischen Blut und Tod sollst du deine Entscheidung bereuen.«

»Verschwinde endlich aus meinem Kopf!«, schrie ich und warf die Axt mit aller verbliebenen Kraft in seine Richtung. Ein heftiger Schlag traf mein Gesicht. Ruckartig riss er mich zurück in die Wirklichkeit.

Juliet beugte sich über mich, die Hand schon zum zweiten Schlag erhoben. »Verdammt«, keuchte sie. »Bist du schwer wach zu bekommen.«

»Wo ist Sam?« Ich fuhr hoch und registrierte gerade so, dass sie erschrocken zurückzuckte. »Wo ist er?«

»Ich ... geht es dir gut? Du hast geschrien und gezappelt und ... War das einer dieser Träume? Ich dachte ...«

»Ich habe vergessen, den Tee zu trinken«, sagte ich barsch. »Juliet, wo ist Sam?«

»Er wollte in die Bücherei, ich habe ihm eine Liste mit Büchern ... Hope!«

Ihr Ruf hallte noch, als ich schon die Treppe hinuntergestürmt war und auf die Tür zurannte. Die Uhr zeigte auf Viertel vor zwölf.

Kapitel 28

Blutige Reue

Noch nie in meinem Leben war ich so gerannt. Keine Ahnung, wie oft ich ausrutschte und fiel, es war egal. An der Bücherei angekommen fühlte sich meine Lunge an, als würde sie jeden Moment zerbersten. Mein Mund stand weit offen und schien doch nicht genug Sauerstoff fassen zu können, während mein trommelnder Herzschlag wütend meine Rippen zu sprengen drohte. Sam war nirgendwo zu sehen. Mit letzter Kraft stolperte ich die Stufen zu den gewaltigen Eingangstüren hoch, rannte eine erschrockene ältere Dame über den Haufen und prallte gegen den Empfang.

Der Drachen starrte mich über den Rand seiner Brille missbilligend an, wie ich da hing und nach Atem rang. »Er ist eben weg, junges Fräulein. Vermutlich zum Kaffeestand, er sagte etwas in die Richtung.« Sie musterte mich. »Ist das Blut auf Ihrem Arm?«

Ich reagierte nicht, schnappte mir alles, was an Sauerstoff da war, und lief erneut los. Die große Uhr über der Kirche zeigte auf fünf vor zwölf. *Kaffeestand. Wo zum Henk... Da!*

»Sam!«

Erstaunt fuhr er herum und lächelte mich an. »Hey, was machst du denn hier? Ich hab was für dich besorgt, aber sag es ja nicht meiner Mum, die filetiert mich gleich mit dem Ding. Geht es dir gut?«

»Mahre«, keuchte ich. »Hier ... töten ...«

»Okay, Hope, beruhige dich. Du kippst ja gleich um.« Er schob mich zu einer Bank und drückte mich auf das kalte Holz. Er hatte irgendetwas in der Hand, aber ich konnte es nicht genau erkennen. In meinem Blickfeld tanzten lauter graue Schleier. Blut sickerte aus einer fiesen Schürfwunde an meinem linken Knie, aber ich fühlte den Schmerz gar nicht. »Hast du wieder geträumt? Aber der Tee …«

»Hab ihn vergessen.« Mühsam kam ich wieder zu Atem. »Er sagte, er wird das töten, was mir auf dieser Welt am meisten bedeutet. Wenn die Uhr genau zwölf schlägt.«

Sams Augen weiteten sich, aber dann nahmen sie einen seltsamen Ausdruck an. »Und da dachtest du an mich? Kleine Fee, das ist sehr …«

»Halt die Klappe.« Meine Gedanken wirbelten durcheinander, während ich die Straße nach möglichen Gefahren abzuscannen versuchte. »Wenn der Mahr nicht hinter dir her ist, wohin …« Ich erstarrte. Etwas segelte durch die Luft, umhergewirbelt vom kalten Wind, und schien im ersten Moment nur eine übergroße Schneeflocke zu sein. Als es vor meinen Füßen landete, stockte mir das Blut in den Adern. Es war das Schild eines Teebeutels. »Miss Ming!«

Ich rannte, so schnell mich meine Füße trugen. Als ich im Laden ankam, war auch das zweite Knie zerschrammt, doch ich konnte mich nicht daran erinnern gestürzt zu sein. Die Ladentür war geschlossen. *Bitte lass sie am Leben sein, bitte lass sie am Leben sein,* flehte ich lautlos und riss die Tür auf. Der Mahr stand mitten im Raum, einen Arm hoch erhoben. Rasiermesserscharfe Krallen blitzten an seinen Fingern.

Vier Finger!

Und dann stießen sie hinab. Ich sah Miss Ming erst, als sie nach hinten fiel. Blut spritzte. Etwas riss und ein ersticktes Gurgeln war zu hören. Dann der Schlag, als ihr kleiner Körper auf dem Boden auftraf. Und das Knirschen, mit dem der letzte Teil meines zerstörten Herzens unter seiner Eisschicht einfach zerbrach. Mein Schrei gellte in meinen eigenen Ohren.

Der Mahr drehte sich herum, die Kapuze war zurückgerutscht und offenbarte ein Gesicht mit ebenmäßigen Zügen, das ebenso wunderschön wie grausam war. Ich hatte mich geirrt, als ich ein Monster mit gelben Augen unter der Kapuze vermutet hatte. Das hier war ein Märchenprinz, aber einer von der bösen Seite. Ein Lächeln offenbarte spitz zulaufende Zähne, auf die jeder Vampir neidisch gewesen wäre.

»Und, Mädchen? Bereust du schon?«

Ich konnte nichts erwidern. Das Entsetzen hielt mich gepackt und lähmte mich. Das Wesen schritt auf mich zu, die kalten Augen fest auf mich gerichtet, und streckte die Hand aus. Kalt streiften die Klauen meine Wange, jagten Schauer des Entsetzens über meinen Rücken.

»Nimueh!«, flüsterte ich. »Nimueh, bitte!«

Der Mahr lachte auf. »In dieser Welt kann sie dich nicht retten, kleines Mädchen! Ihre Königin hat es verboten.« Er brach ab, als etwas gegen seinen Kopf knallte und diesen ruckartig nach vorne warf. Eine seiner Klauen hinterließ einen glühenden Streifen auf meiner Wange.

»Hope!«, brüllte Sam von der Tür. »Fang.« Das Ding, das er bei sich gehabt hatte, flog durch die Luft.

Geistesgegenwärtig streckte ich die Hand aus, schnappte den länglichen Gegenstand aus der Luft und streifte die Hülle ab. Ein Schwert. Das Heft war lang und irgendwie steif. Die Klinge fing das Licht der Lampe auf und zerbrach es in tausend Strahlen.

»Mach den Bastard alle!«, rief Sam.

Ich hob das Schwert und stürzte auf das Monster zu. Aber in dieser Welt war ich keine Heldin, nur ein Straßenkind und das Schwert lag schwer und ungelenk in meinen Händen. Mit einer raschen Bewegung wich das Wesen aus und ich rutschte in der Blutlache aus, verlor das Gleichgewicht. Ich fing mich mit einer Hand ab, Schmerz zuckte durch mein Handgelenk. Die warme Flüssigkeit ließ mich würgen, entsetzt wich ich zurück, versuchte das Blut abzuwischen und prallte hart gegen einen der niedrigen Tische. Mit einem Poltern brach die sorgfältig aufgeschichtete Pyramide aus Teepäckchen zusammen.

Sam stieß einen wütenden Schrei aus, dann ertönte ein Klatschen, gefolgt von einem erstickten Stöhnen. Ich rappelte mich auf. Das Monster hatte die Hand um Sams Kehle geschlossen und drückte ihn gegen die Wand. Ich hob das Schwert, das mir entglitten war, auf. Der Griff war rot und rutschig und mein Mageninhalt geriet bedrohlich in Bewegung.

»Lass ihn los«, rief ich.

Der Mahr lächelte mich an. »Du bist deiner Mutter sehr ähnlich, weißt du das? Sie hat auch immer versucht die anderen zu retten.«

»Lass doch die Sprüche«, ächzte Sam. »Die sind so klischeehaft …« Er verstummte mit einem Stöhnen, als der Mahr fester zudrückte.

Ich räusperte mich. Die Worte wollten nicht über meine Lippen. Zu schlimm konnten die Konsequenzen sein. »Warum hat meine Mutter euch befreit?«

»Aus Liebe, kleines Mädchen. Aus purer glühender Liebe. Sie wollte deinen Vater retten. Vergeblich, leider, aber das konnte sie ja nur ahnen.« Er lächelte noch immer, seine Augen blickten in die Erinnerung. »Es war wirklich eine Freude, dieser Verrat. Niemand hat die Feen je so geschändet wie sie. Und …« Er kam nicht weiter. Eine Klinge stieß durch seinen Hals und stoppte nur wenige Zentimeter vor Sams Nasenspitze.

Nimuehs Miene war eiskalt und doch loderte brennender Schmerz, gemischt mit Genugtuung, in ihren Augen, als sie den schmalen Dolch zurückzog. Schwarzes Blut tropfte von der Klinge. Der Mahr ließ Sam los, der zusammensackte, griff sich an den Hals und drehte sich schwankend um, als wolle er nachsehen, wer ihn da so heimtückisch angefallen hatte. Ein Gurgeln kam aus seiner Kehle, Blut tropfte über seine bleichen Lippen. Dann stürzte er.

Nimueh drehte sich zu mir um, ihr Blick wanderte über das Blut, das an mir klebte. »Hope, geht es dir gut? Ich habe dich gehört und kam, so schnell ich konnte.«

»Zu spät.« Das Schwert glitt aus meiner Hand, so wie die Anspannung von meinen Schultern. Steif drehte ich mich um und wankte mit schlurfenden Schritten zu der reglosen Gestalt hinüber. Miss Mings Augen standen offen und blickten leer an die Decke. Ich ging neben ihr in die Knie und versuchte ihre Lider zu schließen, doch meine Finger zitterten zu sehr und hinterließen nichts als rote Schlieren auf ihrer weißen Haut. Ich schluchzte auf. *Zu spät*, hämmerte es in meinem Kopf. *Du bist zu spät. Weil du selbst nicht weißt, wer dir das Liebste ist. Du hättest sie retten können!«*

»Hope.« Hände berührten mich, aber ich schlug sie weg. »Hope, wir müssen gehen. Die Polizei wird gleich hier sein. Sie dürfen dich nicht sehen!«

Ich reagierte nicht, wollte nicht. Ich umklammerte die Hand der alten Dame, als könnte sie das zu mir zurückbringen. Jemand murmelte etwas, dann war da eine warme Präsenz in meinem Rücken.

»Du wirst mich dafür hassen, ich weiß, aber es muss sein«, flüsterte Sam mir ins Ohr. Dann löste er meine Finger mit Gewalt von der Hand der Leiche und hob mich hoch.

Ich strampelte und wollte schreien, doch kein Laut kam über meine Lippen und auch die Gegenwehr erschlaffte, als jegliche Kraft aus meinen Gliedern wich.

Und dann war da nur noch Schwärze, zerrissen von gellenden Schreien und roten Tropfen, die langsam von einer weißen Hand fielen.

Kapitel 29

Gebrochene Flügel

Die Schwärze waberte um mich herum, wich einem dunklen Grau, wurde heller und wieder dunkler. Es dauerte eine Weile, bis ich verstand, dass ich mich fortbewegte. Erst in einem Wagen, dann auf Sams Armen. Als die Schwärze weiter wich, fand ich mich auf dem Boden wieder, den Rücken gegen etwas Kaltes gelehnt. Kälte. Hell. Fliesen. Badezimmer.

Sams Mutter beugte sich über mich und wischte mir mit einem warmen Waschlappen behutsam über die Wange. »Was ist denn passiert?«

»Miss Ming. Eins von diesen Mistviechern hat sie einfach aufgeschlitzt.« Zorn und Unglauben ließen Sams Stimme zittern. »Die Polizei ist jetzt da, ich weiß nicht ...«

»Sie werden nichts finden.«

Nimueh.

Ich erkannte ihre Stimme sofort. Zorn wallte in mir auf, doch ich war wie gelähmt. Die Schwärze ließ mich nicht los, drückte meine Augenlieder nieder und fesselte meine Lippen.

»Ich habe den Mahr beseitigt«, fuhr die Fee fort.

Sams Mutter stieß einen spitzen Schrei aus. »Wer ...«

»Mum, Nimueh Leyra Avara, Fee vom königlichen Hof seiner Majestät, Königin Liviana, Herrscherin über Yaoráo und so weiter. Nimueh, das ist meine Mutter und verdammt noch mal, schleich dich nie wieder so an!« Sam klang wütend. Sehr wütend. Ich fragte mich, ob das Nimueh beeindruckte.

Irgendwer rang nach Atem. Juliet wahrscheinlich. »Sie ... Sie sind ...«

»Ja«, sagte Nimueh schlicht. »Es tut mir leid, dass Sie und Ihre Familie in diese Umstände geraten sind, aber sorgen Sie sich nicht. Die Polizei wird sie nicht in Zusammenhang mit der Tat bringen.«

»Heißt das ...« Juliet stockte, schluckte, setzte erneut an und brach doch wieder hilflos ab. Mein Herz krampfte sich schmerzhaft zusammen. Sie sollte das nicht erleben müssen! »Ist Mai-Lin ...?«

»Sie ist tot, Mum.« Ich glaubte in den Schatten zu sehen, wie Sam auf Juliet zu trat. »Es tut mir so leid.«

Juliet schluchzte. »Und dieses Ding ...?«

»Tot«, sagte Nimueh. »Es wird niemandem mehr schaden.«

»Aber es gibt mehr von denen«, stellte Juliet fest.

»Das stimmt.«

Die Schatten veränderten sich. Jemand kniete sich neben mich und wischte mir mit zitternden Fingern das Blut vom Gesicht. Ich erkannte Juliet an ihrem Parfüm. Ich wollte mich bewegen, doch es ging nicht. Die Schatten hielten mich. Ich spürte Sam an meiner anderen Seite. Behutsam wuschen sie Miss Mings Blut von meiner Haut.

»Wie lange wird sie so sein?«, fragte Sam.

»Bis ihr Gehirn den Schmerz verarbeitet hat. Es kann eine Weile dauern.« Nimueh klang todtraurig, doch ich verspürte kein Mitleid mit ihr. Ich spürte gar nichts außer kaltem, brutalem Schmerz. »Ich muss gehen. Man wird schon bemerkt haben, was ich getan habe.«

»Dann hatte dieses Ding Recht?«, fragte Sam schockiert. »Die Königin hat wirklich verboten, dass ihr eingreift?«

»Sie hat die Welten getrennt, um uns vor weiterem Verrat zu schützen. Wir sollten nicht herkommen, es ist uns verboten, aber Hope ...« Nimueh brach ab. Sie klang, als gehe ihr langsam der Sauerstoff aus. »Sie ... hat mich doch gerufen. Und sie hatte solche Angst, ich konnte es spüren.«

»Ich werde auf sie aufpassen«, versprach Sam, obwohl er nicht wissen konnte, ob er dieses Versprechen würde halten können. Einem Mahr war er nicht gewachsen. Ich war es auch nicht. Niemand war es. Sie waren so viel stärker. »Kannst du ... du hast nicht zufällig etwas, dass sie aufhält?«

Schweigen. Ich stemmte mich gegen die Schatten. Brüllte und schrie, doch kein Ton kam hervor und nichts bewegte sich.

»Hier«, sagte Nimueh. »Streu das vor Türen und Fenster und jede Öffnung. Die Linie darf nicht durchbrochen werden.«

»Steinsalz?«, brummte Sam. »Ich kenne da ein paar Leute, die von dieser Theorie sehr begeistert sind.«

»Nimm auch die hier«, fügte die Fee hinzu. »Damit wird Hope besser kämpfen können als mit einem Menschenschwert.«

»Ich nehme an, Pistolen nutzen bei diesen Dingern nicht, oder?«, fragte Sam.

Endlich wichen die Schatten etwas auseinander. Ich sah Nimueh, ihre Konturen waren jedoch nicht scharf und es wirkte, als verblasse ihre Gestalt immer mehr.

»Man ruft mich. Ich muss fort.« Sie streckte die Hand nach mir aus, aber ich wich mit aller Macht zurück. Auch wenn es sich nicht anfühlte, als hätte ich mich bewegt, so sah ich doch an der Qual auf ihrem Gesicht, dass ich es getan haben musste.

»Lass ihr Zeit«, sagte Sam leise. »Ihr Herz ist gebrochen. Ich werde versuchen mit ihr zu reden.«

NEIN, brüllte ich lautlos, doch niemand hörte mich.

»Leb wohl, Sam«, sagte Nimueh traurig. »Beschütze sie gut.« Damit verblasste sie ganz.

Sams Mutter sog scharf die Luft ein. »Und ich dachte ich, hätte beim Kiffen abgefahrene Dinge gesehen!« Irritiert wandte er sich zu ihr um, aber sie hob nur die Schultern. »Was denn? Ich war nicht immer Mutter. Und jetzt geh und sag deinem Vater, er soll den Schlüssel zum Waffenschrank suchen.«

»Vielleicht sollten wir lieber ein paar Sachen packen und hier verschwinden.«

»Und du glaubst, die würden uns woanders nicht finden?«, fragte Juliet.

Doch, wollte ich sagen, *das würden sie*. Auch wenn ich es nicht verstand. *Wie ist es möglich, dass diese Albtraumwesen jetzt auf einmal hier Gestalt annehmen? Sind sie durch etwas gestärkt worden? Bricht jetzt der Krieg zwischen Mahren und*

Feen erneut aus? Nur dass die Feen sich bisher eher passiv gezeigt haben, von Nimueh einmal abgesehen. Aber was wusste ich schon? Die Schatten kamen zurück und mit ihnen eine bleierne Schwere, die an mir hochkroch.

Sam rieb sich über die Augen. »Ich bin gleich wieder da, okay? Falls sie aufwacht …«

»Ich komme schon klar«, sagte seine Mutter seltsam gefasst. »Sam? Du … du wurdest nicht verletzt, oder? Tut mir leid, ich hätte viel eher fragen sollen …«

»Nein, Mum. Nimueh hat uns beide gerettet.«

»Die Fee.« Sams Mutter nickte. »Ich sollte schockierter sein, oder? Vielleicht sollte ich schreien. Die Frauen in den Filmen schreien doch auch immer.«

»Bitte nicht schreien, Mum. Dann dreh ich durch.«

»Ach, dann dreht der Herr durch, ja? Blutüberströmte Mädchen, die Tore in andere Welten öffnen können, und Feen reichen dir nicht?«, fragte sie gespielt schnippisch.

Sam zog die Schultern hoch. »Was soll ich sagen?«

»Gar nichts«, seufzte Juliet. »Such deinen Vater. Und halte deine Schwester von hier fern. Ich will nicht, dass sie noch mehr von alldem sieht als ohnehin schon.«

»Okay.« An der Tür hielt Sam noch einmal inne. »Mum? Ich hab dich lieb.«

»Ich dich auch, Sam. Aber über die Wahl deiner Freundinnen sollten wir nochmal reden.«

Das Letzte, was ich sah, war sein schwaches Lächeln. Dann gewann die Dunkelheit.

***

Ich antwortete nicht, als es an der Zimmertür klopfte, starrte nur weiter ins Nichts. Die Zimmertür schwang auf. Sam. Er sog die Luft ein, vermutlich wegen des leeren Bettes. Als er mich am Fenster stehen sah, wirkte er erleichtert. Er blickte auf den roten Kratzer, der sich leuchtend von meinem Gesicht abhob, dann hob er die Hand und kam auf mich zu. »Hier, den hat meine Mum dir abgenommen, weil das Blut …«

Ich riss ihm den Vogel aus der Hand. Für einen Moment schaute ich das hölzerne Tier an, dann warf ich es mit aller Kraft an die Wand. Ein Knacken zerriss die Luft – ein leiser Schmerzensschrei. Dann fiel der Vogel zu Boden.

Erschrocken eilte Sam zu der kleinen Figur hinüber. Ein abgebrochener Flügel lag neben ihr. »Hope! Was ist denn mit dir los?« Behutsam hob er den Vogel auf. »Keine Sorge, das kriege ich wieder hin. Ist nicht das erste Mal. Als ich ihn gefunden habe, bin ich aus Versehen draufgetreten. Ich hab es, so gut es ging, geklebt ... Hat mich gewundert, dass du das gar nicht gemerkt hast.«

»Du Held«, erwiderte ich tonlos. »Tu, was du willst. Ich will ihn nicht.«

»Hope, du liebst diesen Vogel.«

»Erzähl mir nicht, wen ich liebe«, schrie ich. »Wenn ich das wüsste, dann wäre ich heute nicht zu spät gekommen.«

Er wollte die Hand nach mir ausstrecken, doch ein Blick in mein Gesicht ließ ihn innehalten. »Verd ... deine Augen!«

Ich stutzte, sah, wie er den Drang unterdrückte vor mir zurückzuweichen, und fühlte mich noch elender. Ein Wimmern kroch meinen Hals herauf. »Geh weg.«

»Ich lasse dich nicht alleine.«

»Geh weg«, flüsterte ich erstickt. »Bitte.«

Hilflos sanken seine Hände hinab, während ich vor ihm zurückwich und in das Bett kletterte, fort von ihm, während ein hilfloses Schluchzen meine Schultern schüttelte. Sam ließ den Kopf hängen. Mit schweren Schritten ging er zur Tür und schloss sie leise hinter sich.

Dann war ich allein.

Kapitel 30

Sprung ins Nichts

Ich fragte mich im Nachhinein, was die Mahre dieses Mal aus meinem Schlaf ferngehalten hatte. *Besitzen am Ende selbst diese Ungeheuer einen letzten Rest Feingefühl und lassen mich in meiner Trauer allein? Ist die Strafe in ihren Augen groß genug? Oder ist die Schwärze um mich herum einfach so dicht, dass nicht einmal sie hindurchdringen können?*

Als ich aufwachte, war ich nicht mehr alleine. Um mich herum türmten sich Kuscheltiere und jemand hatte mich mit einer flauschigen rosa Decke, auf der ein Einhorn über einen Regenbogen galoppiert, zugedeckt. Das Fell eines plüschigen Bären kitzelte mich in der Nase und eine Wärmflasche, in Form einer pinken Eule, drückte gegen meinen Bauch. Anni. Ein Lächeln wollte sich auf meine Lippen setzen, doch es fand keinen Halt.

Ich betrachtete meine Hände und sah den winzigen Rest Blut unter dem Fingernagel meines Zeigefingers. Das Blut einer Freundin. Ich rief mir ihr Gesicht vor Augen und wollte weinen, aber da waren keine Tränen mehr. Das Eis in mir war zu Tränen geschmolzen, und als die alle geflossen waren, hatte mich das verwundet und schutzlos zurückgelassen. Meine Kette lag neben mir. Der Vogel wirkte klein und zerbrechlich. Ich hatte doch noch Tränen. Sie tropften mir vom Kinn, als ich die Kette um meinen Hals legte.

»Es ist nicht richtig«, flüsterte ich und wusste selber nicht genau, was ich damit meinte. Aber Fakt war, dass ich einen Fehler beging. Jetzt und hier. Genau in diesem Moment. Ich durfte nicht daliegen und trauern, während diese Monster einen Weg in diese Welt fanden. So fehl am Platz ich mich hier auch oft fühlte – vor meinem geistigen Auge sah ich Anni, wie sie einem Mahr gegenüberstand. Ein pinkes Kleid vor einem schwarzen Umhang.

Nein!

Entschlossen sprang ich aus dem Bett. Ich machte mir nicht die Mühe mich umzuziehen. Dort, wo ich hinging, war die Klamottenwahl sehr einfach.

Sam sprang auf, als ich die Tür aufriss. Er hatte auf dem Flur gewartet. Wenn ich die Ringe unter seinen Augen richtig deutete, eine sehr lange Zeit. Er war blass und sein Haar ganz zerzaust. »Hope, was ...«

Ich reagierte nicht, sondern stampfte an ihm vorbei den Flur entlang.

Mein Ziel schien ihm schnell klar zu werden und in seiner Stimme schwang jetzt Angst mit: »Hope, nicht! Sag mir, dass du das nicht tun willst!«

Statt einer Antwort stieß ich die Tür zum Bücherzimmer auf. Ich fand die Kiste schnell und hielt sie Sam entgegen. »Öffne es.« Ich erkannte meine eigene Stimme nicht.

Sam verschränkte die Arme vor der Brust und schüttelte vehement den Kopf. »Vergiss es.«

»Sam, öffne sie!«

»Hope, was du vorhast, ist totaler Wahnsinn. Ich lasse das nicht zu. Nicht so!«

»Leider hast du da aber nicht mitzureden«, erwiderte ich.

»Habe ich wohl und das weißt du ganz genau. Ich soll dich beschützen!«

»Du sollst auf meiner Seite stehen!«, schrie ich. »Ich brauche keinen Schutz, ich brauche einen Freund!«

Sam wurde weiß wie die Wand, vor der er stand. »Hope ...«

Ich ahnte, dass ich es bereuen würde, doch er ließ mir keine Wahl. Wenn ich mich diesen Dingen jetzt nicht stellte, würde ich vielleicht nie wieder die Kraft dazu finden. Ich hob die Kiste über den Kopf und warf sie, so fest ich konnte, gegen die Wand. Das Knacken klang fast, als würde das Holz schreien. Ich glaubte zu fühlen, wie der Vogel auf meiner Brust schmerzvoll zusammenzuckte. Dann sprang ich vor und zog das Buch aus den Trümmern. Fast hätte ich es fallen gelassen, so heftig war der Stoß, der mich durchzuckte. Ich warf es auf den Tisch und funkelte Sam an. »Du kannst ...«

»Leute?« Anni tauchte hinter einem Regal auf. Sie hielt einen Plüschschneemann im Arm und trug noch ihren Schlafanzug. Ihre Augen waren riesig groß und rund. »Sind das da draußen die Bösen?«

Es hatte wieder geschneit. Hinter der Fensterscheibe war alles vom dichten Schnee bedeckt, als kuschle sich die Welt unter einer dicken Decke ein. Alles war still und weiß. Bis auf die in zerfetzte Kutten gehüllten Gestalten, die am Waldrand standen. Reglos. Und doch waberte das Böse um sie herum wie eine giftige Wolke.

»Es sind die Bösen, oder?«, fragte Anni und klammerte sich an ihren Schneemann. »Sie sehen aus, wie Böse aussehen.«

»Stimmt, Süße«, antwortete Sam und ich konnte die Angst in seiner Stimme hören, auch wenn er sie zu verbergen suchte. »Geh zu Mum, ja? Sag ihr, was du gesehen hast, und verlass ja nicht das Haus, hast du gehört? Das ist kein Spaß, Anni.«

»Ok.« Sie drehte sich um und flitzte aus dem Raum, aber an der Tür blieb sie noch einmal stehen und sah mich aus großen Kinderaugen an. »Ich weiß, dass du traurig bist. Aber wir bräuchten jetzt wirklich eine gute Fee, die uns rettet.«

Beinahe wäre ich zusammengebrochen. Ein Schluchzen kroch über meine Lippen, ehe ich es verhindern konnte. Ich eilte zum Tisch. »Versuch deine Familie zu überreden, dass sie mit dir das Haus verlassen.«

»Sie werden uns nicht gehen lassen«, entgegnete Sam.

»Sie wollen mich. Vielleicht lassen sie euch gehen.«

»Vielleicht auch nicht.«

»Dann ... dann versuch Waffen aufzutreiben. Und verriegelt die Türen.« Wir wussten beide, dass sie das nicht aufhalten würde. »Ich komme zurück, so schnell ich kann.«

»Ich komme mit«, sagte Sam.

»Nein!«

»Doch! Das ist meine Familie, Hope. Ich muss helfen«, beharrte er.

»Dann hilf ihnen.«

»Das tue ich, indem ich dir den Rücken decke.« Er griff ein Buch aus einem Regal und steckte es sich unter den Pullover, ehe er tief Luft holte. »Also los.«

»Sam …«

»Halt die Klappe und tu es einfach.«

»Deine Mutter sagte, dass es gefährlich wird.«

»Richtig.« Er wirbelte herum und pflückte eine Axt von einem der Regale, die mir sehr bekannt vorkam. »Liebe Grüße von Nimueh. Dein Bogen steht da vorne. Auf geht's.«

»Aber …«

»Hör mir mal zu!« Plötzlich stand er so dicht vor mir, dass sein Atem warm meine Wange streifte. Sein Blick flackerte. »Ich. Werde. Dich. Da. Nicht. Alleine. Reingehen. Lassen. Okay?«

»Was, wenn ich dich nicht beschützen kann vor dem, was uns da erwartet.«

Für einen Moment wurden seine Züge weich. »Ach, du dummes Mädchen«, murmelte er. Dann beugte er sich vor und küsste mich. Kurz und mit zitternden Lippen und doch barst das letzte bisschen Eis um mein Herz mit einem Knirschen und zerplatzte. Warme Tropfen strömten durch mich hindurch und kämpften gegen die Kälte an, gegen die Angst, die mich wieder zu packen drohte. Sie waren noch da, als Sam sich aufrichtete und nach meiner Hand fasste. Ihr Name war Hoffnung.

Sam drückte meine Finger. »Also los. Auf nach Nimmerland.«

Kapitel 31

Die Königin der Feen

Das Tor zu öffnen und zu passieren schmerzte, als wehre sich etwas in meinem Körper dagegen. Das Flüstern war hart und scharf, doch das Buch öffnete das Tor bereitwillig – vielleicht spürte es die Dringlichkeit unseres Anliegens. Hastig wechselte ich meine Kleidung, legte mir den Bogen meines Vaters über die Schulter und zückte die Axt.

Sam sah etwas kläglich aus in seinen Jeans, aber wenigstens trug er feste Schuhe. »Wenn das so weitergeht, fange ich noch an immer einen Kleidersack mit mir herumzuschleppen«, knurrte er. »Ist es das?« Er wies auf das Labyrinth, das sich nicht weit von uns erstreckte.

Ich nickte. »Pass auf, ja? Hier treffe ich sie immer.« Ich wagte nicht sie beim Namen zu nennen. Unsere einzige Chance, das hier zu überstehen, bestand darin, unentdeckt zu bleiben.

Mit großen Schritten jagten wir durch den Schnee. Jede Sekunde rechnete ich mit einem Angriff, aber es kam keiner. Vielleicht weil sie in England waren? Wie viele gab es von den Viechern überhaupt? Und wie schnell konnten sie zwischen den Welten wechseln? Die Statuen schienen streng auf uns herabzuschauen, aber es geschah nichts. Ungehindert erreichten wir das Labyrinth und passierten die ersten Meter bis zu einer Weggabelung.

»Wir haben keine Zeit uns zu verirren«, stöhnte ich. »Aber ich weiß den Weg nicht.«

»Was ist mit ihm?« Sam deutete auf meinen Hals, aber es dauerte eine geschlagene Minute, bis ich verstand, worauf er hinauswollte, und den hölzernen Vogel behutsam in die Hände nahm.

»Hey, Kleiner, ich weiß, du bist nicht gerade mein größter Fan, aber ... ich brauche jetzt echt deine Hilfe. Bitte ...« Eine Träne löste sich aus meinem Augenwinkel und fiel auf das Holz. »Bitte!«

Einen Moment lang passierte gar nichts und meine Schultern sanken schon entmutigt, da gab der Vogel ein leises Zwitschern von sich und regte sich. Vorsichtig hob er den Kopf und sah mich an, als wolle er sichergehen, dass ich wieder bei klarem Verstand war.

»Es tut mir leid«, flüsterte ich. »Echt, es tut mir wirklich leid.«

Er zwitscherte wieder, dann erhob er sich mit behutsamen Flügelschlägen in die Luft.

»Wie nett«, murmelte Sam. »Ein Pfadfinder.« Er nahm meine Hand und wir rannten los.

Ich verlor den Überblick zwischen all dem Grün, den Kreuzungen und Abbiegungen. Es schien Ewigkeiten zu dauern, doch dann endete es plötzlich. Aber der Anblick, der sich uns da bot, war nicht gerade hilfreich.

»Ach du Schande«, ächzte Sam.

Das traf es gut. Wir standen auf einer steil abfallenden Klippe. Vor uns lag eine Wald- und Wiesenlandschaft, durchzogen von Flussarmen und kleinen Seen. Ein schönes Bild. Jedenfalls war das mal so gewesen. Jetzt wirkte es, als hätte ein Riese dieses Bild genommen und zerbrochen. Risse durchpflügten die Erde, ganze Stücke waren verschluckt worden. Irgendetwas hatte die Farbe aus der Umgebung gesogen und nur ein kränkliches Grau zurückgelassen, das in finstere Schwärze überging. Ein eisiger Wind zerrte an meinen Haaren. Es sah aus wie auf dem Cover eines Weltuntergang-SF-Romans.

Sam schaute mich fragend an. »Was ist denn hier passiert?«

»Die Feenkönigin hat den Weg zum Schloss versperrt.« Keine Ahnung, woher ich das wusste – ich hatte es für den Moment aufgegeben, die Dinge in dieser Welt zu hinterfragen.

»Und nun?«, meinte Sam.

Ich wollte eben ratlos die Schultern zucken, als sich die Szenerie veränderte. Licht flammte am Rande meines Sichtfelds auf, ein warmer Windstoß berührte meine Wange. Ich drehte den Kopf und erstarrte, während Sam einen erschrockenen Ruf ausstieß.

Das Wesen, das sich aus der zerbrochenen Welt gelöst hatte, war riesig und schneeweiß. Es hatte den Körper eines Löwen, aber mit riesigen Flügeln, und der Kopf ähnelte keinem Tier, das ich kannte. Ein langer, eleganter Hals und schmale dunkle Augen unter einem angedeuteten Hahnenkamm. Seine gewaltigen Tatzen verursachten keinerlei Geräusch, als es neben uns auf der Klippe aufsetzte. Die Art, wie es den Kopf schief legte und mich ansah, kam mir seltsam vertraut vor. Ich machte einen Schritt nach vorne, doch Sam packte meinen Arm.

»Bist du bekloppt? Bleib weg da!«

»Aber …«

Im nächsten Moment kam ein leises Knurren aus der Kehle des Wesens. Sams Griff verstärkte sich, aber ich spürte, dass dieses Geräusch keineswegs böse gemeint war. Im Gegenteil.

»Was zum Geier ist das?!«, ächzte Sam.

Das Wesen blickte mich an und … schien beinahe zu lächeln. Insoweit mystische Geschöpfe zu so etwas fähig waren.

Und wieder war das Wissen einfach da: »Nüwáng«, flüsterte ich und der riesige weiße Kopf neigte sich zu einem sachten Nicken.

Sam beruhigte das ganz und gar nicht. »Aha. Ein Freund von dir?«

»Es ist eine Sie.« Plötzlich klebte ein riesiges Grinsen in meinem Gesicht. »Du kennst sie auch.« Ehe er mich erneut festhalten konnte, war ich schon vorgetreten und streckte die Hand aus. Nüwáng beugte den gewaltigen Kopf, bis ich meine Hand auf ihre Nase legen konnte.

Sam sog scharf die Luft ein. »Hope!«

Nüwángs Haut war wunderbar warm, als fließe statt Blut Feuer durch ihre Adern. Ein leises Summen stieg aus ihrer Kehle auf und vibrierte in meinen Fingerspitzen. Es fühlte sich an wie ein Strom aus purer Hoffnung.

Sam bewegte sich unruhig hinter mir. »Ist das … der Drache von König Artus?«

»Ja.«

»Und was hat sie getan, einen Haufen Pokémon-Bonbons gefressen und sich dann weiterentwickelt?«

»Keine Ahnung«, sagte ich abwesend. Der Blick in Nüwángs Augen war beinahe hypnotisch. So viel Wissen schien darin zu liegen.

»Vielleicht ist sie doch Frau Mahlzahn«, überlegte Sam laut. Seine eigene Stimme schien ihn immer noch am besten zu beruhigen. »Auf meiner Hörspiel-Kassette war das auch so. Erst war sie eine miese, fiese Ziege und am Ende Dumbeldore in weiblicher Drachenform. Äußerst verwirrend für einen sechsjährigen Jungen, aber ... WAS ZUM GEISER TUST DU DA??«

Während seiner Tirade war ich näher an Nüwáng herangetreten, und als sie den Hals weiter beugte, kletterte ich kurzerhand hinauf. Es war eine wackeligere Angelegenheit, als ich gedacht hätte. »Sie wird uns zum Feenschloss bringen«, erklärte ich meinem leicht grün angelaufenen Gefährten. »Komm.«

»Bei aller Liebe, Daenerys, aber du glaubst ja wohl nicht ...« Sam brach abrupt ab. Nüwáng hatte sich mit einem gewaltigen Flügelschlag nach oben katapultiert, der mich fast von ihrem Hals geworfen hätte. Mit aller Macht klammerte ich mich an den weichen Federn fest und sah nach unten. Nüwáng packte Sam mit zwei Tatzen und hielt ihn wie eine Spielzeugpuppe vor der Brust. Sam brüllte irgendetwas Unverständliches, sein Gesicht wandelte sich von Grün zu Weiß zu Rot und wieder zurück. Er zappelte und für einen schrecklichen Moment sah ich ihn in die grauschwarze Niemandslandschaft hinabstürzen und von der Dunkelheit verschluckt werden.

»Sam!«, schrie ich. »Sie hält dich fest. Bleib ruhig.«

»Ruhig bleiben?!«, brüllte er. »Pass bloß auf, wenn wir wieder festen Boden unter den Füßen haben! Feenkräfte hin oder her, das zahle ich dir heim, Hope! Meine Rache wird ...« Alles Weitere ging in einem Gurgeln unter.

Ich drückte mich enger an Nüwáng, während mein schlechtes Gewissen mit dem Grinsen auf meinen Lippen haderte. Die Landschaft um uns herum war trostlos und kaputt. Eine Art Nebel waberte vor uns und Nüwáng steuerte direkt darauf zu. Ich kniff die Augen zusammen, erwartete Nässe oder etwas wie Spinnenweben, doch da war gar nichts, nur plötzliche Helligkeit, die gegen meine Augenlider drängte.

Und da lag es. Das Schloss der Feen. Es war riesig. Türme mit abgerundeten Dächern ragten so weit in den Himmel, dass sie die Wolken zu berühren schienen. Die Mauern waren grün und mattgolden, als wäre es direkt aus dem Wald gewachsen. Für einen Moment raubte mir der Anblick den Atem.

Nüwáng setzte zur Landung an, sanft entließen ihre riesigen Tatzen Sam auf weiches Gras, ehe sie selber neben ihm den Boden berührte. Sam torkelte und fiel, raffte sich wieder auf, starrte mich wütend an und ging wieder zu Boden, während sein Gesicht sich immer grüner färbte.

Ich landete ein klein wenig eleganter, auch wenn meine Knie ziemlich schlotterten. »Muss ich dir die Haare zurückhalten?«, fragte ich und bereute es im nächsten Moment ein bisschen, als Sam mir einen gequält-wütenden Blick zuwarf. »Tschuldige.«

»Mhrmph«, machte er. »Und warum bringt uns dein XL fliegender Teppich nicht zur Mama of Drama?«

Nüwáng knurrte leise und Sam wich vorsichtshalber einen Schritt zurück. Nüwáng sah mich an, schüttelte leicht den Kopf und spreizte die Flügel. Etwas wie Angst lag in ihren Augen. Angst vor der Feenkönigin? Oder drehte ich jetzt schon komplett durch?

»Keine Ahnung«, überlegte ich laut. »Aber die zwei Schritte werden wir schon schaffen.« Ich streckte die Hand aus und Nüwáng drückte ihre Nase dagegen. Ein Grummeln vibrierte in ihrer Kehle. Es klang wie eine Warnung und plötzlich wurde mir kalt.

Langsam schritt ich auf das Schloss zu. Vor dem Eingang lagen zwei gewaltige Sphinx, die uns aus steinernen Augen musterten. Als wir weitergingen, stieß eine von beiden ein tiefes Knurren aus und wir erstarrten.

»Was denn?«, stöhnte Sam. »Das reicht doch wohl allmählich.«

Stirnrunzelnd streichelte ich den Vogel, der wieder an meinem Hals erstarrt war, und machte eine Bewegung nach vorne. Die Statuen blieben ruhig. Doch als Sam sich ebenfalls bewegte, knurrten sie erneut. »Ich fürchte, die haben was gegen dich«, sagte ich. »Bleib hier, ja? Ich bin gleich wieder da.«

»Aber …«

»Hier.« Ich wollte ihm die Axt geben, aber er schüttelte den Kopf.

»Behalt die mal besser. Ich glaube, ich bin hier sehr viel sicherer, als du es da drin sein wirst.«

»Okay.« Ich machte einen Schritt vor, drehte mich dann aber doch noch-mal um. »Sam? Was hast du … Du hast gesagt, meine Augen … Was war mit ihnen?«

»Sie waren dunkel. Beinahe schwarz. Und ganz kalt, wie … Das war wirklich gruselig.« Er lächelte, aber es wirkte gezwungen. »Hope, du bist keine von den Bösen. Ich weiß das. Aber bring da drin einfach niemanden um, okay? Es sei denn, er trägt eine schwarze zerfressene Kutte.«

»Okay«, sagte ich noch einmal.

»Ich glaube an dich.«

»Bin gleich zurück.«

»Wenn nicht, komme ich dich holen.« Er sagte es so ernst, dass ich unwillkürlich lächelte.

Behutsam trat ich vor, ohne die Sphinxe aus den Augen zu lassen, aber sie rührten sich nicht. Eine hohe Treppe mit mattgoldenen Stufen lag vor mir. Sie endete, gerade als meine Beine zu schmerzen begannen. Das Innere des Schlosses war sonnendurchflutet und doch waren da Schatten, die fehl am Platz wirkten. Die Luft roch nach Zitronen und Wald. Gemälde hingen an den Wänden, zeigten tanzende Frauen und weite Landschaften. Ich schritt durch einen breiten, mit Säulen gesäumten Flur, von dem verschiedene Zimmer abgingen. Viele der Türen standen offen, wiesen in verlassene Räume. Alles war still. Niemand zu sehen und doch … Irgendetwas war in diesem Schloss, ich spürte es und hob die Axt etwas höher. Im nächsten Moment bemerkte ich, wie die Zeichen darauf zu flimmern begannen, und ging geistesgegenwärtig hinter einer Säule in Deckung. Gerade noch rechtzeitig. Dort, wo ich eben noch gestanden hatte, durchschlug ein Pfeil die Luft und bohrte sich sirrend in die Wand.

»Hey, nicht schießen!«, rief ich. »Ich gehöre zu den Guten! Ich bin kein Mahr! Mein Name ist Hope und ich muss mit der Königin sprechen. Ich brauche ihre Hilfe.« Die letzten Worte kamen zugegebenermaßen etwas stockend, aber immerhin sprach ich sie aus. *Das war doch mal ein Fortschritt, oder? Jedenfalls, wenn der unsichtbare Schütze da vorne zu den Guten gehört. Wenn nicht, habe ich ein Problem, denn ich sitze in der Falle.*

»Wie bist du hergekommen?«, fragte eine dunkle, eindeutig männliche und eindeutig nicht mahrische Stimme. »Der Weg zum Schloss ist versiegelt.«

»Die Sphinx haben mich durchgelassen.« Ich spähte um die Ecke, sah aber nicht mehr als einen Schatten. »Auf meiner Waffe sind Schriftzeichen der Feen, wenn das etwas beweist. Ich habe sie von Nimueh bekommen. Der ... Schwester der Königin? Sie weiß, wer ich bin.« *Hey, und außerdem bin ich die Tochter von der, wegen der wir alle in diesem Schlamassel mit den Kapuzenmännern stecken. Wie geht's denn so?*

»Leg sie auf den Boden und schieb sie mit dem Fuß zu mir rüber.«

Sonst noch Wünsche? »Dann hast du aber den Bogen *und* die Axt. Nicht sehr fair, oder?« Ich glaubte, ein leises Lachen zu hören, aber vermutlich war das Einbildung.

»Nun gut.« Die Stimme kam näher. »Ich werde nicht schießen. Komm raus und zeig mir die Waffe.«

»Kann ich dir vertrauen?«, fragte ich etwas dämlich.

»Ja«, kam die prompte Antwort.

Hrmph. Ich hatte das dringende Bedürfnis, eine Münze zu werfen oder direkt die Flucht zu ergreifen. Aber der Gedanke an Anni und die Mahre vor ihrem Haus trieb mich mit gesenkter Waffe aus meiner Deckung. *In dieser Welt bin ich schnell, vielleicht kann ich rechtzeitig ausweichen, wenn er sein Wort bricht. Oder wenigstens überleben. Und wenn nicht? Wie soll Sam nach Hause kommen, wenn ich ...*

Die Gedanken zerstoben wie die Flügel einer Pusteblume. Der Mann, der hinter der nächsten Ecke hervortrat, war hochgewachsen und schlank. Sein Haar war so schwarz wie meines und lockte sich ein wenig. Dichte Bartstoppeln bedeckten Wangen und Kinn und ließen ihn älter wirken, auch sein Blick war der eines Mannes, der schon zu viel gesehen hat. Die Narben, die sein Gesicht zierten, zeugten von unendlicher Grausamkeit. Der Bogen in seiner Hand war riesig und die Federn, die aus dem Köcher über seiner Schulter ragten, waren grün gefärbt. Sein Wams war ebenfalls grün und spannte sich über eine breite Brust. Er bewegte sich lautlos, seine ganze Haltung strahlte Stolz und Wachsamkeit aus.

Und obwohl ich ihn noch nie gesehen hatte – außer auf den Bildern, die seine Geschichte in meinem Kopf gezeichnet hatte –, wusste ich, wer das war.

Robin Hood, der König der Diebe.

Für einen Moment war alles Ätzende vergessen und ich war einfach ein Mädchen, das dem Helden seiner Kindheit gegenüberstand. Dem Helden, dessen Lippen sich jetzt zu einem Lächeln des Erkennens verzogen.

»Faith? Kommst du wieder mal, um mich zu retten?«

Und aus der Traum. Ich schüttelte den Kopf. *Wer diese Faith ist, muss ich auch unbedingt noch rauskriegen. Gleich nachdem ich die Welt gerettet habe.* »Du irrst. Ich bin nicht sie.«

»Doch«, erwiderte er und kam näher. »Das bist du. Dein Herz ist wie das ihre.«

Was genau sollte das jetzt heißen? Ich verlegte mich auf ein unbestimmtes Schulterzucken. »Tut mir leid, ich kenne diese Faith nicht. Mein Name ist Hope. Und ich muss zur Königin.«

»Du kennst …?« Ein Schatten glitt über seine Züge, sein Blick heftete sich auf den Bogen, der hinter meiner Schulter hervorragte. Gefühle blitzten so rasend schnell darin auf, dass ich sie nicht festhalten konnte, dann waren sie fort und Ernst färbte die bernsteinfarbene Iris, die von goldenen Sprenkeln durchsetzt war, noch dunkler. »Folge mir.«

Es war gar nicht so einfach, mit diesen langen Beinen Schritt zu halten, aber um in der Nähe von Robin Hood zu sein, hätte ich noch ganz andere Dinge bewerkstelligt. Wir eilten durch leere Gänge, die so sauber waren, als sei hier eben noch eine Putzkolonne durchgerast.

»Warum ist hier niemand?«, fragte ich schließlich, als wir einen ziemlich schick möblierten Salon durchquerten. Alles wirkte so fein – ich hatte Angst, es würde gleich zerbrechen, wenn man dagegenstieß.

»Der Verrat hat das Herz der Königin gebrochen. Es ist nicht leicht in ihrer Nähe zu verweilen. Nur noch ein paar Feen sind geblieben«, antwortete er.

»Und du?« Ich sah ihn von der Seite an. »Wie wird Robin Hood zum Leibwächter der Feenkönigin?«

»Faith brachte mich hierher, in meiner schwersten Stunde. Sie hat versucht uns zu retten, aber es gelang nicht; und sie hielt mich davon ab, Marian zu folgen. Ich sah keinen Sinn mehr im Leben. Hier gab man mir einen neuen. Die Königin ließ mich an ihrer Seite bleiben.«

Mein Herz krampfte sich zusammen. Die Stelle, wo Lady Marian stirbt, war in meinem Buch ganz fleckig, weil ich jedes Mal wieder weinte. Ich wusste nicht, was ich tun sollte und berührte nur seinen Arm.

Robin blieb stehen und lächelte dünn. »Weine doch nicht, Hope.«

»Aber es ist so traurig.«

»Ay.« Er nickte. »Das ist es wohl.« Er machte eine ausladende Handbewegung in die Halle, vor der wir stehen geblieben waren. »Darf ich bekannt machen, Hope? Liviana Isharleen Vianka, Königin der Feen, Herrscherin über Yaoráo. Liv, das ist Hope.«

Die Gestalt auf dem mächtigen Thron, der wie aus dem Nichts aufgetaucht war (ja, ein Thron, ein echter Thron, ganz in Weiß und so), war nicht das, was ich erwartet hatte. Nimueh war eine eindrucksvolle Erscheinung, wunderschön und stark. Doch die Gestalt auf dem Thron war ungesund bleich, ihre Haltung gezwungen und steif. Das blonde Haar hatte sie streng zurückgebunden und tiefe Schatten lagen unter ihren blassgrünen Augen.

»Wir kennen uns«, sagte ich säuerlich. »Jedenfalls heißt es so.«

»Hope.« Ihre Stimme klang beinahe gleichgültig. »Was tust du hier?«

»Jemanden suchen, der mir hilft. Die Mahre haben Yaoráo verlassen und bedrohen Freunde von mir. In der echten Welt. Ich kann sie nicht alleine besiegen.«

»Nein. Das kannst du nicht.« Sie schien nicht überrascht, dass die dunklen Wesen es in die Welt der Menschen geschafft hatten, und in mir regte sich Wut.

Wie kann man denn so beleidigt sein, dass einem plötzlich alles gleichgültig ist? Ich zuckte innerlich zusammen. Manchmal hatte ich mich nicht viel anders verhalten. Also versuchte ich es auf die sanfte Tour. »Hoheit ...«

»Nenn mich ruhig Liv.« Ihre Augen bekamen einen Hauch von Farbe. »So hast du mich früher auch genannt, weißt du?«

»Nein«, sagte ich spitz und bemühte mich um Selbstbeherrschung. »Ich kann mich an besagtes Früher leider nicht erinnern, weil mir jemand meine Erinnerungen genommen hat.«

»Stimmt.« Sie nickte, als würde sie sich erst jetzt daran erinnern, dass sie mein Leben zerstört hatte. *Hupsala.* »Willst du sie zurück?«

Ich stutzte. Damit hatte ich nicht gerechnet. »Ich ... ja, ich denke schon.«

»Sicher? Hast du keine Angst, dass du das, wonach du dich jetzt schon sehnst, obwohl du es nur als Schatten kennst, dann noch schmerzlicher vermissen wirst?«, fragte sie.

»Ich ...« Verwirrt sah ich zu Robin, der mich mitfühlend anschaute und leicht die Schultern hob. »Können wir das vielleicht besprechen, nachdem wir die Welt gerettet haben?«, fragte ich hilflos. »Ich hätte da sowieso noch die eine oder andere Frage.«

»Du willst wissen, warum deine Mutter tat, was sie tat. Wo sie ist. Warum sie dich alleingelassen hat. Warum ich dich alleingelassen habe.« Ein eisiger Hauch wehte plötzlich durch den Raum, trieb winzige Eiskristalle schmerzhaft gegen meine Wangen. Die Kälte schien direkt von ihrer Stimme auszugehen. »Weißt du, Hope ... dein Anblick tut mir weh. Wie du da stehst, in Kleidung, die der deines Vaters sehr ähnlich ist, mit diesem Gesicht. Ihrem Gesicht ...« Sie schüttelte leicht den Kopf. »Es tut so weh.«

»Das tut mir leid. Aber Köni... Liv – die Mahre sind frei! Und sie zerstören die Grenzen. Nimueh hat gesagt, dass die Feenschleier schwächer geworden sind. In der Welt von König Artus war plötzlich ein Drache, der dort nicht hingehörte.« Ich sah mich suchend um. »Wo ist Nimueh überhaupt?«

»Meine Schwester büßt für ihre Taten.«

»Ihre ... wie bitte?«, fragte ich entsetzt. »Was soll das denn heißen?«

»Luminia hat mein Gesetz gebrochen und die Welt der Sterblichen nicht nur betreten, sondern sich auch noch gezeigt.«

»Ja, um mir den Arsch zu retten.« Robin zuckte zusammen, aber ich ignorierte das. »Das kann doch nicht dein Ernst sein!«

Der eisige Hauch wurde noch kälter. Eine Spur von Leben erwachte in den Augen der Königin. »Du vergisst, mit wem du sprichst!«

Im nächsten Moment wurde ich von den Füßen gerissen. Ich schlug mir den Kopf an und sah für einen Moment nur Sterne. Robin rief etwas, aber das ging in dem Sausen in meinen Ohren unter. Mühsam rappelte ich mich hoch und griff nach der Axt, die mir aus der Hand geflogen war.

»Ach, jetzt bist du beleidigt?« Ich wollte die Hände in die Hüften stemmen, erinnerte mich aber an die Axt und ließ es bleiben, ehe ich mir selber ein Bein amputierte. »Die Welt geht gerade unter! Und du sitzt hier auf deinem eisernen Thron und starrst trüb an die Decke! Meine Freundin ist tot!« Die Erinnerung an Miss Mings starres Gesicht brannte und schmerzte, als würde ich mein Herz ins Feuer halten, doch ich zuckte nicht zurück, ließ mich nicht von dem Schmerz mitreißen. »Sie wollte mir helfen! Dir wollte sie helfen! Sie hatte eine Maó in der Familie und wollte ihrer ... Mission die Treue halten. Und dann hat so ein hässliches Viech sie einfach aufgeschlitzt und jetzt ist sie tot! Weil du nichts unternimmst!«

»Zieh mich da nicht mit hinein, Hope. Die Leben der Menschen und der Maó ...«

»ICH ziehe DICH hinein? Wenn hier jemand gezogen wurde, dann ja wohl ich. Hochkant geschubst könnte man es nennen. Und jetzt ist Miss Ming tot, weil ich dieses Monster nicht besiegen konnte! Aber ich werde nicht tatenlos zusehen, wie hier alles zu Bruch geht!«

Im nächsten Moment traf mich etwas hart im Gesicht. Mein Kopf flog zur Seite, meine Lippe platzte mit einem grellen Schmerz auf und heißes Blut tropfte über mein Kinn, landete als krasser Farbkontrast auf dem weißen Boden.

Die Feenkönigin hatte sich auf ihrem Thron vorgelehnt. Wut loderte in den leeren Augen, deren Grün jetzt an einen kalten Stein erinnerte. »Du weißt nicht, wie es ist, wenn du die zwei Menschen, die du am meisten liebst ...«

»Nö, gar nicht, diese Menschen waren ja bloß ihre Eltern. Mit denen fühlt man sich ja absolut gar nicht verbunden oder so.«

Ich wirbelte herum, selbst Robin zuckte zusammen. Sam war ziemlich bleich, aber in seinen Augen flackerte es beinahe ... belustigt? Hoffentlich war er nicht wahnsinnig geworden. Ein riesiger Grasfleck zierte sein Knie und ein breiter Riss zog sich über seinen Pullover. Aber ich sah kein Blut, also schien er nicht verletzt zu sein. Das Schwert in seiner Hand, dessen Spitze gerade eben über dem Boden dahinglitt, machte das Gesamtbild noch beunruhigender.

»Sam?«, fragte ich vorsichtig.

»Ich sagte doch, ich komme dich holen, wenn es mir zu lange dauert.«

»Wie bist du ...?«

»War nicht so wild.« Er ließ mich gar nicht ausreden. »Die zwei Kuschelsteinchen da draußen – pah.«

Er ist eindeutig übergeschnappt. »Und wo hast du das Schwert her?«, fragte ich weiter.

»Lag da rum.« Er deutete mit dem Daumen über die Schulter. Erst jetzt schien er mich richtig anzusehen. »Ist das Blut!?«

Ich berührte sacht meine Lippe und zuckte zusammen. *Aua!*

»Sie miese Kuh«, knurrte Sam und drängte mit dem Schwert in Richtung Königin. Robin trat drohend einen Schritt vor, aber Sam beachtete ihn gar nicht, sondern legte mir eine Hand an die Wange. »Tut es sehr weh?«

»Nicht so doll«, log ich. »Schon okay.«

»Ich glaube dir kein Wort«, flüsterte er und fuhr lauter fort: »Ich will ja nicht drängen, Leute, aber meine Eltern und meine kleine Schwester stecken arg in der Klemme. Also könnten Sie«, er deutete wieder auf die Königin, »sich bitte dazu entschließen, die Armee der Guten oder so zu entsenden? Das wäre hilfreich.«

Liv legte den Kopf schief und betrachtete Sam wie ein interessantes Insekt. »Ist das dein Maó, Hope? Ja, er muss es sein – ich sehe die Verbindung.« Sie blickte zwischen uns hin und her, als betrachte sie ein unsichtbares Band.

»Ja, ist er«, erwiderte ich unruhig. »Sam, die Königin der Feen – Fee, Sam, Robin Hood.« Ich deutete wahllos auf alle Anwesenden. »Also, was jetzt? Werden die Feen gegen die Mahre kämpfen?«

»Und dabei New York in Schutt und Asche legen«, fügte Sam wenig hilfreich hinzu. Seine Hände zitterten.

»Geht es dir gut?«, flüsterte ich und rückte besorgt näher an ihn heran.

»Nein«, sagte er viel zu laut. »Nein, mir geht's gar nicht gut. Ich habe mich gerade durch ein Labyrinth gekämpft und jetzt steht da Kevin Kostner und sieht eher aus wie Jay Ryan mit Bart; und dazu eine Feenkönigin, die so gar keine Ähnlichkeit mit Herrin Galadriel hat, sondern aussieht wie eine Mischung aus Königin Elsa und Whitney Huston nach ihrem Entzug. Nein, stopp.« Er rieb sich die Augen. »Nicht Whitney, die andere ... Auch egal. Meine Eltern – wir haben keine Ahnung, wie viel Zeit vergeht, während wir hier stehen und palavern, wer denn jetzt die Schuld an diesem Schlamassel hat! Lasst uns endlich den Ring ins Feuer werfen!« Er taumelte.

Ich ließ die Axt fallen und sprang vor, um ihn aufzufangen. Sam war viel schwerer, als er aussah, und so gingen wir beide zu Boden. Sam zerquetschte meine Beine. Wenigstens konnte ich seinen Kopf vor einer harten Bekanntschaft mit dem Stein beschützen. Ich unterdrückte einen Schrei: Etwas Klebriges rann über meine Finger. Blut. Sein Haar war am Hinterkopf ganz verklebt und mir wurde schlecht. *Nicht auch noch er!*

»Es ist nicht schlimm«, beruhigte mich Robin, der plötzlich neben mir kniete und Sam sanft auf die Seite drehte. »Er hat einen Schlag abbekommen.« Von irgendwo zauberte er ein altmodisches Taschentuch hervor, legte meine Finger darum und drückte sie auf die Wunde.

Sam stöhnte leise, seine Augen waren noch immer geschlossen. Schweiß stand ihm auf der Stirn. Ich platzierte mich so, dass ich seinen Oberkörper stützen konnte, und streichelte beruhigend seine Schulter.

»Ganz schön mutig«, sagte Robin leise, wie zu sich selbst. »Ich wüsste nicht, dass schon einmal jemand versucht hat an den Sphinx vorbeizukommen.«

Ich drehte mich zu Liv, die noch immer reglos auf ihrem Thron saß. »Könntest du vielleicht deinen magischen Glitzerstab schwingen oder sonst etwas Hilfreiches tun?«

Ihr Blick blieb ausdruckslos. »Warum hast du ihn hergebracht? Und wie? Die Maó reisen nur äußerst selten. Ohne die Hilfe einer Fee solltest du nicht die Kraft haben …«

»Das zu tun? Tja, dank der Tatsache, dass mein Vater von hier stammte, verfüge ich über ein paar Fähigkeiten.« Mein Blick huschte zu Robin. Ob er wusste, wer mein Vater war? Ähnlich schien ich ihm ja nicht zu sehen, sonst hätte er doch etwas gesagt, oder? Sein Gesicht war nachdenklich, aber er schwieg. Also streckte ich eine Hand aus und stellte mir einen riesigen, protzigen roten Stein in einer goldenen Fassung vor. Der Ring war furchtbar hässlich, aber die Demonstration schlug ein wie eine Bombe.

Die Augen der Königin weiteten sich. Sie starrte mich an und dann Robin. »Wie ist das möglich?«

Robin hob die Schultern. In seinen Augen glänzte es. »Faith und Sky waren außergewöhnlich. Es wundert mich nicht, dass ihre Tochter es ebenfalls ist.«

Stopp mal … »Faith und Sky?«, wiederholte ich und plötzlich zitterte meine Stimme. »Sind … sind das die Namen meiner Eltern?«

Robin sah mich an und die nachdenklichen Falten auf seiner Stirn vertieften sich bedenklich. Er wandte den Blick zur Königin. »Liv? Weiß dieses Mädchen nicht, wer ihre Eltern sind?«

»Nein«, erwiderte ich statt der Königin und das Zittern verbreitete sich von meiner Stimme auf meine Hände und Knie. »Nein, ich … sie haben … ich weiß, dass meine Mutter … dass sie es war, die die Mahre freigelassen hat. Es ist ihre Schuld, dass …«

»Nicht!« Robin fasste beinahe grob nach meiner Hand und drückte sie. »Faith ist so viel mehr als das. Deine Mutter ist ein herzensguter Mensch und ich bin sicher, dass sie gute Gründe hatte für das, was sie getan hat.«

»Der Mahr, der Miss Ming … Er wollte Sam töten und … er sagte … er sagte, dass meine Mutter es aus Liebe getan hat. Wegen meines Vaters.« Plötzlich waren die Tränen da und rannen mir ungebeten aus den Augenwinkeln. Ich wischte sie mit der freien Hand weg und klammerte mich an Sam, doch es wurden immer mehr. Ich schaute in Robins Bernsteinaugen und wusste plötzlich, was die Königin gemeint hatte: Ich vermisste meine Eltern schrecklich und mit jeder Information, die ich bekam, wurden ihre Bilder klarer und meine Sehnsucht größer. »Sind sie ... tot?«

Robins Gesicht verzog sich schmerzhaft und er drückte erneut meine Hand. »Es heißt, die Mahre hätten sie getötet. Es tut mir sehr leid, Hope. Ich werde dir alles über deine Eltern erzählen, was du wissen willst, wenn du hierbleibst.«

Sam regte sich mit einem Stöhnen. Seine Lieder flackerten und er zuckte unruhig. Ich drückte seine Hand.

»Sam? Es ist alles gut.« Keine Ahnung, ob er mich hörte. Ich schüttelte sanft den Kopf. »Ich kann nicht bleiben, Robin. Ich muss zurück und Sams Familie helfen. Ich muss die Mahre aufhalten. Irgendwie.«

»Hope, gegen diese Bestien kannst du nicht alleine kämpfen«, entgegnete Robin.

»Dann soll Madame mir helfen.« Wieder schaute ich zu Liv, die gedankenverloren vor sich hinstarrte. »Liv! Hilf mir! Oder lass wenigstens Nimueh mit mir mitgehen!«

»Meine Schwester hat das Gesetz ...«

»Ach du meine Güte, vergiss doch mal das dumme Gesetz!«, fauchte ich. »Diese Welt geht zu Grunde und du sperrst die, die sie retten wollen, ein! Was willst du tun, wenn die Mahre hier antanzen? Einfach dasitzen? Soll ich dir mal was sagen, Hoheit? Du hast arg einen an der Waffel!«

»Was hab ich jetzt wieder getan?«, stöhnte Sam. »Immer hackst du auf mir rum.«

»Dich meinte ich nicht. Ausnahmsweise«, sagte ich, ohne Liv aus den Augen zu lassen, deren Blick sich in meine Haut zu brennen schien. *Hätte sie mich nicht längst mit einem Eisstrahl oder so was vernichten müssen, anstatt mich nur herumzuschubsen? Steht sie darauf, beleidigt zu werden, und auf Blut auf ihrem Fußboden? Nicht dass meine Lippe nicht wehtut, aber ...*

»Hey, der Typ sieht aus wie Robin Hood.«

»Liegt daran, dass es Robin Hood ist.« Ich sah auf Sam. Er war immer noch so blass.

»Oh.« Sam tippte sich grüßend an die Stirn. »Mahlzeit.« Stirnrunzelnd betrachtete er seine Finger. »Hope?«

»Hm?«

»Ich sehe doppelt. Oder mir sind Finger gewachsen. Ich glaube, Ersteres wäre mir lieber. Ich habe doch so schöne Handschuhe ...«

»Du hast dir den Kopf abgeschlagen, weil du nicht auf mich gehört hast.« Ich berührte tröstend seine Wange. »Das wird schon wieder«, versprach ich, obwohl es vielleicht eine Lüge war.

»Wir müssen zu meinen Eltern«, sagte er.

»Ich weiß. Kannst du aufstehen?« Robin half mir ihn hochzuziehen, aber Sam lehnte sich schwer auf mich. »Also was?«, fragte ich Liv. »Trauern oder retten?«

»Sie hat meine Welt vernichtet. Warum sollte ich die ihre retten?«, erwiderte die Königin.

»Damit du nicht als selbstsüchtiges Miststück in die Geschichte eingehst«, grollte ich. »Aber das wirst du wohl. Dann schick uns wenigstens zurück. Und vielen Dank auch für nichts.«

Im nächsten Moment war die Königin auf den Beinen. Ihr Kleid wallte in glitzerndem Eis um sie herum und ihre Augen blitzten leuchtend grün auf, als sie die Hand hochriss. Robin brüllte »Nein!«, doch da flammte schon überall Licht auf.

Geblendet kniff ich die Augen zusammen und drückte mich an Sam, der schützend die Arme um mich schlang und mich zur Seite riss. Es polterte, ich biss mir auf die Zunge und schmeckte Blut. *Das war's*, sagte eine Stimme in meinem Kopf. *Jetzt bist du tot.*

»Es tut mir leid, Sam«, flüsterte ich und für einen Moment hielt er mich so fest, wie er nur konnte.

Dann zerfloss die Welt.

Kapitel 32

Showdown between books and family

Ein lautes Keuchen ließ mich die Augen öffnen. Mein erster Gedanke war: *nicht tot.*

Wir waren zurück in England und Sams Familie starrte uns aus aufgerissenen Augen an.

»Daran werde ich mich wohl nie gewöhnen können«, murmelte Juliet und stieß im nächsten Moment einen Schrei aus. »Ist das schon wieder Blut?!«

Ich blickte auf meine Hände, nickte und sah Sam an. Seine Wangen hatten wieder ein bisschen Farbe angenommen und er tastete verwundert über seinen Hinterkopf. »Tut gar nicht mehr weh.«

Ich zog seine Finger weg und schaute selber nach. Tatsächlich, bis auf ein bisschen getrocknetes Blut in den Haarspitzen war da nichts mehr. Und auch meine Lippe tat gar nicht mehr weh. »Nett«, murmelte ich und sah mich um. »Heißt das, wir sind aus dem ...« Ein Stoß gegen die Tür ließ mich verstummen. Erst jetzt bemerkte ich, dass sich Sams Familie dicht zusammendrängte und mit besorgtem Blick die Tür im Auge behielt, vor der feines Pulver lag. »Was ist das?«

»Irgendwas von Nimueh«, erklärte Sam und griff nach einem Baseballschläger, den Anni ihm hilfsbereit entgegenstreckte. »Sie sind hier?« Juliet nickte nur, der nächste Stoß gegen die Tür erklärte alles Weitere. »Wir kaufen nichts!«, brüllte Sam. »Haut ab.«

Im nächsten Moment flog die Tür aus den Angeln. Wir drängten uns noch ein Stück zurück, an ein Regal. Ich griff Amdir fester, die wie durch Zauberhand neben mir gelegen hatte. Vier Mahre waren es, die hereinpolterten. Die zurückgeschlagenen Kapuzen zeigten ihre wunderschönen Albtraumgesichter mit den kalten Steinaugen. Juliet wimmerte leise. Mein Blick huschte durch den Raum. *Wo ist das Buch? Sie dürfen es nicht in die Hände bekommen! Andererseits ... was wenn sie mich vor die Wahl stellen? Die Feen oder die Winterbuttoms? Ich kann nur hoffen, dass irgendwer die Königin zur Vernunft bringt, ehe sie und ihr blödes Schloss überrannt werden. Und was soll das mit Sam? Ist das eine Art Entschuldigung?*

Ehe ich weiter darüber nachdenken konnte, lächelte mich einer der Mahre an und eine Gänsehaut lief mir über den Rücken. »Zeit zu gehen, kleines Mädchen. Wo ist das Buch?«

»Welches von den vielen hier?«, gab ich bissig zurück.

»Ich kann spüren, dass es hier ist. Der Zauber der Feen klebt daran. So süß, dass es schmerzt. Gib es uns!«

»Willst du nicht noch vorschlagen, dass meinen Freunden dann nichts geschieht?«, fragte ich hämisch.

Sein Lächeln war durch und durch böse. »Wozu noch lügen? Du hast das Spiel schon verloren.«

In mir zog sich alles zusammen. Meine Finger legten sich fester um den Griff der Axt, aber ich wusste, dass es vergebens war. *Hier kann ich sie nicht besiegen. Aber vielleicht kann ich sie aufhalten.*

Der Mahr schüttelte den Kopf, als hätte er meine Gedanken gelesen. »Du kannst uns nicht aufhalten. Nicht alleine.«

»Wer sagt denn, dass sie alleine ist?«

Der Pfeil kam aus dem Nichts und bohrte sich in die Brust der Albtraumgestalt. Ein Zucken ging durch sie hindurch, dann zerrannen die Umrisse des Mahrs zu Schatten. Eine grün gekleidete Gestalt kam hinter dem Bücherregal hervor.

»Robin Hood«, zischte einer der Mahre. »Das ist nicht möglich. Du bist tot!«

»Fühlt sich gar nicht so an«, entgegnete Robin und trat an meine Seite, den nächsten Pfeil schon an der Sehne. »Verschwindet!«

»Du kannst uns nicht alle gleichzeitig treffen«, raunte der Mahr und aus den Falten seines Umhangs glitt ein schwarzes Schwert hervor. »Wenn du ...«

Im nächsten Moment erhellte gleißendes Licht den Raum. Die Mahre gaben ein ohrenbetäubendes Kreischen von sich, als das Licht an ihren Umhängen nagte. Eine Gestalt schwang ein helles Schwert und einer der Mahre sackte zusammen. Das Licht schrumpfte auf die Umrisse einer langhaarigen Frau in einem hellen Kleid zusammen, die gerade einen weiteren überrumpelten Mahr in die Schatten schickte. Der Letzte wich vor ihr zurück und nutzte den Moment, um an Liv vorbei auf uns zuzuhechten. Anni schrie auf, als die schwarze Gestalt sie packen wollte, doch ich war schneller. Mit wildem Kriegsgeschrei sprang ich auf das Wesen los und hob Amdir.

Es war schneller. Dass es meinen Arm nicht abhackte, verdankte ich nur Sam, der mich beiseitestieß und mit dem Baseballschläger ausholte. Beißender Schmerz fraß sich durch meinen Arm. Das Wesen kreischte, als Sam seinen Kopf traf und taumelte zur Seite. Ein grün gefiederter Pfeil erledigte den Rest.

Sam fing mich auf, als ich umzukippen drohte, und besah sich meinen Arm. »Ist nicht tief«, sagte er erleichtert. »Mum, dein Tuch ...« Er blickte auf mich herunter. »Oder willst du, dass ich heldenhaft mein Shirt ausziehe?«

»Wie kannst du jetzt Witze machen?«, stöhnte ich und schaute mich um.

Nur ein Mahr war noch auf den Beinen, er taumelte. Liv hob mit eisiger Miene ihr Schwert und in einem Lichtblitz zerfiel auch dieser.

»Wow.« Sam starrte die Königin an. »Die Macht ist stark in dieser da.«

»Allerdings!«, ächzte seine Mutter. »Und da steht Robin Hood in meinem Wohnzimmer!«

Ein hysterisches Lachen kroch in meiner Kehle hoch, aber ich schluckte es hinunter, als Liv mit großen Schritten auf mich zukam.

»Nenn mich nie wieder selbstverliebtes Miststück, hast du verstanden?«, sagte sie atemlos und funkelte mich wütend an. Ihre Augen waren nicht mehr so blass, sondern hatten die Farbe des Dschungels angenommen und die gleiche Wildheit tobte darin. »Niemals!«

»Dann benimm dich auch nicht so«, konterte ich mit klopfendem Herzen. »Und ... danke.«

»Gern geschehen«, fauchte sie. »Bedank dich bei ihm.« Sie deutete auf Robin, den Anni und Juliet voller Faszination anstarrten. »Er ...« Sie biss die Zähne zusammen und starrte mich an. Plötzlich sah ich den Kampf in ihrem Innersten.

»Ich bin nicht sie«, sagte ich leise. »Aber ich kann auch nicht versprechen, dass ich mich besser benehmen werde.«

Die Königin der Feen lachte hart auf. »Es reicht mir, wenn du sagst, dass du mit uns kämpfen wirst. Fürs Erste.«

»Dafür kriege ich meine Erinnerung wieder«, feilschte ich.

»Abgemacht.« Sie reichte mir die Hand und ich schlug etwas befremdet ein. Ihre Haut war furchtbar warm, als hätte sie Fieber.

»Sie ist eine Fee, oder?«, fragte Anni hoffnungsvoll. »Ist das dann jetzt das Happy End?«

»Noch nicht ganz, Süße.« Sam tätschelte ihr den Kopf. »Aber zumindest geht es jetzt in die richtige Richtung.«

»Es wird Zeit brauchen, die Mahre endgültig zu besiegen.« Liv sah gedankenverloren aus dem Fenster. »Aber es ist nicht hoffnungslos.« Sie richtete sich auf. »Ich werde zu meiner Schwester gehen und sie ... um Verzeihung bitten.« Sie sah mich an. »Wir wissen ja, wo wir dich finden. Und umgekehrt.«

»Bleibt der Weg zum Schloss so? Dann wird das ganz schön anstrengend«, meinte ich.

Liv lächelte böse. »Wer weiß ...«

Ich schnaubte. Liv sah das Blut auf meinem Arm und streckte die Hand aus. Ich keuchte, als mein Arm zu verglühen schien, dann hörte der Schmerz auf. Der tiefe Schnitt war fort. »Überaus praktisch«, murmelte ich.

»Soll ich sie vergessen lassen?«, fragte die Königin und sah zu Juliet, Anni und Leo, die einander umschlungen hielten und zu uns herüberschauten.

»Nein!«, erwiderte ich heftig. »Schluss mit den geklauten Erinnerungen. Sie kommen schon klar.« Ich sah Sams Familie fragend an und erntete glücklicherweise einhelliges Nicken.

Robin reichte der Königin seinen Arm und lächelte mich an. »Dein Vater wäre sehr stolz auf dich.«

»Ganz schön klischeehaft, mein Freund«, murmelte Sam und ich stieß ihm meinen Ellenbogen in die Rippen.

»Hast du sein Geschenk gefunden?«, fragte Robin unbeeindruckt.

»Geschenk?« Ich runzelte die Stirn. »Welches Geschenk?« *Hoffentlich kein Drachenei oder sonst was Gefährliches.*

»Das Haus in den Bäumen.« Robin lächelte. »Wir haben es im Sherwood Forest für dich gebaut. Er sagte, du würdest es einmal brauchen.«

»Es ... wie ... Das ist unmöglich«, stotterte ich. *Der Sherwood Forest liegt doch eine Stunde von hier, jedenfalls der National Park dazu ... vielleicht ein Ausläufer davon?*

»Meine Schwester hat es verzaubert.« Liv schüttelte den Kopf. »Noch so ein Verstoß gegen mein Gebot.«

»Wenn es dich tröstet«, sagte ich trocken. »Ohne diesen Verstoß wäre ich im Winter wohl erfroren.«

So wie Liv aussah, würde sie mir unheimlich gerne an die Kehle gehen, aber sie schwieg. Vielleicht weil Robin ihren Arm plötzlich hielt. Vielleicht auch nicht. Er nickte zu den Büchern. »Wärst du so freundlich?«

Ich nahm *Die Schatzinsel* heraus und stockte. »Oder braucht ihr ...«

»Nein, nein.« Liv winkte großmütig ab. »Irgendein Tor nach Yaoráo. Wenn möglich nicht mitten in den Ozean.«

Ich biss mir auf die Unterlippe und tauschte *Die Schatzinsel* gegen Sherlock Holmes. »Ich garantiere für nichts.«

»Was du nicht sagst«, meinte Liv trocken. »Bewundernswert, dass du es überhaupt so weit gebracht hast. Oder sollte ich erstaunlich sagen?«

»Manchmal einfach Fresse halten«, brummte ich und schlug das Buch auf. Ob es am Adrenalin lag oder daran, dass der Zauber des Feenschlosses noch an mir haftete – das Tor öffnete sich jedenfalls blitzschnell und helles Licht flutete aus den Buchseiten.

Robin zwinkerte mir zu. »Auf bald, Hope.«

Ich erwiderte sein Lächeln. Liv hob nur eine Braue, als wolle sie sagen *Stell ja nichts Dummes an.* Im nächsten Moment hatte das Licht sie verschluckt.

Juliet atmete hörbar auf und ihr Mann sackte etwas in sich zusammen. »Noch jemand einen Schnaps?«, murmelte er und verließ zielstrebig das Zimmer. Juliet folgte ihm mit einem vagen Lächeln in unsere Richtung.

Anni drehte sich einmal um sich selbst und zupfte an ihren Haaren. »Und ihr wolltet mir nicht glauben, dass es Feen gibt«, seufzte sie dramatisch. »Tztztz.« Damit war auch sie fort.

Seufzend ließ ich mich in den nächsten Sessel sinken. »Was für ein Tag.«

»Allerdings«, nickte Sam und stellte *Sherlock* wieder ins Regal, ehe er sich mir zuwandte.

Ich sah zu ihm hoch und spürte eine seltsame Vertrautheit. »Wie sind meine Augen?«

»Wunderschön, wie immer.« Er setzte sich auf die Armlehne des Sessels und strich mir über die Wange. »Gut gemacht, kleine Fee.« Ausnahmsweise war mir gar nicht so sehr danach ihm die Augen auszukratzen. »Und was wird jetzt werden?«, fragte er.

Ich hob die Schultern. »Ich schätze, ich werde den Feen helfen, wenn ich das kann. Auf jeden Fall sollen sie mir zeigen, wie ich die Tore so öffne, dass ich auch da ankomme, wo ich hinwill. Und dann auf nach Hogwarts!«

»Cool, du hilfst den Feen, ich helfe dir, Anni hilft mir – irgendwer sollte meinen Eltern helfen nicht durchzudrehen. Wir werden jedenfalls eine sehr hilfreiche Truppe sein.« Er rollte mit den Schultern. »Ich hab Kohldampf. Dieses ganze Nahtoderfahrung vs. *Meet the Fairy Queen* vs. Weltrettung macht hungrig.«

»Du hast einen Vogel.«

»Nein, Süße, den hast du und zwar genau da.« Er tippte auf meinen Anhänger. »Cooles Ding, mal nebenbei bemerkt. Sehr hilfreich. Meinst du, der ist auch von deinem Dad?«

»Glaub schon.« Ich schielte auf den Vogel hinunter. »Denkst du, deine Eltern kommen klar?«

»Mum schon, bei Dad ... müssen wir mal sehen. Ich sollte vermutlich den Whiskey verstecken – oder auch nicht.« Er streckte die Hand nach mir aus und lächelte. »Nichts, was wir nicht hinkriegen, kleine Fee.«

Die Berührung zog eine prickelnde Spur über meine Haut. Es fühlte sich gut an und zum ersten Mal … war da keine Angst. Nur Gewissheit. Ich legte den Kopf schief. »Ich werde dich nicht los, oder?«

»Nope.«

»Ich steh irgendwie nicht so drauf, wenn mir der Typ vom Schicksal ausgesucht wird.«

»Und dabei meint es das Schicksal in diesem Fall doch so gut mit dir.«

»Du bist so ein arroganter …«

»… gutaussehender, sensibler …«

»… Arsch.«

»… Schatz.« Sam grinste noch immer. In einer raschen Bewegung ließ sich zu mir in Sessel gleiten und legte den Arm um mich. »Ich sehe schon, das wird ein lustiges *Happily Ever After.*«

Epilog

»Ich muss sagen, du wirst besser.« Sams Keuchen strafte den Spott in seiner Stimme Lügen. »Immerhin werden sie kleiner.«

»Halt ... die ... Klappe ...«, keuchte ich zurück und wünschte mir nicht zum ersten Mal, dass meine Superfähigkeiten sich auch auf meine Kondition auswirken würden. Ich warf einen Blick über die Schulter. »Haben ... wir sie ... abgehängt?«

»Bin nicht sicher.« Sam riskierte ebenfalls einen Blick und wurde dann langsamer. »Was waren das? Ewoks?«

»Quatsch, sieht das hier für dich aus wie Endor? Und die waren nicht von sich aus flauschig, die trugen Felle.«

»Ich bin so stolz auf dich, mein junger Padawan. Unsere DVD-Nächte wirken sich endlich auf deine Allgemeinbildung aus.«

Ich verdrehte die Augen und lehnte mich schnaufend an einen unförmigen Steinquader. Sobald wir das Tor nach Yaoráo passiert hatten, war recht klar gewesen, dass wir nicht an unserem Ziel angekommen waren, sondern in einer seltsamen Steinwüste – und das wurmte mich ungemein. Es konnte doch nicht so schwer sein einfach da zu landen, wo man auch hinwollte! Ich griff in meine Umhängetasche und zog *Bambi* hervor. Ich hatte mir angewöhnt, stets ein Buch mitzunehmen, falls – so wie hier – sonst nichts da war, um ein Tor zurück nach Grinsby Town oder wohin auch immer zu öffnen. »Also noch einmal«, murmelte ich und schlug die Seiten auf. »Und diesmal bitte richtig.«

»Schatz«, ließ sich Sam vernehmen und ich verzog angesichts des albernen Spitznamens den Mund zu einem Knurren. Er war absolut nicht in der Position mich so zu nennen, auch wenn wir in letzter Zeit unseren Hass in eine gewisse ... Zuneigung verwandelt hatten. »Ich will ja nicht drängen, aber ich fürchte, sie haben uns gefunden.«

Im nächsten Moment schlug ein Pfeil neben mir in den Boden ein. *Großartig. Nur kein Stress.*

Glücklicherweise leuchtete nur eine Sekunde später das typische helle Licht aus den Seiten und ein erheitertes Flüstern wehte über meine Haut. Ehe die wütenden Was-auch-immer-möglicherweise-Kannibalen-oder-Schlimmeres uns mit Pfeil und Bogen aufspießen konnten, hechteten wir durch das offene Tor.

Dahinter erwartete uns ein üppiger grüner Wald. Die Sonne schien freundlich durch die dichten Blätter und die Vögel zwitscherten.

»Na also«, freute sich Sam und rückte seinen Rucksack zurecht, den er für unsere Reisen immer bereithielt. Was genau da alles drin war, wusste ich nicht, aber ich tippte stark auf einen Notfall-Vorrat an Weingummi und Haarspray. »Das sieht schon viel eher aus wie der Sherwood Forest.« Er trug ein weites Hemd zu einer ledernen Hose und Stiefel – ein Outfit, das in mehrere Geschichten passte. Für einen Ausflug in *Tausend und eine Nacht* hatte er Pluderhosen tragen müssen, etwas, gegen das er sich erst schrecklich gewehrt hatte. Im Endeffekt war er zwei Tage nicht aus den Dingern rausgekommen, weil sie ja so bequem waren. Leo hatte sich vor Lachen kaum eingekriegt und Anni wünschte sich seitdem einen fliegenden Teppich von mir. In Rosa, versteht sich.

Vorsichtig sah ich mich um und tastete nach dem Bogen meines Vaters auf meinem Rücken, ehe ich das Buch wieder sicher in meiner Tasche verstaute. Sam gähnte so doll, dass sein Kiefer knackte. Ich starrte ihn missbilligend an und er riss die Arme hoch.

»Guck mich nicht so an«, verteidigte er sich. »Heute Nacht ist so eine Irre in mein Zimmer gestürmt und hat mich in eine magische Parallelwelt entführt, nur weil sie glaubt, ein Rätsel gelöst zu haben.«

»Dieses Mal bin ich mir sicher!«

»Und ich bin hier oder nicht? Statt in meinem warmen, weichen, bequemen, gemütlichen Bettchen zu liegen, jumpe ich hier mit dir durch die Feenwelten.«

Ich rollte mit den Augen und unterdrückte ein Kichern. Tatsache war, dass ich die ganze Nacht nicht hatte schlafen können und über dem Rätsel aus Artus' Schloss gebrütet hatte. Es war jetzt schon Monate her, dass wir es gefunden hatten, und es trieb mich in den Wahnsinn, die Lösung nicht zu finden. Immer wieder hatte ich eine Idee gehabt und war nach Yaoráo aufgebrochen. Erfolglos.

Aber heute Nacht war es anders. Irgendwann, als es schon dunkel gewesen war, hatte ich schließlich einen Geistesblitz gehabt und war in den Wald zu meinem Camelot gerannt, um die Vermutung zu überprüfen. Dort hatte sich dann meine Vermutung bestätigt, woraufhin ich zurückgerast war, um mit Sam zu reden. Ich hatte aber meinen Schlüssel zur Villa vergessen (Ja, ich besaß sowas. Meistens. Ich ließ ihn gerne irgendwo liegen) und meinen geheimen Zauberschlüssel wagte ich, seit ich von der Sache mit meiner Mum wusste, nicht mehr zu benutzen. Also war ich durchs Fenster geklettert, durch Sams Fenster, um genau zu sein. Zum Glück kannte ich das Haus mittlerweile gut genug, sodass ich nichts Wichtiges zerdeppert hatte. Nur mit Frodo hatte ich nicht gerechnet. Und er nicht mit mir. Der arme Kerl würde vermutlich ein Trauma davontragen.

Sam sah zerzaust und verschlafen und inmitten eines Kissenberges ziemlich amüsant aus, allerdings war er recht schnell brummig geworden, als ich ihn aus dem Bett befördert hatte. Immerhin war es nicht das erste Mal, dass ich glaubte, das Rätsel endlich gelöst zu haben, und wir waren auf unseren Ausflügen nach Yaoráo schon in die eine oder andere leicht brenzlige Situation geraten. Doch dieses Mal war ich mir wirklich sicher!

Behutsam hob ich den Holzvogel von meiner Brust. »Und wohin jetzt, mein Kleiner?« Der Vogel regte sich mit einem leisen Zwitschern. Mittlerweile verstanden wir zwei uns ganz gut, aber trotzdem war es immer noch verrückt anzusehen, wie er zum Leben erwachte. Er streckte die kleinen Flügel aus, wand sich von dem einfachen Band, welches ich als Kette benutzte, los und schwang sich in die Lüfte.

Sam schnappte sich meine Hand. »Na, dann immer der Nase … äh dem Vogel nach.«

Wir rannten durch den Wald, mit einem Auge den Vogel, mit dem anderen die Umgebung beobachtend. Unser Ziel war eine riesige Lichtung, umgeben mit dichtem Unterholz – was mir ein paar fiese Kratzer auf den Armen bescherte. Und da war er. Major Oak.

»Die Antworten, die du suchst, befinden sich bei dem, der alles sieht und doch keine Augen hat«, murmelte ich. »Er ist ein König unter seinesgleichen und Könige haben unter ihm gedient, doch trugen sie keine Kronen und auch seine ist zwar groß, aber nicht aus Gold, auch nicht aus Lorbeeren. Seine Arme sind still und doch mächtig, sind gebunden und doch frei. Ein Heim boten sie den Helden, dennoch konnten sie nicht ewig schützen. Und wenn er stirbt, stirbt der letzte erste Freund des grünen Königs.«

»Wir hätten echt eher draufkommen können«, meinte Sam. »König der Bäume und Beschützer des Königs der Diebe, also Robin Hoods Krone … Baumkrone … jetzt macht alles Sinn.« Er kratzte sich am Kopf. »Und was jetzt? Schütteln wir den Baum und sämtliche Geheimnisse flattern herunter wie Schneeflocken?«

Ich verdrehte die Augen und stapfte auf den Baum zu. Ein leises Summen schien von ihm auszugehen. Ich hielt nach Bienen Ausschau, aber irgendwann bemerkte ich, dass es ein wenig wie bei *Nüwáng*, dem Drachen, war: Das Summen kam aus dem Baum. Stirnrunzelnd trat ich näher und berührte den Stamm mit einer Hand. Das Summen vibrierte unter meinen Fingerspitzen und kroch meinen Arm herauf.

»Hope?«, fragte Sam nervös. »Was tust du?«

»Ich versuche das Versteck zu finden.«

»Versuch s mal mit ›Sesam, öffne dich‹ oder ›Ich bin Groot‹.«

»Sehr witzig«, murmelte ich abwesend und ging weiter. »Das Summen veränderte sich, bis schließlich … ja: eine Vertiefung zwischen den Wurzeln. Widerstrebend tastete ich mich mit der Hand vorwärts, wartete nur darauf, dass mir irgendetwas in die Hand biss. Aber was ich fand, waren keine Zähne, sondern war ein Bündel. Behutsam zog ich es heraus und wich von dem Baum zurück. Meine Hand prickelte unangenehm, als hätte ich einen kleinen Stromschlag bekommen. *Kein sehr bequemes Zuhause, Robin,* dachte ich. Obwohl es fragwürdig war, ob er die Dinge hier so empfand, wie ich es tat. Ob das überhaupt jemand konnte. Laut Nimueh lag das alles an dem Erbe meines Vaters, weil er aus Yaoráo stammte. Außerdem haftet durch meine Kindheit im Feenreich der Zauber des lichten Volkes an mir – eine Tatsache, die uns ganz schön Ärger mit einer Voodoo-Priesterin eingebracht hatte, die sich in Aramis von den *Drei Musketieren* verliebt hatte.

Meine neue Berufung als Aufräumkommando im Namen der Feen war aufregend und kostete mich manchmal ziemlich Nerven, aber es war auch wahnsinnig toll die einzelnen Welten von Yaoráo zu erforschen. Sam begleitete mich immer, manchmal auch Nimueh. Wir überprüften die Feenschleier und behoben die Unstimmigkeiten – im Klartext: Wir sammelten die falschen Protagonisten aus den jeweiligen Handlungsschauplätzen und brachten sie zurück nach Hause. Sam bezeichnete uns als Pokémontrainer mit Feenstaubpoketbällen, was ich immer noch nicht so ganz verstand, aber ihm machte es Spaß, also beließ ich es dabei.

Gleichzeitig waren die Feen in die Offensive gegangen und machten Jagd auf die Nachtmahre. Jedenfalls hatte ich das bei einem Besuch im Feenschloss gehört. Nimueh wollte, dass ich mich aus diesem Krieg heraushielt, weil meine Fähigkeiten noch nicht voll entwickelt waren, und schottete mich unerbittlich von allem ab, was die Mahre und die Pläne der Feen betraf. Stattdessen unterrichtete sie mich in den alten Lehren der Feen und in Kampftechniken. Mehr als einmal war ich mit Blessuren ins Bett gefallen und mit dem schlimmsten Muskelkater der Welt wieder aufgestanden.

Sam und Juliet hatten mich tatsächlich dazu überredet, ein Zimmer in ihrem Haus zu beziehen. Juliet hatte sich mit Feuereifer an die Einrichtung gemacht und ich liebte diesen Raum. Und die heißen Duschen, die ich im Bad auf der gegenüberliegenden Flurseite genoss.

Die Atmosphäre im Haus entspannte sich nach und nach. Anni hatte den Angriff der Mahre noch am besten verwunden, Juliet war schon angeschlagen gewesen und Leo war hin- und hergerissen, ob er das Ganze als Wahnsinn abtun oder direkt die ganze Familie ans andere Ende der Welt schaffen sollte. Nimueh hatte persönlich einen Schutzzauber über das Haus gelegt und mir gezeigt, wie ich sie sofort zur Hilfe rufen konnte. Das Ganze war jetzt fast fünf Monate her und nichts war mehr geschehen. Einmal noch war ich einem Mahr begegnet, aber den Kampf mit ihm hatte Nimueh aufgenommen. Auch in meinen Träumen hatte ich Ruhe.

Und doch fühlte ich, dass sie noch da waren. Lauerten und warteten, irgendwo in den Schatten.

Ich schüttelte die Gedanken ab und wickelte das Bündel in meiner Hand auf.

Sam kam neugierig näher. »Was ist das?«

»Fühlt sich an wie ein Buch.«

»Oh, toll, das Gegenstück zu dem, mit dem wir zum Feenschloss kamen? Befördert uns das hier direkt ins Herz der Mahre? Dann tu mir einen Gefallen und wirf es weg, so weit du kannst. Nein, warte, du bist ein Mädchen, lass mich werfen. Ich hab Übung vom Wii spielen.«

»Sam?«

»Ja, Liebste?«

»Du bist ein Idiot.«

»Besorgt bin ich.«

»Gut, ein besorgter Idiot.«

Blitzschnell, wie ein Pflaster, das man mit einem Ruck abreißt, warf ich den Stoff beiseite. Ein kleines in Leder gebundenes Buch kam zum Vorschein. Es war in einem dunklen Fliederton eingefärbt, aber nicht gleichmäßig, sondern in vielen Schattierungen. Die Seiten leuchteten weiß und ebenmäßig. Behutsam schlug ich die erste Seite auf. Kein Flüstern, kein Prickeln und doch spürte ich, dass ich etwas ungeheuer Wichtiges in Händen hielt.

»Da steht dein Name«, murmelte Sam und deutete auf eine winzige Widmung, auf der ersten Seite.

Für Hope. Weil du unsere Hoffnung bist.

Eine Gänsehaut kroch über meine Arme und ich schauderte unwillkürlich. »Was ... was hat das zu bedeuten.« Ich blätterte weiter, bis ich den Titel des Buches fand.

Hinter den Buchstaben – Die Geschichte von Faith & Sky.

Keuchend atmete ich aus und wäre vermutlich in die Knie gegangen, hätte Sam nicht blitzschnell einen Arm um meine Hüfte gelegt.

»Was?«, flüsterte er und zog mich an sich. »Was ist denn?«

»Sam, das ... das ist ein Buch über meine Eltern!«

Danksagung

Wenn du das liest … bist du am Ende des Buches =D

Und damit hast du ziemlich lange durchgehalten, es sei denn, du bist so gelangweilt, dass du zur Leseprobe am Ende vorscrollen wolltest und hier hängengeblieben bist. So oder so, du hast mein Buch gekauft und dafür danke ich dir aufs Allerherzlichste! <3

Es gibt so viele Leute, die mich immer wieder zum Schreiben motiviert haben. Facebook-Beiträge oder private Nachrichten à la »Wann kommt denn was Neues von dir?« sind einfach so toll – Leute, hört bitte niemals auf, so was zu schreiben, denn das ist eins der Dinge, die ich als Autorin total zu schätzen gelernt habe!

Ein großes Dankeschön geht natürlich an Impress – dafür, dass ihr diese Geschichte wolltet, obwohl ich selber nur eine grobe Idee hatte, eigentlich sogar nur ein Gefühl, aber ihr wart direkt dabei. Danke für euer Vertrauen :-)

Danke an meine Motivations-WhatsApp-Gruppe: Carina, Tanja, Amelie und Steffi – ihr wart toll! <3 Besonders Amelie und Tanja, weil ihr in der Anfangsphase das ganze Hin und Her mitgemacht und immer brav euren Senf dazu abgegeben habt!

Danke an dich, Valentina, dass du das Buch Probe gelesen hast und begeistert warst, für deine ganzen Kommentare und lieben Nachrichten!

Danke auch an meine Häkelente und Pingu, die sich alles Gejammer und Geseufze geduldig angehört haben.

Danke an meine Mami, die mir Brauseflummis und Eistee für die nötigen Motivationszuckerschocks gekauft hat <3

Ich hab euch lieb, ihr Hobbits! <3

Felicitas Brandt, wohnhaft in dem kleinen Holzwickede, konnte die Finger noch nie von Büchern lassen. Während des Abiturs begann sie, ihre eigenen Geschichten zu schreiben, Figuren ins Leben zu rufen und neue Welten zu erschaffen. Sie möchte die Menschen damit berühren, zum Nachdenken, Lachen und Weinen bringen. Ihr Traum: eine Hütte in der freien Natur, zwei große Hunde vor einem prasselnden Kaminfeuer, Laptop auf dem Schoß, den Geruch alter Bücher und Kakao in der Nase und die Idee einer neuen Geschichte vor den Augen.

Tauch ein in
romantische Geschichten.
Hol Dir
Bittersüsse
Stimmung
auf Deinen
e-Reader!
E-Books von impress hier:
Carlsen.de/impress
im.
pre
ss
impress ist das digitale Label des Carlsen Verlags für gefühlvolle
und mitreissende Geschichten aus der geheimnisvollen Welt der Fantasy.